论唐代咏侠诗

邱蔚 著

万卷出版有限责任公司
VOLUMES PUBLISHING COMPANY

果麦文化 出品

目录

绪 论 ... 001

第一章 咏侠诗溯源 ... 011
第一节 先秦两汉游侠列传对唐代咏侠诗的影响 ... 011
第二节 魏晋六朝咏侠诗对唐代咏侠诗的影响 ... 033
第三节 唐代咏侠诗对乐府诗的继承 ... 053

第二章 唐代社会与咏侠诗的兴盛 ... 057
第一节 唐代的漫游之风与咏侠诗 ... 059
第二节 唐代的好武之风与咏侠诗 ... 066
第三节 唐代的异域风情与咏侠诗 ... 077
第四节 都市繁荣与任侠之气 ... 088
第五节 豪奢习气与浪漫之风 ... 095

第三章 唐代咏侠诗的发展演变 ... 102
第一节 初唐咏侠诗与齐梁诗风 ... 103
第二节 盛唐咏侠诗与盛唐气象 ... 117
第三节 中晚唐咏侠诗的悲慨之风 ... 139

第四章 唐代咏侠诗中的人物形象 ... 172
第一节 唐代咏侠诗中的历史游侠形象 ... 173
第二节 唐代咏侠诗中的唐代游侠形象 ... 181
第三节 唐代咏侠诗中的胡人形象 ... 200
第四节 唐代咏侠诗中的女侠形象 ... 206

第五章 唐代咏侠诗中的人生价值与生活趣味 210
第一节 重义轻利：唐代咏侠诗中的价值取向 210
第二节 唐代咏侠诗中的爱国热忱 215
第三节 出世与入世：唐代咏侠诗中的人生抉择 222
第四节 唐人生活审美在唐代咏侠诗中的体现 233
第五节 唐人风骨在唐代咏侠诗中的体现 257

第六章 唐代咏侠诗的艺术特色 270
第一节 唐代咏侠诗的叙事模式 271
第二节 唐代咏侠诗的色彩表现 283
第三节 唐代咏侠诗的美学风格 289

第七章 唐代咏侠诗的价值与影响 294
第一节 唐代咏侠诗的历史价值 295
第二节 唐代咏侠诗的艺术价值 300
第三节 唐代咏侠诗对唐代侠客文学的影响 307
第四节 唐代咏侠诗对后世侠客文学的影响 315

结　语 322
附　录 325
参考文献 336

绪 论

早在春秋战国时期，游离于社会秩序之外却又吸引万千目光的侠客们登上历史舞台。这一群侠客为后世奠定了"侠"的行为准则——"侠"的气质以及"侠"的形象。由此，侠客不单在史书内大放光彩，而且在诸多文学作品中留下了令人念念不忘的身影。好武成风的唐代自然也少不了关于侠客的书写。

《全唐诗》收录了420余首涉及侠客书写的诗歌，在唐诗中虽只占很小比例，但与其他朝代相比也算是数量颇丰，并且形成了自己的一个完整体系。在体裁方面，唐代的咏侠诗涉及古体诗、近体诗、乐府诗、歌行体等，可谓十分完备；在艺术方面，唐代的咏侠诗继往开来，吸收了魏晋诗歌的名士风度，结合了由春秋战国发展而来的侠客精神，发展出豪迈悲怆、恢宏大气的风格，对后世的侠客诗歌产生巨大的影响。唐代的咏侠诗在侠客文学中可谓起到了承前启后的作用。

据《汉纪》载：游侠"生于季世，周、秦之末尤甚焉。上不明，下不正，制度不立，纲纪废弛"[1]。点明了侠客产生的社会背景。陈平原教授也赞同这样的观点："原有的阶层划分和道德规范失落，秩序混乱，尊卑贵贱不再是铁板一块，个人游离于社会组织与社会结构的可能性大大增加。"[2]在纲纪弛废、道德规范无法约束个人的年代里，游侠亦开始放浪形骸，不拘小节，以武犯禁。然而，游侠"其行虽不轨于正义，然其言必信，其行必果，已诺必诚，不爱其躯，赴士之阸困。既已存亡死生矣，而不矜其能，羞伐其德，盖亦有足多者焉"[3]。即使汉朝之后，游侠势力已是大不如前[4]，但是他们的侠义精神深受后世文人喜爱，以至文人常常借助古代游侠形象甚至自己想象出的游侠形象来抒发自己的内心情感、表达自己的政治态度，因此创造出大量广受人们喜爱的侠客文学作品。

鉴于侠客文学的广泛流传，有不少学者对侠客文学进行研究，例如陈平原《千古文人侠客梦》、刘若愚《中国之侠》等。但这些研究基本上都是把侠客文学看作一个整体进行研究分析，并没有对各个时期的侠客文学进行相关分类研究。由于每个时代的背景、文化都各有千秋，文学方面的展现也必有所差异。譬如三国时期的侠客文学作品多与当时的战乱背景有关

---

[1] （汉）荀悦：《汉纪》卷十，引自张烈点校《两汉纪》，中华书局，2002，第158页。
[2] 陈平原：《千古文人侠客梦》，人民文学出版社，1992，第4页。
[3] （汉）司马迁：《史记》卷一百二十四《游侠列传》，中华书局，2000，第2413页。
[4] 自汉代起，君王为巩固自身政权，对游侠阶层大力镇压，游侠阶层开始出现分化：一是向政权中心靠拢，成为中央集权的一部分；一是进一步边缘化，成为流窜乡间山野的与政权对抗的匪寇。这些分化使得后代游侠的势力已无法跟两周时期相比，或者说游侠已不再是一种固定的阶层，而是具有同类气质的人的总称。

联，文人也多借此抒发自己对功名的渴求；而在晋朝的高压政策下，当时的文人对侠客的书写并不多，即使有，也只是抒发对古代侠客的崇敬之情，或者脱离现实背景，将侠客与怪力乱神联系在一起，让游侠染上了神秘诡谲的浪漫色彩。

从文体的分类而言，早期学界在研究唐代的侠客文学时，多把注意力集中在唐传奇身上，对咏侠诗的关注度并不大。多年以来，咏侠诗一直处于一个尴尬的地位，由于它本身和边塞诗有一定的共通性，在研究作品的时候，很容易将咏侠诗和边塞诗混为一谈。但是，20世纪80年代以来，学者们渐渐将目光转向咏侠诗，然而这些研究关注的重点或是咏侠诗的历史文化背景，或是咏侠诗人的个体研究，基本没有对诗歌本体的分析，对衬托侠气的意象研究更是少之又少。咏侠是唐代诗歌创作中的重要题材，值得我们系统深入地分析，这对于推动整个唐代文学的研究，无疑大有裨益。

正如前文所说，魏晋文人的笔下已有侠客形象的出现。建安文学时，侠客是为国拼杀的好儿郎；晋初时分，虽诗风已不如建安时期慷慨激昂，但古乐府题材里仍保留了对侠客装束的书写，诗人借此抒发自己渴望报国的拳拳之心，或者借侠客的侠义行为对当时社会做出道德讽谏。而南北朝的政权割据现象使得南北地区不但在政治经济方面，甚至在文化方面都有了截然不同的面貌。北朝游牧民族由于身处开阔的草原地带，特殊的地理风情使他们的诗歌染上了粗犷豪迈的色彩；南朝经济繁荣，国都皆定于温婉的江南水乡中，文学也发展出了细腻婉约的风格。初唐时南北诗风的融合，不但对唐代咏侠诗的思想内容，甚至对其格律也影响深远。

文人在创作侠客形象时，基本都是遵照司马迁的说法去塑造侠客的气质，无论是曹植笔下"仰手接飞猱，俯身散马蹄"的幽并游侠[1]，还是明清小说中的南侠展昭、北侠欧阳春等。这些侠客都是以武艺高超且为国为民的形象出现在文学作品之中。不过历朝历代的侠客文学在保留侠客形象基本特质的同时，亦发展出自身的特色，唐代的侠客文学也不例外。在继承了建安风骨与南北朝的诗歌格律之外，唐代侠客文学融合了自身的经济文化特色，发展出具有独特风情的咏侠诗，诗中游侠常是白马金羁恣意豪爽，但国家需要便能立即抛下一切奔赴战场的少年形象。

除却历史文化的因素，有唐一代国力昌盛，经济繁荣，士人壮游成风，他们在游历山川、开阔心胸的同时，也拥有了丰富的人生阅历和社会经验，这些都为唐代侠客文学的繁荣奠定了坚实的经济基础和文化基础。与西域胡人的交流，也让唐代的侠客文学沾染了些许异域风情，作品中不但出现西域事物，甚至会有胡地侠客的出现，这使唐代咏侠诗具备了与之前各朝不一样的特色。唐代统治者自身的胡地背景，使唐代社会各阶层都善于骑射，好武成风。这为唐代侠客文学的广泛流传奠定了社会基础。初唐至盛唐时期，文人对功名的渴望，使他们常常借助对侠客的书写和赞美抒发自己的雄心壮志。这三点使唐代的侠客文学展现出与其他时代不一样的光彩。唐代咏侠诗中的游侠形象也比其他朝代全面许多：既有无所事事的纨绔游侠，又有寄情边塞的边塞游侠，还有立功无门的悲情游侠。伴随着对游侠的书写，读者还能从这类诗歌中了解到游侠们生活的城市面貌，游

---

[1] （三国魏）曹植：《白马篇》，逯钦立辑校：《先秦汉魏晋南北朝诗》，中华书局，1983，第432页。

侠们身边的人物形象，甚至是唐王朝的兴衰历程。对咏侠诗的分析研究，即由"江湖"的角度了解当时的历史文化，拓展了对唐代文学的研究角度。

在对唐代咏侠诗展开综合研究之前，首先要解决的两个问题是：一、对侠的定义。二、咏侠诗与边塞诗的区别。关于第一个问题，汉代以来的文学家、史学家都曾尝试做出解释。有人认为侠客应是脱胎于墨家，因而侠客又被称为"墨侠"。又有人认为侠客重诺重义的一面与儒家思想有着异曲同工之处，而在"侠"字尚未出现之前，游侠群体皆被归于"士"的范围之中，因而侠客应是儒家狂狷一脉的变体。[1]侠客的行为确实与这两大先秦显学颇有相似之处，墨家的急公好义等"世谓热腹"的行为以及"必先万民之身，后为其身"的不畏死的救世牺牲精神，与侠客的"重然诺、轻死生""振人危急"的行为相近。然而先秦侠客的行为多为了报答知遇之恩，且常以刺杀方式完成他人之托，与墨家"兼爱""非攻"的思想有违背之处，而侠客的乖张任性、不守法制的行为又与墨家强调的"杀人者死，伤人者刑"的自律精神南辕北辙，可见侠与墨家只是在尚武重义方面相似，而在本质的道德精神方面已是两种派别了，只能说具备平民思想的墨家学派为多为平民出身的游侠群体的出现提供了可能性。与儒家有渊源的观点更是显得牵强，仅是以儒家思想好仁的同时并不摒弃勇武，学派中亦有具备侠风之人作为依据。然而侠客以暴制暴的行为显然与儒家强调的"修身、齐家、治国、平天下""仁爱"思想格格不入。正如汪涌豪所说："儒家重

---

[1] 鲁迅与闻一多等学者均认为侠出于墨。闻一多甚至在《关于儒·道·土匪》一文中将侠定义成"堕落了的墨家"；而章太炎的《儒侠》篇与梁启超的《中国之武士道》等文章则认为侠与儒家大有渊源。

从心所欲，但决不逾规矩；而游侠重在任心快意，故性起处每逾绳检，不避礼法。"[1]儒、墨二家与侠客在行为方面的相似性只能进一步说明侠客本身并非一个流派，在百家争鸣的时期，这一因共同行为特质而被归为一类人的群体，必然会受到各派学说思想的影响，或者各学派中都会有具备侠风之人。

游侠的阶层性问题也是学术界常常讨论的重点之一。陶希圣先生在《辩士与游侠》一书中，将游侠与当时社会上的游民阶层关联起来，他认为不论是单打独斗的刺客型游侠，还是集团式生存的游侠，甚至汉代的豪家游侠，本质上都是"游闲不定的一阶层，倚赖富豪的慷慨，国库的赈恤，及对于弱小的所有者的压迫，而生存"[2]。"他们之中，尤多旧来武士阶级破落下来的成分。这些分子，仍带有好勇斗狠、野心向上、组织活动，及首领的能力。"[3]这一观点尝试从社会生产关系的角度分析游侠的起源，也指出了游侠的某些特质，不过还有一定的错漏之处。一方面，先秦的游侠集团与汉代的豪侠集团，他们的社会阶层属性已有明显的差别。刺客或者食客属性的游侠可能很大程度上需要依赖贵族阶层的物质帮助，但豪家游侠很多本身就有优渥的家庭背景，是游侠化了的贵族，并不需要外在的物质扶持。另一方面，在先秦两汉的游侠群体中，具有首领能力的是司马迁笔下的卿相之侠和豪暴之侠。他们利用自己的人格魅力及经济条件吸引其他

---

[1] 汪涌豪：《中国游侠史》，复旦大学出版社，2001，第49页。
[2] 陶希圣：《辩士与游侠》，商务印书馆，1933，第73页。
[3] 同上书，第74页。

游侠依附自己为自己办事。其他的如乡曲之侠、闾巷之侠等多是依附他人的群体，单由现存史料无法看出他们的组织能力与领导能力。可以看出陶先生在总结游侠阶层时，也会因其复杂的阶层性而出现定义的矛盾。

正如刘若愚在《中国之侠》一书中所说，侠只是一种气质，而非社会阶层的划分。有了这一层面的解释，第二个问题的难处便解决一半了。"侠客"一词在后世的解释中常有"任侠""游侠"两个义项，据儒家学者对古籍的训诂可知，"任"有重然诺之义[1]，任使其气力之义[2]，墨家对"任"的解释又是"士损己而益所为"[3]，"为身之所恶，以成人之所急"[4]；"游"有游历、游荡的义项。而这些行为描述与边塞诗中的部分将士行为又有相似之处。

由于侠义涉及的概念十分广阔，本书在总结前人观点的基础上亦尝试对相关概念做出定义：

1. 勇武好斗。由春秋战国到明清，无论是历史上真实存在的游侠形象还是文人虚构出的人物形象，他们均具有勇武的一面。他们需要通过行刺或者其他的暴力手段为自己或者为君主达成报仇或者报恩的结果。即便是新派武侠推崇的"侠之大者，为国为民"的儒侠精神，当中的侠客仍需要

---

[1] 孟康解释《史记·季布列传》时认为"信交道曰任"。魏时如淳则认为"相与信为任，同是非为侠"。引自《史记》，中华书局，1959，第2730页。

[2] 颜师古注《汉书·季布传》时，将"任"字解释为："任谓任使其气力。"引自班固撰，颜师古注《汉书》，中华书局，2000，第1533页。

[3]《墨子·经上》，引自吴毓江撰，孙启治点校《墨子校注》，中华书局，1993，第470页。

[4]《墨子·经说上》，引自吴毓江撰，孙启治点校《墨子校注》，中华书局，1993，第470页。

高超的武艺来维护武林乃至天下的太平，"武"只是行侠的手段。

2. 强烈的恩仇意识。古往今来，侠客的行为大致可以归纳成报恩与报仇两大类。春秋战国时起，侠客便常常依附于当权者生存。为了感激当权者的知遇之恩，侠客们能付出一切为主上完成任务。除报答知遇之恩之外，游侠们也常常因为个人私怨，手刃仇人。

3. 为达目的可以付出一切。由强烈恩仇意识衍生出来的便是侠客们为达目的可以不择一切手段。在游侠眼中，所谓的"目的"便是对主上或是自己的一个承诺，"重然诺"的游侠特性让游侠在行事过程之中，不单个人利益，甚至家人的性命都可以舍弃，只为能完成相关的承诺。

4. 重义轻生。游侠们重视诺言的态度，源自他们对"义"的理解。对侠客而言，义与法律道德的关联性不大，他们常常游走于法律与道德之外，成为违法乱禁的代表。汉代之前的游侠更侧重"私义"，由魏晋六朝开始，文学作品中的游侠由于文人儒家思想的侵浸，对"义"的理解逐渐转向社会公义。不过史料记载中的"恶少"，仍保留了先秦两汉时期重私义的游侠习性。可见，不同时期不同身份背景的游侠对"义"的理解有偏差。不过这些偏差并不影响游侠们对"义"的重视。在游侠心中，无论公义还是私义，都远比个人利益甚至生命还重要。

5. 不吝钱财。对于游侠而言，钱财乃是身外之物，不值一提。他们不惜牺牲一切完成报仇或者报恩，本质上也不是为了个人私利。游侠们常以生命为代价完成报仇或者报恩的行为，因此他们常常有及时行乐的心态，在活着的时候尽情享乐，挥金似土。当然，某些时候他们也甘于奉献出自己的钱财，为弱小百姓的暗淡生活增添一丝光亮。这也是游侠行为虽常常法理难容，在民间却被广泛传颂赞扬的原因之一。

游侠精神从先秦到明清的数千年时间里变化了许多，但是上述几点在这几千年里较完整地保留了下来。唐代咏侠诗中也有相关游侠特质的呈现。

边塞诗中除了边塞景色的描写，还常常涉及对边塞将士的刻画。而远赴边塞的将士可以分为两种：一种是需要服徭役被迫与家人分离来到战场；另一种是为了保家卫国、扬名立万的个人信仰而自觉地远赴边关。前一种在边塞诗中被归纳为"征人"，而第二种将士的行为则与侠客的"任""游"的行为相差无几。唐人对这批边塞将士做出了"由来征戍客，各负轻生义"的评价[1]，而利他主义式的轻生行为正是古代游侠受后人敬仰的缘由之一。因此将这批人看作立身边疆的边塞游侠也无可厚非。

在笔者眼中，咏侠诗与边塞诗并不是两个独立无交集的概念，保家卫国本身就是利他主义的行为体现，而侠客为他人排忧解难也是不计报酬不计得失的利他行为，可见边塞诗中的部分将士为国的慷慨与侠客对知己的无私在本质上并无区别。再者游侠群体的"游"本来便是强调侠客并不是固定于某一地域、局限于某一社会阶层，如此说来，这些满怀爱国之情、不顾个人安危远赴边塞的人物也可以看作"边塞之侠"。在这里，咏侠诗与边塞诗在内容方面出现了完美的融合。在下文关于唐代咏侠诗的分析中，亦会涉及一些传统归类于边塞诗的诗作分析。

本书将尝试从历史、经济、民族融合等角度，分析唐代咏侠诗盛行的

---

[1] （唐）皇甫冉：《出塞》，《全唐诗（增订本）》卷十八，中华书局，1999，第186页。

原因，从文本角度挖掘分析唐代咏侠诗的审美取向及艺术特色，并尝试分析咏侠诗中常见意象的风骨意境和文化内涵。在唐诗时期划分方面，虽说近年学者会以杜甫的逝世作为盛唐与中唐的分界线，但似乎只是一家之言，并未广泛得到重视[1]。另外，杜甫自身并无太多咏侠诗作品，因此本书仍是依照传统的"四期"划分方式，并以高棅在《唐诗品汇》中的依据为准：唐初至开元为初唐，开元至大历为盛唐，大历至元和为中唐，元和至唐王朝颠覆为晚唐。

---

[1] 林庚《唐诗综论》，商务印书馆，2011，第151页："'诗至老杜极矣'，说明唐诗高潮至此已经发展到了完全应作总结的阶段，所谓老成不正意味着已经成熟到了行将终结的时刻吗？杜甫因此乃是盛唐诗歌的集大成者，又是盛唐诗坛的谢幕人。……杜甫站在盛唐时代的终点，对盛唐诗歌做出了高度的总结，这便确立了他在诗歌史上无可取代的地位。"

第一章 咏侠诗溯源

在咏侠诗之前,游侠的身影多存在于史书的记载当中,直到曹植的《白马篇》,中国古代诗歌中开始出现游侠的身影。咏侠诗经历魏晋六朝的发展,至唐代达到鼎盛时期。在这期间,游侠由真实存在、具有姓名的人物虚化成一种文学形象,关于游侠的书写也由对人物的述评逐渐抽象成对某种精神气质的褒贬。因此,对唐以前的各个时期进行相关游侠文学的分析,可以更好地了解唐代咏侠诗的发展与兴盛的原因。

第一节 先秦两汉游侠列传对唐代咏侠诗的影响

侠客在中国古代有着不同的称谓,有"侠""游侠""任侠""义士""豪士"等称谓,这些称谓皆与侠义、豪烈等概念有关。侠客是一个具有传奇色彩的特殊群体[1]，他们直接将正义付诸行动，敢于动用武力去纠错扶难，并不在乎是否合法。他们行动的动机往往是利他的，并且不怕为原则牺牲。中国大约在春秋战国时就出现了真正的侠客群体。相传，侠客群体脱胎于墨家学派。侠客们轻利重义，生活贫苦却又坚持原则的行为确实与墨家虽自苦为极，却依旧"摩顶放踵利天下，为之"[2]，为兴天下之利、除天下之害，可以"赴汤蹈刃，死不旋踵"的精神有莫大关联。这也是侠客也曾被称呼为"墨侠"的原因。虽说侠客的行径与墨家"杀人者死，伤人者刑"的观点相违背，甚至侠客的行为最后也受到了墨家的指责批评，但不能否认，墨家思想为侠客阶层的出现奠定了思想基础。而春秋战国诸侯养士之风的盛行，为侠客的产生和发展提供了条件。战国四公子门下食客大多文韬武略，文武双全，形成了韩非子《五蠹》中提到的"群侠以私剑养"的现象。虽然在韩非子眼中豢养游侠的行为直接威胁了君主的统治，是导致社会动荡的原因之一，但从他的描述中可以看出当时社会上游侠数量之多。可见当时的侠客已经成为一支出现在政治历史舞台的独立的社会力量。

侠客的社会阶层很难界定。因为侠客并不是特殊的社会集团，而是具有所谓"侠客气质"的一群人的集合。司马迁在《史记·游侠列传》中小心翼翼地将侠区分成王侯之侠、布衣之侠、闾巷之侠、匹夫之侠等。曾国藩也曾说过："于游侠中，又分三等人。布衣闾巷之侠，一也；有土卿相之富，

---

[1] 先秦时期，各个社会阶层皆有游侠出现，但是这些游侠身上也具备一些共同的特质，即后人常讨论的"侠气"。因此，本书会将游侠视为一个群体，在分析他们共性的基础上，进一步细分不同时期"侠气"的差异。

[2] 《孟子·尽心上》，万丽华、蓝旭译注：《孟子》，中华书局，2006，第302页。

二也；暴豪恣欲之徒，三也。"[1]这证明了游侠只是一种气质、一种习性，而非一种职业。概括地说，侠客"既非知识分子，也非政治家，只是一些意志坚强、恪守信义、愿为自己的信念而出生入死的人"[2]。可见无论何人，无论身份等级如何，只要按照侠客的观念行事，就是一名侠客。

春秋战国时期由于社会结构的调整，导致社会阶层开始发生剧烈的变化。在这样的背景下，游侠开始登上历史的舞台，为历史书写下浓墨重彩的一笔。韩非子对侠客很不看好，提出了"侠以武犯禁""其带剑者，聚徒属，立节操，以显其名而犯五官之禁"等观点。[3]荀悦在《汉纪》中更是将游侠评价为"德之贼"，将游侠贬得一文不值。然而民间对侠客的欣赏却延绵不绝，直到汉代，仍有人仰慕这群布衣之侠的言行举止，以"好任侠"等字句为褒扬之语。由于游侠精神影响甚广，不论对游侠的评价如何，汉代史学家们纷纷为这群游侠作书立传，使后人得以瞻仰膜拜侠客风骨，并通过想象，在自己的作品中依照先秦游侠的气节塑造出相关的人物形象。

可游侠是否就如后世认为的那般完美呢？司马迁和荀悦对游侠的评价都没有问题，只是他们的侧重点不一样而已。荀悦批评游侠"立气势，作威福，结私交以立强于世者，谓之游侠"[4]。并把游侠列于"三游"之首，认

---

[1] （清）曾国藩：《求阙斋读书录》卷三，（清）李瀚章编纂：《足本曾文正公全集》，长春：吉林人民出版社，1995，第2994页。

[2] 刘若愚：《中国之侠》，三联书店，1991，第13页。

[3] （先秦）韩非子：《韩非子·五蠹》，引自王先慎撰《韩非子集解》，中华书局，1998，第449、456页。

[4] （汉）荀悦：《汉纪》卷十，引自张烈点校《两汉纪》，中华书局，2002，第158页。

为游侠行径有违圣人之道，是导致周王朝礼崩乐坏的主要原因之一。司马迁则在《史记》中从较正面的角度肯定了游侠行为的可取之处，如"招天下贤者，显名诸侯""修行砥名，声施于天下"，赞扬了各阶层侠士的贤德。但司马迁也提到"朋党宗强比周，设财役贫，豪暴侵凌孤弱，恣欲自快，游侠亦丑之。"[1]这正好与荀悦对"三游"之首的游侠的评价遥相呼应。而荀悦在激烈抨击游侠败坏道德法制的同时，也肯定了他们的重诺尚武等优点："游侠之本生于武毅不挠，久要不忘平生之言，见危授命，以救时难而济同类。"[2]甚至分析了游侠之所以善恶两极化的原因："以正行之者，谓之武毅；其失之甚者，至于为盗贼也。"[3]可见荀悦抨击的只是"盗贼之侠"，而非全部游侠。通过史学家对游侠的评价，后人可以看出侠的意义并非只有一个孤立的选项，而是包括了广阔的内涵。

除却史学家在史书中为游侠刻画出的形象，侠客也在其他典籍中留下了踪迹。商周的甲骨文、金文之中尚无"侠"字的身影；成书于春秋战国之际的《墨子》中，疑似对侠的行为描写也是归纳在广义的"士"的范畴之内；直到战国晚期，典籍中才正式出现"侠"字。从这些典籍的记载中，可以看出侠客阶层的发展历程：由春秋战国时期，因礼乐分崩而游离于制度之外、游荡于各国之间；到战国末期因势力的壮大，正式被赋予"侠"的名号，成为社会的群体之一。《说文解字》中利用"侠"字解释了其他的

---

[1] （汉）司马迁：《史记》卷一百二十四《游侠列传》，中华书局，2000，第2414页。
[2] （汉）荀悦：《汉纪》卷十，引自张列点校《两汉纪》，中华书局，2002，第158页。
[3] 同上。

字眼:"甹,侠也。三辅谓轻财者为甹。"[1]"夹,持也。从大夹二人。"[2]可见在汉代人眼中,轻财、重权等都是侠的行为特征。古籍中常常"任""侠"二字并称,借此指代行侠行为,《尊任》一文更是指出"任也者,侠之先声"[3]。可见"任"与"侠"的意义当有相似之处,故常常并举。《墨子·经上》记载:"任,士损己而益所为也。"[4]《经说上》亦对"任"字做出解释:"任,为身之所恶,以成人之所急。"[5]这些亦可以看作是先秦两汉诸子百家对"侠"的定义的补充。龚自珍从历史及诸子百家关系的角度对"任、侠"二字做出解释:"任,任朋友之事者。"[6]"侠起先秦间,任则三代有之。侠尚意气,恩怨太明,儒者或不肯为;任则周公与曾子之道也。"[7]汪涌豪从文字学的角度解释了什么是侠,认为古代"夹""挟""侠"三字相通,侠的原义应为"挟持大人物并供其使役之人"[8]。可见"侠"的定义的多样性,不同年代、不同人物对"侠"字均有不同理解。骆玉明为《中国游侠史》一书作序时便说道:"侠之为义多歧,而任侠之徒,亦行止不一,取舍互

---

[1] (汉)许慎著,(清)段玉裁注,许惟贤整理:《说文解字注》,凤凰出版社,2007,第654页。

[2] 同上书,第860页。

[3] (清)龚自珍:《尊任》,《龚自珍全集》,上海人民出版社,1975,第86页。

[4] 吴毓江撰,孙启治点校《墨子校注》,中华书局,1993,第470页。

[5] 同上。

[6] (清)龚自珍:《尊任》,《龚自珍全集》,上海人民出版社,1975,第85页。

[7] 同上书,第86页。

[8] 汪涌豪:《中国游侠史》,复旦大学出版社,2001,第16页。

违。"[1]范晔对此也深有感悟："中世偏行一介之夫，能成名立方者，盖亦众也。或志刚金石，而克扞于强御。或意严冬霜，而甘心于小谅。亦有结朋协好，幽明共心；蹈义陵险，死生等节。虽事非通圆，良其风轨有足怀者。而情迹殊杂，难为条品；片辞特趣，不足区别。措之则事或有遗，载之则贯序无统。"[2]在为游侠分类时，似乎他也有些不知所措。可见对侠的定义与分类，因游侠品行的多面性，自游侠阶层出现起就是一个难题。

《史记·游侠列传》将侠客分为：平民之侠（闾巷之侠、匹夫之侠、乡曲之侠等），以及豪暴侵凌孤弱的暴豪之侠。他在列传中对这些类型的侠客逐一做了点评：王侯之侠虽然高风亮节深受景仰，但很大程度是依靠自身的家世背景；暴豪之侠拉帮结派仗势欺人，更是为人所不齿。其中司马迁极力赞扬的反而是儒、墨二家排斥批评的平民游侠，认为他们虽时常违反法令，但行为符合道义，因此广受世人赞赏。司马迁甚至将游侠与儒学圣人作比较："诚使乡曲之侠，予季次、原宪比权量力，效功于当世，不同日而论矣。要以功见言信，侠客之义又曷可少哉！"[3]对古布衣之侠"靡得而闻矣"一事感到万分可惜。作为第一篇系统性地介绍、总结先秦游侠的生平及个性的史料，这篇文章对后世的侠客文学影响深远，后世侠客文学中的侠客类型基本以此为基础发展而来。

《史记》将"王者亲属，借于有土卿相之富厚，招天下贤者，显名诸

1_ 骆玉明：《中国游侠史·序二》，引自汪涌豪《中国游侠史》，复旦大学出版社，2001，第1页。

2_ （六朝）范晔：《后汉书》卷八十一《独行列传》，中华书局，2000，第1799页。

3_ （汉）司马迁：《史记》卷一百二十四《游侠列传》，中华书局，2000，第2414页。

侯"的这群人归为"王侯之侠"[1]。他们的行为举止确实担得起一个"义"字。可若是与侠客相比,王侯之侠所行的"侠义"似乎与游侠们又有所不同。

史书中对战国四公子的评价基本一致,笔者简单地对四公子形象做了个共性的总结,发现他们都具备以下特征:

1. 广纳宾客:当时四公子门下食客皆数以千计,且皆以宾客众多为豪。

2. 礼贤下士:"人人各自以为孟尝君亲己。"[2] "士无贤不肖皆谦而礼交之,不敢以其富贵骄士。"[3] 对于门客的要求都竭尽所能地满足;为了获得门客的忠心,甚至可以杀掉自己的宠妾。

若吹毛求疵地看待四公子的"侠义"行为,他们的"侠义"其实更接近于儒家的"仁义"与墨家的"兼爱"思想。他们付出金钱,利用自己的名望,召集民间有能之士为自己办事,甚至可以听从旁人建议散尽家财以飨士,只求天下义士能归附自己。

王侯之侠所行之侠义本质上是利己的:疏财养士、尊贤重士也只是为了自身贵族阶层的统治;为获得门客之心而做出的牺牲,是权衡各方利弊之后的功利性选择,与传统对游侠的判断——"利他性"——似乎相关性不大。纵观他们的行为举止,与韩非子评价的"以武犯禁"似乎也丝毫没有半点联系。即使有,真正动手"以武犯禁"之辈也只是他们门下的宾客,

---

[1] (汉)司马迁:《史记》卷一百二十四《游侠列传》,中华书局,2000,第2414页。
[2] (汉)司马迁:《史记》卷七十五《孟尝君列传》,中华书局,2000,第1847页。
[3] (汉)司马迁:《史记》卷七十七《魏公子列传》,中华书局,2000,第1863页。

当有人冒犯了他们时，依附他们的门客自然会出手帮他们解决相关的问题。晋鄙质疑信陵君时，朱亥便出手击杀晋鄙，使信陵君能顺利接手相关军队救助赵国。赵人嘲笑孟尝君不像大丈夫，后果就是"客与俱者下，斫击杀数百人，遂灭一县以去"[1]。更确切地讲，王侯之侠应该算是游侠的召集者和管理者，并不能算是侠客本身。毋庸置疑，正因有了这群王侯将相的养士之风，闾巷之侠才具备了蓬勃发展的可能性。王侯之侠虽不可谓不贤，对明清公案小说影响深远，但对唐代的咏侠诗似乎影响并不大，唐代的咏侠诗中甚少出现王侯之侠这一类型的侠客，即使有，也多是对历史的缅怀与感慨。

《刺客列传》中记载的先秦游侠皆出身平民阶层，且身怀武艺、胆量过人。例如《刺客列传》的开篇第一人曹沫，"以勇力事鲁庄公"[2]，之后的专诸、豫让等也武艺超群。要离更提出"士患不勇耳，奚患于不能"的观点[3]，认为勇气才是成为侠客的先决条件。

先秦游侠的品格亦十分高洁。首先，他们不贪财。《吕氏春秋》中评价要离："可谓不为赏动矣。故临大利而不易其义，可谓廉矣。廉故不以贵富而忘其辱。"[4]严仲子进百金以结交聂政，聂政"竟不肯受"[5]。正因游侠仗

---

[1] （汉）司马迁：《史记》卷七十五《孟尝君列传》，中华书局，2000，第1848页。

[2] （汉）司马迁：《史记》卷八十六《刺客列传》，中华书局，2000，第1959页。

[3] 《吕氏春秋》卷十一《仲冬纪·忠廉》，引自许维遹《吕氏春秋集释》，中华书局，2009，第247页。

[4] 同上书，第248—249页。

[5] （汉）司马迁：《史记》卷八十六《刺客列传》，中华书局，2000，第1964页。

义轻财，贵族阶层才能放心地将家族甚至国家大事托付与这批布衣。其次，他们重知遇之恩。他们甘愿牺牲自己为贵族上位铺路的本质原因是贵族们看到了他们平凡外表下的闪光之处。专诸为报伍子胥的知遇之恩，愿为公子光效力。豫让数次击杀赵襄子，只因智伯"国士遇我，我故国士报之"[1]。聂政因为严仲子"诸侯之卿相也，不远千里，枉车骑而交臣"[2]，而甘为知己者用。可见为了报答知己，他们可以全身心地付出，包括自己的性命。

游侠们在任务的准备阶段已是牺牲自我，刺杀之后更是以性命解决情义两难全的问题。要离自断手足，伏剑而死之前对从者说道："杀吾妻子，以事其君，非仁也。为新君而杀故君之子，非义也。重其死，不贵无义。今吾贪生弃行，非义也。"[3]死亡是他保全仁义的最终方式。豫让被擒后，斩衣三跃，高叹："吾可以下报智伯矣！"[4]死亡是他举事不成的效忠方式。这类舍生取义的悲壮行为，更是为古游侠的形象添上浓墨重彩的一笔。这些形象不仅给当时的世人留下深刻印象，还让后世的读者读后心情澎湃不已。

侠客另一明显的特征就是助人为乐，视扶困济贫为己任。正如《太史公自序》所言："（游侠）救人于厄，振人不赡，仁者有乎。"[5]即使是对毫不相识的陌生人，侠客也毫不犹豫地施以援手，且不求回报。与汉高祖同时

---

[1] （汉）司马迁：《史记》卷八十六《刺客列传》，中华书局，2000，第1963页。
[2] 同上书，第1965页。
[3] （汉）赵晔：《五月春秋》卷四《阖闾内传》，江苏古籍出版社，1999，第39页。
[4] （汉）司马迁：《史记》卷八十六《刺客列传》，中华书局，1999，第1963页。
[5] （汉）司马迁：《史记》卷一百三十《太史公自序》，中华书局，2000，第2506页。

期的朱家"所藏活豪士以百数，其余庸人不可胜言。然终不伐其能，歆其德，诸所尝施，唯恐见之……既阴脱季布将军之厄，及布尊贵，终身不见也"[1]。郭解同样"折节为俭，以德报怨，厚施而薄望……既已振人之命，不矜其功……"[2]，当年民间少年对郭解极为崇拜："天下无贤与不肖，知与不知，皆慕其声，言侠者皆引以为名。"[3]

先秦两汉的游侠乐于不求回报地救助他人的特点对后世的侠客文学，尤其是侠客形象的塑造影响深远。这一部分，将在后文具体分析。

侠客们慷慨豪爽、视金钱如粪土的性格特征在《史记·游侠列传》中已有体现。例如朱家"家无余财，衣不完采，食不重味，乘不过䩄牛。专趋人之急，甚己之私"[4]；以任侠闻名天下的剧孟，他母亲去世时，前去送葬的有千乘之多，足见其地位之高。可是当他去世时，家无余十金之财。他们的钱财多数用于振人危难，而非用在自身。

到了东汉，侠客形象发生巨大变化。《独行列传》中的侠客多好读书，索卢放"以《尚书》教授千余人"[5]，刘茂"能习《礼经》，教授常数百人"[6]，李业"习《鲁诗》，师博士许晃"[7]，范式"受业太学"[8]……这时的"侠"与儒家

---

1. （汉）司马迁：《史记》卷一百二十四《游侠列传》，中华书局，2000，第2415页。
2. 同上书，第2416页。
3. 同上书，第2418页。
4. 同上书，第2415页。
5. （六朝）范晔：《后汉书》卷八十一《独行列传》，中华书局，2000，第1805页。
6. 同上书，第1803页。
7. 同上书，第1801页。
8. 同上书，第1807页。

思想的关系越显紧密,"任侠"方式与武艺也无太大的相关性,多是利用自身的高尚品德感化旁人。

譬如谯玄,因成帝"诏举敦朴逊让有行义者各一人。州举玄,诣公车,对策高第,拜议郎"[1],王莽篡权之后,"玄于是纵使者车,变易姓名,间窜归家,因以隐遁"[2]。公孙述僭号时,欲逼李业入蜀为官,李业在表达完"危国不入,乱国不居。亲于其身为不善者,义所不从。君子见危授命,何乃诱以高位重饵哉""丈夫断之于心久矣,何妻子之为"[3]的心迹之后,饮毒而死。温序被抓之时,说道:"受国重任,分当效死,义不贪生苟背恩德。"[4] 彭修更是依靠自身恩信,感化盗贼。"贼素闻其恩信,即杀弩中修者,余悉降散。言曰:'自为彭君故降,不为太守服也。'"[5]

上文列举的这些人不但好读书,更有朝廷命官的身份,与先秦游侠相比,他们"重义"的一面明显向儒家的"忠义"偏斜,行为更是染上儒家"穷则独善其身,达则兼善天下"[6]的味道。

汉代史学家在记录游侠事迹时都带着儒家的道德判断,范晔的《独行列传》便由《论语》引申开来,认为游侠行为"失于周全之道,而取诸偏至之端者也"[7]。"独行"二字,本身便是强调了游侠固执且不从俗的特点。即

---

[1] (六朝)范晔:《后汉书》卷八十一《独行列传》,中华书局,2000,第1800页。
[2] 同上。
[3] 同上书,第1802页。
[4] 同上书,第1804页。
[5] 同上书,第1805页。
[6] 《孟子·尽心上》,《孟子》,中华书局,2006,第291—292页。
[7] (六朝)范晔:《后汉书》卷八十一《独行列传》,中华书局,2000,第1799页。

便是相对客观公正的司马迁，也是从儒家"君子"的角度阐释游侠。因此后人难免会疑惑：究竟是当时游侠的作风本是如此，还是在故事的流传过程中，本不属于任何流派、自成一家的游侠被渲染上了儒家的色彩？但无论如何，秦汉时期的侠客形象对后世侠客文学的人物塑造影响十分深远。

侠客除了有义举，同时也有暴戾的一面。司马迁列举了北道姚氏、西道诸杜等人，认为这些是"盗跖居民间者"[1]。班固评价游侠时说道："惜乎不入于道德，苟放纵于末流，杀身亡宗，非不幸也。"[2]轵地儒生只是批评郭解不贤，便惨遭郭解的崇拜者断舌杀害。原涉的宾客同样因有人诋毁原涉便"时刺杀言者"[3]。可见在游侠的眼中，法纪、人命等都不重要，重要的是义气和然诺。然而对"错"与"难"的分辨却是依靠他们的主观判断，为了维护自己的判断，他们不惜以身犯法、以武乱禁，因而他们的行为在儒家或法家的眼中都是极其错误乖张的。这也是大多数的汉代史学家在谈到游侠时都带着批评态度的原因之一。

闾巷之侠之所以受人敬仰，是因为他们将好杀暴戾的一面用个人的道德修养包装起来，杀戮在此成为他们成就自身大义的方式。可仍有一部分侠客没有仁义之心，只有好杀之气。这批侠客成了司马迁笔下的豪暴之侠。西汉末年，豪暴之侠凭借自己的武力与威望，在乱世之中自成一方势力，一跃成为地方豪强。

---

[1] （汉）司马迁：《史记》卷一百二十四《游侠列传》，中华书局，2000，第2418页。
[2] （汉）班固撰，（唐）颜师古注：《汉书》卷九十二《游侠传》，中华书局，2000，第2738页。
[3] 同上书，第2750页。

陈遵早年曾任京兆史，举止颇有游侠的放纵之态。《游侠传》中记载："遵耆酒，每大饮，宾客满堂，辄关门，取客车辖投井中，虽有急，终不得去。"[1]而他的这种"大度"之风，吸引了不少仰慕者，"郡国豪桀至京师者，莫不相因到遵门"[2]。"遵既免，归长安，宾客愈盛，饮食自若。"[3]可见时人并非因为陈遵的权势前去巴结讨好，而是真心崇拜仰慕他的放浪做派。

陈遵的行为可能只是放荡不羁，原涉的做法则更能体现豪暴之侠"权行州域，力折公侯"[4]的一面。季父为茂陵秦氏所杀，原涉"自劾去官，欲报仇"[5]。谷口豪杰立即帮他手刃秦氏；王游公教唆尹公毁坏原涉父亲之坟，原涉大怒，让长子带领宾客二十人杀了王游公及尹公等人，可见原涉内在依旧是好杀之辈。

陈遵、原涉等汉代游侠与先秦游侠相比，性质出现了明显的变化，虽仍是依靠自身人格魅力吸引崇拜者与追随者，然而所行侠义之事常是出于私欲，或是欲借此获取名声。身份也由游侠变成称霸一方的地方豪侠。陈山在《中国武侠史》一书中分析了这一转变的原因："通过地域、行业、血缘关系，用种种方式把武侠固定在某一特定关系网中，以此结合成某种势

---

[1] （汉）班固撰，（唐）颜师古注：《汉书》卷九十二《游侠传》，中华书局，2000，第2746页。

[2] 同上。

[3] 同上书，第2747页。

[4] 同上书，第2738页。

[5] 同上书，第2749页。

力范围,以适应并强化豪强化的趋势。"[1]范晔也对汉代豪侠做出了"并兼者则陵横邦邑,桀健者则雄张闾里"[2]的评价,游侠名字前边的地名就是这位游侠的势力范围。这也解释了为何侠客由先秦时期个人英雄主义式的单打独斗转变成"作威福,结私交"的结社式行为。这时游侠行为更着重在复仇与崇名等方面,侠义精神由利他主义逐渐转向利己主义。

关于原涉的记载说明了在两汉时期任侠行为的普遍性。当此之时,连高官后代在复仇时都不依靠法律途径,而是采用民间游侠的复仇方式,甚至到东汉末年,世宦子弟们替亲属报仇时仍是采用游侠的方式。[3]这足以证明当时任侠风气已自下而上地影响了贵族阶层,甚至朝廷官员本身便与游侠阶层来往颇密,郭解能够"布衣权至使将军为言"[4]、河间王"又多豪右,共为不轨"[5]。

汉代游侠及其宾客们的行为虽也有救人危急的一面,但更多的是仗势欺人。其他的大族世家里豢养的宾客也绝大多数为违法乱纪之辈。《汉书·赵尹韩张两王传》中记载:"郡大姓原、褚宗族横恣,宾客犯为盗贼,前二千石莫能禽制。"[6]连朝廷官员手下的宾客也是"多为奸利"。原涉与王、

---

[1] 陈山:《中国武侠史》,三联书店,1992,第62页。

[2] (六朝)范晔:《后汉书》卷七十七《酷吏列传》,中华书局,1999,第1681页。

[3] 《后汉书》的《苏不韦列传》及《崔骃列传》分别记载了苏不韦为报父仇散尽家财招募剑客以杀仇人祭父、大儒崔瑗为兄报仇手刃仇人而亡命的故事。

[4] (汉)司马迁:《史记》卷一百二十四《游侠列传》,中华书局,2000,第2417页。

[5] (六朝)范晔:《后汉书》卷五十九《张衡列传》,中华书局,2000,第1311页。

[6] (汉)班固撰,(唐)颜师古注:《汉书》卷七十六《赵尹韩张两王传》,中华书局,2000,第2392页。

尹二公的交锋，便是地方执政者与豪侠势力的对峙。最终京兆尹门下督萬章因"报仇怨养刺客"被王尊捕杀[1]，原涉也被申屠建斩杀，头颅被悬挂在长安街市以儆效尤。可见政府通过对"郡国名豪"的镇压来强化自己的统治力量。

朝廷在镇压游侠阶层时也故意挑选一些具备侠客特征的官员。担任济南守的郅都，一上任便能诛杀"宗人三百余家，豪猾，二千石莫能制"的济南首恶瞷氏，给其他豪侠一个下马威，"居岁余，郡中不拾遗，旁十余郡守畏都如大府"[2]，明显地遏制了地方豪侠的气焰。郅都自言"已背亲而出，身固当奉职死节官下，终不顾妻子矣"[3]。《汉书》对郅都的评价为"勇有气，公廉，不发私书，问遗无所受，请寄无所听"[4]。勇武、轻财、重义等性格特征与游侠相若。《酷吏传》中的其他酷吏也或多或少具备了游侠的性格，甚至年轻时亦有任侠的行为，但他们的任侠主要体现在史学家批评的层面上，范晔即便肯定了汉代酷吏"揣挫强埶，摧勒公卿，碎裂头脑而不顾，亦为壮也"[5]的正直，也不得不批评他们"临民之职，专事威断，族灭奸轨，先行后闻。肆情刚烈，成其不桡之威。违众用己，表其难测之智。至于重文横入，为穷怒之所迁及者，亦何可胜言。故乃积骸满阱，漂血十

1_（汉）班固撰，（唐）颜师古注：《汉书》卷九十二《游侠传》，中华书局，2000，第2743页。

2_同上书，第2702页。

3_同上书，第2703页。

4_同上。

5_（六朝）范晔：《后汉书》卷七十七《酷吏列传》，中华书局，2000，第1681页。

里"[1]的残忍无情。

这些因朝廷为了加强政权统治而提拔起来的豪侠，治理地方期间凭借杀戮制造恐慌，获得所谓"宿恶大奸，皆奔走它境""道不拾遗"的声名，从而加官晋爵。但地方豪侠那种"作威福，结私交，以立强于世"的本质特征并没有因高升而有所改善。虽斩罚不避权贵，政权得到巩固，但是"酷吏"乱用重法的本质是为自己谋求最大化的利益，瓦解其他豪强势力的同时，他们也能"立强于世"。这一过程中，他们也会互相倾轧争权：即便宁成侧行相迎，义纵还是"至郡，遂按甯氏，破碎其家"[2]。义纵不满王温舒，便常常破坏王的行动。王温舒更是拉拢其他豪强，大力打压较无权势的地方豪侠，借此警告豪强大户并趁机搜刮钱财，"其吏多以权贵富"，本人死后更是"家累千金"。[3]另一方面，他们对权要则是尽情谄媚，换取他们帮自己传播声名的可能性。

仔细分析汉代史书中的游侠行为，可以发现游侠与政权联系的紧密程度的变化——由一开始的民间游侠到后期与政权紧密结合的游侠。早期的郭解等人虽具有地方势力，甚至当地官员都对他无可奈何，可本身仍是一介布衣，并无任何官权。而西汉末年的众多侠客都曾身居要职。陈遵曾任京兆史，后被封为嘉威侯。楼护曾被举荐为谏大夫，之后复荐为广汉太守。他的一些行为也开始背离游侠轻生死、重然诺的信仰，故人之子吕宽

1_（六朝）范晔：《后汉书》卷七十七《酷吏列传》，中华书局，2000，第1681页。
2_（汉）班固撰，（唐）颜师古注：《汉书》卷九十《酷吏传》，中华书局，2000，第2706页。
3_ 同上书，第2709—2710页。

逃亡广汉时，楼护反而将他交给王莽，借此换取荣华富贵，最终获封息乡侯，位列九卿。这足以见得汉末的游侠虽然还保留了先秦游侠助人为乐的特点，但已有部分游侠向朝廷靠拢，行侠只是他们获得声望、换取政府对自己重视的手段。这时的游侠偶尔会有不愿出仕的情况，但多数最终成为朝廷的一员，甚至官居显位。当时游侠的任侠行为与早期游侠相比，开始染上一些功利性。

《游侠传》中的汉末游侠基本是名门出身，《独行列传》中的游侠也大都身居要职，任侠的风气由民间再次转向贵族阶层。此时的侠客更类似于战国的王侯之侠，结交天下游侠，培养宾客，让他们为自己铲除异己。游侠势力在这时显赫异常，无怪乎朝廷会将这一批人列为重点打击对象了。

因为朝廷的打压，东汉以后，游侠以阶层分化的方式逐渐退出历史的舞台，底层游侠被酷吏当成政治资本打压殆尽，上层游侠则完成了由地方豪侠向中央权贵的华丽转身。之后的各朝虽也有游侠或者具侠气之人，但规模及势力已无法与先秦两汉时期相比。汉代之后，真正的游侠阶层再也不被史学家重视，只剩下文学作品中的相关身影供人欣赏和想象。对游侠的崇拜与模拟，深远地影响了汉后各个时期的士人行为及文学作品。

因为游侠的行为并不符合儒家规范，受儒家思想影响的史学家们对游侠褒贬不一，荀悦认为游侠"立气势，作威福，结私交以立强于世"[1]，班

1_（汉）荀悦：《汉纪》卷十《孝武皇帝纪》，引自张烈点校《两汉纪》，中华书局，2002，第158页。

固认为游侠"以匹夫之细，窃杀生之权，其罪已不容于诛矣"[1]，大部分都是抨击侠客的违法乱纪。只有司马迁给予了游侠公正全面的评价，在批评游侠飞扬跋扈的同时，也肯定了他们舍己为人、振人危急等伸张正义的一面。不过他的观点在独尊儒术的汉代屡遭贬斥，班彪认为《游侠列传》"贱守节而贵俗功"[2]，班固则认为《游侠列传》"退处士而进奸雄"[3]。虽然从儒学和法律角度而言，游侠在社会上并不受尊尚，但他们那种带有替天行道性质的行为，让社会底层的那些心有不平却申诉无门的弱势群体似乎看到了微弱的希望，并想象出一群为自己打抱不平的人物形象。因此游侠的形象在后世的流传过程中得到不断美化，逐渐成为理想化的完美形象。

从文学角度而言，我们可以把汉代这批关于游侠的史料记载看成早期的英雄文学作品。后人在阅读学习的过程中，对这些英雄形象进行评价、崇拜，再结合自身的想象，进而创造出新类型的英雄文学类型，如武侠小说、仙侠小说、咏侠诗等。后世的侠客文学与先秦两汉的史料有着一脉相承的联系。因而后世的侠客文学作品中的侠客形象，无论正面或负面，即便是后来的"文侠""武侠""剑侠""儒侠""盗侠"之类的划分，也只是在先秦两汉游侠的基础上依照侠客气质或行侠方式所作的细分，行事方式实与先秦两汉的游侠相类，依然没有脱离汉代史书对游侠形象的书写和

---

[1] （汉）班固撰，（唐）颜师古注：《汉书》卷九十二《游侠传》，中华书局，2000，第2738页。

[2] （六朝）范晔：《后汉书》卷四十上《班彪列传上》，中华书局，2000，第891页。

[3] （汉）班固撰，（唐）颜师古注：《汉书》卷六十二《司马迁传》，中华书局，2000，第2070页。

塑造。

唐代咏侠诗在塑造侠客类型时也不例外。唐代任侠风气同样盛行，唐代咏侠诗除对历史游侠进行歌颂之外，还会对当时的侠客形象进行书写。仔细分析的话，唐代的侠客类型大量继承了汉代游侠的形象特征，既有舍己为人的正面形象，也有斗鸡走马的纨绔形象，当中的侠客形象并非明清小说中所美化了的正义的、没有私人情感的道德化身，而是既有顽劣一面又有忠义一面的有血有肉的形象。

首先，先秦两汉时期的游侠传记影响了唐代咏侠诗的题材。胡曾与周昙均以咏史诗闻名于一时。他们曾针对豫让刺赵一事从不同角度写下流传千古的诗篇。胡曾在《咏史诗》（豫让桥）中，通过"行人"与"国士"的对比，突出豫让酬恩行为的难能可贵，点出了他能够"高名不朽到如今"[1]的原因就是怀有知恩图报之心。周昙的《春秋战国门·豫让》则从另一角度评价了豫让刺杀赵襄子的事件。他认为豫让对智伯如此忠义的原因，是智伯的尊宠让豫让感受到了士的尊严，所以豫让才会执着地为智伯报仇。诗人通过豫让对中行氏和智伯的态度对比，点明了统治阶层若想要臣子忠于自己，就得给予相应的重视。

唐代诗人对历史上的侠客故事从不同的角度做出的解读和演绎，塑造出唐代咏侠诗中的古代游侠群像。这一部分将在后文具体分析。

其次，秦汉时期的游侠传记影响了唐代咏侠诗的人物形象。正如前文

1_（唐）胡曾:《咏史诗》（豫让桥），《全唐诗（增订本）》卷六百四十七，中华书局，1999，第7476页。

所分析，游侠们有不吝钱财、乐于助人、恣意任性、重情重义及残暴好杀等性格。这些性格特征在唐代游侠身上也有所体现。唐代的咏侠诗除借助古代的游侠群像抒情表意外，还刻画了一批唐代游侠。从这批唐代游侠身上，我们能够看到秦汉游侠的性格特征在后世的传承。

浪漫主义大诗人李白塑造过不少侠客形象，仔细分析李白咏侠诗的用字，我们会发现"杀"字出现的频率特别高，如"杀人红尘中"[1]、"十步杀一人"[2]、"杀人都市中"[3]等。李白似乎很喜欢用"杀人"来凸显侠客勇武的一面，这种勇武不同于世俗，游离于约束之外，让侠客形象在显得不羁浪漫的同时又具有自己的鲜明个性。除以好杀行为来证明侠客的勇武外，诗人又常用杀人工具来衬托侠客的侠气，如"玉剑""匕首"等。不单李白，在唐人眼中，杀戮不再是传统认为的违法犯禁，反而是彰显自我个性的一种表达方式。

曾遭陷害入狱的张潮在对《剑侠传》的点评中表达了恨世间无剑侠的牢骚，也曾在自己的小品文中写道："胸中小不平，可以酒消之。世间大不平，非剑不能消也。"[4]可见在民间，以暴力手段维持公义一直是大家心中所奉的圭臬。毕竟法纪也有自己的短板，侠客的暴戾手段在这时成为补

---

[1] （唐）李白：《赠从兄襄阳少府皓》，《全唐诗（增订本）》卷一百六十八，中华书局，1999，第1733页。

[2] （唐）李白：《侠客行》，《全唐诗（增订本）》卷一百六十二，中华书局，1999，第1690页。

[3] （唐）李白：《结客少年场行》，《全唐诗（增订本）》卷二十四，中华书局，1999，第322页。

[4] （清）张潮：《幽梦影》，中华书局，2008，第134页。

全法纪短板、维护世间正义的重要手段。所以唐诗中游走在都市之间的侠客也会利用暴力手段去为底层百姓鸣不平。贾岛笔下的剑客在十年磨一剑之后会问："谁为不平事？"[1]吕岩磨剑赠侯道士是为了"削平浮世不平事"[2]，李中也在《剑客》一诗中发出"神剑冲霄去，谁为平不平"[3]的感叹。游侠手中的刀剑在唐代咏侠诗中变成了为人伸张正义的化身。

唐代游侠在行侠之后亦经常如同秦汉游侠一般不求回报。聂隐娘在帮助刘昌裔之后悄然离去，不求功名；昆仑奴磨勒在为主人崔生解决了爱情方面的障碍后，同样不图任何回报。唐传奇中如此，唐代咏侠诗中"事了拂衣去，深藏身与名"的侠客也并不少见。除部分边塞游侠对自己的付出有所期待之外，唐诗中其他的游侠都只是以完成报恩、报仇为最终目的，即便是帮助弱小解决困难，也不会要求对方提供报酬，因为对侠客而言，行侠仗义便是他们的人生理想。

游侠之所以受世人景仰，另一个原因就是重情重义。唐代的游侠们同样认为"恩酬期必报，岂是辄轻生"[4]。在这些游侠的眼中，恩情远比自己的生命重要得多，"死生容易如反掌"，"此中报仇亦报恩"[5]，甚至有些人是

---

[1] （唐）贾岛：《剑客》，《全唐诗（增订本）》卷五百七十一，中华书局，1999，第6675页。

[2] （唐）吕岩：《化江南简寂观道士侯用晦磨剑》，《全唐诗（增订本）》卷八百五十八，中华书局，1999，第9761页。

[3] （唐）李中：《剑客》，《全唐诗（增订本）》卷七百四十七，中华书局，1999，第8586页。

[4] 同上。

[5] （唐）李益：《轻薄篇》，《全唐诗（增订本）》卷二十五，中华书局，1999，第331页。

为了报恩才不计死生地走上豪侠之路，譬如卢照邻笔下的"刘生"，为了报恩选择抱剑专征，明知此去前程凶险，但他仍是"但令一顾重，不吝百身轻"[1]。可见唐人在塑造游侠形象时，仍保留了秦汉游侠知恩图报的特点。虽说唐诗中的游侠依旧具有逞匹夫之勇、罔顾法律的负面特征，但是游侠精神之所以能流传千古不正是其中让人心潮澎湃的个人英雄主义情结吗？

具有少数民族背景的唐王朝民风豪迈不羁，因此咏侠诗中的侠客形象也多带有恣意放肆的性格特征。著名诗人李益《轻薄篇》里的游侠甫一出场便是"天生俊气自相逐，出与雕鹗同飞翻"。综观这名游侠一天的活动，似乎没有事先规划，颇有随心所欲的率性姿态。其他诗人笔下的游侠也多有纵情于美酒佳人的一面。他们饮酒作乐，开心时"相逢意气为君饮，系马高楼垂柳边"[2]，不开心时"千金笑里面，一搦抱中腰"[3]。这些描写与汉末豪暴之侠的豪奢行为颇有相似之处。

不过，这批平日出入章台狂歌痛饮的少年，上了沙场后同样是浴血奋战勇夺军功的好儿郎。这与唐代的政治文化背景有着密切的关系。这一部分的分析，详见第二章。

---

[1] （唐）卢照邻：《刘生》，《全唐诗（增订本）》卷十八，中华书局，1999，第198页。

[2] （唐）王维：《少年行四首》（其一），《全唐诗（增订本）》卷二十四，中华书局，1999，第324页。

[3] （唐）李百药：《少年子》，《全唐诗（增订本）》卷二十四，中华书局，1999，第323页。

第二节 魏晋六朝咏侠诗对唐代咏侠诗的影响

游侠振人危急不求回报的品格自古以来在民间广受好评,汉代民间便有不少歌咏游侠的民谣。《史记》中便收录了一首楚人谚谣:"得黄金百(斤),不如得季布一诺。"[1]借此赞美汉代初年信守然诺的任侠义士季布。西汉末年同样有民谣:"强直自遂,南阳朱季。吏畏其威,民怀其惠。"[2]歌颂好节慨的临淮太守朱晖,广募"有气力勇猛能以死易生者"[3]等游侠之辈的刘陶,以义勇多谋闻名当时的彭循也有吏民长老为之作歌。可见侠士无论是为官还是在野,都能凭借自身高尚品格获得普遍的赞美。

秦汉时期的横吹曲辞与鼓吹曲辞,多直接描述战争场面,抒发君臣对将士凯旋的憧憬,并没有直接涉及游侠的书写。不过这类军旅边塞题材的诗作也能看作后代咏侠诗的前身,毕竟现存最早的有关游侠的诗作《白马篇》,便是由边塞诗歌脱胎而来。魏晋时期,咏侠诗多与边塞游侠有关。南北朝时期,由于贵族文人的加入,诗作中也逐渐出现了贵族游侠的身影。魏晋六朝的咏侠诗作品,上承先秦游侠的气质内涵,下启唐代咏侠诗作的写作模式,可以说是先秦游侠传记与唐代咏侠诗之间的过渡。

魏晋南北朝的咏侠诗展示了传统的游侠气质及精神面貌。曹植《名都篇》中的京洛少年继承了汉代侠客洒脱不羁、任气放纵的气质,《结客篇》

---

[1] 《曹丘生引楚人谚》,《史记》卷一百《季布栾布列传》,中华书局,1999,第2109页。

[2] 《临淮吏人为宋晖歌》,《先秦汉魏晋南北朝诗》,中华书局,1983,第208页。

[3] 《顺阳吏民为刘陶歌》,《先秦汉魏晋南北朝诗》,中华书局,1983,第212页。

更是塑造了为友报怨而"利剑鸣手中，一击而尸僵"[1]快意恩仇的游侠形象。陈琳的《博陵王宫侠曲》虽现已散佚，但晋初文人张华的同名诗作也向后人呈现出古游侠的面貌。诗中的侠客于幽险之地筑室山阴，通过远离烦嚣的居住之地，侠客卓尔不群的形象便略可一窥。即使"岁慕饥寒至"，"穷令壮士激"[2]，侠客亦是坚守本心，不受世间功利诱惑。张华歌颂了"身在法令外，纵逸常不禁"[3]的古游侠品质。陶渊明的《拟古》（其八）则抒发了自己对古代贤士"饥食首阳薇，渴饮易水流"轻死重义精神的缅怀。

秦汉史料中的游侠行径都具有两面性：仗义重诺与违法乱禁。倚仗自身武功，游侠可以替人解难，平世间不平。可是绕开法纪去解决问题，必然会涉及违法的问题。此外，游侠的流浪特质注定他们或成为贵族的食客，或沦为剪径之贼，否则他们没有固定的收入养活自己。六国之后，贵族阶级都自身难保，哪有余力去供养门客？而沦为盗贼的游侠，势必对社会治安造成冲击，具有一定地方势力的游侠甚至有可能对政权的稳固产生影响，这也难怪朝廷会不遗余力地铲除游侠势力。在这样的背景下，游侠们不得不重新考虑出路。汉末三国时期正值乱世，各大地方割据势力都急需勇武之人，游侠可以改头换面，用自己的力气与勇猛换取功名利禄。从此，游侠开始有意识地向政治集团靠拢，成为政治角逐的助力之一。

当时的文人热切追求功名，渴望在乱世之中成就一番事业，或是辅佐

---

[1]（三国魏）曹植：《结客篇》，《先秦汉魏晋南北朝诗》，中华书局，1983，第440页。

[2]（西晋）张华：《博陵王宫侠曲二首》（其一），《乐府诗集》，中华书局，1979，第969页。

[3] 同上。

明君得天下。本身颇具侠气的曹操在争夺天下时，手下也多有任侠之辈。建安文学的集大成者曹植亦以王公子弟的身份倾慕游侠，行事更是"任性而行，不自雕励"[1]。因而建安时期，诗歌作品中开始出现与之前截然不同的游侠形象。受建安文学的影响，魏晋六朝时期侠客文学中的游侠形象发生了巨大的转变：由自甘流浪、不愿做官，到积极建功、积极入世。

曹植在名篇《白马篇》里，塑造了一个积极参军、渴望建功立业的幽并游侠形象。诗中用一系列动作描写展示了这位自小离乡的游侠武艺到底有多么高强，"仰手接飞猱，俯身散马蹄"等高难度动作对这位游侠而言毫无障碍。一听说边城军情紧急，游侠立即"厉马登高堤"[2]，为国拼死奋战。正因为《白马篇》把游侠精神引向为国镇边，因此后世的咏侠诗与边塞诗边界变得十分模糊。不过，若从封建伦理道德出发，这类转变使游侠的形象更符合封建政权的需要，与"英雄"形象的结合也更紧密了。

前人认为自汉之后游侠消失殆尽，这观点似乎失之偏颇。汉代之后并不是没有游侠的出现，而是游侠的追求早已世俗化，他们不再像先秦两汉时期那般漠视金钱功名，而是将"轻死生，重然诺""赴士之阨困"的一面转向报效国家换取功名。在行为层面，他们仍追求先秦闾巷之侠的勇武和重义气；在物质层面，他们则向豪暴之侠靠近，追求社会地位及物质满足。这批游侠虽重功利，但是在勇武重诺、尚气重义方面还是与之前的游侠保持一致，所以仍属于侠的范畴。只是物质层面的丰富带来了社会阶层的提

---

[1] （晋）陈寿撰，（南朝）裴松之注：《三国志》魏书十九《陈思王植传》，中华书局，2000，第417页。

[2] （三国魏）曹植：《白马篇》，《先秦汉魏晋南北朝诗》，中华书局，1983，第432页。

升与固化，游侠"游"的特点逐渐弱化，目的也单一了许多：为了追求自身的价值与利益。

由于游侠的社会追求发生了明显变化，《白马篇》之后，文学作品中的闾巷之侠不再像先秦时期淡泊名利，而是开始踊跃追求功名。这些转变在魏晋南北朝的诗歌中有明显的表现。

且魏晋六朝政局动荡，除内在统治的不稳定以外，当权者还要面对少数民族政权在边境虎视眈眈的问题。当时的下层文人由于依附军阀官僚，需要奔走于边疆与京城之间，因此他们对游侠的形象有了更深入的了解。鲍照在《代陈思王白马篇》中，模仿了曹植诗歌的内容结构，通过自身的想象，塑造了弃绝国中、为了"但令塞上儿，知我独为雄"[1]而远赴边戎的游侠形象。从陈思王到鲍照的约两百年间，相同题材的诗歌中，游侠的追求基本一致——通过戍边建功的方式展示自己的勇武和豪气。可见魏晋南北朝对"侠"的理解已经与前朝大为不同。"边塞之侠"的形象开始活跃于咏侠诗当中，甚至成为这个阶段咏侠诗的主要代表之一。

这一时期，文学作品中的侠客对"恩义"的理解也开始变化：由感念知遇之恩变成忠心于皇权。先秦时期的主宾供养关系已经完全淡化不见。从《白马篇》开始，游侠的形象有了巨大转变，由游离于政权之外，甚至与政权对立的姿态，变成巩固政权的存在，由以武犯禁的私斗形象变成为国捐躯的英雄形象。为了国家，"名编壮士籍"的游侠可以因公废私，不顾自己性命安危，甚至不顾父母妻子。由魏入晋的傅玄在《长歌行》中气

---

[1] （南朝宋）鲍照：《代陈思王白马篇》，《乐府诗集》，中华书局，1979，第915页。

沉笔重地介绍了晋武帝出征吴国时的场景，其中军中壮士"闻贼如见仇"、"投身效知己"是壮士们参军的原因。这里的知己，不再是养士的贵族，而是朝廷。阮籍的《咏怀》（壮士何慷慨）更是从人格气节和愿效命王朝等方面塑造了一个"志欲威八荒"的慷慨激昂的英雄形象，诗歌以"忠为百世荣，义使令名彰。垂声谢后世，气节故有常"四句作为结尾，说明在诗人眼中，要想流芳百世，忠与义缺一不可。张华的咏侠诗除强调英雄要忠义外，更在诗作中结合人生意义及价值，点明壮士报国应趁早："年时俯仰过，功名宜速崇。壮士怀愤激，安能守虚冲？"[1]因而诗作具有了现实说教的意义。

吴均在塑造慷慨为国赴难的勇士形象时，同样强调了他们为报君恩不惧生死的一面。在自创乐府题《胡无人行》中，吴均更是用"男儿不惜死，破胆与君尝"[2]的夸张手法突出了壮士愿为国效力不惜一死的决心。鲍照在《拟古》（其三）中，同样塑造了一个孔武矫健且愿立功边疆的幽并少年形象。寒微出身的吴均与鲍照颇爱以边疆游侠的题材抒发自己的志向，并借助游侠之口表明自己对朝廷的忠诚，希望借此获得赏识。游侠在他们的笔下不再是一个单薄的外在形象，而是被赋予了深刻的内涵——诗人愿为朝廷效命的拳拳之心。

由此可以看出，在魏晋六朝时，侠客文学除在"侠义"方面发生变化外，游侠的形象也与往昔不同。这时的侠客形象塑造分为外在和内在两部

---

[1] （西晋）张华：《壮士篇》，《先秦汉魏晋南北朝诗》，中华书局，1983，第613页。
[2] （南朝梁）吴均：《胡无人行》，《乐府诗集》，中华书局，1979，第597页。

分：英武有力之形和报国立功之心。这也影响了唐代咏侠诗的写作：在塑造游侠形象的时候，同时要注意立意的高远。

魏晋南北朝政局动荡，特别是晋代政坛笼罩着恐怖气氛，并且当时门阀制度严苛，有"上品无寒门，下品无势族"的说法。游侠在文人的笔下，除了作为歌颂赞美的对象，又多了一层功用——借游侠抒发自己的内心情绪。

这一时期，文人笔下的游侠，可以看作他们内心中自己的理想形象。这时的文人追求建功立业、报效国家，因而诗人笔下的少年儿郎均是受命自忘的形象。即使是"寄意遥深"的阮籍，在他的《咏怀》系列中也有"弯弓挂扶桑，长剑倚天外"[1]这类雄杰豪情的展示，结合其他诗作，我们可以发现在还没认识到政途险恶之前，少年阮籍也有过报效王室、入世建功之心："少年学击刺，妙伎过曲城。英风截云霓，超世发奇声。挥剑临沙漠，饮马九野垌。旗帜何翩翩，但闻金鼓鸣。军旅令人悲，烈烈有哀情。念我平常时，悔恨从此生。"[2]

这首诗虽是阮籍的自述，看似与游侠无关，但正如前文所说，侠只是一种气质，而非职业、身份，因此对剑术的喜爱与对军旅的向往便是阮籍内心侠气的表现。虽然阮籍终其一生也没能真正挥剑饮马边塞之上，然而他把内心的侠气化作想象，通过与现实的对比，抒发了自己渴望济世的豪

---

1. （三国魏）阮籍：《咏怀五言八十二首》（其三十八），《阮籍集校注》，中华书局，1987，第319页。
2. （三国魏）阮籍：《咏怀五言八十二首》（其六十一），《阮籍集校注》，中华书局，1987，第365页。

情壮志。

  在西晋诗坛中举足轻重的诗人张华，早年出身寒门，因此他对寒素子弟的仕途坎坷颇为同情。在《博陵王宫侠曲二首》（其一）中，他便借因贫困铤而走险的侠客形象抒发了寒门士人感激发愤的心情。

  左思的《咏史》诗中同样有关于游侠的描写，不过与傅玄、张华等人的咏侠诗不一样，左思的抒写，侧重于凸显古代游侠的某种气质，而非追求功名。因出身低微，在宦途无法得志之后，左思诗歌内容逐渐由入世变成出世。因而诗歌内容风格与同时期的诗人有着极大的不同。在《咏史诗八首》（其六）中，诗人将"高眄邈四海，豪右何足陈"的荆轲、高渐离等古游侠与豪右权贵作对比，得出"贱者虽自贱，重之若千钧"的结论[1]，并借此辛辣地嘲讽了贪图富贵的权贵形象。

  除对侠义的理解发生变化外，咏侠诗的主题在魏晋六朝时期也得到了极大的拓展。除将咏侠诗与边塞和感遇言志结合起来之外，到了庾信时，咏侠诗中又开始增添了一丝思归的色彩，使得游侠的形象变得更加人性化起来。这时的游侠形象不再只是铁骨铮铮的硬汉，他们英雄气概的背后同样也有着一颗柔软的心灵。边塞的苦寒、战场的杀气、游子的思归，这一系列围绕边塞的主题无一不符合南朝人"感荡心灵"的审美趣味。这时咏侠诗开始着重游侠内心世界的外显，此亦开拓了不少咏侠诗的新题材。

  除感遇思归之外，鲍照的《代东武吟》又讲述了游侠报国之后的另一

---

[1] （西晋）左思：《咏史诗八首》（其六），《先秦汉魏晋南北朝诗》，中华书局，1983，第733页。

种遭遇，其实也是一部分少年游侠年老后的遭遇：少壮辞家去，穷老还入门的英雄，到年老时得到的却是被弃置一旁的待遇。而遭弃置的老年英雄只能向当权者坦露心迹，希望能重新得到朝廷的重用。虽然南北朝的咏侠诗数量不多，但南北朝的文人在咏侠诗创作的同时常常融合了文人怀才不遇的心情，使得咏侠诗又增添了一丝伤感的色彩。

有一部分告别亲友远离家乡的游侠，在边关辛苦拼杀却功名无望，心态自然不像那些功成名就的游侠一般畅爽。因此南北朝的咏侠诗又有了新的发展——与游子思归的主题结合起来。阮籍"挥剑临沙漠"之后并非像之前边塞游子那样慷慨壮烈，反而心生哀情，"念我平常时，悔恨从此生"。阮籍咏怀诗书写的主角虽然不是游侠，但为咏侠诗拓开了一个新思路。之后的边塞咏侠诗写作亦开始加入思乡的成分，游侠不再单是英雄的形象，而是跟寻常百姓一般有自己的苦乐哀愁，游侠的形象变得更人性化。庾信的《燕歌行》和《拟咏怀》(其十七)便继承了阮籍的传统。被迫滞留北方的庾信晚期的诗歌风格有了很大的变化，了解边关疾苦的他在诗歌中表达了自己滞留北方难回故土的心情，因此他的边塞咏侠诗中的思乡情绪格外真挚感人。

南朝的咏侠诗既有情致婉约的特点，又染上了雄浑慷慨的因素，因而开始产生悲慨雄浑的诗歌风格。鲍照的《结客少年场行》与《代陈思王白马篇》是南朝这种另类诗歌风格的代表作。郭茂倩在《乐府解题》中提到："《代结客少年场行》，言轻生重义，慷慨以立功名也。"《广题》曰："汉长安少年杀吏，受财报仇，相与探丸为弹，探得赤丸斫武吏，探得黑丸杀文吏。尹赏为长安令，尽捕之。长安中为之歌曰：'何处求子死，桓东少年场。

生时谅不谨，枯骨复何葬。'按《结客少年场》，言少年时结任侠之客，为游乐之场，终而无成，故作此曲也。"[1] 鲍照的《代结客少年场行》中的少年游侠形象与《乐府解题》的长安少年颇为相似，也是传统快意恩仇的游侠形象："失意杯酒间，白刃起相仇。追兵一旦至，负剑远行游。"[2] 杀人之后负剑远游，躲过了追兵的拦截，看起来似乎是个浪漫的结局。但诗歌的叙述在此发生了转折，描写了离乡三十年的游侠回到家乡之后登高远眺时看到的场景："九衢平若水，双阙似云浮。扶宫罗将相，夹道列王侯。日中市朝满，车马若川流。击钟陈鼎食，方驾自相求。"[3] 城市之中一片富贵祥和的景象，满街都是官员、车马，这时去乡三十载的游侠不免心生慨叹："今我独何为，㘞轹怀百忧。""独"字刻画出了游侠的与众不同，可是这种与众不同并不是正面的，而是毫无作为的体现。年岁已长却建树零星，对比满城的显赫权贵，难免有所触动。诗中年过不惑的游侠对自身的感慨颇能代表鲍照当年的心情：遭遇困顿的自己与周围的将相王侯形成鲜明的对比，自己的落魄显得那么突出。

若说《代结客少年场行》只是悲慨，情感还是相对单一，那《代陈思王白马篇》就是一首情感结构曲折多变的咏侠诗。开篇的"白马骍角弓，鸣鞭乘北风"[4] 虽有模仿曹植诗歌的痕迹，但还是刻画出劲装疾驰奔赴沙场

---

[1] （宋）郭茂倩：《乐府诗集》，中华书局，1979，第948页。
[2] （南朝宋）鲍照：《代结客少年场行》,《乐府诗集》，中华书局，1979，第948页。
[3] 同上。
[4] 同上书，第915页。

的游侠形象。游侠快马加鞭的原因便是"要途问边急,杂虏入云中"[1]。一个"急"字便使得整首诗的气氛紧张了起来。通过这四句诗,鲍照向后人描绘出心怀报国热忱的少年儿郎因边关要塞告急而赶赴边疆的紧张场面。紧接着诗人刻画了整个战场动荡不安的场景:"薄暮塞云起,飞沙被远松。"[2]暮云黄沙随风飞动,整个画面立即带给人一种极不稳定的感受。不但需要忍受恶劣的环境,驻守边塞的游侠同时还面临着装备阙绝、旅服不足的困难局面。可即便如此,他们还是选择"埋身守汉境,沉命对胡封"[3]。游侠们并不清楚在装备不足的情况下未来会怎样,诗句读来沉重异常,但"埋身""沉命"二词同时也从侧面展示了游侠们誓死卫国的坚定信念。可这份爱国情怀给游侠们带来了什么?游侠们弃身国中,本想立功边陲,却因为自己出身贫贱,无法青云直上。理想与现实的矛盾,让游侠难免含恨怀悲,悲慨不已了。可是悲慨之后的游侠依旧充满雄心壮志:"但令塞上儿,知我独为雄。"[4]与曹植《白马篇》中单一的豪迈情怀相比,鲍照这首诗中的游侠情感显得格外复杂矛盾:满身武艺却又建功无望的悲凉背后是难以掩藏的英雄情怀。在边塞咏侠诗的情感渲染手法方面,这首诗明显比曹诗更多变更复杂。

诗歌情感的叙述常常牵涉到诗人的身份背景及人生经历,曹植在创作《白马篇》时,正当其政途得意之时,诗中主人公自然流露出昂扬向上的

---

[1] (南朝宋)鲍照:《代陈思王白马篇》,《乐府诗集》,中华书局,1979,第915页。
[2] 同上。
[3] 同上。
[4] 同上。

积极情怀。而鲍照虽说满腹才华，可是在重视门阀背景的南朝，出身低微的他，才华并无法施展，终其一生也只能成为下级官僚，其笔下游侠的情绪也只能在渴求建功成名与悲慨自身遭遇的积极与悲观中转换。

诗歌的情感叙述离不开复杂的诗歌结构。蔡宗齐在《汉魏晋五言诗的演变——四种诗歌模式与自我呈现》一书中曾经提到诗歌的二元结构问题：外在观察与内在反思。[1]曹植的《白马篇》前半部分是游侠飒爽身姿的外在表现，而后半部分便是幽并游侠愿为国付出的内心书写。鲍照的《代陈思王白马篇》也延续了曹植的这一诗歌结构，但是若从比例问题分析的话，鲍照的诗歌中，内心的情绪书写明显要丰富且深入得多。从篇幅比例来看，鲍照诗歌中的情绪书写占了整首诗的一半以上。在叙事与抒情的二元结构中，诗歌的重点开始向抒情倾斜。由于情感比例的增加，这时咏侠诗的抒情模式开始变得复杂起来。前半部分侠客的外在观察不再是直接影响侠客内心世界的物象，而是退化成一种诱因。这一诱因能够引发人物的何种情感，已经不是外在事物所能控制得了的。而这时的抒情模式也开始由直线状变成了曲折式，诗歌抒情主体完全回归到人物身上。诗歌的情绪变化以诗中的人物为主导，而相关的外在书写退居次要的位置。因此，诗歌情绪的变化不再受到外在的影响，而是诗歌人物纯粹的内心展示。

文人笔下的游侠其实是自我形象在诗歌中的投射。鲍照出身寒微，因而仕途不顺，所以笔下的游侠也是"卑贱生所钟"。南朝梁的吴均出身与

---

[1] 蔡宗齐著，陈婧译：《汉魏晋五言诗的演变——四种诗歌模式与自我呈现》，北京大学出版社，2015，第88页。

鲍照颇为相似，同样家世寒贱渴望仕途成功，因而笔下的游侠也充满了进取之心。例如《胡无人行》中的"男儿不惜死，破胆与君尝"[1]，《咏怀诗二首》（其一）中的"唯余一死在，留持赠主人"[2]。为了建功，诗人不惜粉身碎骨的激情在诗中展露得淋漓尽致。然而出身寒门的吴均在极其重视门阀制度的南北朝同样没有机会实现自己的宏图大志。仕途的不顺，使他的诗歌中逐渐出现不平之声。《从军行》中，他化用汉末民谚"直如弦，死道边"，塑造出一个"微诚君不爱，终自直如弦"[3]的边塞游侠形象。《赠别新林诗》中，抱剑事边陲的幽并游侠历尽艰险，却落了个"天子既无赏，公卿竟不知"[4]的结局。《结客少年场》中的少年最终也只能"功名终自微"[5]。这些游侠的内心独白就是吴均的牢骚之语：满腔热血为君主付出，可是却不能换回自己想要的回报。

魏晋南北朝的咏侠诗并不多，而写出这些慷慨之作的诗人常常既无带兵经验，又缺少相关的市井观察。因此只能向壁虚构出一系列的游侠形象。譬如当时边塞咏侠诗中常出现的"轮台""龙城"等地，大多诗人终其一生都未踏足这些地区，也不清楚边塞的生活究竟如何，鲍照虽有军旅生

---

[1] （南朝梁）吴均：《胡无人行》，《乐府诗集》，中华书局，1979，第597页。

[2] （南朝梁）吴均：《咏怀诗二首》（其一），《先秦汉魏晋南北朝诗》，中华书局，1983，第1745页。

[3] 同上书，第1721页。

[4] （南朝梁）吴均：《赠别新林诗》，《先秦汉魏晋南北朝诗》，中华书局，1983，第1735页。

[5] （南朝梁）吴均：《结客少年场》，《先秦汉魏晋南北朝诗》，中华书局，1983，第1722页。

活,但也只是担任掌书记之职,并没有带兵经验。吴均的咏侠诗写作更是纸上空谈。当时大多数文人只能凭借书生的文才与想象,借助典故,完成自己的游侠形象创作。所以诗歌中开始出现固定的意象组合,譬如说到游侠便是白马、金羁,说到边塞便是黄沙、残阳。虽说形式略显僵化,但在意象的象征与隐喻方面却有极大的拓展。唐代的边塞咏侠诗继承发展了这些意象。

魏晋南北朝时期,由于政治高压,文人颇尚清谈,思想上崇尚老庄的清静无为,行为上追求放浪形骸、与众不同,这些具时代特色的行为在诗歌当中也有所表现。咏侠诗也不例外。

张华在《游侠篇》中先是用战国四公子衬托古代游侠的贤明,对他们反过来崇拜四公子等王侯之侠的行为表示不解。在诗歌末尾又借"我则异于是,好古师老彭"的诗句[1],抒发了自己好清静的与众不同的一面。老子、彭祖二人都是道教中的人物,通过这些诗句,我们同样可以看出道教文化对咏侠诗的影响。借游侠抒发自己清静无为的咏侠诗在魏晋南北朝时期虽然很少见,但为后人开启了咏侠诗写作的新思路,这种写作模式到了唐代时得到了很大的发展。

此外,魏晋南北朝时期,文人的诗歌观念发生了极大的转变。由"诗言志"逐渐变成"诗缘情",诗歌内容不再追求强调社会功用或者讽喻劝勉的效果,而是侧重于内心情感的抒发。为了抒发内心的情感,文人们在用词及语言的描述方面就必须多花心思。所以这一时期的诗歌除内容选择倾

---

[1] (西晋)张华:《游侠篇》,《先秦汉魏晋南北朝诗》,中华书局,1983,第612页。

向方面出现变化之外，在文字表达上也渐趋雅化。

与建安时期相比，西晋诗歌缺少了所谓的"风骨"与寄兴。因为当时文坛的审美取向是追求"先辞而后情"[1]。有了这样的审美取向，西晋诗坛出现繁缛之风也就不足为奇了。诗人在创作咏侠诗时，使用的表现手法明显比六国秦汉时期要复杂许多。例如张华的《壮士篇》中，开始利用大段铺陈来描写游侠的出行："乘我大宛马，抚我繁弱弓。长剑横九野，高冠拂玄穹。慷慨成素霓，啸咤起清风。震响骇八荒，奋威曜四戎。濯鳞沧海畔，驰骋大漠中。"[2]诗歌利用大段的对偶，不但从场面的描写方面，还从朗读时的音节感上营造游侠出行时的慷慨激昂的场面。而他另一首《博陵王宫侠曲二首》（其二）更是极尽铺陈之能事，"吴刀鸣手中，利剑严秋霜。腰间叉素戟，手持白头镶"[3]。诗人通过一系列的武器描写凸显游侠的武艺高超，似乎要证明不管什么样的武器，游侠都能得心应手。可惜这段过度夸张的铺陈描写并没有让读者产生对游侠力量美的欣赏，反而读者的脑海中会呈现出一个极其怪异的人物形象：身上背了那么多武器，似乎更像是贩卖武器的小贩。虽说这些带有汉赋形式的铺张手法有时会使诗歌显得臃肿累赘，有时甚至会让人觉得逻辑不通，但这类写作手法同样对唐代诗歌产生了深刻影响：唐代的咏侠诗仍是有技巧性地吸收了魏晋诗歌写作手法

1_（西晋）陆云：《与兄平原书》，引自刘勰：《文心雕龙·定势第三十》，河南大学出版社，2008，第243页。

2_（西晋）张华：《壮士篇》，《先秦汉魏晋南北朝诗》，中华书局，1983，第613页。

3_（西晋）张华：《博陵王宫侠曲二首》（其二），《先秦汉魏晋南北朝诗》，中华书局，1983，第612页。

的长处，如怎样细节化地描写侠客的形象，突出"侠"的特征。除此之外，唐代咏侠诗也和魏晋的咏侠诗一样，常常利用侠客身边的事物或人物，通过烘托对比，彰显侠客的侠义或武艺。

  同样渴望建功立业的唐代诗人学习了建安诗人塑造游侠形象的手法，继承了南朝的边塞诗传统。所以唐代咏侠诗中同样有不少边塞游侠的形象。唐人为了获取功名甚至有了"何能蒙主恩，幸遇边尘起"[1]的心声。这时的边塞战争，在诗人的眼中反而是自己成功的重要契机。抱着这样的心态和目的，当时不知有多少青年才俊奔赴边塞，以求达成梦想。李贺在《南园十三首》中便表达了自己对男儿在世的价值判断："男儿何不带吴钩，收取关山五十州。请君暂上凌烟阁，若个书生万户侯？"[2]在他看来，寻章摘句只是无处哭秋风的雕虫小技，无法为国家拓展国土、维护边疆安宁，甚至以司马相如、东方朔等古代名贤做反例，认为男儿不应困于书中郁郁不得志，而是应当"见买若耶溪水剑，明朝归去事猿公"[3]，学习武功舒展抱负。在诗歌人物形象塑造方面，受尚武风气影响的诗人常常利用手无缚鸡之力的书生反衬勇猛矫健的武将，歌颂武力甚至暴力。当时也有大量的文人远赴边塞，与南朝文人相似，他们同样极力书写游侠内心的思归或悲慨情绪，但唐代的咏侠诗更进一步拓展了题材——功成名就之后的狂欢与放

---

[1] （唐）韦应物：《长安道》，《全唐诗（增订本）》卷十八，中华书局，1999，第195页。

[2] （唐）李贺：《南园十三首》（其五），《全唐诗（增订本）》卷三百九十，中华书局，1999，第4414页。

[3] （唐）李贺：《南园十三首》（其七），《全唐诗（增订本）》卷三百九十，中华书局，1999，第4414页。

荡。借着狂欢与放荡的行为，抒发唐人的浪漫与豪放。

除抒发建功立业之心之外，唐代的咏侠诗还继承了建安文学的写实主义，积极表达民间疾苦。建安时期的诗人为了建立功勋，时常到处奔波，因此可以见到战乱时的民间百态；唐代游侠也经常浪迹天涯，或者与建安诗人一样为建立功勋远赴边疆，再者，侠的本质便是"为国为民"，所以游侠的眼中能看到世间疾苦，并为之感荡心怀也就不足为怪了。

南朝政权多重奢靡享乐，在文学审美方面也倾向轻艳柔靡。当时的上流社会为了彰显自己有别于他人的品位，在描绘女子容貌身姿的同时，也会出现游侠的身影。只是受到当时审美趣味以及贵族本身生活背景的局限，南朝贵族笔下的游侠多为斗鸡走马的纨绔形象，"侠"只是一种外在放荡招摇行为的综合表述，与"恩义"等道德要求基本无关。唐代的咏侠诗也保留了南朝贵族咏侠诗的写作题材，只是在此基础上又加上了诗人自身的道德评判。

在游侠形象方面，魏晋南北朝开始出现了侠女的形象。曹植在《精微篇》里列举了太子丹、杞梁妻等人的事迹，说明精诚所至，冤情便能得到昭雪。其中有不少侠义女子的形象，尤其是其中的苏来卿和女休："关东有贤女，自字苏来卿。壮年报父仇，身没垂功名。女休逢赦书，白刃几在颈。俱上列仙籍，去死独就生。"[1]二人皆是手持白刃为宗室报仇的孝义形象，因此可以"身没垂功名"，可以"俱上列仙籍"。虽说此诗的主旨并非歌颂侠义，但通过诗人的描写及评价，后人可以看出诗人对这些女性的欣

---

[1] （三国魏）曹植：《精微篇》，《先秦汉魏晋南北朝诗》，中华书局，1983，第429页。

赏，这些女性利用武艺为至亲复仇的行为，也染上了一丝侠客快意恩仇的味道。

左延年截取了女休的故事，在《秦女休行》中塑造了一位为宗室报仇的女性豪侠。全诗叙述了秦女休为宗室报仇的过程以及最终被宽免罪行的故事。虽然故事情节相对完整，但是细节描写方面稍显不足，关于秦女休杀人都市的过程，仅用"左执白杨刃，右据宛鲁矛。仇家便东南，仆僵秦女休"[1]概括。相对而言，左延年的《秦女休行》阅读性不佳，缺少细节描写。不过其也为后世提供了一个书写女侠的主题。只是这个时期的女侠仍着重于"侠"，缺少女性化的书写。后来的傅玄又在这个基础上进行一系列的扩写和改编，使秦女休的英烈形象更跃然纸上。傅玄的《秦女休行》强调了秦女休并非无辜杀人，而是因为仇家强且暴，自家兄弟又不争气，她才只好挺身而出。这些扩写为女休的杀人行为做了详细解释，除加强叙事诗的可信度之外，与左诗相比，诗歌的正义感也得到大幅提升。傅玄最后还为这一侠义故事增加了一个完美结局："烈著希代之绩，义立无穷之名。夫家同受其祚，子子孙孙咸享其荣。"[2]使故事更能符合民间"因果有序，善恶有报"的道德审美需求。

唐时李白的同题诗作在内容方面与傅诗基本无异，在格式方面有所突破的同时，更强调了女侠的女性特征。容貌方面"秀色如琼花"，身穿"罗袖"，连差点被斩断的脖子也是"素颈"。这些特征的补充，使侠女的形象

---

[1]（三国魏）左延年：《秦女休行》，《乐府诗集》，中华书局，1979，第886页。
[2]（西晋）傅玄：《秦女休行》，《乐府诗集》，中华书局，1979，第887页。

在英武中又增添了一丝柔媚，本应血腥的暴戾场面也因此染上了几分浪漫的遐想，让人印象更为深刻。从这一主题的诗歌演变可以看出侠女形象从三国到唐代的完善和演变：由一开始的程序化的简单书写到细节化书写，再到女性化的展现，同样可以看到叙事诗的演变过程。

北朝民歌中也曾出现骁勇善战的女子形象，与之前介绍的魏晋诗歌中的侠女形象不同，北朝民歌中的侠女形象不仅勇武，还十分善战，诗歌更侧重于这些女子军事化方面的展现。

《魏书》中节录出来的北朝民歌《广平百姓为李波小妹语》刻画了一个武艺超群的女子形象："褰裙逐马如卷蓬。左射右射必叠双。"[1]放马飞驰时飞扬的裙角，无论怎么射箭都能一箭双雕，可见这名字为雍容的女子无论骑术还是射艺均是出众。李雍容是北朝民歌中另类的女性形象，无论是带兵打仗还是骑术射艺，均不输于男性。毕竟在封建时代，对于女性，民众还是较为注重她们的德貌方面。可惜由于君主的不重视以及战乱的毁坏，北朝民歌并不能像南朝民歌那样有系统地保留下来。但是这些与众不同的女性形象也影响了唐代咏侠诗中的女性形象书写。

令人好奇的是，魏晋六朝的女侠诗均侧重刻画侠女的行为及动机，甚少涉及女子容貌方面的描写，这点与传统诗歌中的女性书写方式极为不同。或许是因为当时的女侠作为一个新兴的诗歌人物形象，歌咏者仍无法平衡她们身上的勇武与柔美，而这点在唐代咏侠诗中似乎也没太大变化，

---

[1]《广平百姓为李波小妹语》,《先秦汉魏晋南北朝诗》,中华书局,1983,第2235页。

直到唐代的豪侠小说才出现了对女侠外貌的细致描写。[1]

在诗体方面，魏晋六朝的咏侠诗多是乐府或拟乐府的形式，如《结客少年场行》《秦女休行》等。唐人的咏侠诗也常常沿袭这类诗题，甚至在内容方面也沿用了魏晋传统。譬如《少年行》描写的多是少年游侠的任侠经历，《秦女休行》便是女侠为家报仇的故事。即使不是直接套用魏晋的诗题，唐代咏侠诗也常以"XX 行""XX 吟"等格式做标题，而这就是六朝时期拟乐府诗的特色之一。从诗题的拟定也可以看出六朝诗歌对唐代咏侠诗的影响。

北朝文人建树不多，较有成就的那几位诗人基本也都是从南朝过来的，诗歌中使用的修辞及意象等与南朝基本一致。北周王褒的《入塞》中，边塞游侠同样渴望通过建勋抒发自己的志向，同样是"行当见天子，无假用钱刀"，认为为君主奉献是走向人生巅峰的最佳途径。同时，北朝的咏侠诗也会吸收北朝民歌爽朗质朴的特点。例如历经南朝梁、北齐、北周和隋代的颜之推，也曾写过侠客主题的诗歌。与南朝诗人相比，他的诗歌显得简洁质朴，他企图借道北齐南归故里时所写的诗歌《从周入齐夜度砥柱》[2]一诗便显得古朴豪迈。鸡鸣声里便起身赶路的侠客身披夜色，露水沾湿自己的宝剑，月光之下武器焕发锐利的光芒。此时宛如新淬出的华彩又

1_ 唐代虽有四百余首咏侠诗，但其中涉及女侠的诗作极为稀少，具代表性的便是李白的乐府诗《秦女休行》，因此本书认为唐代的咏侠诗从整体而言，在女侠外貌刻画方面与南北朝时期相比，并无太大的进步。而兴于中晚唐的传奇小说中，却出现了不少的女侠形象，如红线女、聂隐娘、红拂女等。为了满足"游心寓目"的娱乐功能，小说中常常对女子的形象做细致刻画，女侠也不例外。

2_ "侠客重艰辛，夜出小平津。马色迷关吏，鸡鸣起戍人。露鲜华剑彩，月照宝刀新。问我将何去？北海就孙宾。"

岂止来自刀剑？更是侠客不畏艰辛风尘仆仆地奔赴边塞的豪迈之心。整首诗表述直白，几乎没有修饰，尤其诗歌的最后两句，颇有北朝民歌的爽朗粗粝质感。可以看成文人学习北朝民歌之后的作品呈现。

北朝民歌中的粗犷直白、豪迈雄壮之风除影响了当时被迫滞留北方的文人之外，对唐代的咏侠诗亦有所启发。北朝民风彪悍，不论男女老幼都崇尚武功。这点使北朝民歌与南朝民歌的柔媚多情截然不同，这种粗犷质朴的风格与追求实现自身价值的咏侠诗气质相当吻合。

北朝民歌中，不乏壮士形象。北朝时期，少数民族政权为地域疆界问题征战不停，因此奋勇杀敌的壮士形象在北朝民歌中数见不鲜。例如《陇上歌》中塑造了一位陇上壮士陈安："陇上壮士有陈安，驱干虽小腹中宽，爱养将士同心肝。骊骢父马铁锻鞍，七尺大刀奋如湍，丈八蛇矛左右盘，十荡十决无当前。战始三交失蛇矛，弃我骊骢窜岩幽，为我外援而悬头。西流之水东流河，一去不还奈子何。"陈安最终因反抗匈奴而战死沙场，虽史书对他生前行为的评价有些分歧，但当时饱受匈奴侵害的百姓还是相当怀念他，因而"及其死，陇上歌之"[1]。不过诗歌中对陈安阵前奋勇杀敌的行为描写——骏马铁鞍，大刀蛇矛十荡十决无人能敌，为后来的边塞咏侠诗提供了模本。唐代叙事咏侠诗也常出现有关具体行侠场面的描写。李白的《侠客行》便是个中翘楚。

综上所述，我们可以看出咏侠诗在魏晋南北朝时已经相对成熟，只是所存诗歌数量太少，无法成为一个完整的体系。在当时南北民族融合的过

---

[1] （唐）房玄龄：《晋书》卷一百零三《载记第三》，中华书局，2000，第1800页。

程中，南方诗歌的清丽婉约与北方诗歌的豪迈粗犷逐渐交融。这使得之后的唐代咏侠诗无论从题材还是写作技巧上，都同时具备了南北方诗歌的特点，只是在不同时期各有侧重而已。在诗歌风格仍有宫体遗韵的初唐时期、诗风转向哀婉悲慨的晚唐时期，咏侠诗的题材多与南朝贵族诗歌相近，侠客常以斗鸡走狗的形象出现；而豪迈进取的盛唐时期，游侠形象则接近南朝边塞诗中的边塞游侠形象，诗歌充满为求建功不惜一切的昂扬激情。

第三节 唐代咏侠诗对乐府诗的继承

与古体诗、近体诗一样，自汉代便开始流传的乐府诗是中国古典诗歌体系中的一大类别。"乐府之立，本为一有作用之机关，其所采取之文字，本为一有作用之文字，原以表现时代，批评时代为其天职，故足以'观风俗，知薄厚'，自不能与一般陶冶性情，啸傲风月之诗歌，同日而语，第以个人之美感，为鉴别决择之标准也。"[1]其"感于哀乐，缘事而发"的现实主义精神对后世影响深远。即便去除了合乐而歌的音乐性质，唐代新乐府运动仍继承并发扬了其中的现实主义精神。除新乐府运动之外，唐诗中还有一批保留了乐府古题的作品，其中不乏咏侠诗的身影。

乐府诗自身的传统性，使得同一诗题甚至同一曲调的作品在题材上有明显的继承性。例如，《刘生》《侠客行》《白马篇》等乐府古题的诗歌内容常常与游侠书写有关，唐代的乐府咏侠诗也用相同的诗题表达相同或者相

---

[1] 萧涤非：《汉魏六朝乐府文学史》，人民文学出版社，1984，第10页。

似的主题。

《乐府解题》曰："汉横吹曲，二十八解，李延年造。魏、晋已来，唯传十曲：一曰《黄鹄》，二曰《陇头》，三曰《出关》，四曰《入关》，五曰《出塞》，六曰《入塞》，七曰《折杨柳》，八曰《黄覃子》，九曰《赤之扬》，十曰《望行人》。后又有《关山月》《洛阳道》《长安道》《梅花落》《紫骝马》《骢马》《雨雪》《刘生》八曲，合十八曲。"[1]其中的《刘生》《骢马》《紫骝马》等古题便常涉及游侠的书写。以《紫骝马》为例，《乐府诗集》中一共收录了15首同题诗作，其中11首是在六朝时期完成。古人多把这一诗题归在边塞类范围[2]，这与古人没有一个明确的咏侠诗概念有关，也与边塞诗和咏侠诗的界限不够清晰有关。因此边塞游侠的书写常被归入边塞范畴。

在这些《紫骝马》中，我们同样可以找出与侠气相关的书写。"长安美少年，金络铁连钱。宛转青丝鞚，照耀珊瑚鞭。"[3] "角弓穿两兔，珠弹落双鸿。日斜驰逐罢，连翩还上东。"[4] "照耀桃花径，蹀躞采桑津。金羁丽初景，玉勒染轻尘。"[5]这几首诗作更侧重于策马扬鞭的游侠形象的书写。杨炯的同题诗作也是保留了六朝游侠人物塑造的基本特征："侠客重周游，金鞭

---

[1] （宋）郭茂倩：《乐府诗集》，中华书局，1979，第311页。
[2] 《乐府诗集》援引《古今乐录》曰："《紫骝马》古辞云：'十五从军征，八十始得归。道逢乡里人，家中有阿谁？'又梁曲曰：'独柯不成树，独树不成林。念郎锦褵裆，恒长不忘心。'盖从军久戍，怀归而作也。"（北京，中华书局，1979，第352页。）
[3] （南朝梁）萧绎：《紫骝马》，《乐府诗集》，中华书局，1979，第352页。
[4] （南朝陈）徐陵：《紫骝马》，《乐府诗集》，中华书局，1979，第353页。
[5] （南朝陈）独孤嗣宗：《紫骝马》，《乐府诗集》，中华书局，1979，第354页。

控紫骝。蛇弓白羽箭,鹤辔赤茸鞯。"[1]这些装扮华丽的美少年游侠,难免有无数少女为之心动:"愿君怜织素,残妆尚有啼。"[2]"远听珂惊急,犹是画眉人。"[3]"红脸桃花色,客别重羞看。"[4]这些女性的娇羞或是哀怨进一步衬托了少年游侠的风流不羁。

中唐的李益也有同题诗作传世:"争场看斗鸡,白鼻紫骝嘶。漳水春闱晚,丛台日向低。歇鞍珠作汗,试剑玉如泥。为谢红梁燕,年年妾独栖。"[5]这首诗延续了六朝同题诗作中的浪荡贵族游侠的形象书写,同时保留了魏晋六朝的诗歌内容和结构,借由女性形象烘托游侠的不羁风流。

常被归入边塞诗范畴的诗作里常常出现边塞游侠的身影。"识是东方骑,犹带北风嘶。"[6]"天马汗如红,鸣鞭度九嵕。饮伤城下冻,嘶依北地风。"[7]诗中的边塞游侠即便回到都市,马蹄声里都带着北风的声音。卢照邻创作的《紫骝马》里也塑造了一个叱咤沙场的边塞游侠形象:"骝马照金鞍,转战入皋兰。塞门风稍急,长城水正寒。雪暗鸣珂重,山长喷玉难。不辞横绝漠,流血几时干?"[8]杨炯笔下的重周游的边塞游侠亦是如此:"发

---

[1] (唐)杨炯:《紫骝马》,《全唐诗(增订本)》卷五十,中华书局,1999,第616页。

[2] (南朝陈)江总:《紫骝马》,《乐府诗集》,中华书局,1979,第354页。

[3] (南朝陈)独孤嗣宗:《紫骝马》,《乐府诗集》,中华书局,1979,第354页。

[4] (南朝陈)陈叔宝:《紫骝马》,《乐府诗集》,中华书局,1979,第353页。

[5] (唐)李益:《紫骝马》,《全唐诗(增订本)》卷二百八十三,中华书局,1999,第3213页。

[6] (南朝陈)江总:《紫骝马》,《乐府诗集》,中华书局,1979,第354页。

[7] (南朝陈)陈暄:《紫骝马》,《乐府诗集》,中华书局,1979,第354页。

[8] (唐)卢照邻:《紫骝马》,《乐府诗集》,中华书局,1979,第354—355页。

迹来南海，长鸣向北州。匈奴今未灭，画地取封侯。"[1]

在保留了乐府诗基本写作架构的同时，唐人亦因应时代的变化，在前人基础上加入了唐代喜好功名的特质。杨炯笔下的游侠奋战边塞的主要目的是"封侯"。"挥鞭万里去，安得念春闺"[2]的本质也是为了建功立业。

可见唐人的乐府咏侠诗在继承魏晋六朝的结构之余，又在相关基础上做出改进，让乐府咏侠诗更能表达唐人浪漫进取的性格特征。

---

[1] （唐）杨炯:《紫骝马》,《全唐诗（增订本）》卷五十,中华书局,1999,第616页。
[2] （唐）李白:《紫骝马》,《乐府诗集》,中华书局,1979,第355页。

第二章 唐代社会与咏侠诗的兴盛

《论语》有云："知者乐水，仁者乐山。"[1]司马迁在少年时期便已走遍大半个中国[2]，陶渊明也在诗中说明自己"少时壮且厉，抚剑独行游。谁言行游近，张掖至幽州"[3]。可见士人通过漫游来了解各地风情饱览山川面貌的习俗古已有之。钱泳在《履园丛话》中写道："'读万卷书，行万里路'，二者不可偏废。"[4]更是说明了古代文人对游历的重视程度。

---

[1] 《论语·雍也篇第六》，杨伯峻：《论语译注》，中华书局，1980，第62页。

[2] 《史记》中的"太史公曰"是司马迁从个人角度抒发对史料的看法。其中常有"适鲁，观仲尼庙堂车服礼器……""适长沙，观屈原所自沉渊"等自身生活痕迹的记录，根据相关言论可以推断司马迁的游历足迹。

[3] （晋）陶渊明：《拟古九首》（其八），《陶渊明集全译》，贵州人民出版社，1992，第198页。

[4] （清）钱泳撰，张伟校点：《履园丛话》卷二十三《杂记上》，中华书局，1979，第604页。

诗人们热衷于通过游历名川增广见闻，徜徉田园风光与历史名胜之间时，在积累写作素材的同时也拓宽了诗歌的题材范围。汉代诗人在沉迷于名山大河的优美风光时，凭借自身想象，创作出游仙诗的题材；谢灵运在山水之间寻找心灵寄托的同时写下了大量关于游山玩水的诗作，开辟出山水诗的诗歌类别。

唐代文人延续了前人的漫游之风，在饱览壮丽山河美景的同时，亦开阔了个人的心胸，积累了写作素材，并且在广识天下好友、交流切磋时，提高了自己的审美，学习并完善了自己的风格。同时唐代政权的胡人背景以及对武艺的提倡，使得当时百姓几乎人人习武，强健体魄之余，也进一步形成了唐人豪迈奔放的民族性格。这一民族性格反过来又促使唐诗，尤其是盛唐诗歌呈现出有别于其他朝代的积极慷慨的风格。

唐前文人墨客喜好漫游，但社会经济以及交通便捷度不如唐朝，因此漫游的风气与唐代无法相比。正如袁行霈所说："南朝的诗人足未涉内河，身未登泰山。而北朝的诗人，亦未能见到南方的奇山异水。"[1]后世文人依旧雅好漫游，可惜缺少了唐人热衷骑射的好武之心，漫游滋生出的是文人式的闲情雅致。只有当漫游与好武结合在一起，才能真正意义地促进咏侠诗大范围地出现。因此唐代是咏侠诗发展的最佳时代。

---

[1] 袁行霈：《盛唐诗歌与盛唐气象》，《光明日报》，1999-03-25。

第一节 唐代的漫游之风与咏侠诗

唐代的国家经济繁荣发展,与周边国家的经贸往来使得各地驿站林立,交通四通八达。同时唐代政府又大力兴建水利工程,各大运河的凿通,进一步提升了当时的水运能力。加上当时政治经济中心在长安与洛阳这两大都市,文人为了谒见名流、参加科举,甚至为了融入当时所谓"京城诗人"的圈子,也需要离开家乡出门远游。经济的发展、交通的便捷以及求取功名的进取之心,都是唐代文人热衷漫游的原因。

隋唐时期结束了南北割据混战的局面,国家得以休养生息,人口数量飞增。相对和平稳定的社会环境为士人的频繁出游提供了可能性,人口与经济的发展也为出游提供了便利。这是唐人壮游之风盛行的根本原因之一。

隋末武德年间,因战乱人口由大业年间的八百万户急剧跌至两百余万户。唐贞观时期人口轻微增至不足三百万[1]。不过三年时间,便因"中国人因塞外来归及突厥前后降附、开四夷为州县,获男女一百二十余万口"[2]。开元二十二年(734)时"天下之户八百一万八千七百一十"[3]。到了天宝元年(742),人口增长至"户八百三十四万八千三百九十五"[4]。可见初盛唐时

---

[1] (唐)杜佑:《通典》卷七《食货七》,中华书局,1988,第148页。

[2] 同上。

[3] (唐)李隆基撰,李林甫注:《大唐六典》卷三《尚书户部》,三秦出版社,1991,第65页。

[4] (唐)杜佑:《通典》卷七《食货七》,中华书局,1988,第152页。

期，国家人口数量有了大幅度的提升，这让农业生产力飞速提升。元结在《问进士》一文中怀念盛唐的繁荣气象："开元天宝之中，耕者益力，四海之内，高山绝壑，耒耜亦满，人家粮储，皆及数岁，太仓委积陈腐，不可校量。"[1]在封建时期，农耕的多寡直接影响国家的经济收入。所谓经济基础决定上层建筑，社会的安稳与经济的繁荣是壮游之风在唐代重新盛行起来的一个重要因素。高山绝壑之处都有人烟，唐人在壮游时便不用担心吃饭住宿的问题了。贞观八年（634）、九年（635）时，"米斗四五钱，马牛布野"[2]，到贞观十五年（641），"米每斗值两钱"[3]。农耕兴旺的同时也降低了物价，增加了购买力。有富余钱财时，唐人出门壮游的可能性也就有所提高。

经济的发展同样促进了交通的发达，在隋朝开通的通济渠、广通渠及江南运河等以洛阳为中心的人工水利管道的基础上，唐朝在垂拱年间又开通了新漕渠，用以贯通淮水流域的河流。天然河道与人工运河构成的水路网络，大大方便了人们的出行。武后时期，崔融上疏时曾描绘当时舟楫便利的情况："且如天下诸津，舟航所聚，旁通巴、汉，前指闽、越，七泽十薮，三江五湖，控引河洛，兼包淮海。弘舸巨舰，千轴万艘，交贸往还，昧旦永日。"[4]在陆路方面，唐代同样在前人基础上有了重大发展，当时与西域的商贸往来十分密切，城市与城市之间的交流也颇为密集，除了国都长安，洛阳、扬州、泉州等城市也都成了当时国际都市之一。据严耕望的

---

[1] （唐）元结：《问进士》，《元次山集》卷九，中华书局，1960，第140页。

[2] （唐）杜佑：《通典》卷七《食货七》，中华书局，1988，第149页。

[3] 同上。

[4] （后晋）刘昫：《旧唐书》卷九十四《崔融传》，中华书局，2000，第2029页。

《唐代交通图考》中搜集的史料可以看出，唐代的陆路交通网亦是基本覆盖全国，即使是远离京城的滇黔地区也是道路畅通。《通典》中提到唐代交通及其配套设施的便利程度："东至宋、汴，西至岐州，夹路列店肆待客，酒馔丰溢．每店皆有驴赁客乘，倏忽数十里，谓之驿驴。南诣荆、襄，北至太原、范阳，西至蜀川、凉府，皆有店肆，以供商旅，远适数千里，不持寸刃。"[1] 可见当时的交通便利与社会安定程度。《资治通鉴》中亦记载："中国盛强，自安远门西尽唐境万二千里，闾阎相望，桑麻翳野，天下称富庶者无如陇右。"[2] 连之前甚为荒凉的陇外之地凉州也是店铺林立、人来人往，其他的大城市就更不必多说了。唐代的水陆交通及相关配套设施都十分完备，再加上唐王朝对馆驿关津的重视，当时人们单人匹马就可以走遍各地，不用担心饮食住宿的问题。这为唐代诗人的出行提供了极大的交通便利。

除经济基础与社会设施之外，时间是出游的另一个重要因素。唐代有大量的法定节假日，政府沿用了南北朝的"旬休"——每十天休息一天。[3] 这样算来，官员们每年便有了约36天的假期。除此以外，唐代官员们还有一些"法定节假日"，传统的春节、端午、元宵等普天同庆的日子就不

---

[1]（唐）杜佑：《通典》卷七《食货七》，中华书局，1988，第152页。

[2]（宋）司马光：《资治通鉴》卷二百一十六《唐纪三十二》，中华书局，1956，第6919页。

[3]《唐会要》卷二十九《追赏》："百司每旬节休假，并不须亲职事。"（中文出版社，1978，第540页。）

必说了，皇帝、皇子等的诞辰在当时也是全国性放假的依据。[1]如此算来，唐人的法定假期有将近90天，占了一年的四分之一。此外，当遇到帝王下敕之时，百官不但无须入朝处理公事，甚至可以恣意宴游寻欢，好不惬意[2]。而下敕之时，政府又会因应官员的官阶发放物资，任各追胜为乐。有了那么多的假期，还需要担心没有时间漫游吗？这也是唐代文人虽有很多人在朝为官，但仍有闲情逸致周游全国的原因之一。

有了经济、交通及时间方面的支持，唐人便可以随心所欲地出门游历了。"初唐四杰"之一的王勃在《越州秋日宴山亭序》中说道："是以东山可望，林泉生谢客之文；南国多才，江山助屈平之气。"[3]可见唐代人认为游历山川有助于激发自己的创作灵感，培养自己的"浩然之气"。纵观唐代历史，几乎所有诗人在年少时都曾漫游祖国山河，在欣赏壮丽山河的同时了解历史典故，这不但有助于诗人积累诗歌创作经验，而且有利于激发诗

1_《唐会要》卷二十九《节日》："开元十七年八月五日，左丞相源乾曜、右丞相张说等，上表请以是日为千秋节，著之甲令，布于天下，咸令休假。……刑部尚书兼京兆尹萧炅及百寮请改千秋节为天长节。制曰：可。至宝应元年八月三日敕：八月五日，本是千秋节，改为天长节。其休假三日宜停，前后各一日。"（中文出版社，1978，第542—543页。）记载了大臣奏请将玄宗的生日定为节日的历史。

2_《唐会要》卷二十九《追赏》："开元十八年正月二十九日敕：百官不须入朝，听寻胜游宴，卫尉供帐，太常奏集，光禄造食。……'自春末以来，每至假日，百司及朝集使，任追游赏。'至十九年二月八日，敕：'至春末以来，每至假日，宜准去年正月二十九日敕，赐钱造食，任逐游赏。'至二十年二月十九日，许百僚于城东官亭寻胜，因置检校寻胜使，以厚其事。至二十五年正月七日敕，文：'朝廷无事，天下大和，百司每旬节休假。并不须亲职事。任追胜为乐'。"（中文出版社，1978，第540页。）

3_（唐）王勃：《越州秋日宴山亭序》，引自（清）董诰：《全唐文》卷一八一，中华书局，1983，第1842页。

人的豪迈之情。

和前朝相比,唐代的经济交通等实力更为强盛,唐人的游历范围更广。和后世相比,唐人自身全民好武的民族特质尤为突出。游历过程中的所见所感,与唐人自身好武任侠的气质结合在一起,使得唐代出现了大量极富侠气的诗歌,咏侠诗数量在历朝历代中也显得格外引人注目。

唐代人漫游的过程也是结交朋友、拜谒权贵的阶段。本身行事风格便颇具侠气的李白在《忆襄阳旧游赠马少府巨》一诗中向友人回忆了自己过去漫游襄阳的岁月,诗人用"高冠佩雄剑"寥寥数字刻画了自己年少时的英姿,这段游历是诗人心中难以磨灭的印象,以至诗人在白发先秋的时候仍对这段经历念念不忘。回忆往昔漫游美好的同时,诗人心中仍有些遗憾,游历时的豪情换不来雄心的实现,最终只落得个"壮志恐蹉跎,功名若云浮"的落寞下场,一腔激情无处寄托,也难怪他会"空思羊叔子,堕泪岘山头"[1]。李白借追忆古人的方式,抒发自己建功无门的抑郁之情。

活跃于盛唐的杜甫在《壮游》一诗中同样回忆了自己少年时期的漫游经历。诗中用大段篇幅记录了诗人年少时的踏足之处,东到姑苏、吴越、剑池、阊门、鉴湖、剡溪、天姥等地,西至咸阳、河朔、崆峒、岷山、涿鹿等地,可谓走遍唐王朝的大半河山。在游历期间,杜甫的思想完成了由呼鹰逐兽、纵鞚骑射的放荡到"上感九庙焚,下悯万民疮"[2]的转变。而有

---

[1] (唐)李白:《忆襄阳旧游赠马少府巨》,《全唐诗(增订本)》卷一百六十九,中华书局,1999,第1745页。

[2] (唐)杜甫:《壮游》,《全唐诗(增订本)》卷二百二十二,中华书局,1999,第2363页。

这样的变化，除儒家济世思想的影响之外，我们也能看到杜甫本身具备的对弱小怜悯扶助的侠义心肠。

唐人本身的任侠气质与漫游山川的广博见识结合在一起，特别容易产生豪迈的情感。这种豪迈之情再加上空前繁盛的时代赋予了诗人们蓬勃向上的气息，体现在生活之中便是建功立业之心。即便是多为伤感基调的送别诗，唐人亦能写得波澜壮阔。骆宾王的《于易水送人》便是一首送别兼怀古之作。诗歌利用易水这一地点，展开跨越时空的联想，由自己此时的送别，想到当年荆轲、燕丹等人在易水边上悲歌离别的场景。再借由"昔时人已没，今日水犹寒"[1]暗喻壮士的慷慨之情犹如长流不绝的江水一般，至今仍然存在。历史赋予山川河流的厚重感与今日送别的伤感结合在一起，更增添了今日离别的慷慨悲凉。元稹在《酬独孤二十六送归通州》里提到了自己年少时热爱猎骑与壮游的行为。这种"二十走猎骑，三十游海门"的漫游经历与元稹产生"名冠壮士籍，功酬明主恩。不然合身弃，何况身上痕"[2]的豪迈志向亦有一定的关联性。

唐人对侠的看法与传统儒家的判断截然不同，在唐人的眼中，侠客的不羁是浪漫的表现，并非乱禁的象征，甚至班固、荀悦眼中暴力、违法的不轨行为，到了唐人的眼里却成了值得歌颂的特征。例如，马戴在《赠别

---

[1] （唐）骆宾王：《于易水送人》，《全唐诗（增订本）》卷七十九，中华书局，1999，第861页。

[2] （唐）元稹：《酬独孤二十六送归通州》，《全唐诗（增订本）》卷四百零三，中华书局，1999，第4512页。

北客》中写道:"君生游侠地,感激气何高。"[1]唐人常常用这类"感激之气"褒扬友人,借此表达自己对友人的欣赏。

游侠最能满足诗人们的想象。因为游侠的生活方式与漫游最为接近,游侠对成事的执着也与唐人对成功的向往相似。在咏侠诗中,诗人能够完美地借助游侠形象抒发自己豪情满溢的雄心壮志或者无明君赏识的愤懑之情。

在普遍追求济世的唐代,即使是闲适的佛系代表王维,早年的诗作中也体现了自己济世的雄心,除《从军行》《陇西行》等边塞代表作及《少年行》等咏侠诗之外,在《送从弟蕃游淮南》这首著名的送别诗中,用"淮阴少年辈"指代从弟王蕃,赞扬了从弟各方面都十分优秀,亦具备"高义"的品格。诗中王蕃的行径更像是游走江湖的侠客,虽说是读书人,但王维对他的期望并非通过科举考试获取功名,而是希望他能够以"席帆聊问罪,卉服尽成擒"[2]的方式游行千里,为国家开拓边疆,并借此获得君王的赏识。只是崇尚佛老之道的王维对侠义的理解与旁人或有不同:侠义不单要能兼济天下,更要能修身养性。

自"初唐四杰"等人开始大力革新诗坛风气之后,唐代诗坛渐渐除去婉约柔媚的诗风,染上雄健刚烈的气息。即便是过去常有悲戚之音的送别诗,也变得气势壮阔了起来。《送从弟蕃游淮南》一诗虽然不属于咏侠诗的类别,但通过这首诗我们可以看出唐人的价值观与侠客价值观的重合度:

---

[1] (唐)马戴:《赠别北客》,《全唐诗(增订本)》卷五百五十五,中华书局,1999,第6488页。

[2] (唐)王维:《送从弟蕃游淮南》,《全唐诗(增订本)》卷一百二十五,中华书局,1999,第1243页。

对武术的崇尚——虽是文人，亦会带剑出游；读书的同时也要懂得骑射武艺，这样方是值得推崇的雅士。此外还有对"义"的追求——通过开疆辟土的方式完成对国家的忠义；通过对金钱的不屑、对归隐的向往，完成自身的道义。这些价值取向基本与古代游侠的追求一致。有相似的价值取向，这也难怪唐人如此推崇侠客，言行举止之间都带有侠义色彩了。

综上可知，唐人漫游在前人的基础上又融入骑射风气，让漫游的过程增加了游侠式的不羁。漫游也因此染上唐人的好武之风。

第二节 唐代的好武之风与咏侠诗

隋唐之时，中国重新回到统一的状态，南北文化的融合，将北方游牧民族粗犷豪迈、勇猛尚武的一面与南方文化的温婉多情巧妙地融为一体。这便使得唐人自身的民族性带有潇洒旷达的一面。从军事环境角度而言，当时唐王朝刚刚打败隋朝统治者，百废待兴，周遭又有许多少数民族对这片土地虎视眈眈。为了维护自己的统治，唐代统治者于情于理都要宣扬尚武的风气，激发年轻人的雄心壮志，号召他们保家卫国。再加上初盛唐的几位君主大多都具有好武重侠的个性[1]，唐太宗李世民便创作了一批抒发豪

---

1 范祖禹《唐鉴》卷一："引诸卫将卒习射于殿庭，谕之曰：'戎狄侵盗，自古有之。患在边境小安，则人主逸游忘战，是以寇来莫之能御。今朕不使汝曹穿池筑苑，专习弓矢，居闲则为汝师，突厥入寇则为汝将，庶几中国之民可以少安乎？'于是日引百人教射于殿庭，帝亲临试……由是人思自励，数年之间悉为精锐。"《旧唐书·王毛仲传》："初，太宗贞观中，择官户蕃口中少年骁勇者百人，每出游猎，令持弓矢于御马前射生。……至则天时，渐加其人，谓之'千骑'，分隶左右羽林营。"

情、追忆当年边塞战争的诗歌："慨然抚长剑，济世岂邀名。星旗纷电举，日羽肃天行。"[1] "积善忻余庆，畅武悦成功。垂衣天下治，端拱车书同。"[2] 唐玄宗也曾写过"蒙轮皆突骑，按剑尽鹰扬。鼓角雄山野，龙蛇入战场。流膏润沙漠，溅血染锋铓"[3]的诗句。虽说这些诗句与咏侠诗并没有直接的联系，但至少证明了当时的唐代君主也开设了"武举"，测试项目多与军事有关。[4]武举的开设为唐王朝致力开边提供了大量的军事人才，如郭子仪等不少将领便是由武举选拔出来的。

有了君主的倡导，加上当时政局相对稳定、物质经济丰富、自上而下全民习武的社会风气，国民不免满怀豪情壮志，愿为国家贡献自身力量。在唐人的诗歌中则经常会出现与武有关的场面，连文人墨客们也"一朝弃笔砚，十年操矛戟"[5]，投身边塞为国家做出贡献。出家僧人所作诗文中亦能描绘出当时人们企图凭借武力换取荣华富贵的一面。隋末出家为僧的海顺

---

[1] （唐）李世民：《还陕述怀》，《全唐诗（增订本）》卷一，中华书局，1999，第5页。

[2] （唐）李世民：《重幸武功》，《全唐诗（增订本）》卷一，中华书局，1999，第4页。

[3] （唐）李隆基：《平胡》，《全唐诗（增订本）》卷三，中华书局，1999，第38页。

[4] 《新唐书》卷四十四《选举上》："其制，有长垛、马射、步射、平射、筒射，又有马枪、翘关、负重、身材之选。翘关，长丈七尺，径三寸半，凡十举后，手持关距，出处无过一尺；负重者，负米五斛，行二十步，皆为中第，亦以乡饮酒礼送兵部。"（中华书局，2000，第768页。）《旧唐书》卷四十三《职官二》也记录了兵部选拔人才的方式："凡贡举，每岁孟春，亦与计偕。有二科：一曰平射，二曰武举。凡科之优劣，勋获之等级，皆审其实而受叙焉。"（中华书局，2000，第1253页。）

[5] （唐）崔湜：《塞垣行》，《全唐诗（增订本）》卷五十四，中华书局，1999，第661页。

在《三不为篇》[1]中从出家人的角度列举了三种不妥当的行为，第一种便是热衷边功，其次才是考取功名。这就是当时社会上武强文弱的记录之一。有这样的社会背景，初唐、盛唐的书生也一扫其他朝代的文弱形象，在追求文韬的同时更渴求以武力卫国，身上常常带有"侠""武"的豪迈不羁一面。

高适在时人眼中是"屠酤亦与群，不问君是谁"[2]的"有似幽并儿"[3]的形象。性格豪爽的高适在成为掌书记后，也如古代游侠一般感恩知己，"浅才登一命，孤剑通万里。岂不思故乡，从来感知己"[4]。《登垄》一诗便是高适的内心写照，由"客于梁、宋，以求丐取给"[5]到后来的"唯高适官达，自有传"[6]的转变，哥舒翰对他的提挈是相当关键的一环。所以高适为了报答知遇之恩，即使心中思念故乡，也会仗剑远行。高适笔下的裴员外是"少时方浩荡，遇物犹尘埃。脱略身外事，交游天下才。单车入燕赵，独立

---

[1] （唐）海顺《三不为篇》："我欲偃文修武，身死名存。研石通道，祈井流泉。君肝在内，我身处边。荆轲拔剑，毛遂捧盘。不为则已，为则不然……我欲刺股锥刃，悬头屋梁。书临雪影，牒映萤光。一朝鹏举，万里鸾翔。纵任才辩，游说君王。高车反邑，衣锦还乡。将恐鸟残以羽，兰折由芳。笾餐讵贵，钩饵难尝。是以高巢林薮，深穴池塘。"引自（清）董诰《全唐文》卷九百零三，中华书局，1983，第9417页。

[2] （唐）李颀：《赠别高三十五》，《全唐诗（增订本）》卷一百三十二，中华书局，1999，第1343页。

[3] （唐）杜甫：《送高三十五书记》，《全唐诗（增订本）》卷二百一十六，中华书局，1999，第2252页。

[4] （唐）高适：《登垄》，《全唐诗（增订本）》卷二百一十二，中华书局，1999，第2214页。

[5] （后晋）刘昫：《旧唐书》卷一百一十一《高适传》，中华书局，2000，第2258页。

[6] （后晋）刘昫：《旧唐书》卷一百九十《文苑下》，中华书局，2000，第3436页。

心悠哉"[1]的亦官亦侠的形象；李颀在《别梁锽》一诗中也将梁锽胸怀大志、不畏权贵的特征写得生动异常[2]。这些人非以侠名闻名于世，然而言谈举止间也具备了侠客的报恩、交游、不羁等特征，可见"侠"与唐人的气质是融合在一起的，其中人物自带的侠气已是喷薄欲发。新旧《唐书》中关于文人官僚的传记，也常常会以"侠""气"二字作为褒赏之语。"君球少任侠"[3]、"（丘）和少便弓马，重气任侠"[4]、"弘基少落拓，交通轻侠"[5]、"（柴）绍幼趫捷有勇力，任侠闻于关中"[6]……诸如此类的言语在与唐人有关的史书中颇为常见。"侠"在唐人眼中是褒奖的用语，是对他人的肯定之词，这体现了唐人重武好侠义的特征。这一时代特征为唐代咏侠诗的蓬勃发展打下了时代的基础。

唐人尚武的一面还体现在对暴力、血腥的崇拜上。唐人笔下的杀戮与鲜血不再是阴森恐怖的化身，而是抒发自己昂扬向上的进取之心的方式。

---

[1] （唐）高适：《酬裴员外以诗代书》，《全唐诗（增订本）》卷二百一十一，中华书局，1999，第2195页。

[2] （唐）李颀：《别梁锽》："回头转眄似雕鹗，有志飞鸣人岂知。虽云四十无禄位，曾与大军掌书记。抗辞请刃诛部曲，作色论兵犯二帅。一言不合龙额侯，击剑拂衣从此弃。朝朝饮酒黄公垆，脱帽露顶争叫呼。庭中犊鼻昔尝挂，怀里琅玕今在无。时人见子多落魄，共笑狂歌非远图。忽然遣跃紫骝马，还是昂藏一丈夫。"引自《全唐诗（增订本）》卷一百三十三，中华书局，1999，第1352页。

[3] （后晋）刘昫：《旧唐书》卷一百八十五上《李君球传》，中华书局，2000，第3258页。

[4] （后晋）刘昫：《旧唐书》卷五十九《丘和传》，中华书局，2000，第1568页。

[5] （后晋）刘昫：《旧唐书》卷五十八《刘弘基传》，中华书局，2000，第1557—1558页。

[6] （后晋）刘昫：《旧唐书》卷五十八《柴绍传》，中华书局，2000，第1561页。

"拔剑已断天骄臂，归鞍共饮月支头"[1]、"泉喷诸戎血，风驱死虏魂"[2]中，充满死亡气息的残肢断臂变成了证明边塞侠士勇武豪气的意象；"相看白刃血纷纷，死节从来岂顾勋"[3]中的刀光剑影是证明本是重横行的边塞游侠轻死重节的血色浪漫；"白刃洒赤血，流沙为之丹"[4]与"履胡之肠涉胡血。悬胡青天上，埋胡紫塞傍"[5]等诗句更是将充满杀戮气息的战场美化成妖艳奇诡的所在。有着对建立边功的渴望，诗人自然将杀敌的暴力行径美化成勇武的象征，将战场的血腥讴歌成胜利的喜悦。

诗人的笔下不单边塞游侠崇拜血腥暴力，都市游侠也不例外。"宝剑黯如水，微红湿余血"[6]以剑身湿血的暗淡光泽营造侠客杀人后的肃杀冷峻；"悍睛忽星堕，飞血溅林梢。彪炳为我席，膻腥充我庖"[7]以杀虎斩蛟的血色与腥气场景反衬侠客的果敢狠厉。暴力与血腥在唐人的诗歌中成了

---

[1] （唐）王维：《燕支行》，《全唐诗（增订本）》卷一百二十五，中华书局，1999，第1257页。

[2] （唐）高适：《同李员外贺哥舒大夫破九曲之作》，《全唐诗（增订本）》卷二百一十四，中华书局，1999，第2234页。

[3] （唐）高适：《燕歌行》，《全唐诗（增订本）》卷二百一十三，中华书局，1999，第2218页。

[4] （唐）李白：《幽州胡马客歌》，《全唐诗（增订本）》卷一百六十三，中华书局，1999，第1699页。

[5] （唐）李白：《胡无人》，《全唐诗（增订本）》卷一百六十二，中华书局，1999，第1690页。

[6] （唐）温庭筠：《侠客行》，《全唐诗（增订本）》卷五百七十七，中华书局，1999，第6766页。

[7] （唐）刘禹锡：《壮士行》，《全唐诗（增订本）》卷三百五十四，中华书局，1999，第3976页。

侠客阳刚气质的外在体现。这一诗歌特征是唐代咏侠诗的时代特色。之后各朝各代亦时有咏侠诗的出现,但是诗中更多的是文人气息的流露,虽然依旧会对侠客的勇武表示欣赏,但相关欣赏只是停留在能力层面,不再有血腥暴力的渲染。

侠的行为方式向来与武离不开关系,有了对武的执着追求后,咏侠诗的大量涌现也成了可能。只是受到体裁的限制,咏侠诗无法像武侠小说或者武侠戏剧一样,将侠客的武功通过文字或者具体的动作设计展现给大家,正如陈平原教授所说:"诗歌中侠客形象主要是一种精神寄托,而不追求精细刻画,故其仗剑行侠的举止未免大同小异。"[1]咏侠诗只能是以抒情的方式凸显诗人对侠义的崇拜,因此咏侠诗甚少涉及具体的动作描写,多是抒发个人的兴致与想象。"汉兵大呼一当百,虏骑相看哭且愁"[2]只是用敌军的慌乱衬托关西侠少的英勇,"城头铁鼓声犹振,匣里金刀血未干"[3]只是截取了胜利回师的场面,"偏坐金鞍调白羽,纷纷射杀五单于"[4]只是以白描手法刻画出少年游侠弯弓杀敌的潇洒姿态,这类诗歌都避免了直接具体的战场搏杀的场景描写。"少年胆气粗,好勇万人敌。仗剑出门

---

[1] 陈平原:《千古文人侠客梦》,人民文学出版社,1992,第18页。
[2] (唐)王维:《燕支行》,《全唐诗(增订本)》卷一百二十五,中华书局,1999,第1257页。
[3] (唐)王昌龄:《出塞二首》(其二),《全唐诗(增订本)》卷一百四十三,中华书局,1999,第1444页。
[4] (唐)王维:《少年行四首》(其四),《全唐诗(增订本)》卷二十四,中华书局,1999,第324页。

去，三边正艰厄。怒目时一呼，万骑皆辟易。杀人蓬麻轻，走马汗血滴。"[1] 虽有"杀人"二字，但也仅限于"杀人"二字。具体用什么招式、什么武器杀人、在什么时候杀人、杀了什么人等信息完全隐藏在诗歌背后。《全唐诗》中其他同类咏侠诗也是如此："壮士性刚决，火中见石裂。杀人不回头，轻生如暂别。"[2] "杀人辽水上，走马渔阳归。"[3] "杀人如剪草，剧孟同游遨。"[4] 在这些诗句中，杀人的过程如何并不重要，重要的是如何借用这一暴力途径显示侠客胆大、轻生的勇武一面。对武力的崇拜被抽象成了一种精神象征，成为唐人抒展豪气的文学意象。而诗歌中不着点墨的杀人过程成了读者想象力自由驰骋的空间，让读者有了参与其中与诗中人物交流对话的机会。而这也是咏侠诗与其他武侠文学不同的特征和魅力所在。

早在初唐时期的宫廷台阁诗中，在保留纤巧格式的同时，便隐隐出现雄浑的意境。在酬酢期间，张九龄以"操刀尝愿割，持斧竟称雄。应敌兵初起，缘边虏欲空。使车经陇月，征旆绕河风。忽枉兼金讯，非徒秣马功"[5] 等诗句赠予昔日旧僚。三度为相、文辞华美的李峤因曾随军平定叛乱，也

---

[1] （唐）顾况：《从军行二首》（其二），《全唐诗（增订本）》卷二百六十四，中华书局，1999，第2925页。

[2] （唐）孟郊：《游侠行》，《全唐诗（增订本）》卷三百七十二，中华书局，1999，第4199页。

[3] （唐）崔颢：《古游侠呈军中诸将》，《全唐诗（增订本）》卷一百三十，中华书局，1999，第1321页。

[4] （唐）李白：《白马篇》，《全唐诗（增订本）》卷二十四，中华书局，1999，第317页。

[5] （唐）张九龄：《酬赵二侍御使西军赠两省旧僚之作》，《全唐诗（增订本）》卷四十九，中华书局，1999，第601页。

能写出"衣裳会百蛮,琛赆委重关。不学金刀使,空持宝剑还"[1]这样颇具豪情的诗句。可见革新派出现之前,唐诗的写作风气已经开始逐渐发生变化。这些变化的本质便是唐人积极进取的民族性格的文学展现。

"初唐四杰"和陈子昂等革新派诗人大力摒除梁陈宫体诗的柔媚,并将诗歌歌咏的范围由宫廷贵族的花园后院及闺房等狭隘的私密场所转向了广阔的江山市井。这些变革,为唐诗风骨的出现奠定了基础。位卑才高的骆宾王借"不求生入塞,唯当死报君"[2]的诗句抒发自己愿意杀敌报国的雄心壮志,陈子昂以"感时思报国,拔剑起蒿莱"[3]的诗句彰显自己"骨气端翔"的诗歌风格。有了这些诗人在"风骨""兴寄"等方面的追求探索,唐代诗歌在继承了之前历朝历代游侠文学的同时,又发展出自身独有的风骨,显得独树一帜,别具风情。譬如极富才思善于咏物的李峤,在描述刀剑等与武功有所关涉的器物时,总会抒发"倚天持报国,画地取雄名"[4]、"莫惊开百炼,特拟定三边"[5]的报国壮志。将器物描写与魏晋以来形成的报国即报恩的游侠精神结合在一起,在保留齐梁诗歌注重声韵格律的同时,撤去齐梁宫体诗的柔媚之感,为咏物诗换上了唐人阳刚硬朗的气质。

---

[1] (唐)李峤:《安辑岭表事平罢归》,《全唐诗(增订本)》卷五十七,中华书局,1999,第689页。

[2] (唐)骆宾王:《从军行》,《全唐诗(增订本)》卷七十八,中华书局,1999,第840页。

[3] (唐)陈子昂:《感遇诗三十八首》(其三十五),《全唐诗(增订本)》卷八十三,中华书局,1999,第891页。

[4] (唐)李峤:《剑》,《全唐诗(增订本)》卷五十九,中华书局,1999,第706页。

[5] (唐)李峤:《刀》,《全唐诗(增订本)》卷五十九,中华书局,1999,第706页。

唐人在接受他人赠剑之时，所念所想是"感君三尺铁，挥擢鬼神惊。浩气中心发，雄风两腋生"[1]。侠气风骨是唐人气质的一部分，即便所写与侠无关，但其中的豪情仍动人心魄。

古时流传下来的习俗到了唐代又因应唐人任侠气质有所演变。友人知己之间的赠剑习俗古已有之。早在先秦时期，剑作为贵族的身份象征，常作为国家之间互相馈赠的信物。后来这一习俗逐渐蔓延到各个阶层，特别是荆楚之地，一直有"服文彩，佩利剑"的风气。剑在当时可算是贴身对象了，因而人们在剑身上赋予了美好的寓意，常常以剑比德、以剑喻才。故赠剑也寄托了对友人的祝福。而先秦史料中与剑有关的故事，如伍子胥与渔父、季札与徐君[2]，结合当年动荡诡谲的政治背景，更是显得壮阔感人。其中的渔父与季札，虽非广义上的侠客，然而行为举止也具备了侠客轻死生、重然诺的风骨，因而备受后人推崇。唐人在向友人赠剑，寄托自古流传下来的寓意的同时，又增添了当时尚武的特色，将尚武与风骨结合起来："行行复何赠，长剑报恩字"[3]是对独请万里行的羽林郎的谆谆教诲，"结交期一剑，留意赠千金"[4]是西陵少侠对知己的重视方式。这让唐代与器物有关的诗句摆脱了齐梁时期的宫廷纤弱柔巧的婉约风格，带上了雄浑壮阔

---

[1]（唐）牟融：《谢惠剑》，《全唐诗（增订本）》卷四百六十七，中华书局，1999，第5348页。

[2] 伍子胥与渔父故事详见《吴越春秋》，季札故事详见《史记·吴太伯世家》。

[3]（唐）鲍溶：《羽林行》，《全唐诗（增订本）》卷四百八十七，中华书局，1999，第5575页。

[4]（唐）王昌龄：《少年行二首》（其二），《全唐诗（增订本）》卷一百四十，中华书局，1999，第1421页。

的阳刚之美。

　　社会的尚武风气加上文人对风骨的追求，唐诗中"豪士""壮士""义士""侠"等词语出现的频率远远高于其他朝代。[1]"野夫怒见不平处，磨损胸中万古刀"[2]是诗人看遍世间不平，本着侠义之心发出的感慨，"……功成走马朝天子，伏槛论边若流水。……空令豪士仰威名，无复贫交恃颜色"[3]是借助豪士等形象衬托张郎中的不羁与豪情。正因为诗人本身已是侠义心肠，因而文人们对游侠行为及心理方面的把握也显得更加准确到位，甚至可以将自身的经历、感想与诗歌中的游侠形象结合起来，加上"不平则鸣"的因素，唐诗中的游侠形象显得十分丰满感人。即便是吟咏古代游侠，诗人也能结合个人心境加以揣摩想象，使得这批古游侠成为独立于史书存在的全新个体形象。鲍溶笔下的荆轲，是壮士崇拜的模本；贾岛在刻画荆轲时，虽然同样也选取了易水送别一幕入手，不过却另立角度，从英雄亦有情的视角出发，写下了"壮士不曾悲，悲即无回期。如何易水上，未歌先泪垂"[4]，突出了荆轲慷慨赴死的一面。李白诗中呈现了"耻作易水别，临

---

[1]《全唐诗》中，"侠"字出现154次，"义士"出现13次，"壮士"出现125次，"豪士"出现15次。

[2]（唐）刘叉：《偶书》，《全唐诗（增订本）》卷三百九十五，中华书局，1999，第4461页。

[3]（唐）卢纶：《送张郎中还蜀歌》，《全唐诗（增订本）》卷二百七十七，中华书局，1999，第3145页。

[4]（唐）贾岛（一作孟迟）：《壮士吟》，《全唐诗（增订本）》卷五百七十四，中华书局，1999，第6745页。

岐泪滂沱"[1]的一面，借易水送别的惨淡之境，烘托与友人离别时的伤感情怀。侠与唐代生活融合到了一起。

除了古游侠，唐代咏侠诗包含了一部分唐代游侠的形象，如何衬托这些游侠的侠气，除相关的道德品格方面的塑造之外，尚武善斗也是展现他们侠气的一个要素。

在强调开疆立业的唐代，咏侠诗里自然少不了边塞游侠的身影。这部分游侠继承了魏晋的特色。同样是满怀热诚投赴边疆，同样会因报国无门暗发牢骚。只是在唐代尚武的背景之下，唐代咏侠诗的书写中会更注重游侠武艺的展示，而非一味地渲染游侠的道德情操。

即使是风雨飘摇、整体诗歌风格偏于伤感消颓的晚唐，疏旷不拘、任性自用的韦庄在送人游并汾时，亦是独携孤剑。"花间鼻祖"温庭筠笔下也有关于游侠的诗歌作品，陆龟蒙仍能写出"蝮蛇一螫手，壮士即解腕。所志在功名，离别何足叹"[2]这般豪情四溢的诗句。可见唐人对武艺的崇尚并不会因为外围环境的变化而改变，"尚武"是唐人的民族特质之一，这让唐代的咏侠诗创作具有了广泛的社会基础。

---

[1] （唐）李白：《留别于十一兄逖裴十三游塞垣》，《全唐诗（增订本）》卷一百七十四，中华书局，1999，第1786页。

[2] （唐）陆龟蒙：《别离》，《全唐诗（增订本）》卷六百一十九，中华书局，1999，第7181—7182页。

第三节　唐代的异域风情与咏侠诗

汉代的张骞出使西域[1]之后，汉人与胡人的交往逐渐密切。到了唐代，西域各民族之间的融合速度加快，在丝绸之路及唐代的相关法律政策的配合下，西域各民族与汉人的来往空前密切。唐王朝与西域各国之间的往来直接关系着唐王朝的军事、政治、外交及经济等各大方面，它们之间的文化交流影响着唐王朝的发展，因此在研究唐代诗歌时，我们不能忽视西域文化在唐诗中的体现。继承了魏晋南北朝的歌咏边塞游侠传统的唐代咏侠诗中也有大量奔赴西域边塞的游侠书写，其中也有不少西域风情的呈现。

一、唐代与西域地区的文化交流

唐代中国作为当时世界上最富强发达的国家之一，在丝绸、瓷器、金银器制造等方面的工艺更是冠绝天下，强大的经济实力与独有的商品技术吸引外国商旅源源不断地前来通商。在经济贸易方面与边境及西域各国均有密切往来。《大唐六典》记载，唐王朝曾与300多个国家或地区有过交往或接触。[2]长安为了接待外国宾客及使节，更设立了鸿胪寺、礼宾院、典客署等专门负责机构。《唐会要》补充了两《唐书》中没有记载的史料，在卷九十七至卷一百中，王溥详细记录了唐王朝与周边少数民族国家的关系

---

[1] 泛指广义的西域，即中国新疆、中亚、西亚及印度等地。

[2] 《大唐六典》卷四《礼部》："凡四蕃之国经朝贡已后自相诛绝及有罪见灭者，盖三百余国。"（三秦出版社，1991，第108页。）

往来。其中记载，自唐派文成公主与吐蕃和亲后，吐蕃派遣了一批酋豪子弟到大唐学习诗文，并请中国文人去教授中文、礼仪等。[1]吐蕃前来迎亲及派遣子弟到大唐时，也带来了不少当地的物品及文化。而与吐蕃交恶之后，回鹘又帮大唐平定吐蕃。可见唐王朝与周围的少数民族政权无论是以温和还是暴力的方式，都在不断地进行着文化方面的交流。

唐王朝不但内兴水陆以便民众出行，在国际方面也是大力建设道路促进各国的经济文化往来。无论是东北的高句丽，南边的海上诸国，还是西方的安息、天竺，均有官道可以直达[2]。文化方面的交流加上四通八达的便利交通，胡人们也逐渐迁移到唐朝疆域范围之内居住。虽说唐王朝的法律对胡人在国内定居有一定的约束，但出于通商等经济方面的考虑，实际的执行力度相当宽松，因此当时两京地带及各大重要通商城市都有不少胡人面孔，洛阳城内聚集了一批归附唐朝的东突厥贵族后裔。龙门石窟的造像题记等便可反映这一历史事实。当时仅扬州一城，便有数千胡人定居。[3]《新

1_《唐会要》卷九十七《吐蕃》："身释毡裘，袭纨绮，渐慕华风。仍遣酋豪子弟请入国学，以习诗书。又请中国识文字之人，典其表疏。"（中文出版社，1978，第1730页。）

2_《新唐书》卷四十三下《地理志七下》："唐置羁縻诸州，皆傍塞外，或寓名于夷落。而四夷之与中国通者甚众，若将臣之所征讨，敕使之所慰赐，宜有以记其所从出。天宝中，玄宗问诸蕃国远近，鸿胪卿王忠嗣以《西域图》对，才十数国。其后贞元宰相贾耽考方域道里之数最详，从边州入四夷，通译于鸿胪者，莫不毕纪。其入四夷之路与关戍走集最要者七：一曰营州入安东道，二曰登州海行入高丽渤海道，三曰夏州塞外通大同云中道，四曰中受降城入回鹘道，五曰安西入西域道，六曰安南通天竺道，七曰广州通海夷道。其山川聚落，封略远近，皆概举其目。州县有名而前所不录者，或夷狄所自名云。"（中华书局，2000，第751页。）

3_"商胡波斯被杀者数千人。"引自《旧唐书》卷一百二十四《田神功传》，中华书局，2000，第2402页。

唐书》中记载道:"蕃獠与华人错居,相婚嫁,多占田营第舍。"[1]当时的长安西市更专门设有"胡市"以供胡人进行商贸活动。这批胡商长期往来于西域与大唐,不但将大唐文明带去了西域,还将西域文化传入了中国。

在军事方面,唐王朝为了安定并开拓边疆,大力发展驿站边卡。陇西等荒凉之地之所以能在唐朝变得兴盛繁荣,很大程度上仰仗了军事的发展。据《大唐六典》记载,唐代有陆路驿站1297所,水路驿站260所,水陆相兼的驿站有86所,共计1639所。[2]当年军事驿站的发达程度在唐诗中便有体现,岑参写道:"一驿过一驿,驿骑如星流。平明发咸阳,暮及陇山头。"[3]虽说诗作带有夸张手法,但当时驿站的快捷程度从中可见一斑。严耕望先生在《唐代交通图考》篇十一中的考据也证明了这一点。有了这些便捷的驿站设施,唐人的军事力量得以快速发展。贞观四年(630),大唐名将李靖与李勣相互配合,最终瓦解东突厥政权,换取了与突厥地区的和平。据向达先生的《唐代长安与西域文明》考证,当年太宗听取了温彦博的意见,"迁突厥于朔方,降人入居长安者乃近万家"[4]。之后唐王朝更是利用突厥军队作为前锋,以武力经营西域地区。伊吾、鄯善等西域国家臣服

---

[1] (宋)欧阳修、宋祁等撰:《新唐书》卷一百八十二《卢钧传》,中华书局,1975,第5367页。

[2] 《大唐六典》卷五《兵部》:"驾部郎中员外郎掌邦国之舆辇车乘及天下之传驿厩牧官私马牛杂畜之簿籍。……其名数凡三十里一驿,天下凡一千六百三十有九所,二百六十所水驿,一千二百九十七所陆驿,八十六所水陆相兼。"(三秦出版社,1991,第126—127页。)

[3] (唐)岑参:《初过陇山途中呈宇文判官》,《全唐诗(增订本)》卷一百九十八,中华书局,1999,第2030页。

[4] 向达:《唐代长安与西域文明》,石家庄:河北教育出版社,2001,第7页。

大唐之后，贞观十四年（640），唐王朝又攻下了高昌国，在此设立安西都护府。之后唐王朝又吞并了龟兹、疏勒等西域小国，进一步巩固了在西域地区的统治。显庆二年（657）前后，唐王朝消灭了西突厥，昭武九国望风归顺。之后兴起的吐蕃和阿拉伯帝国同样觊觎安西四镇，在此与唐王朝亦展开了多次战争。频繁的战争同样是暴力促进文化交流的手段之一。战争之后，被唐王朝占领地区的壮男女子们，被当作奴隶带回唐朝。[1]强大的军事力量，不但让之前没入周边国家的汉人重新归朝，还带动了外族百姓前来归附。[2]这也是唐代城市中胡人面孔增多的另一个原因。

唐代对外来文化采取兼容并蓄的态度，强盛的国力使得当时的中国文明能够很好地吸收并消化外来文化，使它们成为大唐文化的一部分，而非被外来文化同化。因此唐代的音乐艺术等方面都受到了西域文化的影响。例如，龟兹乐舞对唐代歌舞的影响深远，盛唐诗人李颀曾在诗中提到

---

[1] "（贞观十五年十二月）甲辰，李勣及薛延陀战于诺真水，大破之，斩首三千余级，获马万五千匹，薛延陀跳身而遁。勣旋破突厥思结于五台县，虏其男女千余口，获羊马称是。""（贞观十九年）李勣率兵奋击，上自高峰引军临之，高丽大溃，杀获不可胜纪。""（贞观二十二年）五月庚子，右卫率长史王玄策击帝那伏帝国，大破之，获其王阿罗那顺及王妃、子等，虏男女万二千人、牛马二万余以诣阙。""闰月丁丑朔，昆山道总管阿史那社尔降处密、处月，破龟兹大拨等五十城，虏数万口，执龟兹王诃黎布失毕以归，龟兹平，西域震骇。"（《旧唐书》卷三《太宗下》）

[2] "（贞观三年）是岁，户部奏言：中国人自塞外来归及突厥前后内附、开四夷为州县者，男女一百二十余万口。"（《旧唐书》卷二《太宗上》）"（贞观五年）以金帛购中国人因隋乱没突厥者男女八万人，尽还其家属。""（贞观六年）是岁，党项羌前后内属者三十万口。"（《旧唐书》卷三《太宗下》）

"南山截竹为觱篥,此乐本自龟兹出"[1]。李峤也在咏物诗《琵琶》里说过琵琶"本是胡中乐"[2]。赫赫有名的"胡旋舞""霓裳羽衣舞"都是西域舞蹈东传入大唐后的舞蹈展现。唐代诗人也常在诗中盛赞胡乐胡舞的动听与优美。例如,岑参的《田使君美人舞如莲花北鋋歌》中便提到"此曲胡人传入汉,诸客见之惊且叹"[3]。他送颜真卿赴河陇时同样与友人共赏胡曲"君不闻胡笳声最悲,紫髯绿眼胡人吹"[4]。李白听了胡人吹笛后有了"十月吴山晓,梅花落敬亭"[5]的联想,宰相张说盛赞"绣装帕额宝花冠,夷歌骑舞借人看"[6]的胡人歌舞可助欢娱。可见当时胡人乐舞的盛行程度。

边塞更是常有胡人乐舞的出现:"异方之乐令人悲,羌笛胡笳不用吹。"[7]"琵琶起舞换新声,总是关山旧别情。"[8]诗人们借助这些胡人歌舞,

---

[1] (唐)李颀:《听安万善吹觱篥歌》,《全唐诗(增订本)》卷一百三十三,中华书局,1999,第1354页。

[2] (唐)李峤:《琵琶》,《全唐诗(增订本)》卷五十九,中华书局,1999,第708页。

[3] (唐)岑参:《田使君美人舞如莲花北鋋歌》,《全唐诗(增订本)》卷一百九十九,中华书局,1999,第2063页。

[4] (唐)岑参:《胡笳歌送颜真卿使赴河陇》,《全唐诗(增订本)》卷一百九十九,中华书局,1999,第2059页。

[5] (唐)李白:《观胡人吹笛》,《全唐诗(增订本)》卷一百八十四,中华书局,1999,第1882页。

[6] (唐)张说:《苏摩遮五首》(其二),《全唐诗(增订本)》卷八十九,中华书局,1999,第977页。

[7] (唐)孟浩然:《凉州词》(其二),《全唐诗(增订本)》卷一百六十,中华书局,1999,第1671页。

[8] (唐)王昌龄:《从军行七首》(其二),《全唐诗(增订本)》卷一百四十三,中华书局,1999,第1444页。

或是突出了边塞的苦寒凄凉，或是突出将士得胜后的浓浓喜悦，甚至民间的烟花之地也有胡乐胡舞的痕迹："莫吹羌笛惊邻里，不用琵琶喧洞房。"[1] "虚然异风出，仿佛宿平阳。"[2] 著名的唐三彩也带有了西域的特色，出土的许多唐三彩人俑五官都带有浓浓的西域风情。西域佛教艺术中的忍冬纹、连珠纹等的传入，为唐代的工艺美术注入了新的光彩。此外，唐代文学中也出现了胡人的形象。例如，唐传奇中著名篇目《昆仑奴》以及《虬髯客》便已开始细致刻画西域人士的长相，唐诗歌中也多次强调"紫髯""绿眼"等与汉人相异的胡人面貌特征。唐代诗歌中更是不乏关于箜篌、芦管、羌笛、琵琶等西域乐器的描述，这些西域乐器为唐诗增添了不少风情。

二、唐代咏侠诗中的西域色彩

唐王朝与突厥等周边政权大大小小的战役，不仅为自身政权的稳固奠定了基础，还为诗人提供了大量激发灵感的素材。同时，边疆的动荡成了渴求建功立业的士人们远赴边疆的动力之一。因此唐代的咏侠诗也塑造了大量边塞之侠的形象，这些关于边塞游侠的诗歌保留了大量异域风光。

与西域诸城同载史册的首推西域名马。中原人士对胡马的喜爱可以追

---

[1] （唐）乔知之：《倡女行》，《全唐诗（增订本）》卷八十一，中华书局，1999，第874页。

[2] （唐）丁仙芝：《剡溪馆闻笛》，《全唐诗（增订本）》卷一百一十四，中华书局，1999，第1158页。

溯到两汉时期。汉武帝时便有汗血宝马等名贵品种引入中国。汉武帝甚至写下诗篇《西极天马之歌》赞扬这些从西域远道而来的宝马。胡马在此展示出积极向上、生机勃勃的澎湃气象。陈寅恪先生曾对此发表过见解："中国马种不如胡马优良。……唐代之武功亦与胡地出生之马及汉地杂有胡种之马有密切关系，自无待言。"[1]有了良马之后，骑兵队伍就能迅速发展壮大，而在冷兵器时代有了强大的骑兵队伍便能纵横天下，所向披靡。因此与汉朝同样尚武的唐代，自然也将名马奉为圣物。由天子到寒士，无不歌颂马的俊逸身姿，因此唐代同样有不少歌颂西域名马的诗赋流传至今。譬如唐代宰相张说便曾以"不因兹白人间有，定是飞黄天上来"[2]的诗句赞扬海西送来的名马身姿非凡。

唐诗中提到"马"的诗歌不胜枚举，和前朝相比，"胡马"一词出现的频率尤为高，纵观《全唐诗》，直接提到"胡马"或"天马"二字的诗歌就有一百多首，可见西域名马在唐人心中的地位了。

游侠对宝马也情有独钟。游侠之所以称为游侠，正是因为他们的浪迹天涯、漂泊不定。若要游历天下，必须倚仗交通工具。在古代，人们用于出行的动物通常为马、驴和牛。驴的体形小，速度慢，较适合短途轻便的旅程。牛虽然能负重，耐力强，但速度方面有所欠缺，也不适合侠客们恣意飞扬的形象。潇洒不羁的游侠与奔驰如电的骏马可谓相得益彰，边塞游

---

[1] 陈寅恪：《论唐代之蕃将与府兵》，《金明馆丛稿初编》，三联书店，2001，第302页。

[2] （唐）张说：《舞马千秋万岁乐府词》（其三），《全唐诗（增订本）》卷八十七，中华书局，1999，第955页。

侠更需要骏马帮助自己建功立业。值得留意的是，边塞咏侠诗中出现的马匹常有特定的血统，以此提醒读者诗歌的内在环境与人物的特殊性。

首先，胡马作为西域的象征意象频频出现在唐代咏侠诗中。在袁瓘的《鸿门行》中，胡马是意气少年遥度朔野之后见到的事物；李白的《行行游且猎篇》也提到"胡马秋肥宜白草"。在这些诗歌当中，"胡马"是西域的代名词，是与中原迥然不同的风景，见到了胡马，等于来到了西域边塞。

其次，胡马在咏侠诗中，同样可以作为边塞游侠击败胡人之后的战利品。唐代边关战争的主要对象还是以西域地区等游牧民族为主。与他们作战的战利品自然同畜牧有关，其中唐人最感兴趣的莫过于西域的胡马了。胡马的品种优良，引进后不但可以直接用于战场，还能改良国内马匹的血统。杜甫的《后出塞》中，胡马是拔剑击大荒后的战利品；王维的《老将行》中，胡马是少年儿郎击败胡人时获得的坐骑。在这些诗歌中，胡马不仅是战利品，更是衬托边塞游侠骁勇善战的参照物。

最后，胡马在唐代咏侠诗中也常被用作敌人的借代。陈子昂用"胡马屡南驱"表达匈奴的入侵，李白在《塞下曲》(其二)中，同样以"胡马欲南饮"比喻游牧民族企图南侵，胡马在此又成了胡人铮铮铁骑的象征。

可见胡马在唐代的边塞咏侠诗中是一个特别的存在，体现了西域地区不同于中土的异域景象。

张骞通西域带回来的不仅有品种优良的胡马，还有一些中原地区闻所未闻的植物，如石榴、苜蓿、胡椒、胡豆等，其中对唐诗影响最大的莫过于美味多汁的葡萄了。元好问曾为葡萄酒作赋，并简要记载了葡萄进入中原的过程："西域开，汉节回。得蒲桃之奇种，与天马兮俱来。"[1]《史记·大宛列传》也有相关记载：西域地区"俗嗜酒，马嗜苜蓿。汉使取其实来，于是天子始种苜蓿、蒲陶肥饶地。及天马多，外国使来众，则离宫别观旁尽种蒲萄，苜蓿极望"[2]。可见汉王朝最初引进相关物种，更多出于外交方面的考虑。苜蓿与葡萄自此便成为西域风情的象征。唐诗也常借用这一典故——"苜蓿随天马，葡萄逐汉臣"[3]、"天马常衔苜蓿花，胡人岁献葡萄酒"[4]，或是表达对友人远赴西域边关的关切，或是表达对古今风云变化的感慨。不变的是，苜蓿与葡萄一直都是西域地区的风情标志之一。

生性不羁的贯休笔下的边塞诗作中也常有苜蓿的身影出现。"蒲萄酒白雕腊红，苜蓿根甜沙鼠出。"[5]"风落昆仑石，河崩苜蓿根。将军更移帐，日日近西蕃。"[6]长期奔走于边塞各地的岑参也用"胡地苜蓿美，轮台征马肥"的诗句描述边塞风光[7]。可以看出诗人在创作边塞主题诗作时是有意识

---

[1] （金）元好问：《蒲桃酒赋》，引自《元好问全集》上册，山西人民出版社，1990，第3页。

[2] （汉）司马迁：《史记》卷一百二十三《大宛列传》，中华书局，1999，第2407页。

[3] （唐）王维：《送刘司直赴安西》，《全唐诗（增订本）》卷一百二十六，中华书局，1999，第1271页。

[4] （唐）鲍防：《杂感》，《全唐诗（增订本）》卷三百零七，中华书局，1999，第3484页。

[5] （唐）贯休：《塞上曲二首》（其一），《全唐诗（增订本）》卷八百二十七，中华书局，1999，第9399页。

[6] （唐）贯休：《古塞下曲七首》（其七），《全唐诗（增订本）》卷八百三十，中华书局，1999，第9444页。

[7] （唐）岑参：《北庭西郊候封大夫受降回军献上》，《全唐诗（增订本）》卷一百九十八，中华书局，1999，第2028页。

地进行意象选择，利用相关意象强化边塞的风情。边塞游侠诗也是如此。

自曹植的《白马篇》开始，幽并儿成了游侠的代名词之一，唐代诗歌也保留了这样的书写传统。贯休的《古塞上曲》中深入蕃界百战未曾输的百万将士便是来自幽并地区的游侠们，他们眼中的西域是"赤落蒲桃叶，香微甘草花"[1]。这里的蒲桃指的就是葡萄。自汉代起，人们已经有意识地将葡萄引进中原地区，但受到气候的限制，葡萄只能在邻近西域的西北地区成长。因此，在唐代幽并游侠的眼中，葡萄依旧是有别于中土大唐的西域风物。葡萄无形中为风格苍健的边塞咏侠诗增添了一抹异域柔情。

与葡萄同时进入中原地区的还有葡萄酒及相关的酿造技术。中国虽然也有果酒酿造技术，但技术并不先进。与中国传统用五谷杂粮酿造而成的酒水相比，葡萄酒更显香甜可口，入喉温润。但由于葡萄产地以及运输成本的限制，汉时的葡萄酒还只是贵族阶层的宴飨之物。唐代民众对美酒有特别的爱好，上至高官，下至平民，都以酒为媒介沟通感情。刘禹锡在《百花行》中便提到这样的景象：在春暖花开的长安，"无人不沽酒，何处不闻乐"[2]。现存史料也有不少唐人好酒的记录："道路列肆，具酒食以待行人。"[3] "自昭应县至都门，官道左右村店之民，当大路市酒，量钱数多少饮

---

[1]（唐）贯休：《古塞上曲七首》(其五)，《全唐诗（增订本）》卷八百三十，中华书局，1999，第9444页。

[2]（唐）刘禹锡：《百花行》，《全唐诗（增订本）》卷三百五十四，中华书局，1999，第3976页。

[3]（宋）欧阳修、宋祁等撰：《新唐书》卷五十一《食货一》，中华书局，2000，第884页。

之，亦有施者与行人解之，故路人为号歇马杯。"[1]甚至卖酒都能成为筹集军饷的重要渠道之一。[2]繁盛的贩酒业为唐人，包括游侠提供了随时饮酒狂欢的可能性。[3]

与西域各方面的文化交流，使得胡食、胡乐等在民间广受欢迎。大批胡商的到来，更让"胡肆"在各大城市扎根。原本只是流行于贵族阶层的葡萄酒也因此逐渐普及，得到了上流社会和文人的热捧。"酿之成美酒，令人饮不足。为君持一斗，往取凉州牧。"[4]唐代的诗歌中，读者可以经常看到有关葡萄酒的诗句。向来作为衬托侠气的道具之一——酒，到了唐代也逐渐染上了西域的色彩。

为人豪放不羁，日聚英豪高歌纵饮的王翰在《凉州词》（其一）中以葡萄、美酒、夜光杯等美好事物与战死沙场的悲怆荒凉作对比，凸显出边塞游侠看淡生死的旷达奔放。邻近西域诸国的凉州本身又是葡萄最早在汉地安身的地方。这里的葡萄美酒不但具备传统佳酿用于欢宴的文化意涵，同

---

[1]（五代）王仁裕：《开元天宝遗事》，引自丁如明辑校《开元天宝遗事十种》，上海古籍出版社，1985，第93页。

[2]《旧唐书·食货下》记载："扬州等八道州府，置榷曲，并置官店沽酒，代百姓纳榷酒钱，并充资助军用，各有榷许限。扬州、陈许、汴州、襄州、河东五处榷曲，浙西、浙东、鄂岳三处置官沽酒。"《新唐书·食货四》也提到"以佐军费，置肆酿酒，斛收直三千"。这也从侧面说明了酒在当时的畅销程度。

[3]《开元天宝遗事》记载："长安进士郑愚、刘参、郭保衡、王冲、张道隐等十数辈，不拘礼节，旁若无人。每春时，选妖妓三五人，乘小犊车，指名园曲沼，藉草裸形，去其巾帽，叫笑喧呼，自谓之颠饮。"（引自丁如明辑校《开元天宝遗事十种》，上海古籍出版社，1985，第81页。）足见唐人饮酒狂欢时的不拘姿态。

[4]（唐）刘禹锡：《葡萄歌》，《全唐诗（增订本）》卷三百五十四，中华书局，1999，第3975页。

时又能紧扣诗题，点明了凉州的地域特点。多由幽并儿、六郡良家子担任的羽林郎，甫一出场便自带游侠气息，在奉身边塞之时，也是"帐下饮蒲萄，平生寸心是"[1]。酒精自带的热情迷离属性正好与轻生重义、豁达不羁的游侠气质吻合。不但身处边塞沙场的游侠们喜好葡萄酒，身在繁华都市的游侠也对其情有独钟。李白的《少年行》(其二)中的五陵少年踏尽落花之后，相拥进入胡肆畅饮。这里的葡萄酒是少年豪侠不重金钱、崇尚豪奢的外向展示。

综上所述，可以看出在民族文化交融的背景之下，不单市井百姓，就连放荡不羁的游侠生活也逐渐染上了西域的色彩。和其他朝代的咏侠诗相比，唐代咏侠诗也因此显得格外与众不同。

第四节　都市繁荣与任侠之气

作为当时世界上数一数二的发达国家，唐代中国经济繁荣，实力强盛，而且与诸多国家和地区都有商贸往来。因此唐朝的都市十分繁华，在城建方面也令后人惊叹。自三国至唐代，江南的经济持续发展，因此唐代除赫赫有名的东西二都洛阳与长安之外，当时的扬州、杭州也人烟稠密，空前繁荣。唐人自身好任侠的气质让生活在这些繁荣稳定的环境中的富贵士人们也带有南北朝贵族游侠的气质。随处可见的娱乐场所同样也吸引了周遭

---

[1]（唐）李颀：《塞下曲》，《全唐诗（增订本）》卷一百三十二，中华书局，1999，第1338页。

漫游的侠客前来寻欢，这让唐代的咏侠诗中常出现当时都市繁华的书写。

判断一个城市繁华与否自然是先看"颜值"。一座城市的外观是否雄伟壮丽，最根本的还是取决于经济因素。唐代都市中最负盛名的莫过于东西二京——洛阳和长安，这两座城市可谓当时世界上最辉煌壮丽之处了。

长安的前身是隋朝的大兴城，唐代在继承了大兴城原本的雄伟风格和分坊管理制度的同时，又做了一系列的扩建和改良，使得长安城变得更为气势恢宏、井然有序。据史料记载，整个长安城共有二十五条大街，南北向十一条，东西向十四条。其中最宽阔的朱雀大街宽达一百五十米。这些街道将长安城划分成东西二市和一百零九坊。[1]加上太极宫、大明宫等壮丽气派的宫廷建筑，整个城市气势恢宏，"盛唐气象"体现得淋漓尽致。诗人王勃对长安的繁华更是极力赞叹："高台四望同，帝乡佳气郁葱葱。紫阁丹楼纷照耀，璧房锦殿相玲珑。"[2]孟郊眼中的长安也是"高阁何人家，笙簧正喧吸"[3]的一派歌舞喧天景象。即便到了风雨飘摇的晚唐，长安也常以"长安二月多香尘，六街车马声辚辚"[4]的姿态出现在诗歌中，长安昔日的繁荣依旧是诗人不愿醒的一场梦。这足以看出长安在诗人心中的地位。东都洛阳的城市规模仅次于长安，洛河南北共计二十条街道，城内共有

---

[1] 荣新江：《隋唐长安：性别、记忆及其他》，三联书店（香港）有限公司，2009，第10页。

[2] （唐）王勃：《临高台》，《全唐诗（增订本）》卷五十五，中华书局，1999，第674页。

[3] （唐）孟郊：《长安道》，《全唐诗（增订本）》卷三百七十二，中华书局，1999，第4192页。

[4] （唐）韦庄：《长安春》，《全唐诗（增订本）》卷七百，中华书局，1999，第8129页。

一百零三坊和三个市集。[1]可见城市面积不小。

城市的繁华与交通的便捷息息相关。四通八达的道路不仅为城市与外界的经济文化交流提供了便利,还将城市划分得齐整无比。登高望城的白居易对此有生动的描述:"百千家似围棋局,十二街如种菜畦。遥认微微入朝火,一条星宿五门西。"[2]《苏氏演义》中提到:"坊者,方也,言人所在里为方。"[3]也就是说坊就是居民区。而市就是所谓的集市,市内分门别类地设置"行",据宋人记载,长安东市内"货财二百二十行,四面立邸,四方珍奇,皆所积集"[4]。虽说坊市制度较为封闭,但唐代坊市制度规划完善,这对人口、经济仍处于恢复期的初唐、盛唐而言,能较好地提高社会生产力,在中唐之前极大地促进了社会的经济发展。而且封闭的市坊制度能较好地维护城市治安,让居民安居乐业。此外,唐人对商贸的态度有所改变,人们开始重视金钱利益,甚至在教育小辈时让他们求利就好,因为"求名

---

[1] 《旧唐书》卷三十八《地理志一》记载:"都城南北十五里二百八十步,东西十五里七十步,周围六十九里三百二十步。都内纵横各十街,街分一百三坊、二市。每坊纵横三百步,开东西二门。"(中华书局,2000,第983页。)《大唐六典》卷七《尚书工部》记载:"(东都)东面十五里,二百一十步。南面十五里,七十步。西面连苑距上阳宫七里,北面距徽安门七里,郭郛南广北狭。凡一百三坊,三市居其中焉。开元十二年,废西市取厚载门之西一坊地及西市入苑。"(三秦出版社,1991,第162页。)

[2] (唐)白居易:《登观音台望城》,《全唐诗(增订本)》卷四百四十八,中华书局,1999,第5064页。

[3] (唐)苏鹗:《苏氏演义》卷上,《古今注·中华古今注·苏氏演义》,商务印书馆,1956,第6页。

[4] (宋)宋敏求:《长安志》卷八《唐京城二》,清光绪十七年(1891)思贤讲舍刻本,第10页。

有所避，求利无不营"[1]。民间风气的转变以及政府方面不再抑商，让当时一些禁商政策的实际执行力度相对宽松许多，经常会有小贩推车在原本禁止交易的坊间售卖物品，而市集方面也常常有饭馆酒肆通宵营业。这从某种意义上也说明了当时商贸的发达。这为城市的繁荣巩固了内在经络。

骆宾王的《帝京篇》对长安做了细致的描绘："小堂绮帐三千户，大道青楼十二重。宝盖雕鞍金络马，兰窗绣柱玉盘龙。"[2]这样的城市怎当不起"繁华"二字？又怎能不吸引天生浪荡、喜好作乐的游侠在其中恣意放纵呢？当时的城市建筑动不动就楼高百尺，为了招揽生意，更在楼外遍插类似现今广告招牌的彩旗，这样的街招更是吸引了漠视金钱的游侠进店销金。王勃在《临高台》中写道："物色正如此，佳期那不顾。银鞍绣毂盛繁华，可怜今夜宿娼家。"[3]在温柔乡中不吝钱财的消费方式颇有游侠浪荡风范。

唐诗中的游侠形象与少年形象经常是重叠的，可能因为少年初生牛犊的姿态与游侠勇往无前的精神无比契合。皎然诗中的少年就是放浪不羁的都市游侠。《长安少年行》里，半醉的少年骑着花骢马在长安的绿槐道上恣意畅游。马匹品种优良、装饰华美，酒楼倡家装修华丽、重彩绿漆。再看看当时的城市建设，街道两旁皆有绿树迎风飘摇，郁郁葱葱。诗中的"翠楼春酒"与王勃诗中的"紫阁丹楼"有异曲同工之处，同样是从建筑与色

---

[1] （唐）元稹：《估客乐》，《全唐诗（增订本）》卷四百一十八，中华书局，1999，第4623页。

[2] （唐）骆宾王：《帝京篇》，《全唐诗（增订本）》卷七十七，中华书局，1999，第834页。

[3] （唐）王勃：《临高台》，《全唐诗（增订本）》卷五十五，中华书局，1999，第674页。

彩的角度对大唐长安的繁华进行刻画。

除建筑方面大气壮观之外，唐代在商贸方面也是一派欣欣向荣的景象。《临高台》有云："旗亭百隧开新市，甲第千甍分戚里。"[1]古代的市楼，因上边悬挂旗帜，又被称为旗亭。由于商贸的发展，自汉代开始就有了集市。政府为了管理集市会建立市楼方便市官监察市集情况。高耸的市楼上边挂满了店家的招牌旗帜，足以证明当时店铺数量之多。这也说明当时社会的经济情况与百姓的消费能力状况如何。韦应物在《酒肆行》中描写了唐代酒楼的奢华外观："一旦起楼高百尺。碧疏玲珑含春风，银题彩帜邀上客。回瞻丹凤阙，直视乐游苑。"[2]高耸的酒楼不但装修华丽，甚至可以看到皇宫别院内的景象。这样的酒楼消费肯定不便宜，但即使费用高昂，仍是座无虚席，常有远方的客人慕名前来。可见在当时的城市地区，能够进行高消费行为的人并不少。正如高适所说："长安少年不少钱，能骑骏马鸣金鞭。"[3]唐代的城市居民经济状况甚佳，负担得起相关的消费。李廓的《长安少年行》则是刻画了贵族豪侠在长安奢靡的生活，从侧面说明了长安的城市经济面貌。诗中的长安少年"划戴扬州帽，重薰异国香"[4]，说明当时长安城的商业十分繁荣，不仅远在江南的物品，甚至异国的香料在

---

[1] （唐）王勃：《临高台》，《全唐诗（增订本）》卷五十五，中华书局，1999，第674页。

[2] （唐）韦应物：《酒肆行》，《全唐诗（增订本）》卷一百九十四，中华书局，1999，第2003页。

[3] （唐）高适：《行路难二首》（其一），《全唐诗（增订本）》卷二百一十三，中华书局，1999，第2216页。

[4] （唐）李廓：《长安少年行》（其一），《全唐诗（增订本）》卷四百七十九，中华书局，1999，第5492页。

长安城内都可以买到。除此之外，诗中的少年"晓日寻花去，春风带酒归。青楼无昼夜，歌舞歇时稀"[1]。"乐奏曾无歇，杯巡不暂休。"[2]可见当时娱乐行业的兴盛程度，只要你有足够的金钱，就可以从早到晚从无间歇地游乐嬉戏、踏青打球、赏花醉酒等。青楼中的生活更是多姿多彩："歌人踏日起，语燕卷帘飞。好妇唯相妒，倡楼不醉稀。"[3]娱乐行业的兴盛不但说明当时社会足够安定，而且证明了城市的繁荣程度与政府对商业娱乐的放松管理。再来看看城市住宅的内部装饰。贵族游侠饮伴至倡家后，青楼的内部是"犬娇眠玉簟，鹰掣撼金铃"[4]。青楼中的宠物也都有玉簟、金铃等华丽用品，可见其间的奢靡程度。倡楼已是如此奢靡，何况其他的大户人家？唐代的咏侠诗利用侠客四处游荡的特质，从游侠的视角出发，多角度地描绘出当时都市繁华的景象。

长安城市如此繁华，与它齐名的洛阳当然也毫不逊色。由隋入唐的陈子良在《游侠篇》中描绘了隋唐贵族游侠们在春意盎然的洛阳城中纵马赏春的场景："水逐车轮转，尘随马足飞。云影遥临盖，花气近薰衣。"[5]动态

---

[1] (唐)李廓：《长安少年行》(其二)，《全唐诗(增订本)》卷四百七十九，中华书局，1999，第5493页。

[2] (唐)李廓：《长安少年行》(其四)，《全唐诗(增订本)》卷四百七十九，中华书局，1999，第5493页。

[3] (唐)李廓：《长安少年行》(其六)，《全唐诗(增订本)》卷四百七十九，中华书局，1999，第5493页。

[4] (唐)李廓：《长安少年行》(其十)，《全唐诗(增订本)》卷四百七十九，中华书局，1999，第5493页。

[5] (唐)陈子良：《游侠篇》，《全唐诗(增订本)》卷三十九，中华书局，1999，第501页。

与光影气味结合在一起，向后人展示了当年洛阳的闲适与气度。《畴昔篇》中的少年侠客虽"弱岁贱衣冠"，但在洛阳城中依旧是遨游灞水曲，风月洛城端；争驰千里马，竞驾七香车。因为骑马驾车地在城内遨游，因而见到"掩映飞轩乘落照，参差步障引朝霞。池中旧水如悬镜，屋里新妆不让花"[1]等洛阳城内景象。

这些咏侠诗都以明丽色彩书写当时的繁荣都市，穿梭在城市间的游侠打马醉酒、赏花踏青等活动，又让诗歌充满了动感。都市咏侠诗也因此显得明快活泼，富有激情。这些都市咏侠诗中，游侠可以是诗作的叙述视角，也可以是诗作的观察对象。"京华游侠盛轻肥"[2]之类的场景也进一步强化了都市繁华的形象。生性放浪的游侠与繁华都市形成了有机的整体：繁华都市吸引了游侠前来聚集，而游侠又反过来为都市增添声色与风情。

江南地区从三国东吴开始，经魏晋南北朝的发展，到了唐代已有几个繁华都市出现。"二十四桥明月夜，玉人何处教吹箫"[3]、"日出江花红胜火，春来江水绿如蓝"[4]等诗句都证明扬州、杭州等城市在唐诗中也常展示出柔美风情。不过在全民喜好任侠的唐代，诗歌中却没能找到游侠与江南城市有

---

[1] （唐）骆宾王：《畴昔篇》，《全唐诗（增订本）》卷七十七，中华书局，1999，第835页。

[2] （唐）骆宾王：《帝京篇》，《全唐诗（增订本）》卷七十七，中华书局，1999，第834页。

[3] （唐）杜牧：《寄扬州韩绰判官》，《全唐诗（增订本）》卷五百二十三，中华书局，1999，第6028页。

[4] （唐）白居易：《忆江南词三首》（其一），《全唐诗（增订本）》卷四百五十七，中华书局，1999，第5222页。

直接关联的证据。或许结合当时的社会背景可以尝试分析都市游侠的分布为何如此集中。唐代的政治中心明显偏北,包括当时与京城诗圈并存的"东南文人",也多有北上拜谒科举的经历。这说明在唐人眼中,若想要出人头地,长安与洛阳才是最佳的去处。渴求建功立业的游侠自然更乐意前往两都地区积累自己的政治资本。与游侠有关的城市书写也就随之北移。

值得留意的是,唐代咏侠诗中关于城市的书写大多集中在初盛唐时期。经历了"洛阳城头火瞳瞳,乱兵烧我天子宫。宫城南面有深山,尽将老幼藏其间"[1]的安史之乱,虽说社会上仍有游侠的存在,但中唐以后的诗歌在都市书写时似乎少了游侠的身影,加上整体诗歌情绪的低落,诗作中的城市也变得黯然失色了许多。

第五节 豪奢习气与浪漫之风

"五陵"一词出自汉代,汉代几位皇帝在长安附近修建了几座陵邑,并大量迁入人口,使得五陵逐渐变成贵族的聚居地,"五陵少年"一词也成了纨绔子弟的代称。唐诗中常有以汉代唐的手法,因此"五陵少年"一词常出现在都市咏侠诗当中,借指唐代的贵族子弟。这批贵族游侠家世不凡,出手阔绰,从诗中对他们的形象描写便可看出这一点。

秦汉以来,中国的统治势力稳固地集中在贵族大家的手中,只有到改

---

[1] (唐)张籍:《董逃行》,《全唐诗(增订本)》卷三百八十二,中华书局,1999,第4298页。

朝换代之时才会有大的变迁。直到宋代，这种势力集中在豪门士族的情况才逐渐被依靠科举上位的士绅阶层掌握朝政大权的情形取代。所以，唐及唐之前的史料对人物的描述都极为重视这个人的宗族关系。在介绍人物的背景时，史书格外热衷强调他们的宗族发源地。即便不是汉人出身，史书同样会以汉人的方式记录相关人物的家族背景。如有鲜卑背景，名列凌烟阁二十四功臣之一的屈突通，《新唐书》中对他的记载是"其先盖昌黎徒何人，后家长安"[1]。这些胡人贵族，除了会把胡人地区的风俗习惯带入中原地区，自身掌握的权力更能自上而下地将少数民族的行为风俗推广至民间，进一步强化民间好武的社会风气。

唐代好武重侠的风气让不少贵族少年沾染上侠的色彩，同时也让本身具备侠气的人聚集在这批贵族的身边。《新唐书》中有段关于皇室贵族的描写："隐太子建成小字毗沙门。资简弛，不治常检，荒色嗜酒，畋猎无度，所从皆博徒大侠。"[2] 阴说秦王共大计的唐俭，祖上由北齐开始便是高官，自身"爽迈少绳检"[3]，他的弟弟唐宪，"不治细行，好驰猎，藏亡命，所交皆博徒轻侠"[4]。这些关于李建成与唐宪的负面评价，与游侠的负面行

---

[1]（宋）欧阳修、宋祁等撰：《新唐书》卷八十九《屈突通传》，中华书局，2000，第3031页。

[2]（宋）欧阳修、宋祁等撰：《新唐书》卷七十九《隐太子建成传》，中华书局，2000，第2893页。

[3]（宋）欧阳修、宋祁等撰：《新唐书》卷八十九《唐俭传》，中华书局，2000，第3037页。

[4]（宋）欧阳修、宋祁等撰：《新唐书》卷八十九《唐俭传》，中华书局，2000，第3039页。

径相关。唐代高级官员也有"曾游游侠场"[1]、"摇情游侠窟"[2]之类的诗句传世，可见游侠气息对当时王公贵族的渗透。由于贵族阶层对政局的掌握，加上这批人本身好武，手下又有一班游侠能为自己出力，初盛唐的这类五陵少年，虽也有豪奢行为的表现，但是整体而言还是较为积极向上，也能为朝廷贡献自身力量，巩固国家政权的同时，也是对自己宗族势力的一种维护。唐宪虽说"不治细行"，但参加义军打拼天下，一路加官晋爵，"终金紫光禄大夫"[3]。贵族少年与博徒大侠之间相互影响，贵族少年加强了自身好武放纵的一面，而博徒大侠们也放大了自身轻财狂欢的性格。这一共存关系不仅使游侠集中于繁华都市之中，还为晚唐时期大批家养刺客的出现奠定了社会基础。

大量的游侠集聚在繁华都市之中饮酒作乐，这为当时的诗人提供了许多创作素材。李白在杂曲歌辞《白马篇》中，细致地描绘出一个贵族游侠的形象："龙马花雪毛，金鞍五陵豪。秋霜切玉剑，落日明珠袍。"[4]据《周礼》记载："马八尺以上为龙。"[5]可见五陵豪杰坐骑十分优良。宝马金鞍、贵气装扮，这游侠一出场就是耀眼的形象。在另一组咏侠诗《少年行》三首中，

---

[1] （唐）杨凝：《春情》，《全唐诗（增订本）》卷二百九十，中华书局，1999，第3294页。

[2] （唐）张说：《江路忆郡》，《全唐诗（增订本）》卷八十六，中华书局，1999，第926页。

[3] （宋）欧阳修、宋祁等撰：《新唐书》卷八十九《唐俭传》，中华书局，2000，第3039页。

[4] （唐）李白：《白马篇》，《全唐诗（增订本）》卷二十四，中华书局，1999，第317页。

[5] 《周礼·夏官司马第四》，《周礼·仪礼》，辽宁教育出版社，1997，第59页。

五陵少年同样是宝马银鞍,"浑身装束皆绮罗"[1]。这帮贵族子弟在消费方面自然也毫不手软:"呼卢百万终不惜","好鞍好马乞与人,十千五千旋沽酒"。[2]钱财对于他们而言只是用来玩乐的保证,所以他们根本不会在意钱财的得失。"小来托身攀贵游,倾财破产无所忧。"[3]点明贵族游侠们挥金如土的本质原因。这些游侠家境不凡,消费的地方是歌楼集中的城中心——蛤蟆陵,出入的场所不是政府机构就是帝王宫殿:"暮拟经过石渠署,朝将出入铜龙楼。"[4]自身的官位也不小,年纪轻轻便可官拜等同大长秋等二千石的宫廷要职,甚至可以直接出入宫廷接受赏赐。"文昌宫中赐锦衣,长安陌上退朝归。五陵宾从莫敢视,三省官僚揖者稀。"[5]结交的朋友也是跟自己一样家世显赫的纨绔子弟,平日里相约着斗鸡走马之外,也会一起到青楼中消遣:"双双挟弹来金市,两两鸣鞭上渭桥。"[6]除平时钟情娱乐之外,这些身世不凡的贵族公子在正式场合也会有不合世俗规矩的任侠举动

---

[1] (唐)李白:《少年行三首》(其三),《全唐诗(增订本)》卷二十四,中华书局,1999,第324页。

[2] 同上。

[3] (唐)李颀:《缓歌行》,《全唐诗(增订本)》卷一百三十三,中华书局,1999,第1348—1349页。

[4] (唐)李颀:《缓歌行》,《全唐诗(增订本)》卷一百三十三,中华书局,1999,第1349页。

[5] 同上书,第1348页。

[6] (唐)崔颢:《渭城少年行》,《全唐诗(增订本)》卷一百三十,中华书局,1999,第1324页。

出现："半醉垂鞭见列侯。"[1]这也进一步证明了这些贵公子就是所谓的贵族游侠。既有权势又性格放荡的贵族游侠在外声色犬马，在家也是极尽奢靡。他们家养的歌女们使用玉箫金管，穿戴锦衣红妆，与大户人家的小姐夫人们基本无异。歌女们的用度已是如此，可想而知主人阶层又该如何夸张。

贵族游侠们言谈中也常流露出对身世的自豪："自言家咸京，世族如金张。击钟传鼎食，尔来八十强。朱门争先开，车轮满路傍。"[2]对于这些贵族少年而言，加官晋爵是再简单不过的事情，"帝畿平若水，官路直如弦"刻画的不但是都城的平坦道路，而且双关了这群贵族侠少的官路前途[3]。李山甫的《公子家二首》细节化地描写了这些喜好任侠的贵族少年们的家境。诗中的公子们"曾是皇家几世侯，入云高第照神州"[4]。可见，他们家族的威望并不是近几年才有的，而是祖上便有相关的爵位传下来。几代人积累下来的势力，让其他人更乐意前来依附或是联盟，这也就出现了司马扎诗中提到的"朱门争先开，车轮满路傍"的场景了。当集权势与财富于一身的贵族子弟游荡城中时，就可以摇身变成挥金如土、及时行乐的贵族游侠了。

这些贵族游侠有时也会犯下如韩非批评的"以法犯禁"的错误，或者

---

[1] （唐）于鹄：《公子行》，《全唐诗（增订本）》卷三百一十，中华书局，1999，第3503页。

[2] （唐）司马扎：《猎客》，《全唐诗（增订本）》卷五百九十六，中华书局，1999，第6954—6955页。

[3] （唐）杨炯：《骢马》，《全唐诗（增订本）》卷五十，中华书局，1999，第615页。

[4] （唐）李山甫：《公子家二首》（其一），《全唐诗（增订本）》卷六百四十三，中华书局，1999，第7425页。

说这些行为在他们眼中也是寻欢作乐的手段之一。"楼下劫商楼上醉"等杀人如剪草的事情于他们而言不过是小事一桩，几乎不用付出任何代价，甚至"赦书尚有收城功"，改名换姓之后依旧能够在京城横行。他们能够如此横行乡里、漠视法纪的根本原因在于显赫的家境，不管他们犯下多严重的错误，家族都会竭尽全力地为他们开脱。正因如此，五陵少年可以明目张胆地行恶，不用担心所要承担的后果。

这些在诗人眼中极为纨绔的五陵少年，常常只注重自己眼前的物质享受，丝毫不会考虑国家的安危。中晚唐的诗人马戴在《广陵曲》一诗中写道："葱茏桂树枝，高系黄金羁。叶隐青蛾翠，花飘白玉墀。上鸣间关鸟，下醉游侠。炀帝国已破，此中都不知。"[1]诗人以游侠醉卧桂树下这一个简单画面作为诗歌的叙述场景，从"青蛾""玉墀"等描述可以看出这是一株靠近烟花之地的桂树，游侠将马匹系在树下，借着沉沉酒意，伴着清脆鸟啼声，在树下睡去，好一幅惬意的醉酒场景。然而诗歌的末两句话锋一转，将这看似恰然的场景与国事政治结合起来，诗歌的叙述也变得讽刺起来：王朝的覆灭，国家的灭亡，一点也不影响这位游侠的醉酒。他只顾沉醉在自己的享乐之中，即使外界发生巨变，他也毫不知情。不知情的本质恰恰是他对国事的毫不关心。

这些诗歌当中只知玩乐、仗势欺人、不理政事的游侠，展示的便是韩非子及汉代史学家笔下的"以武犯禁""行不轨于正义"等不受约束，甚至显得

---

[1] （唐）马戴：《广陵曲》，《全唐诗（增订本）》卷五百五十五，中华书局，1999，第6490页。

负面的形象。借此我们可以看出唐代的五陵少年和南北朝贵族游侠的异同：身份地位方面，仍是显赫的贵族世家出身，可行事方面却又更加出格。南北朝的贵族游侠是贵族阶层出于对先秦游侠的崇拜而进行的模仿。相关诗作中的游侠虽有纨绔行径，但也只限于此，并无其他挑战法律或道德底线的举动。唐代贵族咏侠诗则在保留了南北朝贵族游侠形象的基础上，又发展出"恶少"形象。这是唐代的富贵阶层在崇尚任侠的同时却忽略了游侠阶层自身道德追求的结果，是一种对游侠阶层只得其形、不得其理的模仿。

第三章 唐代咏侠诗的发展演变

从三国曹植的《白马篇》开始，直到唐代，咏侠诗也已经有了四百余年的发展。南北朝的边塞咏侠诗在继承了曹植对侠义的理解之外，又拓阔了边塞景色与游侠内心世界等方面的书写。贵族阶层对游侠的崇拜与模仿，让咏侠诗中出现了新的游侠类型。这些因素在唐代的咏侠诗中都有所呈现。此外，南北朝偏好柔媚绮靡的诗风，一定程度上也影响了初唐的咏侠诗。唐代咏侠诗在继承前朝的基础上，因为对游侠形象理解认知发生变化，因而产生了较明显的特征变化。

此外，君主的文学审美追求也为唐代咏侠诗的繁荣提供了条件。唐太宗、唐玄宗本身便重视文学功用，而且自身对文学审美有自己的理解。《新唐书》记载："玄宗好经术，群臣稍厌雕瑑，索理致，崇雅黜浮，气益雄浑，则燕、许擅其宗。"[1]有了上层对雄浑诗风的喜好，文人诗风也开始出现变化。这便是初唐虽说台阁体诗风仍偏柔媚婉约，但也开始出现歌咏游侠等颇具气势的诗歌的原因了。

第一节 初唐咏侠诗与齐梁诗风

宫体诗，作为南北朝时期的代表诗体之一，自初唐开始便饱受诟病。评论界多认为宫体诗内容空洞萎靡，甚至情色意味浓厚，是宫廷贵族生活荒淫颓废的文学表达，但也无法否认宫体诗对声律的追求影响了唐诗格律的发展。而齐梁诗风影响下的咏侠诗，也为唐代咏侠诗中游侠纵酒狂欢的描写提供了样本。

一、初唐诗风转变的背景原因

初唐诗歌前接六朝诗歌，后启盛唐诗风，在唐诗风格转变中起到了承上启下的过渡作用。为何会发生转变？主要原因如下：

民间诗歌方面：南方水乡的秀丽风光、吴声歌曲多由女性吟唱的习俗与多表现爱情生活的诗歌内容，使得南方民歌风格清丽多情，柔媚婉转。随口而发的民歌特点使诗歌语言清新自然，毫不做作。双关与谐音等民歌技巧的运用，让诗歌的语言风格变得活泼明丽，表达层面更加委婉含蓄，

---

[1] （宋）欧阳修、宋祁等撰：《新唐书》卷二百零一《文艺上》，中华书局，2000，第4387页。

意蕴无穷。南朝民歌能够如此轻快活泼，缠绵多情，这与当时南方城市社会相对安定，经济稳定发展有莫大的关系。

文人诗歌方面：沈约、周颙等人结合当时的语音系统，总结出了"四声""八病"等汉语声律规则，并借此制韵。声律的出现，使诗歌可以达到"一简之内，音韵尽殊；两句之中，轻重悉异"[1]的音乐美。加上由晋代开始文人刻意追求骈偶的文坛风气，强调形式美与音乐美的新体诗终于登上文学舞台。句式趋向定型的新体诗的出现，是格律诗发展与成熟的进程中必不可少的一环，也是之后唐诗能够大放光彩的重要因素。

开皇九年（589），隋军攻入建康（今江苏南京），结束了南北朝社会分裂割据的情形，各地文人入朝为官，使得南北诗风出现了碰撞与交融。北朝诗歌虽数量及质量均不如南朝诗作，但豪迈自然的诗作也有其独特风情。大一统的政治格局，为南北文人互相学习提供了良好的环境。北朝文人借鉴了南朝诗歌的精巧表现体式，而南朝诗人接受了北朝诗歌的慷慨雄健之音。虽说隋代诗坛仍以宫体诗为主，但也开始出现一些融合南北诗风的诗作了。例如由北齐入隋的卢思道，便将南朝的诗歌形式与北朝的诗作内容结合起来。《从军行》虽为乐府古题，卢思道却以南朝诗歌的歌行体形式展示了慷慨粗犷的边塞生活。诗歌的主角由南朝文人时常着笔的深闺思妇转向"白马金羁侠少年"，这也让诗歌的风格由哀婉凄怨转向苍劲刚健。

到了唐贞观年间，魏徵评价了南北诗歌各自的优缺点之后，提出了"若能掇彼清音，简兹累句，各去所短，合其两长，则文质斌斌，尽善尽

1_（六朝）沈约：《宋书》卷六十七《谢灵运传》，中华书局，1974，第1779页。

美矣"[1]的观点。初唐诗人的诗歌创作也基本体现了魏徵的观点。唐太宗及其宫廷文人的诗歌创作颇受南朝文化的影响,同时,他们学习六朝诗歌的声律辞藻,诗歌风格逐渐由刚健质朴转向精妙典雅。下层文人的诗歌创作,又打破了宫体诗的纤巧细腻,提倡刚健骨力。由"初唐四杰"开始,诗歌开始重视抒发自己不甘位卑的雄心壮志,夹叙夹议的诗歌手法使诗歌展示出与宫体诗截然不同的宏大气势。诗歌的内容场景由宫廷台阁重新转向市井边塞,除拓展了诗歌的题材内容之外,更方便诗人展示自己昂扬向上的抱负与情怀。相关题材内容的扩展为咏侠诗的表达提供了更丰富的可能性,因此唐代咏侠诗无论是数量还是质量,与其他各个朝代相比,都能独领风骚。

二、初唐咏侠诗与六朝声藻

虽然初唐诗人们已开始着力融合南北诗风,并且取得相当成就,但是这并不代表六朝时期的诗歌风格就被彻底抛弃。在初唐诗坛上占据统治地位的还是台阁体等追求纤巧细腻风格的诗歌流派。唐代建立政权的前三四十年,诗坛仍是以轻艳伤靡的风格为主,当时备受推崇的诗人有上官仪、沈佺期、宋之问等人。这些文人的诗作整体而言风格伤靡,严于声律,追求辞藻,是六朝诗风在唐代的延续。即便"初唐四杰"在努力扭转当时的颓靡诗风,为诗坛注入生气的同时,也继承了六朝诗歌注重声律的一面,并在这个基础上探索诗歌的形式,发展出唐代格律诗的雏形。在这样的大

---

[1] (唐)魏徵:《隋书》卷七十六《文学传序》,中华书局,1973,第1730页。

环境下，初唐的咏侠诗无论从内容还是形式，都受到了六朝诗歌的影响。

南北朝时期，贵族任侠风气炽盛，当时皇室成员笔下也常有游侠的潇洒身影："宝剑杂轻裘，经过狭斜里。"[1]"长安游侠无数伴，白马骊珂路中满。"[2]"游侠幽并客，当垆京兆妆。"[3]这类写作风气直接影响了初唐的咏侠诗。

官至宰相的"文章宿老"李峤，诗歌题材也如宫廷诗人般局限在应制诗、唱和诗和咏物诗等范畴。诗风典丽的他，吟咏器物时，也会用游侠形象营造诗歌意境。"侠客持苏合，佳游满帝乡。"[4]诗中的侠客并非先秦时振人危急的形象，也不是汉代史书中常批评的力折公侯、睚眦必报的形象，而是承继了六朝咏侠诗中纵情声色、拥有生活品位的贵族游侠形象。所以这位游侠除爱游历外，也和文人雅士一样喜好熏香。开元年间任职起居郎的蔡孚，其笔下的贵族少年"意气平生事侠游"的同时，也爱好贵族阶层的运动——打马球。这类因家庭出身影响在享乐方面有极高要求的贵族游侠形象，与六朝时期并无差别。

和史书中的严肃悲慨游侠形象相比，六朝的游侠形象显然更具有生活的气息。诗歌不再去强调游侠的武艺与能力，而是更多地将视角聚焦在侠

---

[1] （梁）萧绎：《长安路诗》，《先秦汉魏晋南北朝诗》，中华书局，1983，第2048页。

[2] （南朝陈）陈叔宝：《乌栖曲三首》（其一），《先秦汉魏晋南北朝诗》，中华书局，1983，第2511页。

[3] （南朝陈）陈叔宝：《洛阳道五首》（其四），《先秦汉魏晋南北朝诗》，中华书局，1983，第2507页。

[4] （唐）李峤：《弹》，《全唐诗（增订本）》卷五十九，中华书局，1999，第707页。

客的外在形象及生活态度上。若说《史记》中的游侠群像强调了游侠的道德属性，那么六朝的游侠群像则强调了游侠俗世的一面。这样的游侠更符合世俗的审美。

游侠具有了世俗属性后，行为不再是利他式的自我牺牲，而是成了欲望的宣泄。酒与美色向来是男性容易沉耽的对象，南北朝的游侠们也是如此。"榴花聊夜饮，竹叶解朝酲。"[1]"游侠幽并客，当垆京兆妆。"[2]"桑萎日行暮，多逢秦氏妻。"[3]游侠们用朝饮解宿醉，途中遇到美女也会驻马欣赏，甚至调戏一番。初唐乃至整个唐代的咏侠诗中，游侠们也继承了这类彻夜狂欢的轻薄行为："轩盖终朝集，笙竽此夜吹。"[4]"城中轻薄子，知妾解秦筝。"[5]尼采在《悲剧的诞生》中，将文明的本质总结成"日神精神"与"酒神精神"。咏侠诗中带有轻薄属性的游侠行为正体现了代表狂热与冲动、重视个体内心情绪表达的"酒神精神"。这种迷离狂欢式的审美特质又为诗歌增添了浪漫属性。

在意象的使用层面，初唐的咏侠诗更是与南北朝高度重合。骏马美酒同样用来证明游侠潇洒放浪的性格，宝剑名鞭则用来暗示游侠的高超武

1_（梁）萧绎：《刘生》，《先秦汉魏晋南北朝诗》，中华书局，1983，第2034页。

2_（南朝陈）陈叔宝：《洛阳道五首》（其四），《先秦汉魏晋南北朝诗》，中华书局，1983，第2507页。

3_（梁）萧绎：《洛阳道》，《先秦汉魏晋南北朝诗》，中华书局，1983，第2033页。

4_（唐）郑愔：《少年行》，《全唐诗（增订本）》卷一百零六，中华书局，1999，第1103—1104页。

5_（唐）崔国辅：《襄阳曲二首》（其二），《全唐诗（增订本）》卷一百十九，中华书局，1999，第1202页。

艺。游侠在诗作中呈现出来的蓬勃生命力正与南北朝咏侠诗一脉相承。因为宣扬澎湃激情，初唐咏侠诗中的游侠也多以"美少年"的形象出现。

南北朝时，贵族咏侠诗与边塞咏侠诗已初具模型，虽说也有，不过整体而言这类诗作并不多。这与两类咏侠诗作者群的身份地位差异较大有关。而初唐诗人则将贵族咏侠诗与边塞咏侠诗融合在一起，在保留咏侠诗中都市少年蓬勃激情的同时，又将目光转向了边塞，进一步强调了诗歌的社会功用。

三、初唐咏侠诗的社会内容

初唐政局仍多为士族大家操控，唐太宗在重新为士族排名、确立新的政权秩序的同时，又进一步改进完善科举制度。开科取士的选贤方式为中下层文人提供了一条入朝为官的途径。这群文人为了参加科举、拜谒高官，又发展出了壮游的风气。有了值得期待的目标，加上四处游历开阔了的眼界，中下阶层文人的创作也有了更大的发挥空间。因此，初唐的诗歌题材与六朝时相比有了极大的拓展，诗歌的审美需求也发生了变化。在现实生活中他们除与之前的儒生一样寻求个人在朝堂之上的发展、追求功名之外，亦重新开始强调个人在社会上所能发挥的作用。诗歌中洋溢着积极向上的正面情感。这些便是初唐诗歌的独特之处。侠客题材是这类文人的绝佳选择。

"初唐四杰"中的卢照邻与杨炯都曾以乐府古题"刘生"为诗。诗中的刘生作为一个典型的侠客形象，是诗人们内心对自己形象的一种期待。

这一形象与六朝时期相比，有所发展变化。"卿家本六郡，年长入三秦。"[1]六郡是汉代天水、安定、陇西等地区的合称，《汉书》记载："及安定、北地、上郡、西河，皆迫近戎狄，修习战备，高上气力，以射猎为先……汉兴，六郡良家子选给羽林、期门，以材力为官，名将多出焉。"[2]说明杨炯笔下的刘生来自习武之地，甚至可能是将门之后，作者虽无正面描写，但通过这些背景铺垫，人们便可知刘生的武艺如何。唐诗中有"以汉代唐"的写作传统，"三秦"在秦汉时期指的是潼关以西的关中地区，是秦汉时期的政权中心地，在此则借指唐代政权中心长安。身负绝技的刘生游历至三秦后表现十分出色："剑锋生赤电，马足起红尘。"无论剑术还是骑艺，刘生皆能技惊四座，这也难怪他能"喧喧动四邻"了。[3]

我们可以结合杨炯的生平背景来分析此类诗歌的写作动机。出身寒门的杨炯才思敏捷又有经国之心，可惜仕途不顺。现实中的失意只能在文学的想象中弥补，因此，杨炯创造出了跟自己一样有满身本领的刘生。不过不同的是，刘生能有机会去展示自己的技能，以潇洒俊逸的身姿获得他人的赞赏。刘生是杨炯想象中的自我，他希望自己有一鸣惊人、一飞冲天的机会，在政治中心得到他人的赏识，改变怀才不遇的境况。

卢照邻的同题诗作也映照了诗人的内心世界。"刘生气不平，抱剑欲专征。报恩为豪侠，死难在横行。翠羽装剑鞘，黄金饰马缨。但令一顾重，

---

[1] （唐）杨炯：《刘生》，《全唐诗（增订本）》卷五十，中华书局，1999，第615页。
[2] （汉）班固：《汉书》卷二十八下《地理志下》，中华书局，1999，第1312页。
[3] （唐）杨炯：《刘生》，《全唐诗（增订本）》卷五十，中华书局，1999，第615页。

不吝百身轻。"[1]虽出身望族，但在仕途上卢照邻也是走得不甚顺畅。自幼便饱读诗书的他满腹牢骚，希望有机会能够抒展自己的才能及抱负。因此他笔下的刘生便是"气不平""欲专征"，为了报恩可以"不吝百身轻"的形象，是他内心对自我的一种想象。

在想象的世界中，诗人的自我形象得到了美化。这一传统在三国时期就有了。曹植在《白马篇》中以"白马""金羁"等高贵华丽的事物衬托边塞游侠的内外形象。俗话说："宝马配金鞍，宝剑配少年。"美好的事物也需要有同样美好的事物相映衬。从写作手法而言便是所谓的正衬手法。"白马""金羁"除是对外表的描述之外，亦是侠客内心高洁，甚至是曹植内心高洁的隐喻。自从曹植开创了这种写法之后，后世的咏侠诗里也经常采用这种写法，尤其是怀才不遇的文人，他们想象中的侠客一定是外表高贵华丽、内心对国家忠贞不贰的形象。正如上文列举的两首《刘生》中侠客所用物品"白璧""黄金""翠羽"等，均名贵无比。中国古代便有用玉象征君子的传统，因此玉璧在中国传统文化中除了本身具备的价值之外，更有高洁的象征。黄金除了常作为权力财富的象征，也具有高贵美好的寓意。在中国传统文化中，金与玉常强强连手，营造中国独特的文化联想，譬如金玉良缘、积金累玉、金风玉露等。在诗歌当中也一样，杨诗中的刘生用玉璧去酬谢知己，用黄金去报答主人。诗人用互文的形式告诉读者：侠客与他身边的故人知己均是怀德的高贵之人。这里的高贵，更强调品性方面的纯洁无瑕。卢诗中与黄金构成意象对比的翠羽，通常指孔雀、翠鸟等珍

---

[1] （唐）卢照邻：《刘生》，《全唐诗（增订本）》卷十八，中华书局，1999，第198页。

禽的羽毛，因其美丽且稀少备受世人喜爱，也带有美好华贵的象征寓意。诗人诗作中的游侠内在外在皆高洁美好，这便是文人对自己形象的美好想象。借助这些对自身的想象，文人表达了自己经世治国、为君担忧的雄心壮志，同时也隐晦地表达了希望当权者能够慧眼识人、知人善任的心迹。

与六朝时期富贵风流的形象相比，初唐诗人笔下的刘生在气概、行动方面又恢复了传统对游侠刚健尚武的定义。唐人崇尚边功的鞍马精神在这类诗歌中体现得淋漓尽致。

初唐的咏侠诗除是中下层文人在怀才不遇时内心对自己期望的折射之外，也侧面反映了初唐的社会状况。隋末唐初，政局相对不稳定，各路豪杰东征西战逐鹿中原。隋炀帝南游江都（今江苏扬州）时，李世民已"阴结豪杰，招纳亡命"[1]，与身边人密谋举大事。大业十三年（617），各路英雄纷纷举事："刘武周起马邑，林士弘起豫章，刘元进起晋安，皆称皇帝；朱粲起南阳，号楚帝；李子通起海陵，号楚王；邵江海据岐州，号新平王；薛举起金城，号西秦霸王；郭子和起榆林，号永乐王；窦建德起河间，号长乐王；王须拔起恒、定，号漫天王；汪华起新安，杜伏威起淮南，皆号吴王……"[2]政局的动荡可见一斑。所谓"时势造英雄"，乱世是游侠们展现自身价值的最佳时期，各地游侠闻风而动，或是举事，或是投靠地方势力，所以唐高祖募兵杀敌时，可以"旬日间众且一万"[3]。可见当时的民众

---

[1] （宋）欧阳修、宋祁等撰：《新唐书》卷一《高祖本纪》，中华书局，2000，第2页。
[2] 同上。
[3] （后晋）刘昫：《旧唐书》卷一《高祖本纪》，中华书局，2000，第2页。

亦渴望通过战争改变自身命运。

唐开国的头十年，连年征战不断，高祖至太宗时期，军队不是在平定各地叛乱，就是在攻打周边国家以开拓国土。虽说战事繁多，但并没有出现炀帝在位期间民怨四起的状况。

这首先归功于唐代的社会政策，贞观时朝廷下诏令"民男二十、女十五以上无夫家者，州县以礼聘娶；贫不能自行者，乡里富人及亲戚资送之"[1]，贞观三年（629）又有"妇人正月以来产子者粟一斛"[2]的举措，这些政策有效增加了人口数量。与此同时，唐王朝通过战争极力拓展自己的疆土。利民及开疆政策的实施，使得"中国人归自塞外及开四夷为州县者百二十余万人"[3]。有了广阔的土地资源及大量的劳动力，唐代的经济具备了扎实的基础，这为盛唐的快速发展提供了不可或缺的条件。

虽说初唐君主们致力于开拓国土，但他们并不像隋炀帝那般好大喜功，这点离不开初唐各位将军及君主的作战策略。纵观初唐的军事史，鲜少有以压倒性兵力去打败对手的，反而多是以少胜多的战绩。以唐太宗为例，在虎牢平定窦建德叛乱时，仅以三千五百人的兵力及当地守军便打败

---

[1] （宋）欧阳修、宋祁等撰：《新唐书》卷二《太宗本纪》，中华书局，2000，第18页。
[2] 同上书，第19页。
[3] 同上书，第20页。

了窦建德的十万大军。[1]作战的低损耗也是初唐在战争不断的情况下能继续发展经济的原因之一。此外，初唐战绩辉煌，无论是攻打陇西陇北，还是关东地区，唐王朝的军队鲜遇一败，因此国家可以通过战争掠夺财物作为国家发展的积蓄，战争成了唐王朝快速丰盈国库的手段之一。另外，通过战争，唐王朝灭掉高昌国，再次打通了与西域通商交好的通道，为商业贸易及外交发展提供了可能性，唐人的货品经由西域运向欧洲，而外地的商品也流入中国，丰富了唐人的生活。

虽然当时战争不断，但是社会经济依然持续发展，因此当时文人对战争的书写常带有歌颂的成分。文人在创作与战争有关的诗歌时，将托身沙场的游侠塑造成正面的光辉形象，这与上文分析的文人心理投射有关之外，也反映了当时社会对战争的普遍态度。而中下层文人并没有太多的机会奔赴边疆，因此当时的边塞咏侠诗中的游侠形象是他们想象出来的结果。

---

[1]《资治通鉴》卷一百八十九《唐纪五》："窦建德陷管州，杀刺史郭士安；又陷荥阳、阳翟等县，水陆并进，泛舟运粮，溯河西上。王世充之弟徐州行台世辩遣其将郭士衡，将兵数千会之，合十余万，号三十万，军于成皋之东原，筑宫板渚，遣使与王世充相闻。""世民将骁勇三千五百人东趣武牢。时正昼出兵，历北邙，抵河阳，趋巩而去。王世充登城望见，莫之测也，竟不敢出。癸未，世民入武牢；甲申，将骁骑五百，出武牢东二十余里，觇建德之营。缘道分留从骑，使李世勣、程知节、秦叔宝分将之，伏于道旁，才余四骑，与之偕进。世民谓尉迟敬德曰：'吾执弓矢，公执槊相随，虽百万众若我何！'又曰：'贼见我而还，上策也。'去建德营三里所，建德游兵遇之，以为斥候也。世民大呼曰：'我秦王也。'引弓射之，毙其一将。建德军中大惊，出五六千骑逐之，从者咸失色。世民曰：'汝弟前行，吾自与敬德为殿。'于是按辔徐行，追骑将至，则引弓射之，辄毙一人。追者惧而止，止而复来，如是再三，每来必有毙者，世民前后射杀数人，敬德杀十许人，追者不敢复逼。世民逡巡稍却以诱之，入于伏内，世勣等奋击，大破之，斩首三百余级，获其骁将殷秋、石瓒以归。"

初唐的几位君主都曾亲临战场并取得显赫战功，尤其唐太宗李世民，做皇子时平定中原，为皇帝时征高句丽等国家。这些战争的胜利不但为国家的繁荣稳定奠定基础，还让国民的自信心及爱国心得到极大的提升。再加上唐朝尚武的传统，这些背景因素使唐代国民均以投身边塞、为国效力为荣，当时"少年怀一顾，长驱背陇头"的现象并不少见，因此边塞游侠诗的数量大幅上升的同时，诗歌中关于边塞游侠的描写与之前各个朝代相比也增加不少。这类诗歌的盛行，除反映当时唐朝开拓边疆的历史背景之外，也反映了当时文人志士的爱国热情。初唐朝廷内阁文士常有奉制写成的边塞诗歌，包括李世民等皇帝亦有出关述怀的作品传世；魏徵虽为文臣，也曾在诗中抒发了自己对出行边塞、愿为君主解忧的热忱[1]；"初唐四杰"中除了骆宾王曾真正意义到过边塞，其余的诗人在诗歌写作时都是通过自己的想象来完成游侠的书写，这在某种程度上也说明了边塞游侠这一题材在当时的风行程度，这种风行程度实则代表了当时社会对战争的态度：从宫廷到民间，全民支持边疆战事。因为初唐国家军事力量的强盛，这些边塞咏侠诗里无不洋溢着积极向上的基调。

由于有开拓边境、安定边塞的需求，初唐的君主们在选用人才时也会以"武"作为任人的标准，这导致朝廷中亦有很多官员具备所谓的"游侠气质"。诗人张嘉贞曾用"多才兼将相，必勇独横行"[2]的诗句形容宰相张说。初唐名将李勣曾形容自己："我年十二三为无赖贼，逢人则杀；十四五为难当贼，有

---

[1] （唐）魏徵：《述怀》，《全唐诗（增订本）》卷三十一，中华书局，1999，第441页。

[2] （唐）张嘉贞：《奉和圣制送张说巡边》，《全唐诗（增订本）》卷一百一十一，中华书局，1999，第1138页。

所不快者，无不杀之；十七八为好贼，上阵乃杀人；年二十，便为天下大将，用兵以救人死。"[1] 李勣的这段自述除能够看出此时朝野一致的尚武重侠的追求之外，也可以看出游侠精神在与政治融合过程中的转变：由匹夫之勇逐渐转变成以天下为己任，将自身的侠义与家国情怀结合了起来。曾与李氏王朝争夺天下的窦建德也曾说过："(琮)此义士也。方加擢用，以励事君者，安可杀之。往在泊中共为小盗，容可恣意杀人，今欲安百姓以定天下，何得害忠良乎？"[2] 可见这个时期的英雄侠客为了树立自己的正面形象，在行为规范方面已是默默接受了儒家思想的那一套，杀人的浪荡气质需要服从于基本的道德规范。因而初唐时，游侠形象虽同样是好杀，但"杀亦有道"。为了营造游侠的正面形象，诗人将游侠所杀之人设定成"犯我边境者"，为游侠的杀人动机做出了符合道德伦理的解释。这时侠客的"横行"举动，常与边塞活动挂钩。"结客佩吴钩，横行度陇头。"[3] "少年怀一顾，长驱背陇头。"[4] "横行徇知己，负羽远从戎。"[5] 在继承南北朝的边塞咏侠诗传统的同时，初唐咏侠诗更是强调了游侠的道德标准。将游侠由放纵的狂欢又拉回到内聚的严肃。诗中关于游侠的书写，常常升华到家国层面：文人用游侠的勇武比喻自己的文采，

---

[1] （唐）刘𫗧：《隋唐嘉话》，中华书局，1979，第10页。

[2] （后晋）刘昫：《旧唐书》卷五十四《窦建德传》，中华书局，2000，第1510页。

[3] （隋）孔绍安：《结客少年场行》，《全唐诗（增订本）》卷三十八，中华书局，1999，第494页。

[4] （唐）虞世南：《结客少年场行》，《全唐诗（增订本）》卷三十六，中华书局，1999，第474页。

[5] （唐）卢照邻：《结客少年场行》，《全唐诗（增订本）》卷二十四，中华书局，1999，第322页。

用侠客的忠义象征自己对君主的忠诚。游侠形象在初唐常寄托了文人治国济世的雄心壮志。

唐人虽说尚侠好武，行事颇具侠风，但当时史料中对"侠"字的判断并未有本质的改变。"侠"在当时仍具有骄恣放纵甚至欺凌弱小的负面意涵。新旧《唐书》中记载，好任侠的皇室成员们"多侵暴市里，行旅苦之"[1]，"夜潜出淫民家"[2]，"骄纵逸游，动作失度"[3]。然初唐咏侠诗在涉及贵族游侠时，在汉魏六朝的基础上，开始有意识地对这一游侠类别进行美化改造。

有参军经验的骆宾王，也曾用"柳叶开银镝，桃花照玉鞍"的诗句描绘从戎的侠客。这些描写看上去似乎与南朝的纨绔游侠没有什么太大的差别，但诗末却突然拔高诗歌立意："不学燕丹客，空歌易水寒。"[4]借对易水送别的否定，表达了侠客渴望成功的远大抱负，使诗歌一扫之前的纨绔气息。其他初唐诗人的咏侠诗作品亦有相似特色。"风霜但自保，穷达任皇天"[5]是杨炯在仕途浮沉中的经验总结；"横行徇知己，负羽远从戎。……归来谢天子，何如马上翁"[6]是将纨绔子弟转变成与游侠相通相知、愿为国

---

[1]（后晋）刘昫：《旧唐书》卷六十《宗室》，中华书局，2000，第1584页。

[2]（宋）欧阳修、宋祁等撰：《新唐书》卷七十九《巢王元吉传》，中华书局，2000，第2897页。

[3]（后晋）刘昫：《旧唐书》卷六十四《高祖二十二子传》，中华书局，2000，第1644页。

[4]（唐）骆宾王：《送郑少府入辽共赋侠客远从戎》，《全唐诗（增订本）》卷七十八，中华书局，1999，第842页。

[5]（唐）杨炯：《骢马》，《全唐诗（增订本）》卷五十，中华书局，1999，第615页。

[6]（唐）卢照邻：《结客少年场行》，《全唐诗（增订本）》卷二十四，中华书局，1999，第322页。

为知己征战沙场的边塞游侠形象；虞世南的《结客少年场行》中的少年们"韩魏多奇节，倜傥遗声利"[1]，不仅保留了古游侠的"轻死生、重然诺"的特质、有魏晋边塞游侠的甘为国献身的情怀，更在六朝贵族咏侠诗的基础上将失度的暴行隐去，转化成喷薄而出的无尽生命力。

初唐各类游侠的优点被有机地融为一体，形成了唐代咏侠诗的独特风格。从初唐的游侠形象中，我们不难看出诗人们对游侠的审美：在强调激情的同时，也不忘道德的评价。游侠作为文人的审美寄托，外在行为的奔放美与豪奢装饰的物质美，进一步内聚成道德层面的精神美。这种放纵与理性的结合式游侠书写在盛唐更为常见。

第二节 盛唐咏侠诗与盛唐气象

唐诗是我国诗歌发展的最高峰，而盛唐诗歌又是唐诗发展的巅峰阶段。整体而言，盛唐诗歌展现出积极向上的蓬勃生命力。盛唐诗歌的完美离不开初唐诗体的变革与发展。"初唐四杰"与陈子昂等人革新了诗歌的内容，使诗歌的题材得到了极大拓展；南北诗风的结合，使唐诗开始注重文质兼备，经过"文章四友"的努力，唐诗的格律在沈佺期、宋之问之时终于完全定型。有了格律的限制，唐诗的音韵变化更加婉转动人、抑扬顿挫了。

初唐的咏侠诗，在魏晋六朝的咏侠诗基础上，进一步美化游侠形象，

---

[1] （唐）虞世南：《结客少年场行》，《全唐诗（增订本）》卷三十六，中华书局，1999，第474页。

将各类游侠的优点融合在一起,逐渐形成了唐代咏侠诗中内外兼备、符合普世伦理道德的游侠形象。盛唐的咏侠诗在内容方面同样保留了这样的写作特色。

盛唐时,唐人对英雄格外崇拜,一是与唐代的尚武传统有关,二是与当时的雄厚国力有关。初唐至盛唐时期,唐军的对外作战基本都能取得压倒性胜利。因此盛唐的英雄主义在某种意义上体现了时代的精神面貌。《旧唐书》中记载:"璘少孤,落拓不事生业。年二十余,读《马援传》至'大丈夫当死于边野,以马革裹尸而归',慨然叹曰:'岂使吾祖勋业坠于地乎!'开元末,杖剑从戎,自效于安西。以前后奇功,累迁至左金吾卫将军同正。"[1]当时人们认为只有仗剑从戎才能够不使祖辈蒙羞,更是希望凭借功勋改变自身与家族的地位和命运。与初唐咏侠诗相比,盛唐咏侠诗在强调社会功用的同时,更染上了功利主义的气息。

当时的社会环境开始逐渐重视儒学思想,文治武功的并重,盛唐的咏侠诗又有了自己的时代特色。这时的咏侠诗开始出现了侠客与儒生的比较。对游侠或尊或贬,都是对游侠精神反思的体现。这时的咏侠诗更重视精神层面的内敛性与严肃性,开始尝试公开地用儒家思想改造游侠精神,使得咏侠诗与儒家思想结合得更为紧密。儒生的个人意志与游侠的浪漫精神至此得到了完美的融合。

盛唐的咏侠诗在强盛的国力背景、豪迈的民族情怀以及儒学思想的影响下,又有了自己的风格特征和题材展示。

---

[1] (后晋)刘昫:《旧唐书》卷一百五十二《马璘传》,中华书局,2000,第2763页。

一、盛唐诗风浪漫豪迈的时代因素

有了"贞观之治"的基础,加上高宗、武后的努力经营,盛唐时中国的国力已居世界数一数二的地位,经济、民生各方面都展示出一片生机盎然的景象。这时的诗歌也以自己的激越与慷慨,向后人展示出"盛唐之音"的浪漫情怀。以歌颂英雄为主的咏侠诗更是向后人展示出蓬勃向上的诗歌风情。

作为封建时期的国家,土地及人口是经济发展的基本条件,有了广袤的国土和众多的百姓,国家经济才能稳定发展。君主们在开拓国土的同时也会照顾为国家打拼天下的战士们。据史料记载,战士们可以凭借自己立下的功勋换取所谓的"勋田"[1]。这一措施不仅能从物质的角度刺激战士们英勇杀敌,更能有效利用土地。战士的家人凭借勋田自给自足的同时,又为国家贡献了粮食及税收。另外,国家还会进行土地勘察工作,将之前没有统计过的土地及无主地分配给百姓,以保证国家的税赋收入。敦煌出土的文书中记载了天宝九载(750)时,敦煌县底下的十三个乡镇的纳粟数共为12285.96硕。[2]换算成通用的计量单位,便有近一百五十万斤,在当时已经算是不小的数目了。粮食与税赋收入的提升,反过来促进了大唐拓边事业的进展。

国家税赋收入的提高,首先体现在城市经济的发展上。城市的发展又进一步促进了商贸往来。百姓的爱国情怀多数与国家的实力成正比,盛唐的诗人们在体会到国家雄厚实力带来的便利的同时,也会因此生出爱国的

---

[1] 《大唐六典》卷三《户部》:"上柱国三十顷,柱国二十五顷,上护军二十顷,护军十五顷……"(三秦出版社,1991,第67页。)

[2] 陈国灿:《唐代的经济社会》,文津出版社有限公司,1999,第19页。

慷慨之情。城市经济的发展以及商贸的进步都无可避免地需要倚靠交通网络。雄厚的国家实力为交通网络的拓展提供了经济方面的支持，而交通的便利又反过来促进国家经济实力的发展。凭借便利的交通和发达的商业网络，诗人们的长途旅行具备了可行性。根据盛唐诗人们流传下来的作品，我们可以整理出当年诗人们的足迹路线。大诗人李白，足迹遍布了大半个中国，即便是家道中落贫困潦倒如杜甫，年轻时候也游览过不少风景名胜。他在《壮游》一诗中写道："东下姑苏台，已具浮海航。到今有遗恨，不得穷扶桑。王谢风流远，阖庐丘墓荒。剑池石壁仄，长洲荷芰香。嵯峨阊门北，清庙映回塘。每趋吴太伯，抚事泪浪浪。枕戈忆勾践，渡浙想秦皇。蒸鱼闻匕首，除道哂要章。越女天下白，鉴湖五月凉。剡溪蕴秀异，欲罢不能忘。"[1]大山大河的开阔景致，激发了诗人们的浪漫情怀，他们在寄情山水的同时，不仅回忆起曾在这片土地上生活过的前贤，更展开了自己雄奇的想象。有了以上几点因素，再加上南北朝时诗歌叙事模式的发展，以及初唐诗歌题材的开拓，盛唐的诗歌便别具特色，诗风雄浑了。

因商贸的发展及消费主义的抬头，唐代的诗歌中开始出现了功利主义思想，功勋常与金银赏赐挂上关系，人们也不再耻于谈钱，并且渐渐认为追求财富是一件天经地义的事情。利用奢华物质来彰显身份更是成了当时的时尚之一，再加上在初盛唐时期，诗人常以审美的角度而非社会道德的角度去评价这些放浪形骸的游侠，这让唐诗中的都市游侠的装束举措更趋

---

[1]（唐）杜甫：《壮游》，《全唐诗（增订本）》卷二百二十二，中华书局，1999，第2363页。

豪奢。这时咏侠诗中的穿金戴玉的侠客形象已经不只是形象的美化，更是现实中任侠人士的具象描写。这点与唐代的经济结构变化及社会思想的转变有极大关系。

　　南北朝末年到初唐年间，社会的剧烈变动使得士族阶层的社会地位受到了沉重的打击。原先南北朝的士族大家，到了唐初大部分都已经泯然众人。而商品经济的逐渐萌芽，让底层士族及平头百姓有了富有的可能。唐代开始，土地逐渐由公家手中转向私人手中，这也让没有官勋在身的百姓有了变富的可能。唐代典籍中常常出现"富民""富人"等词语，便是这一社会现象的体现。与此同时，社会思想开始变化，逐渐承认商人对社会的贡献。国家政策也渐渐发生转变，由唐初的"工商杂类，不得预于士伍"[1]，到玄宗亲自召见唐代首富，可见商人虽说仍未挤入上流阶层，但社会地位已经有了重大的改变，由原本"士农工商"的社会阶级末流地位，到可以入朝为官，甚至可以直接和皇室成员一起饮酒赌钱，畅谈言欢。盛唐是初唐的抑商政策到中唐的扶商政策的过渡期。由这时开始，自春秋开始便存在的抑商政策开始处在下风，重商主义逐渐抬头，商人的社会地位有所提高的同时，商业"重利"的本质也改变了民间社会对金钱利益的态度。人们开始认可物质，开始认可物质方面的享受，追求生活质量的提高。据《开元天宝遗事》记载，长安的士女春时常常"斗花"，不仅身上插戴奇花，甚至"皆用千金市名花植于庭苑中，以备春时之斗也"。普通人家已是如此，更遑论轻视金钱的游侠了。而浪荡在城市中的游侠，因自身放纵的特性，

---

[1] （后晋）刘昫：《旧唐书》卷四十八《食货志上》，中华书局，2000，第1407页。

对于物质的追求更是高于常人。社会经济的发展以及物质主义的抬头，让盛唐出现大量的任侠人士，也让唐代咏侠诗中的游侠有了进一步放纵享乐的基础和理由。

从这个时候开始，富与贵、贫与贱不再是之前的对应关系，门阀制度的衰落及商业的兴起使社会上开始出现了贵者穷、贱者富的社会现象。虽说唐代的官员能获得的俸禄及官阶待遇比汉代优渥了不少[1]，然而商品经济的飞速发展，使得商人在经济方面明显更富足了。相传，唐玄宗在面见当时首富王元宝时，也不由得感叹"朕天下之主，而元宝天下之富"[2]，又言"至富敌至贵"[3]。虽说从高宗开始，商人们的社会地位便有很大提高，富商巨贾们能够有机会与皇帝对酒赌博，但受到唐代制度的影响，即便是富贵如王元宝，他们也无法入朝为官，即使是捐钱买官，也只能担任一些官阶低下的闲散官职。这批已经掌握大量财富的富民阶层无比渴望能够将自己的社会地位进一步提高。

当时社会上的各个阶层都有了改变现状的憧憬：贵者希望摆脱穷困的困扰，而贱者渴求提升自己的社会阶级，科举及参军可谓当时各阶层改变自身现状的最佳途径。有了相关的憧憬及途径，社会阶层开始有了较大的流动。这改变了魏晋时阶级固化的现象，使底层人民有了向上晋升的希望。为了科举、拜谒等活动，文人必须走出乡里，四处拜师交友。李白便曾说

---

[1] 张剑光：《唐代社会与经济研究》，上海交通大学出版社，2013，第182页。
[2] （唐）李冗：《独异志》卷中，中华书局，1985，第31页。
[3] 同上。

明自己"仗剑去国,辞亲远游。南穷苍梧,东涉溟海"的原因是"以为士生则桑弧蓬矢,射乎四方,故知大丈夫必有四方之志"[1]。在满怀希望的情况下,人们的酬酢更容易显现蓬勃向上的慷慨气息。当时的诗作中也体现了这一特点。

社会阶层流动性的提高、物质经济的丰盛以及"义利之争"的萌芽,分别从社会、物质以及舆论方面为"盛唐气象"做出铺垫,也为盛唐诗歌风格进一步发生变化奠定了社会基础。

二、盛唐咏侠诗中尚武精神与儒家思想的结合

先秦两汉重视政治教化,被儒家奉为经典的《毛诗序》认为文艺需要为政治服务,要有教化、讽谏的功能,虽然之后又有了"诗缘情而绮靡"等文学理论的出现,但诗歌的政治讽谏功能并没有因此消亡或淡化。唐代乃至北宋的诗歌创作实仍深受《毛诗序》的影响,盛唐咏侠诗在与儒家思想相结合的过程中,也呈现出讽谏的一面。由于侠的"任"与儒的"慎"本质上是相反的,这也让咏侠诗中关于儒家的态度呈现出矛盾的一面。

唐人多认为投身边塞才是最佳出路,大批读书人因此弃笔从戎。当时除产生大量的边塞诗之外,亦出现了大量崇拜游侠精神的作品。为了突出游侠的地位,诗人们常常以饱读诗书的儒生作为游侠的反衬,让诗歌染上一丝反智的色彩。在盛唐诗人的笔下,连汉代大儒董仲舒都比不上武艺超

---

[1] (唐)李白:《上安州裴长史书》,《李太白集注》,上海古籍出版社,1992,第475页。

群的游侠。[1]诗人们在诗中更不止一次地扬侠贬儒:"男儿百年且乐命,何须徇书受贫病。"[2]"衣冠半是征战士,穷儒浪作林泉民。"[3]"白首汉廷刀笔吏,丈夫功业本相依。"[4]"知我沧溟心,脱略腐儒辈。"[5]"拨乱属豪圣,俗儒安可通?"[6]在这些诗作中,儒是贫困、迂腐、没有社会地位的象征,而侠客才是能够追求自我、获取功名的完美形象。

这也反映了盛唐期重武的风气。《新唐书·马燧传》记载了马燧年轻时的言行:"(燧)与诸兄学,辍策叹曰:'方天下有事,丈夫当以功济四海,渠老一儒哉?'更学兵书战策,沈勇多算。"[7]在这样的大环境下,难怪唐人能够写出"功名只向马上取,真是英雄一丈夫"这类的诗句了。储光羲的"君不见宋公仗钺诛燕后,英雄踊跃争趋走"[8],在忆古的同时更是思今,然而唐代人的忆古常是对将军等具备武力值的人物的追思,反而较少着墨于

1_(唐)李白《行行游且猎篇》:"儒生不及游侠人,白首下帷复何益。"

2_(唐)李白:《少年行三首》(其三),《全唐诗(增订本)》卷二十四,中华书局,1999,第324页。

3_(唐)李白:《少年行三首》(其三),《全唐诗(增订本)》卷二十四,中华书局,1999,第324页。

4_(唐)张祜:《从军行》,《全唐诗(增订本)》卷十九,中华书局,1999,第229页。

5_(唐)王昌龄:《宿灞上寄侍御玙弟》,《全唐诗(增订本)》卷一百四十,中华书局,1999,第1424—1425页。

6_(唐)李白:《登广武古战场怀古》,《全唐诗(增订本)》卷一百八十,中华书局,1999,第1846页。

7_(宋)欧阳修、宋祁等撰:《新唐书》卷一百五十五《马燧传》,中华书局,2000,第3813页。

8_(唐)储光羲:《登戏马台作》,《全唐诗(增订本)》卷一百三十八,中华书局,1999,第1407页。

儒家圣贤，即便提到儒家圣贤，也经常用他们的怀才不遇来反衬英雄游侠的春风得意。与其他朝代相比，唐代在尚武方面具有自己的时代特色，不论是古代英雄还是当代豪杰，只要武艺高超，又肯为知己、为国家贡献自身能力，在唐人眼中都是值得敬佩欣赏的。

在初盛唐国家常年征战、开疆拓野的时代背景下，手无缚鸡之力的书生似乎没有什么发展的空间，毕竟向君主献策可能只是纸上谈兵，最终的实行者还是那些身负武艺的任侠之士。再看当时的文官，也多能走马征边。

单看玄宗一朝：

> （开元二年正月）甲申，并州大都督府长史兼检校左卫大将军薛讷同紫微黄门三品，仍总兵以讨奚、契丹。二月，突厥默啜遣其子同俄特勤率众寇北庭都护府，右骁卫将军郭虔瓘击败之，斩同俄于城下。……（开元二年七月）吐蕃寇临洮军，又游寇兰州、渭州，掠群牧，起薛讷摄左羽林将军、陇右防御使，率杜宾客、郭知运、王晙、安思顺以御之。……冬十月戊午，至自温泉。薛讷破吐蕃于渭州西界武阶驿，斩首一万七十级，马七万七匹，牛羊四万头。丰安军使郎将、判将军王海宾先锋力战，死之。[1]
>
> （开元八年）秋九月，突厥欲谷寇甘、凉等州，凉州都督杨敬述为所败，掠契苾部落而归。以御史大夫王晙为兵部尚书兼幽

---

[1] （后晋）刘昫:《旧唐书》卷八《玄宗本纪上》，中华书局，2000，第116页。

州都督，黄门侍郎韦抗为御史大夫、朔方总管以御之。[1]

（开元九年）夏四月庚寅，兰池州叛胡显首伪称叶护康待宾、安慕容，为多览杀大将军何黑奴，伪将军石神奴、康铁头等，据长泉县，攻陷六胡州。兵部尚书王晙发陇右诸军及河东九姓掩讨之。……秋七月戊申，罢中都，依旧为蒲州。己酉，王晙破兰池州叛胡，杀三万五千骑。[2]

（开元十年）九月，张说擒康愿子于木盘山。诏移河曲六州残胡五万余口于许、汝、唐、邓、仙、豫等州，始空河南朔方千里之地。[3]

（开元二十五年）三月乙卯，河西节度使崔希逸自凉州南率众入吐蕃界二千余里。己亥，希逸至青海西郎佐素文子觜，与贼相遇，大破之，斩首二千余级。[4]

单开元年间的历史记录便已如此之多，可见当时征战的频密程度。在频繁征战的背景下，手无缚鸡之力的书生并无太多机会实现自己的抱负，

---

[1]（后晋）刘昫：《旧唐书》卷八《玄宗本纪上》，中华书局，2000，第121页。
[2] 同上书，第121—122页。
[3] 同上书，第123页。
[4] 同上书，第139页。

对能凭借自身武力征杀沙场的游侠艳羡不已。"早知逢世乱,少小谩读书。悔不学弯弓,向东射狂胡。"[1] "岂学书生辈,窗间老一经。"[2] "男儿一片气,何必五车书。"[3]这种羡慕之情在盛唐的咏侠诗中体现得淋漓尽致。尊侠抑儒的本质便是儒生对侠客的羡慕与崇拜。儒生创作出的诗作中,任侠之士也将为国开边理所当然地看成自己的责任:"一闻边烽动,万里忽争先。"[4]借助文字的力量,儒生们将自己"奋烈自有时"的少年壮气融入厮杀征战的场景中。

从未去过边塞的王维也在年轻时写下了自己对边塞游侠的想象:"麒麟锦带佩吴钩,飒沓青骊跃紫骝。拔剑已断天骄臂,归鞍共饮月支头。汉兵大呼一当百,虏骑相看哭且愁。"[5]少年游侠的爱国方式便是赴汤蹈火、以一当百地奋战沙场,借此换取边塞的安宁。同时,儒家的治国之道也在诗中表露出来:"教战虽令赴汤火,终知上将先伐谋。"[6]战争虽然多以武力高低争输赢,但是如何利用智谋增加胜算更是边塞将士应该熟识了解的。

---

[1] (唐)岑参:《行军诗二首》(其二),《全唐诗(增订本)》卷一百九十八,中华书局,1999,第2054页。

[2] (唐)王维:《送赵都督赴代州得青字》,《全唐诗(增订本)》卷一百二十六,中华书局,1999,第1271页。

[3] (唐)孟浩然:《送告八从军》,《全唐诗(增订本)》卷一百六十,中华书局,1999,第1644页。

[4] (唐)孟浩然:《送陈七赴西军》,《全唐诗(增订本)》卷一百五十九,中华书局,1999,第1626页。

[5] (唐)王维:《燕支行》,《全唐诗(增订本)》卷一百二十五,中华书局,1999,第1257页。

[6] 同上。

儒与侠在诗作中开始有机地融为一体。

咏史诗是唐诗的重要组成部分，这点与唐人"观往知今"的历史意识息息相关。唐人常常借助史事来观事、观政，这点同样在咏侠诗中有所体现。唐人对汉代有种莫名的情结，在诗文中常常以汉喻唐，借此委婉地表达出内心所想。著名边塞诗人岑参便常常借用汉代典故歌颂在边塞为国奋战的将士们。组诗《凯歌》六首开篇第一首便是以"汉将承恩西破戎"的诗句表明边塞将士旗开得胜，诗中同样用"麟阁"这一汉代典故。何为麟阁？《三辅黄图》对此做出解释："天禄麒麟阁，萧何造，以藏秘书，处贤才也。"[1] 也就是只有对国家有重大贡献的人才有资格将画像挂在麟阁之中，岑参笔下的将士们还未回朝，但天子已是预先打开麟阁等待英雄归来，足见将士们的功劳之大，同时也说明了天子对这些将士的重视程度。

盛唐诗人对边塞豪杰的热情歌颂，延续并发展了由魏晋传承下来的文学传统：将侠义与国事结合起来，这时的边塞咏侠诗中涌现出大量的边塞游侠形象，而这些侠客都具有一个共同点——甘愿为国牺牲。将自己的高强武艺奉献给国家，即便血洒沙场也毫无怨言。在这里，侠客的内在尚武精神与国家对外宣战的政治需求完美地结合在一起。后世武侠小说中所谓"侠之大者，为国为民"的观点，早在唐代的边塞游侠身上便已得到淋漓尽致的展现。这种对国事极度关注、甘愿为国献身的行为也是儒家积极入世的表现。游侠们投身边塞既有自身对功名的追求，也是当时社会环境的

---

[1] （六朝）阙名氏：《三辅黄图》卷六，《校正三辅黄图》，古典文学出版社，1958，第48页。

选择。都说文学能够反映社会现实，盛唐边塞诗的流行也反映了当时的社会思想及军事力量。

不过盛唐文人对儒与侠孰尊孰贱的态度常是矛盾的。诗作中虽然常有对儒者无情的嘲笑，但也常见弃侠修儒的行为。韦应物夸赞崔押衙"礼乐儒家子，英豪燕赵风"[1]。这里的儒与侠处于同等的地位；王维称赞崔录事"少年曾任侠，晚节更为儒"[2]，"圣朝正用武，诸将皆承恩。不见征战功，但闻歌吹喧。儒生有长策，闭口不敢言"[3]中，儒生理性有智谋的特征似乎又与游侠过分放纵的性格形成对照。汪聚应在《唐代侠风与文学》中便提到唐代游侠的儒化是因为游侠意识到游侠精神的不足之处，与儒的结合正好可以补全缺陷，让游侠精神趋向完美。笔者则认为这是因为书生对游侠的崇拜与模仿的同时，利用自身习得的儒家思想对游侠进行的改造。因此颇具侠风的唐人得意时"论心游侠场"，失意时又"谢病客游梁"[4]。这样的举措也颇有儒家"穷则独善其身，达则兼善天下"[5]的意味。

刘昫在《旧唐书》中曾对儒者做出定义："本出于司徒之官，可以正君

1_（唐）韦应物:《送崔押衙相州》，《全唐诗（增订本）》卷一百八十九，中华书局，1999，第1933页。

2_（唐）王维:《济上四贤咏》(崔录事)，《全唐诗（增订本）》卷一百二十五，中华书局，1999，第1252页。

3_（唐）岑参:《潼关镇国军勾覆使院早春寄王同州》，《全唐诗（增订本）》卷一百九十八，中华书局，1999，第2031页。

4_（唐）王维:《济上四贤咏》(成文学)，《全唐诗（增订本）》卷一百二十五，中华书局，1999，第1252页。

5_《孟子·尽心上》，《孟子》，中华书局，2006，第291—292页。

臣，明贵贱，美教化，移风俗，莫若于此焉"，认为"儒道既丧，淳风大衰"。[1]这些见解也是唐代社会对儒家思想的认知和判断。儒学在时人眼中有巩固君权、教化百姓的功能，因而初盛唐的君主们几乎都重视儒学的宣传。高祖李渊在初确立政权时，已是颇好儒臣，大力推广儒学教育。义宁二年（618）开设国子学与太学。武德元年（618）别立小学，二年（619）诏曰："朕君临区宇，兴化崇儒，永言先达，情深绍嗣。"更设立周庙孔庙以供祭拜。太宗同样"锐意经籍，于秦府开文学馆，广引文学之士"，诏令臣子考定五经，撰定义疏。玄宗即位，"数诏州县及百官荐举经通之士"[2]，更设置集贤院召集学者。可见当时朝廷对儒生的重视程度。

当时的书生，一方面努力学习儒家经典思想，愿献长策为君王解忧，另一方面又受社会大环境影响，自身具有尚武精神。在这样的背景下，儒家思想与游侠精神逐渐融合在一起，侠义也就染上了仁义的色彩。李德裕用孟轲之勇形容气盖当世、义动明主的游侠气质时，就是从儒家的仁义角度理解或改造游侠精神的。在这基础上他又提出："夫侠者，盖非常之人也，虽以然诺许人，必以节气为本。义非侠不立，侠非义不成，难兼之矣。所谓不知义者，感匹夫之交，校君父之命，为贯高危汉祖者是也；所利者邪，所害者正，为梁王杀爰盎者是也。此乃盗贼耳，焉得谓之侠哉？……士之任气而不知义，皆可谓之盗矣。然士无气义者，为臣必不能死难，求

---

[1] （后晋）刘昫：《旧唐书》卷一百八十九《儒学传上》，中华书局2000，第3359页。
[2] 同上书，第3360—3361页。

道必不能出世。……由是而知士之无气义者,虽为桑门,亦不足观矣。"[1]从君臣、仁义的角度为游侠的行为做出了侠与盗的界限划分的同时,又为自由的游侠设置了道德的规限。

与初唐相比,盛唐游侠在社会责任意识方面受儒家思想的影响程度更深。盛唐的游侠同样是功利的,他们也急切希望通过自身才艺换取功名,实现自己"穷达任皇天"的个人抱负。同时,他们又是无私、利他的,在积极投边、追求个人成就的过程中,盛唐游侠怀抱着等同于"苟利国家生死以,岂因祸福避趋之"的精神信念参与到拓扩边疆的事业中,盛唐游侠的英雄主义是在积极展示自身活力时,又将儒家对社会的关注融进了个人意志之中。

活跃于开元、天宝年间的李希仲,仅存的三首诗作中就有两首与边塞游侠相关:"汉家爱征战,宿将今已老。辛苦羽林儿,从戎榆关道。"[2]当老去的将士无法承担起守卫边疆的职责时,新的少年儿郎便不顾辛苦地奔赴前线。唐代的羽林郎常来自幽并六郡等侠风炽盛的地区,本身行事已自带游侠属性。宿将与羽林儿之间就是新老游侠爱国意识的传承关系。《蓟北行》其二承接其一,将新赴沙场的羽林儿塑造得无比英勇。"一身救边速,烽火通蓟门。"直通边关的烽火说明战情的紧急,"一身"二字把这位少年营造成孤胆英雄的形象,"速"字又进一步突出羽林儿的决断果敢、反应迅

---

[1] (唐)李德裕:《豪侠论》,引自(清)董诰:《全唐文》卷七百零九,中华书局,1983,第7277页。

[2] (唐)李希仲:《蓟北行二首》(其一),《全唐诗(增订本)》卷一百五十八,中华书局,1999,第1620页。

速。"前军飞鸟断，格斗尘沙昏。"急速赴边之后，两军对阵的杀气浓烈到飞鸟都无法从上空飞过，扬起的沙土使天地顿时失色。这说明在边塞之地，全身心投入战争厮杀的并不只是这位少年游侠，而是所有将士。两联相承，由个人到集体，将边塞将士英勇无畏的气质表露无遗。"寒日鼓声急，单于夜将奔。"急促的鼓声从听觉方面烘托出战争的紧张，幸而，将士英勇，敌军被打得落花流水，敌军将领只能连夜逃命。两句诗通过正反对比，以敌军落败的窘态进一步突出以少年游侠为首的大唐军队的飒爽英姿。为何这些将士可以如此英勇？诗歌的最后两句聚焦到游侠的内心："当须徇忠义，身死报国恩。"这时游侠的忠义又回归到自南北朝边塞咏侠诗便开始的"忠君报国"这类儒家思想改造过的层面。与前朝诗作不同，李诗反映了游侠集体对这种认知的接受。游侠忠君爱国的社会意识不再是个体的表达，而是集体的高歌。

游侠的意识转变与当时的社会价值取向息息相关。《旧唐书》有云："观夫开元之治也，则横制六合，骏奔百蛮；及天宝之乱也，天子不能守两都，诸侯不能安九牧。"[1]在此期间，社会有识之士责任感的体现亦是初唐的积极向上和中唐的保守之间的过渡融合。但本质上依然保留了自汉代开始的忠君忧民的儒家观念。史官在《旧唐书》提及安史之乱时感慨道："禄山寇陷两京，儒生士子，被胁从、怀苟且者多矣；去逆效顺，毁家为国者少焉。"[2]因而对崔光远、房琯等人赞叹有加，即便认为高适"言过其术，为大臣所

1_（后晋）刘昫：《旧唐书》卷十一《代宗本纪》，中华书局，2000，第213页。

2_（后晋）刘昫：《旧唐书》卷一百一十一《崔房张高畅列传》，中华书局，2000，第2261页。

轻"[1],亦本着他能在多难之时以国家安危为己任,用"儒风"二字评价了高适的一生。《旧唐书》成书于后晋,思想观念与唐王朝相差不远。可见在唐代,儒家为君分忧、为君解难的忠君方式才是普世认可的真理。文人在属文吟诗时,常常表达自己对国家、对政治的关注。"先天下之忧而忧,后天下之乐而乐"的儒家思想在盛唐游侠身上的体现便是以自身武力为君主、苍生平尽不平之事。这也是游侠"忠义"观念在社会层面上的表现方式。

为君主平不平最直接的行动,便是为君主扫荡边疆。数次替君王巡边的张说认可的少年形象是"少年胆气凌云,共许骁雄出群。匹马城西挑战,单刀蓟北从军"[2]。王维笔下的游侠会"夜上戍楼看太白"[3]、"初随骠骑战渔阳"[4],王昌龄诗中的游侠会"闻道羽书急,单于寇井陉。气高轻赴难,谁顾燕山铭"[5],王翰诗中一生唯羡金执吾的少年游侠亦是"走马西击长城胡"[6]。这些游侠将自己的人生理想建立在为君主征战沙场的行动之上,同

1_ (后晋)刘昫:《旧唐书》卷一百一十一《崔房张高畅列传》,中华书局,2000,第2260页。

2_ (唐)张说:《破阵乐词二首》(其二),《全唐诗(增订本)》卷八十九,中华书局,1999,第975页。

3_ (唐)王维:《陇头吟》,《全唐诗(增订本)》卷一百二十五,中华书局,1999,第1256页。

4_ (唐)王维:《少年行四首》(其二),《全唐诗(增订本)》卷二十四,中华书局,1999,第324页。

5_ (唐)王昌龄:《少年行二首》(其一),《全唐诗(增订本)》卷一百四十,中华书局,1999,第1421页。

6_ (唐)王翰:《饮马长城窟行》,《全唐诗(增订本)》卷一百五十六,中华书局,1999,第1607页。

时也将自己的人生理想与社会责任感结合到一起。

盛唐游侠之所以人生理想中有着浓烈的社会责任意识，这与当时文人的心态息息相关。"高岑诗派"的岑参曾两度出塞，常以"忠义"为主题书写边塞战况或是自己的内心感触。曾到过安西、武威、北庭、轮台等边塞之地的他将"匡吾君"视为己任，诗作中常抒发"边城寂无事，抚剑空徘徊。幸得趋幕中，托身厕群才。早知安边计，未尽平生怀"[1]等心情，自然对天宝年间"胡兵夺长安，宫殿生野草"这一事件悲愤不已，当时哀叹国难当头的又岂止岑参一人？因此才会出现"胡雏尚未灭，诸将懇征讨"的场面。大家义愤填膺地恳求赴边为国征战的本质仍是"忠义"二字，正因如此，大家不敢私微躯，即便"积尸若丘山，流血涨丰镐"[2]。这些惨烈的战争败局的描写除说明唐代国力开始走下坡路之外，更是说明了在国家与民众的安危之前，将士的个人利益是微不足道的，是可以牺牲放弃的。再参照天宝诗人皇甫冉的"由来征戍客，各负轻生义"[3]，可以看出对君主（当时人心目中君主就是国家的等同意象）、百姓的保全便是当时人们社会责任感的表现方式之一。

在崇尚武功的唐代，游侠的轻死生为知己的侠义观念与传统的忠义观念结合得更为紧密。"喜言王霸大略"的高适认为"单车入燕赵"的戎马生

1_（唐）岑参：《登北庭北楼呈幕中诸公》，《全唐诗（增订本）》卷一百九十八，中华书局，1999，第2029-2030页。

2_（唐）岑参：《行军诗二首》（其一），《全唐诗（增订本）》卷一百九十八，中华书局，1999，第2053-2054页。

3_（唐）皇甫冉：《出塞》，《全唐诗（增订本）》卷十八，中华书局，1999，第186页。

活才是展平生怀的最佳方式[1],这也是当时边塞游侠认可的做法。所以好勇知机的少年喜欢的装束是金光闪闪的金锁战甲,仗剑出门的目的是走马杀人于辽水、渔阳等边塞城市。[2]"救赵挥金槌,邯郸先震惊"[3]的游侠同样也是利用武力,替政权排除忧患。在这批有胆气的游侠心目中,边塞征杀便是为企图垂衣御八荒的君主解决烦恼的最佳方式,也是自己武艺的价值体现。[4]唐代君王对游侠的这种为国杀敌肃边的社会责任感抱着赞赏的态度[5],这更进一步强化了盛唐游侠以武力报国的观念。

盛唐的咏侠诗除强调游侠们"安得倚天剑,跨海斩长鲸"这种以武力保护国家边境和平安稳、豪情壮志式的社会责任感之外[6],也会借助游侠的所见所闻对朝廷做出讽谏。崔颢在《孟门行》中由平原君的故事得出"满

---

[1] (唐)高适:《酬裴员外以诗代书》,《全唐诗(增订本)》卷二百一十一,中华书局,1999,第2195页。

[2] (唐)崔颢:《古游侠呈军中诸将》,《全唐诗(增订本)》卷一百三十,中华书局,1999,第1321页。

[3] (唐)李白:《侠客行》,《全唐诗(增订本)》卷一百六十二,中华书局,1999,第1690页。

[4] (唐)卢象《杂诗二首》(其一):"家居五原上,征战是平生。独负山西勇,谁当塞下名。"从这首诗中可以看出,边塞游侠将征战边塞看成自己人生的意义,自己对社会、对国家的贡献也只能通过边疆杀敌的勇武方式完成。

[5] 唐太宗曾用"防身岂乏智,殉命有余忠"高度赞扬辽东征战中死伤的将士,唐玄宗数次作诗赠予巡边大臣(《送张说巡边》《饯王晙巡边》《送李邕之任滑台》),表达自己对边塞战事的关注。

[6] (唐)李白:《临江王节士歌》,《全唐诗(增订本)》卷一百六十三,中华书局,1999,第1696页。

堂尽是忠义士,何意得有谗谀人。谗言反覆那可道,能令君心不自保"[1]的观点,同时劝喻当权者要明辨是非,不可被热衷阿谀奉承的小人蒙蔽了双眼。长安少年凯旋途上看到"长安道傍多白骨"的惨况,这些白骨尽是无罪见诛、功不受赏的筑城之卒,王翰借长安少年之口说:"秦王筑城何太愚,天实亡秦非北胡。一朝祸起萧墙内,渭水咸阳不复都。"[2]奉劝君主要休养生息,不要劳民伤财,这样才能保证国家的长治久安。

这种现实主义与浪漫情怀的碰撞使咏侠诗的表达呈现出多样性,无论是尚武抑儒还是弃武从儒,都是文人追求自我价值实现时文学化、个性化的表达。自由精神与社会意识的结合让盛唐咏侠诗中的个人意志显得格外清晰。

三、盛唐咏侠诗中的个人意志

初盛唐时全民尚武的环境,也让大量文人进入任侠的状态。因此,唐代的"侠"与"儒"常常结合在一起。在儒家积极入世的政治追求下,盛唐诗中的游侠们和文士一样自由强调自己的政治理念与社会责任意识,与此同时,"侠"自身的浪漫气质也让游侠们格外注重表达自己的个人意志。

初唐的游侠也有相关的个人意志或社会意识的表达,但是二者多是分裂开来的独立呈现。游侠在诗作中展示出来的轻薄行为,在以儒家思想为正统的封建社会里,就是解放自我的个性体现。即便投身边塞,游侠的从

---

[1] (唐)崔颢:《孟门行》,《全唐诗(增订本)》卷一百三十,中华书局,1999,第1324页。

[2] (唐)王翰:《饮马长城窟行》,《全唐诗(增订本)》卷一百五十六,中华书局,1999,第1607页。

军追求是"方知万里相,侯服见光辉"[1],"结发早驱驰,辛苦事旌麾"[2]的目的更多是追求自身的功名;刘生的"抱剑欲专征"也是"但令一顾重"的报私恩程序化的表达[3]。对于初唐的游侠而言,个人意志的表达远高于对社会责任的追求。即便是深受儒学影响的孔绍安,笔下的游侠平定三边也是为了封万户侯。这是游侠思想明显异于儒学传统的反映。文人学士也追求功名,但他们希望自己的治世才能被人欣赏,功名是相关的嘉奖。而游侠们对功名则是热烈直接地追求,功名便是他们追求的本质。这与儒家思想似乎有些本末倒置。这也从另一角度说明了游侠不羁的个性让他们拥有不受社会规则约束的更广阔空间。

关于游侠自由意志的诗歌书写,魏晋六朝时已有不少相关作品出现。同样,对国家兴亡的关注也是自魏晋开始便有的咏侠诗歌的主题之一。不过在盛唐之前,这两类主题都是独立出现在不同的诗作当中,因而当时的咏侠诗呈现出来的多是游侠单一的性格面。陈后主的《乌栖曲》、王褒的《长安有狭斜行》等都只呈现了游侠恣意寻欢的轻薄一面,而鲍照的《代东武吟》《代出自蓟北门行》、吴均的《战城南》《胡无人行》等又只展示了游侠感君意气愿报国恩的慷慨一面。

唐代游侠诗在继承忠义报恩的游侠精神的同时,也保留了游侠轻纵逍

1_ (唐)虞世南:《从军行二首》(其二),《全唐诗(增订本)》卷三十六,中华书局,1999,第473页。

2_ (唐)虞世南:《从军行二首》(其一),《全唐诗(增订本)》卷三十六,中华书局,1999,第473页。

3_ (唐)卢照邻:《刘生》,《全唐诗(增订本)》卷十八,中华书局,1999,第198页。

遥的气质，尤其是盛唐，经济、军事力量均达至巅峰状态，这时游侠诗中的放纵程度及数量也是唐代的最高峰。芮挺章笔下"衔恩""任气"的少年游侠便是通过"轩骑青云际，笙歌绿水边。建章明月好，留醉伴风烟"[1]的方式展示自己的任侠气质。

到了盛唐，轻薄与报国才不再是对立的关系，而是有机地在同一首或同一系列的咏侠诗中融合起来。譬如王维的《少年行》四首、王昌龄的《少年行》二首、崔颢的《游侠篇》等，游侠们在"相逢意气为君饮"[2]、"高阁歌声远"的同时[3]，也能"纷纷射杀五单于"[4]、"气高轻赴难"[5]。跟南北朝至初唐时的游侠相比，盛唐咏侠诗中的游侠形象具有了更多元化的呈现。这时的游侠上战场时可以英勇杀敌，回到都市时同样也能自由享受生活，"轻薄"与"侠义"至此统一成整体。因有"侠行"的映衬，轻薄行为也不再负面，反倒成了游侠蓬勃生命激情的外在表现。这样的游侠形象是唐人在精神与世俗需求方面的综合呈现。

唐人的个人意志在尚武精神、繁华的经济环境以及对功名的追求、儒

---

[1] （唐）芮挺章：《少年行》，《全唐诗（增订本）》卷二百零三，中华书局，1999，第2129页。

[2] （唐）王维：《少年行四首》（其一），《全唐诗（增订本）》卷二十四，中华书局，1999，第324页。

[3] （唐）王昌龄：《少年行二首》（其二），《全唐诗（增订本）》卷一百四十，中华书局，1999，第1421页。

[4] （唐）王维：《少年行四首》（其四），《全唐诗（增订本）》卷二十四，中华书局，1999，第324页。

[5] （唐）王昌龄：《少年行二首》（其一），《全唐诗（增订本）》卷一百四十，中华书局，1999，第1421页。

家思想的改造等条件的影响下，产生了有别于其他朝代的面貌。这时的游侠自我意识同样昂扬向上，但恣意行为的背后逐渐有了儒家道德的限制。在追求自我价值或是关注社会的时候，盛唐游侠们接受的已经是儒家的价值体系。在生活追求上，盛唐游侠还是保留了"任"的一面。轻薄与豪迈的结合让盛唐游侠形象更加立体地存留在诗歌当中。

第三节 中晚唐咏侠诗的悲慨之风

安史之乱后，唐王朝的国力逐渐衰退甚至一蹶不振，军事方面也开始走下坡路，地方割据势力的兴起进一步打击了唐王朝的统治。各大地方势力之间的明争暗斗，更是催生、促进了死士、刺客等力量的发展。文人在此时不仅有对国家无能的失望不满，还有对自身命运的焦虑。这些情绪交织在一起，再加上儒家思想对侠文化的进一步渗透，咏侠诗中的侠客形象再一次发生变化。这时的游侠开始沾染了痞气，有了为害乡里的行为出现。即便是英勇投边的游侠，也开始有了战争无用论的思想表达。中晚唐的咏侠诗开始出现悲慨萧索的气息，呈现出与初盛唐咏侠诗完全不同的风貌。

一、中晚唐时期的养士之风

肃宗之后的几代君主，除宪宗、文宗、宣宗稍有中兴之志外，其他的君王多是无能之辈，加上中晚唐的君主迷信长生，数任君王皆死于丹药中毒。即便没有丹药的影响，事实上中晚唐时期，尤其是晚唐的君主似乎在位时间都很短[1]，这使得王权更替的速度偏快。君王在位时间短、君王的无能，加上政局的动荡不安，这使得唐代君主的实权进一步被削弱。与此同时，藩镇势力的崛起，外族势力的虎视眈眈，让本来就风雨飘摇的唐王朝更加不堪一击，常常连自己的国都都无法守住。

国都被攻破之余，皇帝出逃在外的时间也颇为惊人。这时候的君主无论在政治、经济或是军事方面，都已经逐渐失去掌控权力，君主有心无力的情况之下，地方势力纷纷崛起，逐步形成藩镇割据的局面。这时虽然仍是战争不断，但征战的性质已由开疆拓土转变成平定内乱[2]，民众心态发生变化的同时，各大势力维护自身权力地位的手段也有了极大不同。在帝王政权方面，由唐宪宗开始，唐王朝进入宦官专权的时代，皇帝的废立生死

---

[1] 由代宗大历算起，中晚唐140余年间共有13位皇帝，在位时间超过10年的君主不过7位（代宗、德宗、宪宗、文宗、宣宗、懿宗、僖宗及昭宗），除宪宗与宣宗在位时能短暂终结藩镇割据局面，其他君王皆是平庸无奇甚至荒淫好色之辈。

[2]《旧唐书》卷十："（至德二载正月）丙寅，武威郡九姓商胡安门物等叛，杀节度使周佖，判官崔称率众讨平之。是日，蜀郡健儿贾秀等五千人谋逆，上皇御蜀郡南楼，将军席元庆等讨平之。……七月庚戌夜，蜀郡军人郭千仞谋逆，上皇御玄英楼，节度使李峘讨平之。丁巳，贼将安武臣陷陕郡，民无遗类。八月甲申，以黄门侍郎崔涣为余杭太守、江东采访防御使。已丑，以平章事张镐兼河南节度、采访处置等使。灵昌太守许叔冀为贼所攻，援兵不至，拔众投睢阳郡。"单看肃宗刚即位时，对政权的控制已开始力不从心，地方势力趁着局势动荡企图脱离中央政权掌控。这点到了晚唐越发明显，唐王朝的存在也越发可有可无。在军事实力方面，与敌军交战之时，胶着甚至战败情形明显增加。至晚唐时期，皇帝常常出逃在外，譬如唐僖宗，在位十五年，有约八年的时间不在京城长安。

均由宦官操控。这对中央集权进一步造成损害。[1]为了铲除异己，地方政权纷纷暗地里培养死士，以暗杀的手段维护自己的统治。这些死士均由地方政权供养，性质与战国时的门客、食客相若，但在风骨、节气方面却又逊色许多。因为这批人只是愚忠于自己的供养者，以行刺手段完成命令，但并不会有自己对这一行动的评价或判断，因而在历史上屡遭诟病。

史书中便有颇多关于地方政权暗中培养死士的记载。"时从弟真卿为平原太守，初闻禄山逆谋，阴养死士，招怀豪右，为拒贼之计。"[2]"十年六月，王承宗、李师道俱遣刺客刺宰相武元衡，亦令刺度。是日，度出通化里，盗三以剑击度，初断靴带，次中背，才绝单衣，后微伤其首，度堕马。会度带毡帽，故创不至深。贼又挥刃追度，度从人王义乃持贼连呼甚急，贼反刃断义手，乃得去。"[3]"故昭义节度刘悟，顷居海岱，尝列爪牙。……

---

[1] 宪宗、敬宗皆为宦官所害，穆宗、文宗皆为宦官所立。即便文宗有心打击宦官势力收回政权，然而"甘露之变"进一步强化了宦官的权势，使皇帝"受制于家奴"，从此皇帝权力旁落，如同傀儡。除唐哀帝，文宗之后的所有唐代皇帝均由宦官拥立。宦官为了更好地操控皇帝，先是挑选资质愚钝的皇子，再是引诱皇帝玩乐。(《新唐书·仇士良传》："天子不可令闲暇，暇必观书，见儒臣，则又纳谏，智深虑远，减玩好，省游幸，吾属恩且薄而权轻矣。为诸君计，莫若殖财货，盛鹰马，日以球猎声色蛊其心，极侈糜，使悦不知息，则必斥经术，暗外事，万机在我，恩泽权力欲焉往哉？")文臣武将自顾且不暇，更是无法尽心辅佐君主。这进一步导致了唐王朝势力的衰退。即便出现文宗、宣宗等有心中兴的皇帝，也已是于事无补了。(详见《旧唐书》卷十四至卷十八)

[2] (后晋)刘昫：《旧唐书》卷一百八十七下《颜杲卿传》，中华书局，2000，第3329页。

[3] (后晋)刘昫：《旧唐书》卷一百七十《裴度传》，中华书局，2000，第3006页。

招致死士，固护一方，迨于末年，已亏臣节。"[1] "魏博节度田承嗣诱为乱，雄不从，承嗣遣刺客盗杀之。"[2] 昭宗甚至在诏书中提到，"岂有都城，合聚兵甲，暗养死士，将乱国经。"[3] 可见当时阴养死士已是常态。虽说名门望族豢养忠于自己的门客历朝历代皆有之，包括初盛唐的唐代君主们也曾招募死士为自己做事情，但是当时的死士是以"敢死士"的形象流传于历史，譬如初唐时窦建德招募死士千人袭击隋将薛世雄、太宗潜结死士与刘文静一起营救唐高祖。初唐的死士多是参加明面上的征战，借此辅佐自家主上完成王霸大略。这时的死士颇有重义轻生、积极向上的精神面貌。但是到了中晚唐，死士的行事风格已是截然不同，他们由参加征战的勇士变成暗中行刺的杀手，这种躲在暗处的行动方式让这一时期的游侠行为失去了光明磊落的积极感。

二、儒家思想对侠文化的进一步渗透

从文人介入侠文化开始，儒家思想便开始不断地对侠文化进行渗透改造。虽说盛唐咏侠诗较多地呈现出重武轻儒的一面，但同样也有弃武修儒的游侠形象。当时的咏侠诗以歌颂英雄、崇尚杀戮为重点，同时也开始了对侠客精神内涵的关注。

游侠若是希望在世俗站稳脚跟，就必须洗去身上的"江湖"气息，这

---

[1] （后晋）刘昫：《旧唐书》卷十八上《武宗本纪》，中华书局，2000，第406页。
[2] （后晋）刘昫：《旧唐书》卷一百二十四《薛雄传》，中华书局，2000，第2398页。
[3] （后晋）刘昫：《旧唐书》卷一百七十七《崔胤传》，中华书局，2000，第3120页。

只有借助回归主流社会才能完成。因而陈平原认为唐诗中的游侠们积极投身边塞立功，追求的正是身份的转变。游侠对身份的渴望，正是儒家传统的价值判断在社会层面的反映。后世常常被放在一起形成固定搭配的"侠义"二字，便是文人由儒家伦理道德的角度重新对侠客行为进行定义。能够被后世传诵的侠客，首先便得担得起"义"。正如李德裕所言："义非侠不立，侠非义不成。"[1]唐人所歌咏的侠客，无论是功成名就还是功成身退，无论是殉知己还是报君恩，他们的行为均有儒家"忠孝仁义"作道德支撑。即便诗中常借"杀人"烘托侠客的勇武、自己也以"手刃数人"为荣的李白，诗中亦曾流露出"乃知兵者是凶器，圣人不得已而用之"[2]的儒家式悲悯情怀。只是在安史之乱之前，这类儒家的声音在咏侠诗与边塞诗中显得极为单薄。中晚唐时期，随着社会风气的变化，儒家的表达又开始逐渐占了上风。侠义与儒家思想的融合又有了新的表现。

《周礼·秋官·野庐氏》："禁野之横行，径逾者。"[3]贾公彦疏："言横行者，不要东西为横、南北为纵，但是不依道涂，妄由田中，皆是横也。"[4]《吴子·治兵》："宁劳于人，慎无劳马，常令有余，备敌覆我。能明此者，

---

[1] （唐）李德裕：《豪侠论》，引自（清）董诰：《全唐文》卷七百九，中华书局，1983，第7277页。

[2] （唐）李白：《战城南》，《全唐诗（增订本）》卷一百六十二，中华书局，1999，第1684页。

[3] 《周礼·秋官·司寇第五》，《周礼·仪礼》，辽宁教育出版社，1997，第69页。

[4] 《文渊阁四库全书》第九十册，上海古籍出版社，2003，第90—660页。

横行天下。"[1]在儒家和兵家中,"横行"一词常与不循常理、纵横无敌等特征联系在一起。但这些特征在盛唐诗人眼中却是值得歌颂的正面特质。"忽闻天上将,关塞重横行。"[2]"结客佩吴钩,横行度陇头。"[3]"河湟训兵甲,义勇方横行。韩魏多锐士,蹶张在幕庭。"[4]"男儿本自重横行,天子非常赐颜色。"[5]横行是游侠在初盛唐立足社会的根本,也是他们获得荣誉的基础。因而在重视功名的时人眼中,"横行"并非耀武扬威的霸道表达,而是积极进取的处世方式。可到了中晚唐,诗人对"横行"的态度开始有了分化。在保留之前以横行展现游侠昂扬气质的同时,诗人们开始反思过分的武力对民生是否有负面影响。生于开元死于大历的诗人贾至,在诗歌中也批评了穷兵黩武式的征战模式,提出"自有农夫已高枕,无劳校尉重横行"[6]的反战观点。而这一反战观点正是建立在儒家以农为本、强调社会秩序的思想基础之上。

---

[1] (战国)吴起:《吴子兵法·治兵》,《吴子兵法注释》,上海人民出版社,1977,第27页。

[2] (唐)陈子昂:《和陆明府赠将军重出塞》,《全唐诗(增订本)》卷八十四,中华书局,1999,第909页。

[3] (隋)孔绍安:《结客少年场行》,《全唐诗(增订本)》卷三十八,中华书局,1999,第494页。

[4] (唐)储光羲:《哥舒大夫颂德》,《全唐诗(增订本)》卷一百三十七,中华书局,1999,第1389页。

[5] (唐)高适:《燕歌行》,《全唐诗(增订本)》卷二百一十三,中华书局,1999,第2217页。

[6] (唐)贾至:《燕歌行》,《全唐诗(增订本)》卷二百三十五,中华书局,1999,第2590页。

贯休在征战主题的诗歌中，虽同样会凸显边塞将士的威武英姿与过人武功："杀气昼赤，枯骨夜哭。将军既立殊勋，遂有胡无人曲。"但是在思考完生命的价值与意义之后，又发出了"但令一物得所，八表来宾，亦何必令彼胡无人"[1]的感慨。这与儒家"以力服人者，非心服也，力不赡也，以德服人者，中心悦而诚服也"[2]的仁政思想不谋而合。这时的侠义逐渐由"武"转向了"仁"。

这一时期诗歌中的游侠同样继承了盛唐游侠忠君爱国的特点。杜甫在《荆南兵马使太常卿赵公大食刀歌》中，就借歌咏舞刀壮士的健勇身姿，回溯宝刀来历，赞美了赵公"玉立高歌"的形象，诗中揽环结佩的赵公以及短衣头虎毛的壮士们，自身的勇武气质与游侠并无差异，是唐代不分阶层全民任侠的反映之一。他们的"贤豪"形象恰是建立在凭轩拔鞘、问兵刮寇地"护天子"这一行为之上。杜甫更用了"得君乱丝与君理"的双关，表达了"食君之禄，担君之忧"的儒家思想。武艺成了彰显仁义的表达方式之一。生活在盛中唐过渡时期的杜甫，笔下诗歌在反映盛中唐社会变化的同时，也反映了儒学思想对英雄题材的诗作的渗透。

社会政局的变化以及儒学兴盛的影响，让游侠的生存环境产生了剧烈变化，游侠思想也进一步仁义化，"武"反而退居于"仁"的背后。这使得中晚唐咏侠诗中的侠客形象与初盛唐时期相比又有了转变。

---

[1] （唐）贯休：《胡无人行》，《全唐诗（增订本）》卷二十，中华书局，1999，第246页。
[2] 《孟子·公孙丑上》，引自万丽华、蓝旭译注：《孟子》，中华书局，2006，第65页。

三、国力衰微的悲慨之音

中晚唐时期，唐王朝的国力日渐衰微，这时的文人虽然仍有以身许国的抱负，但诗歌之间所透露出来的情感已日渐哀婉，颇有种英雄气短的感觉。即便是歌侠客士的咏侠诗也不例外。

在战乱的大环境中，人们虽说会有胜利在望的欢呼，也会有前路迷惘的局促。笔风雄健的边塞诗人王昌龄涉及的咏侠诗作品大多是抒发忠君爱国、视死如归的游侠精神，偶尔作品中也会出现另一种声音："从来幽并客，皆共尘沙老。莫学游侠儿，矜夸紫骝好。"[1]"昔日长城战，咸言意气高。黄尘足今古，白骨乱蓬蒿。"[2]"边头何惨惨，已葬霍将军。"[3]幽并二州的男儿多血性，因而向来选择投身边塞，凭借自身武力为国为己阵前杀敌。诗人以只会尽情享乐的城市游侠作为对比，突出边塞游侠的勇武。但即便是立定决心将身许国的幽并侠客，在连番征战之后也会有伤感疑惑的时分，由昔日的意气高歌变成对白骨遍野的喟叹，尤其是当这些白骨中有曾经生龙活虎的战友时，这些喟叹就会内聚到自身上，成为对自己命运的一种宣泄及表达。这些喟叹是边塞游侠对自身未来生死未卜的不安体现。

除生死问题之外，相关的不安还有一部分来源于因政局的腐败而对自身前程产生悲观的情绪。刘禹锡赠予尹果毅的诗歌中便讲述了一个边塞游

---

[1] (唐)王昌龄：《塞下曲四首》(其一)，《全唐诗(增订本)》卷一百四十，中华书局，1999，第1420页。

[2] (唐)王昌龄：《塞下曲四首》(其二)，《全唐诗(增订本)》卷一百四十，中华书局，1999，第1420页。

[3] (唐)王昌龄：《塞下曲四首》(其四)，《全唐诗(增订本)》卷一百四十，中华书局，1999，第1421页。

侠军功被替的故事：一位生当事边时的穷巷士，因天宝末年的安史之乱"誓当雪国仇"，奋起参军。在作战期间能够做到"勇气贯中肠，视身忽如遗。生擒白马将，虏骑不敢追"。这样的勇士却因"贵臣上战功，名姓随意移"等政治黑暗因素而失去功名爵位，满腔怨愤却投诉无门，最终只能形销骨瘦地回乡，而回乡后贫苦的游侠还要面对忍受里中旧人的嗤笑。[1]刘湾的《出塞曲》也提到，"倚是并州儿，少年心胆雄。一朝随召募，百战争王公。去年桑干北，今年桑干东。死是征人死，功是将军功。"[2]自己的付出成为别人向上的通道时，游侠很容易对未来产生悲观的想法。譬如："虚名乃闲事，生见父母乡。掩抑大风歌，裹回少年场。诚哉古人言，鸟尽良弓藏。"[3]这时游侠的悲观消极源于对自身生命意识的反思。正如贾岛所言："壮士不曾悲，悲即无回期。"[4]除未必有归期之外，相关付出是否值得也是造成游侠心绪波动的原因。

对于同样强烈希望在仕途上能够出人头地的文人而言，这类游侠经历足以触动他们敏而多思的神经，兔死狐悲式地忧心自己的命运，再由对自身命运的担忧延伸至对时局的不安。包括路过当年兵家重地或是相关场

---

[1] （唐）刘禹锡：《和董庶中古散调词赠尹果毅》，《全唐诗（增订本）》卷三百五十五，中华书局，1999，第3990页。

[2] （唐）刘湾（一作刘济）：《出塞曲》，《全唐诗（增订本）》卷一百九十六，中华书局，1999，第2016-2017页。

[3] （唐）鲍溶：《苦哉远征人》，《全唐诗（增订本）》卷四百八十五，中华书局，1999，第5550页。

[4] （唐）贾岛：《壮士吟》，《全唐诗（增订本）》卷五百七十四，中华书局，1999，第6745页。

地时，也会产生一些消极负面的想法："可怜白骨攒孤冢，尽为将军觅战功。"[1]文人们笔下这类边塞咏侠诗除如实反映了当时游侠的心态变化之外，也涉及政权腐败的问题，暗中提醒当权者要注意自己的执政方式，留意朝廷隐藏的问题，以免影响政权的稳定发展。

中晚唐朝廷的软弱无力更是加剧了这类不安。即便不直面战争的悲惨与血腥，人们仍随时随地滋生出对身在乱世的无力感。韦庄的《即事》可以算是其中一例："乱世时偏促，阴天日易昏。无言搔白首，憔悴倚东门。"[2]即便在都市之中，面对相对热闹的节庆场面，人们的心态也和盛唐时相差甚远："游人记得承平事，暗喜风光似昔年。"[3] "似昔年"三字暗含多少对往昔辉煌的缅怀以及对如今世态的忧虑。往昔国家实力相对强大时，酷爱侠风的唐人仍可以来场游侠式的狂欢："昔年曾向五陵游，子夜歌清月满楼。银烛树前长似昼，露桃华里不知秋。"[4]而如今却乱离俱是梦，只能对着一江夕阳静默不语。换取功名的激情逐渐消退，只剩下对世事无常的感慨。[5]文人好任侠的气质在诗中已被国事无望的悲慨替代，在这样的社会背景下，

---

[1] （唐）张蠙：《吊万人冢》，《全唐诗（增订本）》卷七百零二，中华书局，1999，第8161页。

[2] （唐）韦庄：《即事》，《全唐诗（增订本）》卷七百，中华书局，1999，第8119页。

[3] （唐）韦庄：《长安清明》，《全唐诗（增订本）》卷七百，中华书局，1999，第8126页。

[4] （唐）韦庄：《忆昔》，《全唐诗（增订本）》卷六百九十六，中华书局，1999，第8078页。

[5] "浮生都是梦，浩叹不如吟""如幻如泡世，多愁多病身"等都是文人政治激情消退之后对时局人生的消极看法。

游侠们又怎能独善其身？这让中晚唐的游侠诗开始出现不安焦虑的情绪。

初盛唐的游侠虽然也会有对未来的迷茫不安，但持续时间并不长。短暂的迷惘之后，他们又会进入对武力的崇拜状态，奔赴前线。晚唐的游侠在这方面则显得畏缩了许多。"壮士有仇未得报，拔剑欲去愤已平。夜寒酒多愁遽明。"[1]壮士对报仇的取向变化也反映了当时人们对武力的态度变化。相关的态度变化源于战争已无法给唐王朝带来任何利益，反而只会增加沉重的负担。即便能够通过战争收复失地，人们仍是觉得"干戈用尽人成血，韩信空传壮士名"[2]，觉得穷兵黩武的方式不利于国家的稳定。而原本常被人赞誉的游侠、壮士等形象在诗歌中也变成了穷兵黩武的象征。在诗人眼中，国家积弱的情况下，只有休养生息才能让国家逐渐恢复元气。这时，原本让唐人趋之若鹜的战争反倒成了唐人不安的因素。

所谓"一切景语皆情语"，不同时期的游侠心态影响了游侠诗中的景色描写。初盛唐涉及游侠的诗作中景色多明快壮阔："相逢意气为君饮，系马高楼垂柳边。"[3]"桃李栽来几度春，一回花落一回新。"[4]"帝畿平若水，

---

[1] （唐）韦应物：《五弦行》，《全唐诗（增订本）》卷一百九十五，中华书局，1999，第2009页。

[2] （唐）陈羽：《旅次洑阳闻克复而用师者穷兵黩武，因书简之》，《全唐诗（增订本）》卷三百四十八，中华书局，1999，第3905页。

[3] （唐）王维：《少年行四首》（其一），《全唐诗（增订本）》卷二十四，中华书局，1999，第324页。

[4] （唐）李白：《少年行》，《全唐诗（增订本）》卷一百六十五，中华书局，1999，第1714页。

官路直如弦。"[1]亮丽明快的城市景象与侠客的放浪不羁、不拘小节有机地统一起来，城市繁荣是侠客放纵的物质基础，而侠客放纵反过来成为城市生机繁荣的外在表现。即便放浪不羁，那也是游侠"意气"的表达。即使是条件恶劣的边塞地区，在诗人的想象世界中也是苍茫慷慨的壮丽景象："凛凛严霜节，冰壮黄河绝。"[2]"孤城塞云起，绝阵虏尘飞。"[3]"海上千烽火，沙中百战场。"[4]初盛唐的诗人常常用一些极致的词汇去形容描写边塞的严寒与荒芜。无论是为了立功扬名还是"从来战斗不求勋"，诗中常常展示侠客为了实现自己的人生目标而不畏艰苦的坚定信念，边塞是他们理想的象征，是一个充满希望的存在。初盛唐的游侠少年满腔热情，怀抱着不辞艰险的信念来到边塞。即便是现实环境恶劣异常，游侠们仍是凭借自己的坚毅与信念坚持下来，甚至从中感受到边关景致的壮丽。他们看到的军旅，没有离家千里的哀愁，而是拥有"百里火幡焰焰，千行云骑霏霏。蹙踏辽河自竭，鼓噪燕山可飞"[5]、"焰焰戈霜动，耿耿剑虹浮"[6]这般排山倒海的气

---

[1] （唐）杨炯：《骢马》，《全唐诗（增订本）》卷五十，中华书局，1999，第615页。

[2] （唐）虞世南：《从军行二首》（其一），《全唐诗（增订本）》卷三十六，中华书局，1999，第473页。

[3] （唐）虞世南：《从军行二首》（其二），《全唐诗（增订本）》卷三十六，中华书局，1999，第473页。

[4] （唐）李颀：《古塞下曲》，《全唐诗（增订本）》卷一百三十二，中华书局，1999，第1338页。

[5] （唐）张说：《破阵乐词二首》（其一），《全唐诗（增订本）》卷八十九，中华书局，1999，第975页。

[6] （唐）虞世南：《结客少年场行》，《全唐诗（增订本）》卷三十六，中华书局，1999，第474页。

概;看到的风景亦是"天山冬夏雪,交河南北流。云起龙沙暗,木落雁门秋"[1]的苍茫辽阔。诗歌风格壮丽却不感伤。

中唐咏侠诗是盛唐的豪迈气概到晚唐的萧索风格的过渡。经历过盛唐繁荣大气的诗人努力想在诗中继续保留之前的积极面貌,可惜力有不逮。战争的失利、周边国家的虎视令中唐诗人开始反思武力的功用性,诗作中开始流露出感伤的情绪,自身风格明显有过渡时期浓厚的矛盾感。中唐著名诗人顾况在《从军行》中塑造的边塞游侠既有盛唐的"少年胆气粗,好勇万人敌。仗剑出门去,三边正艰厄。怒目时一呼,万骑皆辟易。杀人蓬麻轻,走马汗血滴"[2],同时也开始流露出"回首家不见,候雁空中鸣"[3]等思乡的愁绪。这时诗歌虽然也想呈现出势不可当的霸气:"寄语塞外胡,拥骑休横行。"[4]但已难掩颓势。

"大历十才子"中的韩翃、卢纶等人也曾在诗作中刻画过骁勇善战的勇士形象:"前锋直指阴山外,虏骑纷纷胆应碎。匈奴破尽人看归,金印酬功如斗大。"[5]"帐下亲兵皆少年,锦衣承日绣行缠。辘轳宝剑初出鞘,宛转

1_(唐)虞世南:《结客少年场行》,《全唐诗(增订本)》卷三十六,中华书局,1999,第474页。

2_(唐)顾况:《从军行二首》(其二),《全唐诗(增订本)》卷二百六十四,中华书局,1999,第2925页。

3_(唐)顾况:《从军行二首》(其一),《全唐诗(增订本)》卷二百六十四,中华书局,1999,第2925页。

4_ 同上。

5_(唐)韩翃:《送孙泼赴云中》,《全唐诗(增订本)》卷二百四十三,中华书局,1999,第2721页。

角弓初上弦。步人抽箭大如笛，前把两矛后双戟。左盘右射红尘中，鹘入鸦群有谁敌。"[1] "战多春入塞，猎惯夜登山。阵合龙蛇动，军移草木闲。"[2]需留意的是，这些勇士形象多出现在应和送别的诗作中。"大历十才子"虽有文名，但官场并不得意，多为权门清客，他们在作诗投献应和之时，常出现奉承之作。所以他们送人赴边的作品虽能展示出诗人对赴边勇将能够破敌凯旋的美好愿景，但也很难排除溜须拍马的成分。诗中出现的骁勇形象究竟是将士原本如此还是诗人凭借自己高超的诗歌写作技巧进行的包装，现已无从判断。所以本书并未将这部分诗作作为中唐侠客形象的诗歌写照。

若上层社会的咏侠诗中还有粉饰太平的一面，底层人民直面的困境更能体现中晚唐人民对依靠武力生活的游侠的真实态度。从军走马十三年的王建，对边塞战事有切身的体会，沉沦下僚的他对底层百姓的生活有更直接的观感。"昔闻著征戍，三年一还乡。今来不换兵，须死在战场。念子无气力，徒学事戎行。少年得生还，有同堕穹苍。"[3]他笔下的征人不再满怀豪情，而是出现颓废厌战的情绪；形象不再勇武，反而是毫无气力，与投身边塞的游侠不再重叠；对生死的态度也不再是初盛唐时的重义轻生，甚至觉得死在沙场上是一种无力的悲哀。

初盛唐的边塞诗中将士身上浓烈的侠义色彩及勇武精神，常常与咏侠

1_（唐）韩翃：《寄哥舒仆射》，《全唐诗（增订本）》卷二百四十三，中华书局，1999，第2727页。

2_（唐）卢纶：《送韩都护还边》，《全唐诗（增订本）》卷二百七十六，中华书局，1999，第3119页。

3_（唐）王建：《闻故人自征戍回》，《全唐诗（增订本）》卷二百九十七，中华书局，1999，第3357页。

诗的主角如出一辙：将士即侠客，侠客亦将士。游侠少年昂扬向上的精神在边塞中得到释放，旺盛的精力成为厮杀的底气，作战的成功反过来促进了游侠的昂扬斗志。可从中唐开始，战争的失利让游侠生存空间急剧缩小，诗作中的军旅战士已不具备游侠的气质，他们多是被迫从军的底层人民，对生死、战争的看法自然与游侠阶层不一致[1]，尤其当战绩不再辉煌、目睹边塞将士的付出与回报不成正比的诗人们也开始反思战争的意义。王建的其他诗作也表达了相似的观点："来时高堂上，父母亲结束。回首不见家，风吹破衣服。金疮在肢节，相与拔箭镞。闻道西凉州，家家妇女哭。"[2]诗歌将视点集中在战争造成平民百姓家庭破裂的社会悲剧上。"来时父母知隔生，重著衣裳如送死。"[3]将投军的气氛营造得惨淡异常。"男儿纵轻妇人语，惜君性命还须取。"[4]王建在此更是反思了生命的意义。男尊女卑的社会背景下，妇人之见多是形容人见识浅薄，可在这里诗人却赞成妇人要求丈夫爱惜性命的观点，与盛唐的轻生重义的观点已是完全相反。对投身边

---

[1] 纵观中唐一代，"新乐府运动"的兴起，使诗人将目光投向民生等更具现实意义的议题上，咏侠诗的数量亦明显不如盛唐。国力的衰退让仅有的咏侠诗作品显得英雄气短。能在作品人物身上保留游侠气质的诗人少之又少，除应和作品之外，就李益一人能在作品中较完整地展现游侠气质，但是李益笔下的游侠也与盛唐游侠的形象有差异。

[2] （唐）王建：《古从军》，《全唐诗（增订本）》卷二百九十七，中华书局，1999，第3356页。

[3] （唐）王建：《渡辽水》，《全唐诗（增订本）》卷二百九十八，中华书局，1999，第3373页。

[4] （唐）王建：《公无渡河》，《全唐诗（增订本）》卷二百九十八，中华书局，1999，第3376页。

塞的态度更是变成"宁为草木乡中生,有身不向辽东行"[1]。

不单王建如此,其他中唐诗人也多有类似观点。与王建齐名的张籍亦有不少边塞题材的作品。《陇头行》开篇就说明了唐王朝作战失利的情况:"陇头路断人不行,胡骑夜入凉州城。汉兵处处格斗死,一朝尽没陇西地。"[2]《关山月》亦是如此:"海边茫茫天气白,胡儿夜度黄龙碛。军中探骑暮出城,伏兵暗处低旌戟。……可怜万国关山道,年年战骨多秋草。"[3]征人在边关驻守多年,却一直看不到胜利的那一天。诗歌中透露着战败颓靡的气息。即便是五陵少年也不再是盛唐时斗志昂扬的形象了,《猛虎行》中的五陵少年面对"长向村家取黄犊"的猛虎时,已经失去与之搏斗的胆量,只能"空来林下看行迹"。

中晚唐的边塞书写弥漫着浓烈的消极情绪,像"丈夫当为国,破敌如摧山。何必事州府,坐使鬓毛斑"[4]这样充满斗志的书写在中晚唐已经少之又少。有的多是对无法收复失地的不满与失望。边塞诗歌中的侠气日渐消散。

中晚唐的悲慨之音不但体现在游侠对武力的运用及态度方面,还体现在咏侠诗中对周遭景色的描写。盛唐的咏侠诗因为整体的面貌积极向上,

---

1_(唐)王建:《辽东行》,《全唐诗(增订本)》卷二百九十八,中华书局,1999,第3369页。

2_(唐)张籍:《陇头行》,《全唐诗(增订本)》卷三百八十二,中华书局,1999,第4296页。

3_(唐)张籍:《关山月》,《全唐诗(增订本)》卷三百八十二,中华书局,1999,第4296页。

4_(唐)韦应物:《寄畅当》,《全唐诗(增订本)》卷一百八十八,中华书局,1999,第1925页。

诗中的景色受到诗歌情感基调的影响,也显得明丽鲜艳。而到了中晚唐,尤其是晚唐,诗作中的景色描写总有一种化不开的愁绪或焦虑之感。

中晚唐游侠阶层逐渐出现固化的现象,上层游侠不需要再经历沙场厮杀,就能获得功名利禄,甚至他们的子孙后代,也可以"封侯起第一日中"。可底层游侠却要"百战始取边城功"。下层游侠失去上升空间,自然满腹牢骚,而上层游侠却可以不计一切地纵情声色。这让咏侠诗的景色书写呈现出两种不同的面貌:没有尺度的香艳之景与颓败伤感的战乱之色。贯休诗中为"斗鸡走狗夜不归,一掷赌却如花妾"的少年配置的场景是"绣林锦野,春态相压"的艳情之色,情感基调亦由"角鹰初下秋草稀,铁骢抛鞯去如飞"[1]的意气风发变成"瘦马恋秋草,征人思故乡"[2]之类的萧瑟感伤。

虽说咏侠诗的主题与初盛唐基本一致,仍是表现游侠的狂欢与征战,但是之前蓬勃向上的乐观积极已经消失殆尽,只剩下强颜欢笑的萧索。

国力的衰退使得唐王朝由杀戮的一方变为被杀戮的一方,这让"杀"对游侠的意义发生了反转。初盛唐的咏侠诗中,侠客们对敌人举起的战刀是他们勇武的象征,是他们荣耀的体现。李白的《出自蓟北门行》记录了一场碾轧式的胜利:"明主不安席,按剑心飞扬。推毂出猛将,连旗登战场。兵威冲绝漠,杀气凌穹苍。"连天杀气的结果是"挥刃斩楼兰,弯弓射贤王。

---

[1] (唐)王昌龄:《观猎》,《全唐诗(增订本)》卷一百四十三,中华书局,1999,第1447页。

[2] (唐)刘长卿:《代边将有怀》,《全唐诗(增订本)》卷一百四十七,中华书局,1999,第1492页。

单于一平荡,种落自奔亡"。大破敌军之后,将士自是"行歌归咸阳"。归途中已是如此兴奋,可想而知回到城市中的他们会怎样尽情狂欢。崔颢诗中"杀人辽水上,走马渔阳归"[1]的游侠少年也是将边塞杀敌作为自己换取功绶的手段之一,功绶到手之后自然也能一身轻松地射猎郊野上了。盛唐的咏侠诗中,杀戮常常与狂欢、游乐联系在一起,因为杀敌可以换来令游侠们激动一生的荣耀,杀敌是他们建功立业的基础。

身份角色的对调让中晚唐诗歌中的杀戮带上了惶恐与死气。"黄头鲜卑入洛阳,胡儿执戟升明堂。晋家天子作降虏,公卿奔走如牛羊。紫陌旌幡暗相触,家家鸡犬惊上屋。妇人出门随乱兵,夫死眼前不敢哭。九州诸侯自顾土,无人领兵来护主。"[2]诗中唐王朝子民的惊慌表现一如盛唐边塞游侠眼中的大多数胡人一般。

国家危难,游侠们自然会投身边塞,只是此时的付出与回报不成正比,拼却性命换来的战功往往又成为他人的青云梯,这难免让游侠有了怨言。"性命换他恩,功成谁作主。"[3] "杀成边将名,名著生灵灭。"[4]便是怨言的最佳展现。中晚唐的诗作中虽然也有主动投边的英武游侠形象出现,但数量

---

[1] (唐)崔颢:《古游侠呈军中诸将》,《全唐诗(增订本)》卷一百三十,中华书局,1999,第1321页。

[2] (唐)张籍:《永嘉行》,《全唐诗(增订本)》卷三百八十二,中华书局,1999,第4295页。

[3] (唐)曹邺:《战城南》,《全唐诗(增订本)》卷五百九十二,中华书局,1999,第6922页。

[4] (唐)于濆:《陇头水》,《全唐诗(增订本)》卷五百九十九,中华书局,1999,第6988页。

颇少。[1]更多的是失去获取功名的热情，将投身边塞看成一场无奈之举的征人，因而有了"由来边卒皆如此，只是君门合杀身"[2]之类的麻木之语，这些形象身上几乎没有侠气的存在。英勇的边塞游侠形象逐渐消失于唐诗之中。

由于物质经济的富庶以及祖辈的庇荫，城市中的贵族游侠在中晚唐开始和地方恶霸的负面形象融为一体。这时的武力是他们性格骄逸的体现。因为出身豪族，他们即便在大街上也敢"走马踏杀人"，毕竟地方小官也不敢拿他们怎么样。"百回杀人身合死"的五陵恶少，因为家族势力深厚，可以"乡吏籍中重改姓"，之后跟无事人一样继续重归羽林，享受从前的富贵生活。国家的兴衰向来与当权者的清廉正直与否息息相关，一旦当权者开始尸位素餐，只为自己谋求利益时，底层的百姓及社会上的有识之士就会不满，甚至有所反抗。中唐时，贵族游侠性质的变化，意味着国家的统治出现问题。也就是说当时的唐王朝除了要面对境外异族势力的侵扰，内部的根基也出现了腐化的迹象。

盛唐时的壮游之风为唐代文人拓宽拜谒之路、积累文学素材的同时也

---

[1] 这时的咏侠诗基本情绪低落，诗中充满了前路无望的悲观与消极。不过偶尔亦有"弱冠投边急，驱兵夜渡河。追奔铁马走，杀虏宝刀讹"[王贞白《少年行二首》（其二）]、"将军夸胆气，功在杀人多。对酒擎钟饮，临风拔剑歌。翻师平碎叶，掠地取交河。应笑孔门客，年年羡四科"（张乔《赠边将》）的作品。王诗的叙事格式及故事框架都颇有盛唐固定下来的格调色彩，整首诗更像是仿作、拟作，而不是对晚唐游侠的书写。张诗中提及的征边胜利、横扫千军的景象在风雨飘摇的晚唐几乎是美好的幻想。因此这类游侠书写在中晚唐其实是没有社会现实基础的，与当时的游侠行径并不吻合。

[2] （唐）罗邺：《边将》，《全唐诗（增订本）》卷六百五十四，中华书局，1999，第7583页。

开阔了文人的胸襟，这让盛唐的诗歌气象格外恢宏。盛唐诗人在壮游河山之时心情愉悦，甚至在年岁已老时仍忍不住回味当年壮游的奔腾浪漫。而到了中晚唐，诗人对远游的态度开始发生变化："飘飘万余里，贫贱多是非。少年莫远游，远游多不归。"[1]"亦知远行劳，人悴马玄黄。"[2]这主要是漂泊在外寻求明主赏识的机会越来越少，且战乱之后满目疮痍的场景也冲击着远游者的内心世界。求宦不成与社会不平等因素，使远游者的积极心态逐渐崩塌，染上了悲观消极的色彩。诗人心态的变化同时反映在诗作当中，所谓"一切景语皆情语"，因为主体思想的悲观，诗人所看到的事物也带有消极的色彩。这也是游侠身上的朝气在晚唐咏侠诗中几乎不见的原因之一。

韦应物在《相逢行》里刻画了一位年仅二十岁便"英声迈今古"的贵族游侠，在谒见明主的途中遇见旧识的场景。游侠当时的状态是"犹酣新丰酒，尚带霸陵雨"，因为生性不拘，且已经声名在外，所以游侠可以不在意世俗的规矩，在酒意仍酣的状态之下便能前去谒见君主，丝毫不担心是否会有负面影响引来君主的不满。这与盛唐游侠形成鲜明对比。盛唐游侠虽说也饮酒作乐、放荡不羁，但在分寸把握方面明显优于中晚唐的游侠。他们无论出身如何都千方百计寻求机会谒见明主，一旦成功便是欢天喜地，觉得自己得到施展抱负的机会，未来一片光明。可韦应物诗中的游侠对面见君主这件事情毫不在意，因为在当时的政治背景下，民众包括朝中大臣的实际想法是"渐

1_（唐）孟云卿：《悲哉行》，《全唐诗（增订本）》卷一百五十七，中华书局，1999，第1611页。

2_（唐）王建：《闻故人自征戍回》，《全唐诗（增订本）》卷二百九十七，中华书局，1999，第3358页。

觉人心望息兵"[1]，游侠已经失去了青云直上的大好时机，未来对他们而言不再充满希望。失去上升空间的他们精神面貌颓废了许多，即便是唾手可得的机会，他们也毫不重视。盛唐游侠重视的声誉在中晚唐游侠的眼中也是分文不值[2]，此时能让他们觉得快乐的只有饮酒作乐[3]。可见游侠的生活态度已发生极大改变，贵族游侠即便没有仗势胡作非为等恶劣行径，也不免陷入对未来不抱希望、混吃等死的消极状态之中。

中晚唐时期，国家内忧外患，阶级的固化让上层掌握绝大多数的财富势力，可以随心所欲地放纵自己，同时不用担心法律的制裁；下层社会则因找寻不到上升的机会，陷入消极抱怨的状态。边关战争的连番失利，地方政权对中央皇权的削弱，使现实中的游侠失去求得功名的机会。诗歌创作者与诗歌人物原型的转变，让咏侠诗的风格呈现出与初盛唐时期截然不同的色彩。而这一变化的本质原因正是大唐王朝国力的衰退。

四、中晚唐时期的侠客形象转变

在国力衰微的大背景下，中晚唐诗歌渐趋悲慨，慢慢失去积极向上的

1_（唐）韩偓：《息兵》，《全唐诗（增订本）》卷六百八十，中华书局，1999，第7859页。

2_（唐）张祜《少年行》："李陵虽效死，时论得虚名。"

3_（唐）韦庄《少年行》："五陵豪客多，买酒黄金贱。醉下酒家楼，美人双翠幰。挥剑邯郸市，走马梁王苑。乐事殊未央，年华已云晚。"诗中少年的乐事无非那几样：好酒、美人、纵马贵族地区。这也不是个例，宪宗年间的章孝标诗中的军旅少年也不再像盛唐时期游侠那样战斗力十足，而是"平明小猎出中军，异国名香满袖薰"的纨绔形象。

精神面貌。现实生活中的游侠们，也因为缺少出路，又将精力消耗在街坊间里，重新变成"恶少"的形象。贵族游侠因为阶级固化的问题也逐渐失去斗志。因而中晚唐咏侠诗中，游侠不再只是为国献身积极投边的边塞游侠，更出现了较多的负面游侠形象，诗歌也出现了对游侠的批评声音。

国力衰退使得军队在边塞不再战无不利，安史之乱后很多边塞之地落入胡人的掌控，盛唐边塞诗人岑参曾经生活过的北庭、安西等地区均不再是唐王朝的领土，河湟、陇右等地区也变成吐蕃的领地。[1]中晚唐诗人也曾对国土的沦丧作诗发表自己的感慨，[2]这时的诗歌不再具备盛唐积极向上的慷慨气息，诗歌产生了由盛唐的"边城寂无事，抚剑空徘徊"[3]一类渴望战争的情绪到中晚唐"去年中国养子孙，今著毡裘学胡语""北人尚冻死，况我本南越"一类的愤懑之声的变化。社会上对战事的渴望也不如从前，甚至出现了厌战、反战等情绪。这些社会因素的变化使得中晚唐的侠客形

---

[1] 岑参曾创作过《北庭西郊候封大夫受降回军献上》《登北庭北楼呈幕中诸公》《北庭贻宗学士道别》等与北庭生活有关的诗歌，《碛西头送李判官入京》中的"一身从远使，万里向安西"，《初过陇山途中呈宇文判官》中的"前月发安西，路上无停留"等诗句正是岑参曾在安西生活过的证据。《胡笳歌送颜真卿使赴河陇》亦证明了在盛唐时期，河陇地带均是唐王朝的国土。

[2] 白居易的《西凉伎》记载："自从天宝兵戈起，犬戎日夜吞西鄙。凉州陷来四十年，河陇侵将七千里。平时安西万里疆，今日边防在凤翔。"元稹的同名诗作亦有相关描述："一朝燕贼乱中国，河湟没尽空遗丘。开远门前万里堠，今来蓦到行原州。去京五百而近何其逼，天子县内半没为荒陬，西凉之道尔阻修。"杜牧的《河湟》一诗云："牧羊驱马虽戎服，白发丹心尽汉臣。"可见中晚唐时期，唐王朝的国土面积锐减，军事力量已大不如前。

[3] （唐）岑参：《登北庭北楼呈幕中诸公》，《全唐诗（增订本）》卷一百九十八，中华书局，1999，第2029页。

象出现新的特征。

玄宗时曾供奉东宫、历经四朝的诗人李泌,笔下的《长歌行》所透露出的精神面貌就有这样的矛盾色彩:"天覆吾,地载吾,天地生吾有意无。不然绝粒升天衢,不然鸣珂游帝都。焉能不贵复不去,空作昂藏一丈夫。一丈夫兮一丈夫,千生气志是良图。请君看取百年事,业就扁舟泛五湖。"[1]诗歌歌颂大丈夫的"千生气志",将自身置于广阔的天地之间,"天地生吾"的慷慨情怀油然而生,将道家"绝粒升天衢"的向往、儒家"鸣珂游帝都"的追求与"丈夫"形象结合在一起,使"丈夫"的意象具有了多层次的意味,诗作意蕴也变得格外深远广阔。诗中"丈夫"的定义已经和知恩图报、忠君为国无关,而是"焉能不贵复不去"形象。诗人似乎更追求一种果决的状态,为官便需显贵,不然就离开宦场。这一果断的选择说明了诗人站在人生岔路口的抉择态度。功名对诗人而言只是一种选择,而非人生的枷锁。盲目追求功名利禄是不可取的,反而"业就扁舟泛五湖"才是最佳选择。只是因为诗歌对"丈夫"的定义曲折暧昧,使得泛舟五湖之上的结局余味无穷,究竟是深藏功名的主动离开还是无法显达的泄气归隐已无从得知。但丈夫形象的复杂化正是文人阶层对自身追求出现困惑的体现之一。

中晚唐文人在追求侠气的同时,常将自身的人生困惑代入游侠形象。作为游侠的形象代表,刘生的题材由梁、陈二朝起便广受文人的欢迎,刘生形象的变化与不同时期的时代文化、游侠风气的转变息息相关,中晚唐

---

[1] (唐)李泌:《长歌行》,《全唐诗(增订本)》一百零九,中华书局,1999,第1127页。

的刘生形象与初盛唐时相比截然不同。

韩愈诗中的刘生"自少轩轾非常侪",延续了初盛唐游侠俊朗的形象设定,这位刘生同样热衷游历四方:"弃家如遗来远游,东走梁宋暨扬州。……南逾横岭入炎州。"见识了青鲸、怪魅、山獠、蛟虬等各类诡谲事物,又经历了几年"妖歌慢舞烂不收"的轻浮浪荡生活,突然发现时光匆匆逝去,自己的人生实际充满落寞与孤寂:"瞥然一饷成十秋,昔须未生今白头。五管历遍无贤侯,回望万里还家羞。"浪迹多年之后的刘生意识到自己功名无成而感到羞愧,最终有所觉醒:"车轻御良马力优,咄哉识路行勿休,往取将相酬恩仇。"[1]诗中的刘生不再是初盛唐时"抱剑欲专征"的气不平形象,游历四方也不再是为了驰骋边塞换取功名,他反而热衷于绝踪山林。这并非道家回归自然返璞归真式的归隐,亦非山水田园诗中对自然的喜爱与欣赏。诗歌前后的情绪转变极大,由怪兽奇景、妖歌慢舞的浪漫狂欢,到年华逝去白首无名的悲叹。刘生已不再有执着于功名、愿将身许国的明确目标,反而在出世与入世之间徘徊不定,对自身前程悲观消极、迷惘不已。

刘禹锡笔下的游侠则呈现出了"壮年心已悲"的苍凉之态。这名穷巷士弱龄时"读得玄女符,生当事边时。借名游侠窟,结客幽并儿"。天宝之乱时也誓雪国耻投身边塞,可"勇气贯中肠,视身忽如遗"的结果却是"贵臣上战功,名姓随意移。终岁肌骨苦,他人印累累"。孤身回乡得到的

---

[1] (唐)韩愈:《刘生诗》,《全唐诗(增订本)》卷三百三十九,中华书局,1999,第3800页。

也只是故人的嘲笑。"翻然悟世途……流浪江海湄"[1]是这位侠客的最终归途。诗作中的游侠最终也否定了游侠投边建功的出路。

盛唐游侠热衷的建功方式到了晚唐也常被否定。乐府古题《战城南》云："千金画阵图，自为弓剑苦。杀尽田野人，将军犹爱武。性命换他恩，功成谁作主。凤凰楼上人，夜夜长歌舞。"[2]诗歌呈现的朝廷的赏罚不公以及社会阶层的固化，在相似的题材下，晚唐游侠的负面情绪进一步深化，在悲慨的同时，游侠开始对自己的付出产生怀疑和抱怨。

对自身的付出产生怀疑之后，侠客们亦开始对生与死这一永恒的哲学话题进行思考。这时的侠客不再将生死置之度外，不再将轻生当作勇武的体现，而是反思将自己的生命无谓地抛弃在边塞战事之中是否值得，对这些无谓的牺牲的反思，正是侠客将自己的个人意志与国家利益脱离开来的表现之一。

韦庄在《汴堤行》中，侧面描写了为征辽破虏而奔赴前线的战士形象，诗中的情绪与初盛唐的同类诗歌相比发生了天翻地覆的变化："朝见西来为过客，暮看东去作浮尸。"[3]这时的战事对于国家、对于百姓而言，不再是能够从中获取利益的行为。不管诗中所描述的战士到底是被强征而来还是自愿参与，作为读者能看见的只有：因为国力的衰退，这些将士的沙场

1_（唐）刘禹锡：《和董庶中古散调词赠尹果毅》，《全唐诗（增订本）》卷三百五十五，中华书局，1999，第3990—3991页。

2_（唐）曹邺：《战城南》，《全唐诗（增订本）》卷五百九十二，中华书局，1999，第6922页。

3_（唐）韦庄：《汴堤行》，《全唐诗（增订本）》六百九十七，中华书局，1999，第8095页。

之行可能只是一种枉死。因为此时的牺牲已经无法为国家、为自身换来任何利益，民间对战争的态度从中唐开始便有了明显转变，到了危机四伏的晚唐，诗人对战争的态度更是悲观消极。在屡屡战败的情况之下，游侠也已经无法通过战争换取世俗的肯定，地位大不如前。

军事力量的衰弱让社会风气逐渐由尚武转向崇文，本身善武耻儒的侠客在政治方面的出路大不如前。在边塞方面进取不得，重新退回城市又无处发泄自己的精力。在行为方面他们同样缺少之前的风范。盛唐侠客可以将暴戾一面释放在战场杀敌上，可从中唐开始，游侠们便缺少了这样的机会。这时的游侠开始变得颓靡不振，甚至沾染了世痞之气。

王建直接将这类游侠称为"恶少"[1]，贯休在《少年行》三首中塑造的少年也是终日寻欢赌博。同样，聂夷中的《公子家》也塑造了一个五谷不分的纨绔少年。[2]中唐之后的侠客展现出汉末豪暴之侠"不轨于正义"的一面。现实主义诗人刘禹锡更曾作诗讽刺当时武夫的无耻不堪："依倚将军势，交结少年场。探丸害公吏，抽刃妒名倡。"[3]诗中的游侠依附在将军门下，可是他们并没有力争上游的决心，反而将精力用在欺压百姓、刺杀官吏，甚至争风吃醋等方面。诗中的游侠已经有了晚唐豪侠小说中刺客的影子。与豪侠小说不同，这些游侠粗鄙不堪，除了玩乐和欺辱弱势人群，其余一概不知，完全没有"义"的一面。

1_（唐）王建《羽林行》："长安恶少出名字，楼下劫商楼上醉。"
2_（唐）聂夷中《公子家》："花下一禾生，去之为恶草。"
3_（唐）刘禹锡：《武夫词》，《全唐诗（增订本）》卷三百五十五，中华书局，1999，第4003页。

咏侠诗风格的转变在由盛唐入中唐的诗人身上体现得最为明显。曾与李白江楼宴饮的张谓经历了天宝至大历的由盛转衰，由"年少心亦壮"到"策马从此辞"的情绪变化正好说明当时唐人心路历程的转变。[1]

这时诗人笔下的游侠形象常有矛盾的地方。譬如在诗坛享有盛名的李益，笔下的游侠类型便兼具了盛唐及中唐的游侠特色。譬如他笔下的"羽林儿""五都少""将家子"等游侠[2]，身份皆高贵无比。诗人同样是借助高贵的身份来凸显游侠恣意昂扬的高洁品质。这些贵族出身的子弟均是"平生报国愤"[3]、"平生重一顾"[4]、"由来重意气"[5]、"轻身重恩光"[6]的怀恩抱明义的盛唐游侠形象，《塞下曲》中更是将游侠的痴心许国、不计生死的凛凛气节展露无遗："伏波惟愿裹尸还，定远何须生入关。莫遣只轮归海窟，仍

---

[1] 张谓《同孙构免官后登蓟楼》一诗情绪由乐观转向低迷的原因虽有自身被免官的因素存在，但诗歌中关于周遭环境变化的描写——"部曲皆武夫，功成不相让。犹希房尘动，更取林胡帐"到"北别伤士卒，南迁死炎瘴"，也可以看出唐代今昔军事、国力的对比。国力的衰微也是诗人情绪变化的原因之一。

[2] 见李益《从军有苦乐行》《赴邠宁留别》《送韩将军还边》等诗作。

[3] （唐）李益：《送辽阳使还军》，《全唐诗（增订本）》卷二百八十二，中华书局，1999，第3198页。

[4] （唐）李益：《将赴朔方早发汉武泉》，《全唐诗（增订本）》卷二百八十二，中华书局，1999，第3204页。

[5] （唐）李益：《来从窦车骑行》，《全唐诗（增订本）》卷二百八十二，中华书局，1999，第3204页。

[6] （唐）李益：《从军有苦乐行》，《全唐诗（增订本）》卷二百八十二，中华书局，1999，第3197页。

留一箭射天山。"[1]为了国家利益,一旦投身边塞,这些五都豪侠均将国愤、义气等置于个人安危之前,与盛唐的游侠形象基本一致。这些侠客广交天下豪杰,游侠窟和少年场是他们经常出没的地方。武艺更是不用多说:"少年有胆气,独猎阴山下。偶与匈奴逢,曾擒射雕者。"[2]"独将轻骑出,暗与伏兵期。"[3]单身匹马便敢于直面敌军,游侠自身本领如何可想而知。"平戎七尺剑,封检一丸泥。"[4]"一矢毙夏服,我弓不再张。"[5]这类游侠"束发即言兵"[6],"从来事不平"[7],仍然保留了盛唐积极向上的侠客风貌。

然而李益的咏侠诗中出现频率更多的是具有中唐特色的轻薄少年形象。南北朝贵族游侠虽然亦有浪荡行为,然而更多保留了侠客的"重然诺、结私交"等精神特色,中晚唐出现的少年形象是贵族游侠进一步堕落的结果。若说《轻薄篇》中的侠客还保留有"此中报仇亦报恩"的侠义观念,"美人玉色当金尊""酒酣半笑倚市门"等浪荡行迹只是心有不平事的失意

---

[1] (唐)李益:《塞下曲》,《全唐诗(增订本)》卷二百八十三,中华书局,1999,第3228页。

[2] (唐)李益:《城傍少年》,《全唐诗(增订本)》卷二百八十二,中华书局,1999,第3204页。

[3] (唐)李益:《送韩将军还边》,《全唐诗(增订本)》卷二百八十三,中华书局,1999,第3210页。

[4] (唐)李益:《再赴渭北使府留别》,《全唐诗(增订本)》卷二百八十三,中华书局,1999,第3215页。

[5] (唐)李益:《从军有苦乐行》,《全唐诗(增订本)》卷二百八十二,中华书局,1999,第3197页。

[6] (唐)李益:《赴邠宁留别》,《全唐诗(增订本)》卷二百八十三,中华书局,1999,第3212页。

[7] 同上。

宣泄，那《汉宫少年行》中的侠客便是真正意义上的纨绔子弟："平明走马绝驰道，呼鹰挟弹通缭垣。玉笼金锁养黄口，探雏取卵伴王孙。分曹陆博快一掷，迎欢先意笑语喧。巧为柔媚学优孟，儒衣嬉戏冠沐猿。晚来香街经柳市，行过倡舍宿桃根。"这位少年的玩伴皆是王孙贵族，用玉笼金锁豢养宠物，足见家室显赫。这与贯休笔下的少年形象出奇一致，除却享乐，其他一概不知。身世亦与李山甫诗中的公子哥相若："不知买尽长安笑，活得苍生几户贫。"[1]《汉宫少年行》更是补充了在家世败落之后这类贵族游侠的悲惨下场："持杯收水水已覆，徙薪避火火更燔。欲求四老张丞相，南山如天不可上。"[2]通过落魄之后的悲惨遭遇与之前八面威风、众人吹捧的形象形成鲜明对比，讽刺了当时纨绔浪荡的贵族游侠，同时又劝喻他们要改变自己的行为，以免落个覆水难收的下场。

贵族游侠的浪荡行为也反映了当时的社会面貌。唐代虽重科举，同时也延续了魏晋六朝的门阀制度。文武高官常由世家子弟担任。韦应物因家世背景年仅十五岁便能担任玄宗侍卫。《大唐六典·兵部》记载："择其资荫高者为亲卫（取三品已上子、二品已上孙为之），其次者为勋卫及率底之亲卫（四品子、三品孙、二品已上之曾孙为之），又次者为翊卫及率府之勋卫（四品孙、职事五品子孙、三品曾孙、若勋官三品有封者及国公之子为之），又次者为诸卫及率府之翊卫（五品已上并柱国若有封爵兼带职

---

[1] （唐）李山甫：《公子家二首》（其二），《全唐诗（增订本）》卷六百四十三，中华书局，1999，第7425—7426页。

[2] （唐）李益：《汉宫少年行》，《全唐诗（增订本）》卷二百八十二，中华书局，1999，第3208页。

事官为之），又次者为王府执仗执乘（散官五品已上子孙为之）。"[1]唐人李德裕也认为："朝廷显官，须公卿子弟为之。何者？少习其业，目熟朝廷事，台阁之仪，不教而自成。寒士纵有出人之才，固不能闲习也。"[2]贵族阶层常因功勋获得皇上赐予的铁券："给功臣铁券，藏名于太庙，图形于凌烟阁。"[3]"与功臣郭子仪、李光弼等皆赐铁券，图形凌烟阁。"[4]"高祖遣使招之，赐铁券，约不死。"[5]"进云麾将军，封弘农郡公，实封户五百，赐铁券恕十死。"[6]贵族少年无须付出便可获得旁人无法想象的势力，在缺乏管教的情况之下，这些好任侠的少年便会成为作威作福的恶少，有免死金牌护身，更让这些恶少肆无忌惮、任性妄为。

中晚唐不单贵族子弟呈现出轻薄少年的形象，连那些市井出身的侠客也失去了盛唐积极投身政治、渴望改变自身社会地位的激情。马戴笔下是"炀帝国已破，此中都不知"[7]自顾流连享乐之地的游侠形象；张祜笔下

---

[1] （唐）李隆基撰，李林甫注：《大唐六典》卷之五《兵部》，三秦出版社，1991，第117页。

[2] （宋）欧阳修、宋祁等撰：《新唐书》卷四十四《选举志上》，中华书局，2000，第767页。

[3] （宋）欧阳修、宋祁等撰：《新唐书》卷六《代宗本纪》，中华书局，2000，第108页。

[4] （宋）欧阳修、宋祁等撰：《新唐书》卷七《德宗本纪》，中华书局，2000，第117页。

[5] （宋）欧阳修、宋祁等撰：《新唐书》卷九十二《苑君璋传》，中华书局，2000，第3069页。

[6] （宋）欧阳修、宋祁等撰：《新唐书》卷一百二十《杨元琰传》，中华书局，2000，第3417页。

[7] （唐）马戴：《广陵曲》，《全唐诗（增订本）》卷五百五十五，中华书局，1999，第6490页。

同样是"镫金斜雁子，鞍帕嫩鹅儿。买笑歌桃李，寻歌折柳枝"[1]寻欢作乐的形象。李商隐笔下的游侠更是通宵饮酒作乐的放荡做派。[2]李山甫更是对中晚唐的游侠做出讽刺："荆轲只为闲言语，不与燕丹了得人。"[3]这时的任侠不再是报恩效忠的表达，只是谈笑间为自己镀金的一种手段；结客也只是为了闲时冶游，而这些冶游行为中已经没有了朝气蓬勃的气息[4]。由于对"侠义"理解开始出现偏差，这时市井侠客的行为也渐渐堕落，缺少武艺的训练，也让这时的游侠逐渐转向"锦衣""白面"的文弱样貌。盛唐游侠的离家远游是为了国家公义，而这时的游侠离家似乎是为了自身的物质追求和享受。让家中红颜年年独栖的原因是"争场看斗鸡"[5]，冶游之时亦是毫无规矩无法无天："不识农夫辛苦力，骄骢蹋烂麦青青。"[6]在政治方面，侠客不再寄希望于自身的努力，而是企图通过买爵的方式进入政途。[7]

社会环境与诗歌创作从来都是互相促进、互相作用的，从社会环境入

---

[1] （唐）张祜：《公子行》，《全唐诗（增订本）》卷五百一十，中华书局，1999，第5849页。

[2] 李商隐《公子》："一盏新罗酒，凌晨恐易消。归应冲鼓半，去不待笙调。"

[3] （唐）李山甫：《游侠》，《全唐诗（增订本）》卷六百四十三，中华书局，1999，第7427页。

[4] （唐）朱庆馀《公子行》："闲从结客冶游时，忘却红楼薄暮期。醉上黄金堤上去，马鞭梢断绿杨丝。"

[5] （唐）李益：《紫骝马》，《全唐诗（增订本）》卷二百八十三，中华书局，1999，第3213页。

[6] （唐）孟宾于：《公子行》，《全唐诗（增订本）》卷七百四十，中华书局，1999，第8524页。

[7] （唐）徐夤《公子行》："金多倍著牡丹价，发白未知章甫贤。有耳不闻经国事，拜官方买谢恩笺。"

手分析，便可了解咏侠诗在中晚唐时走向末路的根本原因。除社会开始重文轻武、尊重儒法之外，社会逐利享乐的风气也使侠客的形象产生变化。盛唐开始，社会上便已经出现"义利之争"的声音，由中唐开始，世人对财富的追求显得更为普遍，"长安风俗，自贞元侈于游宴，其后或侈于书法图画，或侈于博奕，或侈于卜祝，或侈于服食"[1]。加上中唐之后的官员开始以改善社会经济为从政目标[2]，因此中唐虽然经历了安史之乱，但经济方面却依旧繁荣。经济的繁荣让世人可以追逐并享受生活的奢华，大众的人生观与价值观也因此受到影响。除传统重农抑商的观点出现变化之外，知识分子同样展示出对财富的渴望与追求。向来被儒家视为"经国之大业，不朽之盛事"的文章，到了中唐也成了可以明码标价的商品。[3]在这样的

---

[1]（唐）李肇：《唐国史补》卷下《叙风俗所侈》，上海古籍出版社，1979，第60页。

[2]《新唐书·食货四》："自兵起，流庸未复，税赋不足供费，盐铁使刘晏以为因民所急而税之，则国足用。于是上盐法轻重之宜，以盐吏多则州县扰，出盐乡因旧监置吏，亭户粜商人，纵其所之。……晏奏罢州县率税，禁堰埭邀以利者。晏之始至也，盐利岁才四十万缗，至大历末，六百余万缗。天下之赋，盐利居半，宫闱服御、军饷、百官禄俸皆仰给焉。"《新唐书·食货二》："至德宗相杨炎，遂作两税法，夏输无过六月，秋输无过十一月。置两税使以总之，量出制入。……旧户三百八十万五千，使者按比得主户三百八十万，客户三十万。天下之民，不土断而地著，不更版籍而得其虚实。岁敛钱二千五十余万缗，米四百万斛，以供外；钱九百五十万缗，米千六百余万斛，以供京师。"

[3]《新唐书》卷一百七十六《皇甫湜传》："皇甫湜字持正，睦州新安人。擢进士第，为陆浑尉，仕至工部郎中，辨急使酒，数忤同省，求分司东都。留守裴度辟为判官。度修福先寺，将立碑，求文于白居易。湜怒曰：'近舍湜而远取居易，请从此辞。'度谢之。湜即请斗酒，饮酣，援笔立就。度赠以车马缯采甚厚，湜大怒曰：'自吾为《顾况集序》，未尝许人。今碑字三千，字三缣，何遇我薄邪？'度笑曰：'不羁之才也。'从而酬之。"

社会环境下，中晚唐的侠客形象很难不发生质的变化。

社会观念的变化与国力的衰微是导致中晚唐游侠形象变化的根本原因。文人在面对自己无力阻挡的历史洪流时，难免在咏侠诗中发出悲慨之音。

第四章 唐代咏侠诗中的人物形象

　　唐代的游侠在初盛唐期间积极进取，渴求功名，到了中晚唐时期，侠风逐渐衰退，任侠行为逐渐式微。唐人不同时期的任侠风气在当时的诗作中都有所保留，唐人本身的英雄意识和尚武精神让唐诗常出现对历史游侠的怀缅追捧，借此抒发自己的豪情逸致以及对历史的思索。加上唐人对前代游侠文学中游侠形象和游侠精神的继承，使得唐代的咏侠诗中侠客形象丰富多样，任侠方式也多姿多彩。这些诗作中的游侠，虽然是历史上真实存在过的人物，但也是文人美化后的形象。唐代是咏侠诗的巅峰时期。在展示游侠生活的同时，咏侠诗中也出现了其他类型的人物形象，借这些形象，从侧面衬托出游侠的英武或不羁。

第一节 唐代咏侠诗中的历史游侠形象

自身好任侠的唐人崇尚英雄，对古代的游侠更是敬仰不已。诗人在诗作中常常借助歌咏古代游侠来完成自己对历史的解读和反思，抒发自己心迹，表达自己的政治理想。在推崇侠气的唐代，历史游侠在诗作中又常常用来借指自己或朋友，以表达豪迈不羁的情怀。"季布无二诺，侯嬴重一言"[1]中，季布与侯嬴是魏徵忠君心志的象征；"历抵海岱豪，结交鲁朱家"[2]、"孙宾遥见待，郭解暗相通"[3]中，朱家、郭解等是借指了唐代的江湖游侠；"乃是要离客，西来欲报恩"[4]中，要离借代了奔赴前线平定安史之乱的武谔；"洛阳因剧孟，托宿话胸襟"中，剧孟成了"长剑一杯酒，男儿方寸心"的崔侍郎的化身[5]；《入衡州》中，剧孟又成了能够威慑天下、保家卫国的英雄豪杰的象征。可见唐代诗人常将对历史游侠的喜爱融进对他人或自己的评价中，借此增加诗歌的豪迈气氛。同一历史英雄人物，因应不同诗人的不同解读，在诗作中呈现出不同的风采。

---

[1] （唐）魏徵：《述怀》，《全唐诗（增订本）》卷三十一，中华书局，1999，第441页。

[2] （唐）李白：《早秋赠裴十七仲堪》，《全唐诗（增订本）》卷一百六十八，中华书局，1999，第1734页。

[3] （唐）卢照邻：《结客少年场行》，《全唐诗（增订本）》卷二十四，中华书局，1999，第322页。

[4] （唐）李白：《赠武十七谔》，《全唐诗（增订本）》卷一百七十，中华书局，1999，第1753页。

[5] （唐）李白：《赠崔侍郎》，《全唐诗（增订本）》卷一百六十八，中华书局，1999，第1741页。

荆轲因刺杀秦王的事迹在历史上留下浓墨重彩的一笔。自从陶渊明作诗歌咏荆轲之后，千百年来无数文人墨客亦以荆轲作为自己的作品题材，可见荆轲是中国古代英雄母题中的重要形象之一。由于"易水送别"这一典故格外悲壮动人，众多诗人在咏侠怀古时常常由这一历史事件入手，渲染历史的苍凉与英雄的壮烈之感。贾岛与马戴的同题诗作《易水怀古》便是如此。贾诗以"荆卿重虚死，节烈书前史"塑造荆轲舍身取义的义士形象[1]，马诗则在以"荆卿西去不复返"映照"壮士一去兮不复还"的史实之余，更强化了荆轲以死报答知遇之恩的悲慨。两首诗同样借助易水、蓟城、落日、寒风等萧条的景象渲染出历史的古旧苍茫。贾岛更是进一步用"易水流得尽，荆卿名不消"说明荆轲的英雄形象缘何能够流芳百世，可见诗人对荆轲的崇拜之情。

　　擅长咏史诗的周昙在诗作中将荆轲描绘成"有心为报怀权略"[2]的智勇双全的形象。对荆轲的失败，周昙直接将原因归结到荆轲的随从秦舞阳身上，"卅岁徒闻有壮名，及令为副误荆卿。是时环柱能相副，谁谓燕囚事不成"[3]。《史记·刺客列传》记载："荆轲奉樊於期头函，而秦舞阳奉地图柙，以次进。至陛，秦舞阳色变振恐，群臣怪之。"[4]在这段描述中，秦舞阳的

1_（唐）贾岛：《易水怀古》，《全唐诗（增订本）》卷五百七十一，中华书局，1999，第6678页。

2_（唐）周昙：《春秋战国门·荆轲》，《全唐诗（增订本）》卷七百二十八，中华书局，1999，第8424页。

3_（唐）周昙：《春秋战国门·秦武阳》，《全唐诗（增订本）》卷七百二十八，中华书局，1999，第8428页。

4_（汉）司马迁：《史记》卷八十六《刺客列传》，中华书局，1999，第1972页。

表现确实没有一位勇士该有的冷静沉着，周昙将刺秦的失败直接归咎于秦舞阳，似乎也无可厚非。但即便秦舞阳表现完美，他们是否真的能成事就见仁见智了。作为后人，似乎不应以近乎全知的角度审视历史，周昙自己未必不知道刺秦一事的成功有多渺茫，擅长咏史的他又从另一个角度对这一历史事件进行了评价："诚哉利器全由用，可惜吹毛不得人。"[1] 可见周昙也知道即便武器再锋利，游侠们的表现再镇定自若，最终行刺秦王也不见得会成功。但是历史英雄作为一种悲壮精神的象征长存史册之中，即便理性告诉后人，匹夫之侠在那个年代也只是一枚棋子，无法真正地与当权者相抗衡，但这不影响后人通过对史事的追溯和想象来美化历史游侠在自己心目中的形象。在后世文人的想象中，历史游侠的缺点常被忽视或消解，他们的形象也便日趋完美。

在崇拜荆轲节义的唐代，大多数诗人在歌咏其事迹时都从正面角度入手，惋惜"其事不成"的行刺结局。不过亦有一部分诗人反传统而为之，从另一个角度分析了荆轲无法成事的原因。柳宗元笔下的荆轲形象与大多数诗作中的勇武形象截然不同。"千金奉短计，匕首荆卿趋。穷年徇所欲，兵势且见屠。微言激幽愤，怒目辞燕都。"[2] 诗中的荆轲更像一个没有自己判断能力、轻信人言的莽夫，而非世人传颂的英雄。在柳宗元眼中，荆轲因为太子丹在自己面前的谦卑姿态便接受了太子丹的刺杀计划，从未

---

[1] （唐）周昙：《春秋战国门·再吟》，《全唐诗（增订本）》卷七百二十八，中华书局，1999，第8424页。

[2] （唐）柳宗元：《咏荆轲》，《全唐诗（增订本）》卷三百五十三，中华书局，1999，第3972页。

考虑过计划成功的可能性到底有多低。柳宗元还认为荆轲的刺杀表现并不理想:"造端何其锐,临事竟趑趄。长虹吐白日,仓卒反受诛。"[1]因为荆轲的仓卒,不但让自己血溅当场,更激起秦王怒气,发兵攻打燕国。行刺不但没有解决太子丹的忧虑,反而激化双方的矛盾。在柳宗元眼中,荆轲与太子丹是"勇且愚",不能因时制宜,才会导致最终的失败。这一评价与传统截然相反。无独有偶,李远的七言绝句《读田光传》也认为荆轲的失败辜负了义士田光的器重。[2]刘叉的《嘲荆卿》更是在诗题处就表明自己对荆轲刺秦的嘲讽态度:"白虹千里气,血颈一剑义。报恩不到头,徒作轻生士。"[3]诗歌嘲讽荆轲只有一腔孤勇却没有足够的能力完成刺秦大业,最终只能白白牺牲性命,不仅无法报恩,更是辜负了田光、太子丹的信任与牺牲。

李贺在一首提到荆轲的歌行体诗歌中,也对秦汉历史进行了思考,先是说明始皇"烧书灭国无暇日""耕人半作征人鬼"等暴行,将荆轲塑造成欲拯救苍生于倒悬的"报人义士"。受自身信仰所影响,李贺从唯心的角度认为荆轲失败的原因是"天授秦封祚未移"[4],强化了荆轲身败的悲剧感。

1_(唐)柳宗元:《咏荆轲》,《全唐诗(增订本)》卷三百五十三,中华书局,1999,第3972页。

2_(唐)李远:《读田光传》,《全唐诗(增订本)》卷五百一十九,中华书局,1999,第5978页。

3_(唐)刘叉:《嘲荆卿》,《全唐诗(增订本)》卷三百九十五,中华书局,1999,第4459页。

4_(唐)李贺:《白虎行》,《全唐诗(增订本)》卷三百九十四,中华书局,1900,第4452页。

王昌龄凭借自身想象刻画出荆轲当年的英勇形象："握中铜匕首，粉锉楚山铁。义士频报仇，杀人不曾缺。"并慨叹荆轲终未能成事。诗人在诗作中客观分析了荆轲举事不成的原因："诚知匹夫勇，何取万人杰。"[1]在认定秦王无道的同时，也肯定了秦王豪杰的一面。荆轲仅凭一己之力便企图刺杀秦王拯救燕国，只能是美好的愿景而已，终究无法成事。这首诗中的荆轲是一个能力超群却终究斗不过历史进程的悲剧英雄。相较之下，对荆轲失败的认识似乎更客观有据。晚唐的李山甫又从另一角度入手，认为身为游侠的荆轲参与波澜诡谲的政治斗争是"雄姿浑世尘"的举动，认为燕国与秦国之间的争斗是"闲事"，太子丹等人对荆轲的游说是"闲言语"[2]，最终荆轲的身败被杀也只是明珠蒙尘的结果。

可以看出，因应个人背景及经历的差异，诗人们在书写历史游侠时，选择的切入点并不相同。在加入个人对史实的理解后，诗人笔下的历史游侠形象更加多样化，诗歌情绪也更显丰富。

在酷好侠风的唐代，历史游侠形象亦常常出现在唱和、赠别诗中，诗人常用古代游侠形象衬托友人或自己的潇洒英姿。本身就极具侠气的李白在诗作中便常常提到古代游侠，不光自己常在想象中与古游侠一同遨游天地、饮酒狂欢，也常常用古游侠来比喻友人的豪迈不羁。他在《赠友人》（其二）中借用"易水送别"这一典故，表达自己与友人的深厚情谊。先是

---

[1]（唐）王昌龄：《杂兴》，《全唐诗（增订本）》卷一百四十一，中华书局，1999，第1430页。

[2]（唐）李山甫：《游侠》，《全唐诗（增订本）》卷六百四十三，中华书局，1999，第7427页。

以名家铸造的匕首"其事竟不捷"的遭遇,比喻友人仕途的不顺;又以赠予匕首的方式表达愿与友人共经患难的决心;再以荆轲离燕时众壮士的反应来比喻对友人离去的不舍,用夸张的手法将易水悲歌的场景化成慷慨昂扬的送别场景。这时诗作中的历史游侠又脱离了历史的真实形象,成为诗人的抒情意象。

虽说歌咏荆轲的诗作在歌咏历史游侠的作品中占比最高,但唐人对历史游侠的崇拜并不仅仅限于荆轲一人。譬如周昙亦曾歌咏过豫让、侯嬴等侠客,对这些侠客的评价甚至高于他们的主上(王侯之侠)。《春秋战国门·侯嬴朱亥》中,周昙认为出现危机的原因是信陵君识人不清,可他却无法化解这一危机,最终只能依靠两名出身低微的游侠。通过信陵君与侯、朱二人的对比,进一步显示侯、朱二人的有勇有谋。[1]不过周昙在赞扬战国平民游侠的勇谋与气节的同时,对当时的王侯之侠也给予了肯定,若非这些王侯之侠慧眼识英雄,侯、朱之类的平民游侠也只能湮没于历史的尘埃之中。[2]只是唐代咏侠诗中关于王侯之侠的描述并不多,诗人们更偏好借用布衣游侠抒发自己渴求明主赏识的心情。

由南北朝起,侠义精神与儒家思想逐步结合,日益向忠君爱国的方向靠拢。所以唐代诗人在歌咏古代游侠时,对具备"忠义"气质的古游侠格外青睐。以"国士遇我,我故国士报之"打动天下士人的豫让,亦常常出

---

[1] (唐)周昙《春秋战国门·侯嬴朱亥》:"屠肆监门一贱微,信陵交结国人非。当时不是二君计,匹马那能解赵围。"

[2] (唐)周昙《春秋战国门·再吟》:"走敌存亡义有余,全由雄勇与英谟。但如公子能交结,朱亥侯嬴何代无。"

现在唐代咏侠诗中。刘兼在《自遣》中以"豫让心"指代自己追求的高尚情怀，周昙亦借豫让的典故说出"国士终期国士酬"的想法。和以其他历史游侠为主角的诗歌相比，在歌咏豫让的诗歌中，豫让作为游侠的英雄气息并不是特别浓烈，豫让的武艺被弱化到极致，他的武艺在唐人诗歌创作的过程中被看作"才能"的一种，他的游侠身份也被"国士"所取代。在《全唐诗》中，诗题或内容与豫让有直接关系的诗作有6首。[1]其中3首诗作提到"国士"一词，却没有一首诗作提到豫让的武艺如何。[2]可见豫让与其他历史游侠不同，他更像是一个被"儒化"的英雄形象，武力值的高低并不重要，他身上那种"蛮人感幸甚"的报恩情怀才是后世文人津津乐道的。在歌咏豫让时，诗人常常将自己渴望腾达、施展抱负的情感投射到人物身上，希望自己能遇到一位如同智伯一样的明主，能以国士之礼对待自己，同时又借此殷切表明自己愿为明主竭尽所能的拳拳之心。

虽然史书中记载的游侠众多，但唐代诗人在选择时亦有自己的偏好。因为唐人渴望建功立业的社会背景，诗人们常常将自己渴望明主垂顾同时又愿意为国、为君主奉献自我的信念投射到历史游侠的身上。此外，游侠悲情的经历也更加容易引起读者共鸣，因此荆轲与豫让可谓最佳的形象选择。

也有一部分诗人在创作时并未遵循主流风格。初盛唐时君主好战，民众也将参军战斗视为平步青云、改变自身命运的途径之一。有些诗人看到

---

[1] 李白的《笑歌行》因被苏轼认为是伪作，在此不列入讨论比较的范围。

[2] 虽然李白的《东海有勇妇》中提到"豫让斩空衣，有心竟无成"，只是说明豫让行刺无果的壮志难酬，其中也没有相关行刺过程的描述或武艺高强的表述字句。

了好战背后隐藏着的危机：君主好大喜功、臣子为自身利益阿谀奉承隐瞒军情不报。诗人便通过歌咏古代游侠刚直不阿、宁死不屈的精神讽谏时事，希望能够借此改变社会风气，完成诗歌的社会功用。"初唐四杰"中的卢照邻在《咏史四首》中歌咏了几位汉代游侠，先是歌咏了"处身孤且直，遭时坦而平。丈夫当如此，唯唯何足荣"的季布，后又歌咏了"名与日月悬，义与天壤俦。何必疲执戟，区区在封侯"的朱云。[1]这几位游侠皆有遵循道义、不畏权贵的品格，特别是朱云敢于直言、不惜冒死进谏，甚至留下"折槛"的典故[2]。从这些古代游侠的身上，诗人看到了不重名利、为国为友能坚持自我的古代游侠的品格，而这正好能够平衡初盛唐时社会上普遍追逐名利的浮躁现象。

综上所述，唐人在歌咏古代游侠时，重视的并非游侠们的武艺[3]，而是借赞美游侠们的崇高品格，表达自己的政治要求，完成诗歌的社会功用。因此这类诗歌并非纯粹咏史，而是诗人对某类事件、某类人物群体的综合

---

[1] （唐）卢照邻：《咏史四首》，《全唐诗（增订本）》卷四十一，中华书局，1999，第517页。

[2] 《汉书》卷六十七《杨胡朱梅云列传》："成帝时，丞相故安昌侯张禹以帝师位特进，甚尊重。云上书求见，公卿在前。云曰：'今朝廷大臣上不能匡主，下亡以益民，皆尸位素餐，孔子所谓"鄙夫不可与事君"，"苟患失之，亡所不至"者也。臣愿赐尚方斩马剑，断佞臣一人以厉其余。'上问：'谁也？'对曰：'安昌侯张禹。'上大怒，曰：'小臣居下讪上，廷辱师傅，罪死不赦。'御史将云下，云攀殿槛，槛折。云呼曰：'臣得下从龙逢、比干游于地下，足矣！未知圣朝何如耳？'"

[3] 唐代诗歌中亦会涉及对古代游侠的武艺描写，但此时古代游侠并非诗歌的主角。诗人只是借助古代游侠的勇武衬托当代游侠的倜傥风流。如李白诗作中的"剧孟"，常常只是用来衬托自己及友人的豪游天下，借此凸显己辈的潇洒不羁。

评价。在结合自身遭遇对历史人物进行思考时，布衣之侠的经历更容易引起唐人的共鸣，因此唐代咏侠诗中的历史游侠形象以布衣游侠为主。通过研究唐人笔下的古代游侠形象，我们可以分析出唐人对古代游侠品质的取向与喜好，借此进一步分析相关喜好对唐代游侠形象的影响。

第二节 唐代咏侠诗中的唐代游侠形象

在唐人的笔下，唐代游侠既有行侠仗义、忠君爱国的传统道德意义中的正面形象，也有继承六朝传统的斗鸡走马、恣意寻欢的形象，更有为儒家学者所不齿的不学无术、仗势欺人的形象。唐代咏侠诗能多角度呈现游侠的生活状态及精神面貌，这与当时的社会环境及民众喜好息息相关。

由于对游侠气质的推崇，唐人在日常生活中的表现常常自带侠气，史书中关于当时的高官名士的记载也常以"任侠""侠风""好武略"等词语概括人物的脾性。[1]民间百姓也常见游侠特征。崔融上疏时提到，"若乃富商大贾，豪宗恶少，轻死重义，结党连群，喑呜则弯弓，睚眦则挺剑。"[2]

---

[1] 《旧唐书》卷五十五《列传第五》："举容貌瑰伟，凶悍善射，骁武绝伦，家产巨万，交结豪猾，雄于边朔。""刘武周……骁勇善射，交通豪侠。"《旧唐书》卷五十九《列传第九》："屈突通……性刚毅，志尚忠悫，检身清正，好武略，善骑射。""丘和……少便弓马，重气任侠。"丘和之子丘行恭"善骑射，勇敢绝伦"。

[2] （后晋）刘昫:《旧唐书》卷九十四《崔融传》，中华书局，2000，第2029页。

初盛唐由于战争较为频繁，当时有些高官甚至为绿林出身[1]，甚至唐宗室在早期抗隋之际也会选择与游侠连手[2]。民间游侠也常活跃在唐代的政治大事中："建成乃私召四方骁勇，并募长安恶少年二千余人，畜为宫甲，分屯左、右长林门，号为长林兵。及高祖幸仁智宫，留建成居守，建成先令庆州总管杨文幹募健儿送京师，欲以为变。"[3] "延载初，凤阁舍人张嘉福令洛阳人王庆之率轻薄恶少数百人诣阙上表，请立武承嗣为皇太子。"[4] "朝恩于北军置狱，召坊市凶恶少年，罗织城内富人，诬以违法，捕置狱中，忍酷考讯，录其家产，并没于军。"[5] 这些因素导致唐人对游侠的态度并不会太过负面。唐代的社会风尚受少数民族影响颇大，与其他朝代相比，唐人似乎更加热衷行猎骑射，因此每当盛世，抒情性强的诗歌在描摹社会风情或人物形象时，难免会强化事物浪漫的一面，侠客不同于众人的行事风格便

1_《旧唐书》卷五十六《杜伏威传》："杜伏威，齐州章丘人也。少落拓，不治产业，家贫无以自给，每穿窬为盗……威与公祏遂俱亡命，聚众为群盗，时年十六。"《旧唐书》卷六十《王君廓传》中记载："君廓，并州石艾人也。少亡命为群盗，聚徒千余人，转掠长平，进逼夏县……加左光禄大夫，赐物千段，食实封千三百户。"即便是为官之后，有些高官的行事风格亦与群盗无异。《旧唐书》卷一百零一《郭元振传》："郭元振，魏州贵乡人。举进士，授通泉尉。任侠使气，不以细务介意，前后掠卖所部千余人，以遗宾客，百姓苦之。"

2_《旧唐书》卷二《本纪第二》："时隋祚已终，太宗潜图义举，每折节下士，推财养客，群盗大侠，莫不愿效死力。……太宗请进师入关，取永丰仓以赈穷乏，收群盗以图京师，高祖称善。"《旧唐书》卷六十《淮安王神通》："淮安王神通，高祖从父弟也。……神通潜入鄠县山南，与京师大侠史万宝、河东裴绩、柳崇礼等举兵以应义师。"

3_（后晋）刘昫：《旧唐书》卷六十四《隐太子建成传》，中华书局，2000，第1631页。

4_（后晋）刘昫：《旧唐书》卷八十七《李昭德传》，中华书局，2000，第1932页。

5_（后晋）刘昫：《旧唐书》卷一百八十四《刘希暹传》，中华书局，2000，第3243页。

备受文人推崇，成为文人模仿的对象。[1]而在以儒学为正统学术思想的汉族文化中，骑射虽为"六艺"的一部分，但若是太过沉溺其中，亦为正统人士所不齿。[2]所以在纨绔子弟的游侠形象的描述表达方面，唐代咏侠诗与正统儒家学者所编纂的史书对此态度相差颇大。下文将从正反两面分析唐代咏侠诗中的唐代游侠形象。

一、行侠仗义的正面游侠形象

唐代诗人歌咏历史游侠时，尤其侧重游侠重情义、尚气节的高洁品质，在对唐代游侠进行人物刻画时，也常采用与凝视古代游侠相同的视角，在唐代游侠身上寻找古代游侠的影子。加上唐代侠风盛行，民众尚武，文人对儒学的正统地位开始出现怀疑的态度，认为读书不如习武等声音时有出

---

[1] 且不说李白、高适等浪漫诗人或边塞诗人，即便诗歌风格沉郁顿挫，看似与豪迈的游侠风格丝毫没有关系的杜甫，少年时期行事也颇有侠风。在颠沛流离之际，杜甫常常追思自己年少时的光辉岁月："邑中九万家，高栋照通衢。舟车半天下，主客多欢娱。白刃仇不义，黄金倾有无。杀人红尘里，报答在斯须。"（《遣怀》）"忤下考功第，独辞京尹堂。放荡齐赵间，裘马颇清狂。春歌丛台上，冬猎青丘旁。呼鹰皂枥林，逐兽云雪冈。射飞曾纵鞚，引臂落鹙鸧。苏侯据鞍喜，忽如携葛强。"（《壮游》）

[2] 《旧唐书》卷七十六《太宗诸子列传》中说到太子李承乾时，以"颇以游畋废学"形容。张玄素因此上书谏曰："臣闻皇天无亲，惟德是辅，苟违天道，人神同弃。……今苑中娱猎，虽名异游畋，若行之无常，终亏雅度。"认为好游猎是无德、无常的不雅做法。

现。[1]唐代的书生也不是其他朝代手无缚鸡之力的文弱形象，而是兼具武艺、多具侠气的。[2]有了亲赴沙场的经历，文人自然能更加全面地理解及书写游侠的慷慨勇武。此外，在极力扩张国家边界的唐王朝，立功边塞是民众改变自身社会地位的最佳方式之一。[3]因此唐人笔下的游侠常以积极勇武的形象出现在文学作品之中。

初盛唐文人对这类少年游侠着墨颇多，因为当时天下久乱，上层社会

---

[1] 开元诗人李华曾写过"仁义岂有常，肝胆反为贼。勿嫌书生直，钝直深可忆"的诗句，将儒家的仁义之道与游侠的肝胆义气作对比，赞美了儒家注重内在品格精神的价值取向。不过通过翻阅分析《全唐诗》中涉及"书生"一词的诗句，可以看出当时的书生一方面不愿意放弃传统儒家的精神品质，另一方面又渴望能够经世济国，能够像骁勇有力的游侠一样，驰骋边塞、封侯拜相。精神追求与现实追求的矛盾，导致文人对自己身份的价值判断开始出现偏差。

[2] 陈子昂虽为一介书生，但也积极投身边塞，结交的友人与他价值取向也颇为一致。笔下的友人同样是"平生闻高义，书剑百夫雄"（《送别出塞》）的文武双全的形象；张嘉贞在《奉和圣制送张说巡边》中赞美张说"多才兼将相，必勇独横行。经纬称人杰，文章作代英"。李白的《赠宣城赵太守悦》中，赵悦武能"持斧冠三军，霜清天北门"，文能"闲吟步竹石，精义忘朝昏"。这些人也能表现初盛唐的文人气质，重文之余好任侠，皆是文韬武略兼具之辈。

[3] 唐代民众对武力的崇拜，使得很多文官同样投身军队、远赴边塞。在这样的背景之下，文人对儒学的态度已然发生变化。擅长写边塞诗的王昌龄曾在写信给亲友之时，以"知我沧溟心，脱略腐儒辈"（《宿灞上寄侍御玙弟》）表示自己并非传统意义上的读书人，同时在诗中畅谈了自己对边塞战事的看法。"近来能走马，不弱并州儿"的岑参在边塞立功受朝廷嘉奖之后，写下诗句"前年斩楼兰，去岁平月支。天子日殊宠，朝廷方见推。何幸一书生，忽蒙国士知"（《北庭西郊候封大夫受降回军献上》），表达了自己的感遇之情，而朝廷对他的重视并非来自他的文学素养，而是边塞功勋。因身体羸弱等多种原因无法立功边疆的文人亦常在诗作中表达悲慨之情。如杨炯曾写过"宁为百夫长，胜作一书生"（《从军行》）这样抑文扬武的诗句。刘长卿亦曾表示："时艰方用武，儒者任浮沉。……自解书生咏，愁猿莫夜吟。"（《寄万州崔使君》）慨叹书生在好武之时毫无发挥自我才能的空间。

出现了"大洗牌",南北朝的很多贵族到了初盛唐时已经泯然众人,同时朝中又有新兴势力崛起。这给了当时的中下层文人向上晋升的希望。文人们在向友人坦露心迹时亦常表达"受禄宁辞死,扬名不顾身"[1]等激进的态度,即便这些文人没有接触过真正的游侠,但在诗歌的想象中,也容易将自己内心的欲望投射到自己创作的游侠形象身上。在追求显达这方面,文臣武将殊途同归。武将以自己的侠勇换取家族荣耀,文人对这样的做法抱有认可赞赏的态度。这也是初盛唐不同于其他朝代之处,诗人们敢于在诗歌中直白地表达自己追名逐利的内心欲望,塑造出的人物形象也染上了相关的世俗情怀。这部分游侠与古代游侠截然不同,不是完美道德的化身,而是世间俗人的倒影。

唐代诗人笔下的少年并非一成不变,他们亦有从年少无知到独当一面的成长过程。张昌宗的《少年行》正记录了这一变化。"少年不识事,落魄游韩魏。"此处的"落魄"并非穷困潦倒,而是放荡不羁之意。放荡不羁正是游侠不同于众人的性格之一。从儒家的角度看,放浪形骸便是"不识事"的体现,不应该出现在正面人物的身上,游侠必须要有所转变才能担得起侠义之名。这位游侠虽说表面上整日饮酒寻欢,不过内在仍拥有"然诺心无二"的优良侠客品质。诗歌的末尾两联更是将这位游侠的内在精神追求展现得淋漓尽致:"直言身可沉,谁论名与利。依倚孟尝君,自知能市义。"[2]在此,游侠借用典故表达了自己对明主的忠诚,这种愿意为明主牺牲的态

---

[1] (唐)杨炯:《和刘长史答十九兄》,《全唐诗(增订本)》卷五十,中华书局,1999,第620页。

[2] (唐)张昌宗:《少年行》,《全唐诗(增订本)》卷八十,中华书局,1999,第867页。

度是利他主义的，只要明主能够赏识自己，自己便能像冯谖一样利用自己的才能为孟尝君收买人心，巩固统治。在这一过程之中，游侠只会关心明主的大局利益，并不会考虑自身的名利问题。

虞羽客笔下的幽并侠少年以宝马金羁的装扮亮相，做着"窃符方救赵，击筑正怀燕。轻生辞凤阙，挥袂上祁连"的重义之事。这里的少年与之前所说的边塞游侠相比，思想境界又有所差别。边塞少年追求自身的功成名就，相关诗作中常常流露出对富贵功名的向往。而这首诗中的游侠少年似乎只是怀着一腔忠勇，凭借自己的满腔热血进行"摧枯逾百战，拓地远三千"[1]的活动，这些征杀边塞的举动并不是为了个人的名利，而是为了平息边塞烽火。诗歌将少年游侠的好武由追逐自身利益的小格局提高到为了天下太平而驰骋边疆的大格局，进一步显示出少年游侠重义轻利的高洁品格。

卢照邻的同题诗作同样刻画了放弃长安都城内逍遥生活远赴边塞杀敌驻边的少年游侠，先是用历史名人烘托少年游侠的结交广泛，朋辈皆非凡夫俗子，借此凸显少年游侠的不凡气质。"追奔瀚海咽，战罢阴山空"的诗句刚让读者产生少年游侠可能战功累累、准备回朝受赏的联想时，诗歌突然话风一转："归来谢天子，何如马上翁。"[2]少年游侠已经变成白发苍苍的老人家了。传统诗歌评论认为这是卢照邻借用汉赋手法对朝廷连年征战，使得平民百姓成为战争牺牲品的讽谏。然而换一个角度思考，这不正是少

---

1 （唐）虞羽客：《结客少年场行》，《全唐诗（增订本）》卷七百七十四，中华书局，1999，第8865页。

2 （唐）卢照邻：《结客少年场行》，《全唐诗（增订本）》卷二十四，中华书局，1999，第322页。

年游侠将身许国的一种表现形式吗？毕竟投身边塞是少年游侠自己做出的选择。正如皇甫冉所说："由来征戍客，各负轻生义。"[1]在少年游侠亲赴边塞时，他们肯定已做好付出一切的准备了。正是这种无私的牺牲精神，使得唐诗中的边塞游侠显得格外正义凛然。由于边塞征战死生无常，边塞游侠的侠义观除忠君爱国之外[2]，常与"轻生"二字联系在一起，"重义轻生怀一顾，东伐西征凡几度"[3]。

可见游侠面对名利时的态度亦分化成两种，在同样希望能够获得明主赏识的情况下，一种是将自己的付出与功名挂钩，功名是付出是否有价值的度量单位，所以在功名无望的时候，这些游侠便会陷入悲观的情绪之中难以自拔。另一种则更倾向古代游侠"事了拂衣去"的态度。聂夷中笔下的游侠便是如此。生性放浪形骸的游侠，并不喜好读书，但是仍愿意"请携天子剑，斫下旄头星"，即便最终放羊终老，他也无怨无悔，因为诗歌的开头已经开宗明义地点明这位游侠的行侠态度："男儿徇大义，立节不沽名。"[4]在这类游侠的眼中，侠义是气节，是精神，而不是名誉功利。行侠遵循自己的本心即可，即便相关付出在世俗人的眼中毫无回报，游侠们也多不在意。虽说对"义"的理解有分歧，但这种将气节置于名利、性命

---

[1] （唐）皇甫冉：《出塞》，《全唐诗（增订本）》卷十八，中华书局，1999，第186页。

[2] （唐）李希仲《蓟北行》："当须徇忠义，身死报国恩。"

[3] （唐）骆宾王：《从军中行路难》，《全唐诗（增订本）》卷七十七，中华书局，1999，第833页。

[4] （唐）聂夷中：《胡无人行》，《全唐诗（增订本）》卷六百三十六，中华书局，1999，第7347页。

之上的精神与儒家"仁义"精神仍有共通之处。唐人在塑造这类游侠时，常用古代游侠的著名事迹来衬托唐代游侠的勇武与品格。郑锡在"兵符劫晋鄙，匕首刺秦人"一联中以信陵、朱亥盗取兵符击杀晋鄙的典故及荆轲刺秦的典故赞扬游侠的智勇，同时以"高堂念有亲"表示这位游侠与贵族阶层关系匪浅。也正因为将身居华屋之人视为知己，这位游侠少年忧贵族阶层之所忧，频频往来大梁城间。

这类咏侠诗歌在继承魏晋六朝边塞咏侠诗的基础上，将唐人渴求建功立业的心态与历史游侠的不惜一死以报知遇之恩结合在一起，呈现出唐人积极入世的慷慨激昂。不管对待名利是出世式的做法还是入世式的选择，这类游侠都目标精准明确，为人处世方面可能有些游侠的江湖脾气，但也无伤大雅，本质上仍是为君主为国家奉献自身的好儿郎。无关痛痒的浪荡在此更能为诗歌增添浪漫豪情的色彩。游侠少年们期望自己与明主之间的关系并非简单的君臣关系，而是能够相知相交的知己。这与文人对君主的要求不谋而合。某种意义上，这些积极入世的游侠形象也是文人的精神追求与幻想。

二、斗鸡走马的纨绔子弟形象

除上文提到的正面游侠之外，唐代咏侠诗中有很大一部分诗歌描写了贵族或者富家子弟的浪荡生活。从南北朝开始，上层贵族开始接触游侠文化，并以模仿游侠风格为圈中时尚。然而因自身阶层限制，他们无法接触到平民游侠那种刀尖舔血的生活，这些贵族只学会了游侠阶层放浪形骸的一面，无法领会游侠精神的真正内涵。隋唐虽说受政治影响，世族门阀变动颇大，但仍有很多南北朝的贵族子弟到了隋唐时仍仕途亨畅。这批贵族子弟及其家属的行为举止与审美喜好仍保留了南北朝世族大家奢靡浮夸的风格特色，因而唐代咏侠诗中同样存在行事奢靡只知享乐的纨绔游侠形象。这类游侠书写多存留在齐梁诗风依旧盛行的初唐，或是国家军事实力下降、少年游侠上升空间缩小的中晚唐。

这类纨绔子弟形象的游侠，日常生活基本是游玩享乐，缺少传统游侠的轻生重义的精神。由隋入唐的陈子良诗歌风格带有明显的齐梁诗歌的特点，因此笔下塑造的游侠明显是附庸风雅的贵族游侠形象。这批贵族游侠成群结队地外出踏青，欣赏洛阳的秀丽美景。"水逐车轮转，尘随马足飞"两句描绘出贵族游侠出游时的轻盈姿态。"云影遥临盖，花气近薰衣"[1]则从视觉和嗅觉的角度营造了轻松惬意的氛围。从这两句诗可以看出贵族游侠与平民游侠在生活享受方面的审美差异。

平民游侠在寻欢作乐时多是通过饮酒、射猎等活动彰显自己的豪迈与勇武，对身边事物常常缺少审美的眼光[2]，所以后人无法从相关诗作中体会到他们对美的感悟。然而贵族游侠由于从小接触的教育不同，具备一定的

---

[1] （唐）陈子良：《游侠篇》，《全唐诗（增订本）》卷三十九，中华书局，1999，第501页。

[2] 平民游侠多对读书不感兴趣，他们认为凭借武力便可以换取名利，"刘项原来不读书""生年不读一字书，但将游猎夸轻趫"等诗句便是平民游侠忽视学习读书的最佳证明。因此平民游侠对文人学士常常抱有鄙夷的态度，即便是文人自身也常常羡慕游侠的勇武而轻视自己的才学，孟浩然在《送告八从军》中便以"男儿一片气，何必五车书。好勇方过我，多才便起予"的诗句赞美友人的勇武。在唐代咏侠诗中，儒者常常以"腐儒"的形象出现，以反衬游侠的英姿与朝气。不过也正是因为不读书，平民游侠的行为举止相对较为粗犷豪迈，无法细致地观察到生活中细碎的美好。

文学基础与美学概念，即使只是策马扬鞭在郊区的大道上，他们亦能感受到云影花香带来的视觉与嗅觉刺激，诗作便多了一种柔情的浪漫。这种细腻浪漫与游侠的放浪豪情结合在一起，正好中和了游侠较为粗俗的一面，使得游侠生活向雅致转化。

受到齐梁诗风影响的咏侠诗具备了文人的诗情画意，诗中游侠对身边的鸟兽虫鱼有了自己的审美感受，这也是游侠浪荡生活的诗意描写。但是关于纨绔游侠的诗意描写基本是在初盛唐时期，这时的都市贵族游侠同样会"竞向长杨柳市北""陌头驰骋尽繁华"。但他们是多情浪漫的，月上柳梢时认为月明如白日，华灯初上时认为春灯胜百花[1]。在娱乐中，他们能够感受到周围环境的繁盛，感受到人生的意义，在娱乐中，他们尽情释放自己的青春活力，为城市注入生机。

这时的贵族游侠闲暇时分除了郊游，亦会打球消磨时光。蔡孚的《打球篇》[2]就具体描述了贵族游侠打马球嬉戏的场景。诗人将游侠们玩乐的场景以云、月衬托，既点明贵族游侠们的玩乐时间，又瞬间让竞技环境带上了朦胧缥缈的美感。"金锤玉莹千金地，宝杖雕文七宝球。""红鬣锦鬃风骕骦，黄络青丝电紫骝。"这些都说明了游侠们使用的球具和所骑的赛马皆品相非凡，毕竟这群贵族游侠家世背景都十分显赫："窦融一家三尚主，梁冀频封万户侯。"虽然这批游侠玩乐毫无节制，从薄暮时分一直嬉戏到天色初晓，但他们并非身无长处，在"意气平生事侠游"的同时，他们也

---

[1] （唐）王维：《同比部杨员外十五夜游有怀静者季》，《全唐诗（增订本）》卷一百二十五，中华书局，1999，第1261页。

[2] （唐）蔡孚：《打球篇》，《全唐诗（增订本）》卷七十五，中华书局，1999，第817页。

能"用兵如断蔗"。这首诗描述了开元贵族游侠夜间打马球的场景,虽说游侠们用度奢华,玩乐时候亦无节制,但是整首诗歌洋溢的却是意气风发的积极气象。初盛唐时的贵族游侠虽说也有放荡奢靡的一面,但他们也有为国征战沙场的英勇时刻。那些恣意狂欢的场景是他们试图将战场上仍未耗尽的精力宣泄掉的外在体现。身为起居郎的蔡孚对这些贵族行为并无半点批评态度,甚至着力于展示他们策马挥杖时的速度与激情。在诗前小序中,诗人更将打球与兵法联系在一起,试图说明这些贵族游侠在娱乐的同时也在训练军事。这首诗代表了初盛唐贵族游侠娱乐的风格:既有宫廷式的豪奢与审美,又有游侠的浪荡与豪迈。

到了中晚唐,受时局变化的影响,游侠的社会地位大不如前。游侠生活的分化也越发明显:下层游侠无用武之地,整天悲慨不已;贵族游侠已有先祖的荫庇,没了可以发泄精力的战场,少了获取军功的机会,便整日游荡在城市之中,作威作福。这时的贵族游侠保留了"白日球猎夜拥掷""蕙兰相随喧妓女"的浪荡行为,却无法"报仇千里如咫尺"[1]。寻欢作乐时只顾着声色喧天,这让诗歌风貌也发生巨大变化。此时的咏侠诗,只剩下饮酒作乐的放荡行径,失去了初盛唐充满建功之心、积极向上的蓬勃朝气。国力的衰退、文人阶层地位的提升,使得游侠的生存空间逐渐减小,获得功名的机会也大大下降。曾经是游侠少年聚集一起结交朋友的游

1_（唐）李白:《少年行》,《全唐诗（增订本）》卷二十四,中华书局,1999,第1714页。

侠窟、少年场等地方，到了杜甫的笔下变成了"惨澹豪侠窟"[1]、"萧条游侠窟"[2]。从人潮汹涌变得寂静萧条，可见游侠的没落。因此社会对游侠的态度逐渐发生变化，虽说中唐时仍有"中军一队三千骑，尽是并州游侠"[3]、"侠少何相问，从来事不平"[4]等依旧满腔热血投身边塞的游侠形象出现，但整体而言，这时诗歌中的游侠形象，特别是贵族游侠形象已慢慢变得负面。

初盛唐的贵族游侠虽说行径亦见纨绔习气，但是上了战场时仍是威风凛凛，军功无数。而到了中晚唐，贵族游侠开始脱离疆场，成为反衬军中将士生活悲苦的人物形象。

边城将士眼中所见是原头猎火、马踏层冰，听到的是催人泪下的幽怨胡笳曲，在这样的环境下，将士的心情难免是"羁魂惨惨生边愁"[5]。诗作中的游侠已经不再是将士的一部分，二者的生活出现巨大反差。中唐的贵族游侠依旧活跃在京城之中，尽情"清歌妙舞落花前"式地寻欢作乐。这些富家子弟只是保留了游侠好销金、重奢靡的一面，却失去了初盛唐贵族

1　（唐）杜甫：《鹿头山》，《全唐诗（增订本）》卷二百一十八，中华书局，1999，第2304页。

2　（唐）杜甫：《七月三日亭午已后较热退晚加小凉稳睡有诗因论壮年乐事戏呈元二十一曹长》，《全唐诗（增订本）》卷二百二十一，中华书局，1999，第2342页。

3　（唐）戎昱：《出军》，《全唐诗（增订本）》卷二百七十，中华书局，1999，第3014页。

4　（唐）李益：《赴邠宁留别》，《全唐诗（增订本）》卷二百八十三，中华书局，1999，第3212页。

5　（唐）戴叔伦：《边城曲》，《全唐诗（增订本）》卷二百七十三，中华书局，1999，第3065页。

游侠积极向上的风气。虽然他们仍保留了"侠"的名号，但行为举止离"忠义"二字越来越远。这些转变让诗歌的精神面貌开始由积极慷慨转向奢靡颓废。

"不倚军功有侠名，可怜球猎少年情。戴铃健鹘随声下，撼佩骄骢弄影行。觅匠重装燕客剑，对人新按越姬筝。岂知儒者心偏苦，吟向秋风白发生。"[1]诗中的贵族游侠少年已经是"不倚军功"了，可见这时的"侠名"和初盛唐少年追求的"侠名"相比已经出现了偏差。这名少年打球、行猎的技能皆不在话下，斗鹰骑马也是相当在行，可见这位游侠子弟家境富有，才能有足够金钱供他挥霍。这一游侠虽然也喜好佩剑，但这里的宝剑只是他身份的象征，与武艺毫无关联，只是这名少年放荡纨绔的任侠表现而已。而喜爱任侠的他兴趣爱好也只是玩乐，不仅不会武艺，对儒者感伤时事的心境也无法体会。这与初盛唐热衷政治的侠客形象截然相反。

所谓入乡随俗，胡人少年到了繁华都市之后自然也会受到环境的同化。原本在边塞之地善于征战，归依中原后也是常以骁勇善战的"羽林郎"等形象出现在诗作中的胡人游侠，到了中晚唐，也变成了"绿眼胡鹰踏锦鞴……倒把金鞭上酒楼"[2]的浪荡形象。和初盛唐一样，这名游侠也是以香衣宝马的形象登场，却是孤独的个体，与盛唐时结伴作乐的游侠群体相比显得孤单了许多，也呼应了杜甫诗作中"萧条游侠窟"的书写。没有臭味

---

[1] （唐）雍陶：《少年行》，《全唐诗（增订本）》卷五百一十八，中华书局，1999，第5954页。

[2] （唐）薛逢：《侠少年》，《全唐诗（增订本）》卷五百四十八，中华书局，1999，第6388页。

相投的游侠,又不能倚仗军功获取功名,这样的游侠自然"往来三市无人识"了。

当时城市中贵族游侠的形象转变并非只限于某个地区或某座城市,而是遍布于整个社会阶层。这时城市游侠与边塞游侠之间的差异越来越大。这与唐代对贵族阶层的政策照顾有莫大关联。唐代虽大力推行科举,但是门阀制度仍存。黄现璠在《唐代社会概略》中将官僚地主与大族世家统称为贵族阶层:"盖彼辈在政治上、刑法上、经济上及社会上,皆有特别地位,纵不是名门勋格,而一切享受,实与贵族无异,称为贵族阶级,谁曰不宜。"[1]本书中贵族游侠的概念承此而来,包括世家阶层的游侠与官僚地主阶层的游侠。

初盛唐的"恶少"形象多孔武有力,因此可以将自身的武力奉献给国家。"玉玺分兵征恶少"[2],"侠客吸龙剑,恶少缦胡衣"[3]。当时"恶少"的狠绝似乎总与从军相关,从相关诗句中看不出危害社会的负面含义。即便是王建,讽刺"楼下劫商楼上醉"的长安恶少时,也无法否认恶少立下的累累功勋。当时的少年公子虽也"日出乘钓舟,袅袅持钓竿。涉淇傍荷花,骢马闲金鞍"[4],但关键时刻便会化身腰间悬辘轳的侠客,"出门事嫖姚,为君

---

[1] 黄现璠:《唐代社会概略》,商务印书馆,1936,第119—120页。

[2] (唐)骆宾王:《从军中行路难二首》(其一),《全唐诗(增订本)》卷七十七,中华书局,1999,第832页。

[3] (唐)虞世南:《从军行二首》(其二),《全唐诗(增订本)》卷三十六,中华书局,1999,第473页。

[4] (唐)常建:《张公子行》,《全唐诗(增订本)》卷一百四十四,中华书局,1999,第1464页。

西击胡"[1]。可到了中晚唐,"恶少"慢慢成为"圣贤"的反义词:"自古圣贤多薄命,奸雄恶少皆封侯。"[2]"淮阴不免恶少辱,阮生亦作穷途悲。"[3]文盛武衰的趋势,加上家族功勋的世袭以及宗亲之间的互相扶持[4],"恶少"及"少年"们不必托身边塞便有丰厚物质可以挥霍,他们只能将精力发泄在城市之中。有诗人讽刺道:"不知买尽长安笑,活得苍生几户贫。"[5]"炀帝国已破,此中都不知。"[6]"门门走马征兵急,公子笙歌醉玉楼。"[7]看得出社会对贵族游侠的态度颇为负面。

当时的贵族游侠甚至会为害一方。聂夷中曾讽刺这批有家族荫庇的贵

---

[1] (唐)常建:《张公子行》,《全唐诗(增订本)》卷一百四十四,中华书局,1999,第1464页。

[2] (唐)杜甫:《锦树行》,《全唐诗(增订本)》卷二百二十二,中华书局,1999,第2369页。

[3] (唐)戴叔伦:《行路难》,《全唐诗(增订本)》卷二百七十三,中华书局,1999,第3066页。

[4] 李商隐诗云:"外戚封侯自有恩,平明通籍九华门。"(《公子》)"外戚平羌第一功,生年二十有重封。直登宣室螭头上,横过甘泉豹尾中。"(《少年》)

[5] (唐)李山甫:《公子家二首》(其二),《全唐诗(增订本)》卷六百四十三,中华书局,1999,第7425—7426页。

[6] (唐)马戴:《广陵曲》,《全唐诗(增订本)》卷五百五十五,中华书局,1999,第6490页。

[7] (唐)子兰:《长安早秋》,《全唐诗(增订本)》卷八百二十四,中华书局,1999,第9373页。

族游侠"走马踏杀人，街吏不敢诘"[1]等仗势欺人的行为。这类只学会游侠放浪一面的贵族游侠因为"一行书不读"，难免会闹出"花下一禾生，去之为恶草"[2]、"芙蓉自天来，不向水中出"[3]之类的笑话了。

三、率性而为的不羁浪子形象

在唐代还有一类游侠，行为举止同样有"酒酣白日暮，走马入红尘"式的放荡不羁，但在处世接物方面，他们既没有边塞游侠那种心怀天下渴求功名的心境，与贵族游侠的放纵骄奢亦有一定的差异。笔者在此将这类游侠归类为"浪子"。

"承恩借猎小平津，使气常游中贵人。一掷千金浑是胆，家无四壁不知贫。"[4]诗中的游侠是典型的浪子。这位仁兄凭借自身的能力与达官贵人交好，甚至能够与贵人们一起游猎，出手阔绰程度令人惊讶。然而他现实的处境却是"家无四壁"，这与他的消费能力及交友圈子有极大的反差。面对这种矛盾，游侠也毫不为意。这正是游侠率性而为及时行乐的生活态

---

[1] "一行书不读，身封万户侯。美人楼上歌，不是古凉州。"凉州自汉到唐都是兵家必争之地，在唐人的诗歌当中更是常用作边塞意象，说明边塞的苦寒、衬托将士的勇武，无法亲身赴边的文人墨客亦借此抒发对边塞之地的向往。聂夷中诗作中的"凉州"却是用来讽刺贵族子弟只知道美人歌舞，不识得凉州战场。

[2]（唐）聂夷中：《公子家》，《全唐诗（增订本）》卷六百三十六，中华书局，1999，第7351页。

[3]（唐）聂夷中：《公子行二首》（其一），《全唐诗（增订本）》卷六百三十六，中华书局，1999，第7348页。

[4]（唐）吴豸之：《少年行》，《全唐诗（增订本）》卷七百七十七，中华书局，1999，第8886页。

度的体现。《唐语林》中记载："段相文昌,少寓江陵,甚贫窭……文昌晚贵,以金连花盆盛水濯足,徐相商以书规之。文昌曰:'人生几何,要酬平生不足也!'"[1]活在当下的生活态度在唐代并不罕见。对唐人而言,不管旁人态度如何,照自己喜好酬平生不足,也是不拘小节的任侠气质的展示。

刘叉《烈士咏》中的游侠形象可以当作吴豸之诗歌的补充。"烈"字作"勇猛""刚烈""为正义死难"解。勇猛刚烈、肯为正义牺牲正是侠士的性格特征。可以看出这首诗歌咏的是一位或是一类侠客。诗歌中并没有明确地点明侠客的身份地位,只是用寥寥数笔刻画了侠客的性格,因此本书将其归入第三类游侠之中。

诗歌甫一开始便说了游侠对待金钱的态度:"烈士或爱金,爱金不为贫。"扭转了传统对游侠"侠客轻利"金钱观的刻板印象。诗中的游侠也有逐利的一面,只是爱金的本质与贫穷无关,进一步化解世俗对游侠定义的局限性,让游侠不再受到金钱观的束缚。本身以"任气"闻名一时的刘叉借助这首诗写出了自己对中唐游侠的理解。中唐开始,社会对金钱的态度逐渐变化,人们开始重视经济发展、重视金钱的作用。社会对金钱的态度反过来影响了侠客的金钱观。刘叉在诗歌中除重塑唐代游侠的金钱观之外,又介绍了自己心目中的游侠形象:"义死天亦许,利生鬼亦嗔。胡为轻薄儿,使酒杀平人。"[2]轻死生、不胡作非为是刘叉对于侠士的标准。诗

---

[1] (宋)王谠:《唐语林》卷六《补遗》,上海古籍出版社,1978,第215页。
[2] (唐)刘叉:《烈士咏》,《全唐诗(增订本)》卷三百九十五,中华书局,1999,第4460页。

中的游侠形象虽然重利，但是与纨绔的贵族游侠还是有本质的区别。刘叉借助对游侠的定义表达了对轻薄少年酒后残害平民百姓这种行为的鄙夷。

贯休《义士行》中塑造的游侠形象更是不拘到了极致。开篇第一句"先生先生不可遇"，近乎白话的语言刻画出这位游侠行踪无定的飘忽形象，要与之见面是可遇不可求的事情，颇有武侠小说中隐士高人的味道。同时从"先生"二字亦可看出贯休对他的敬重。下句的"爱平不平"解释了这位游侠先生不可遇的原因：因为心系天下不平事，所以常常外出协助弱小解决难题，很少停留在家。"眉斗竖"三个字展示了这位游侠容貌的重要特征，高竖的眉毛本身就让面容凶恶，传统面相学又认为眉毛高竖的人性格勇武好斗。"爱平不平"与"眉斗竖"结合在一起，让诗句产生了一种矛盾的和谐感，一个面容凶恶的人却有着一颗愿平世间不平的善心。正是因为面容凶恶、好勇擅斗，才有能力平定世间不平。贯休写下这首诗时，这位游侠正要准备离开住所，不知何处去，即便"黄昏雨雹空似鱉"[1]。可以推测应是为了扶助弱小、平不平之事才告别朋友离开住处，恶劣的天气更是衬托出游侠匡扶正义的决心及行事不受外界拘束的性格。

这类游侠没有边塞游侠将身许国的雄心壮志，也没有边塞游侠追求功名的功利之心。他们做事单凭对正义的判断及个人的喜恶，行为更显无拘无束、自由自在，游侠"周游天下"的特点在这类游侠身上表现得最为明显。

---

[1]（唐）贯休：《义士行》，《全唐诗（增订本）》卷八百二十八，中华书局，1999，第9418页。

率性而为的浪子游侠虽说不受外在拘束，但偶尔也会有难以排解的忧愁。"壮士性刚决，火中见石裂。杀人不回头，轻生如暂别。"四句诗塑造的游侠形象与其他咏侠诗并没有本质差别，同样是性格刚烈、轻生好武。"岂知眼有泪，肯白头上发。"突然的转折，让读者不免好奇：究竟是什么缘故让性格刚决的侠客悲白发、眼有泪？这一转折强化了壮士"剑闲一百月"[1]的悲凉感。对比孟郊的另一首游侠诗："壮士心是剑，为君射斗牛。朝思除国仇，暮思除国仇。"[2]可见浪子游侠也有自己在意的方面：实现自我价值。对这些游侠，实现自我价值的唯一方式就是帮别人解决难题。所以他们可以不顾恶劣天气出门平不平，可以将爱剑示人并询问"谁为不平事"[3]。

　　可见浪子游侠的率性与贵族游侠的不拘仍有一定的差别，他们率性的前提是能够实现自我价值，只有在实现梦想之后，游侠们才有心情一掷千金，恣意狂欢。率性不拘与寻求价值的矛盾统一，造就了这批游侠独特的人格魅力。

---

[1]（唐）孟郊：《游侠行》，《全唐诗（增订本）》卷三百七十二，中华书局，1999，第4199页。

[2]（唐）孟郊：《百忧》，《全唐诗（增订本）》卷三百七十三，中华书局，1999，第4204页。

[3]（唐）贾岛：《剑客》，《全唐诗（增订本）》卷五百七十一，中华书局，1999，第6675页。

第三节 唐代咏侠诗中的胡人形象

　　西域诸国与唐王朝交流密切，许多胡人来到大唐，经商通婚，甚至加入军队，以显赫战功名赫一时。如："史大奈，本西突厥特勒也，与处罗可汗入隋，事炀帝。从伐辽，积劳为金紫光禄大夫。……贞观初，擢累右武卫大将军，检校丰州都督，封窦国公，食封户三百。卒，赠辅国大将军。""阿史那社尔，突厥处罗可汗之次子。年十一，以智勇闻。……十年入朝，授左骁卫大将军，处其部于灵州。诏尚衡阳长公主，为驸马都尉，典卫屯兵。……帝崩，请以身殉，卫陵寝，高宗不许。迁右卫大将军。永徽六年卒，赠辅国大将军、并州都督，陪葬昭陵，治冢象葱山，谥曰元。""契苾何力，铁勒哥论易勿施莫贺可汗之孙。"等等[1]。可见当时身为唐王朝武将的胡人并不在少数。

　　《新唐书》中关于蕃夷诸将的描写除身份的差别之外，道德、行为等方面的表述与汉人并无差异，身为将领的他们同样有勇有谋。曾跟随李敬玄等人征战吐蕃的黑齿常之，武能"之夜率敢死士五百人掩其营，杀掠数百人，贼酋跋地设弃军走"，文能"建言河源当贼冲，宜增兵镇守，而运饷须广"。这样的描述在史书中并不少见。身为臣子的他们同样忠肝义胆、将身许国。除了黑齿常之，史料还记载了契苾何力忠于唐王朝的诸多事迹：族人胁迫何力投靠薛延陀时，他严词拒绝："我义许国，不可行。"

---

[1] （宋）欧阳修、宋祁等撰：《新唐书》卷一百一十《诸夷蕃将传》，中华书局，2000，第3279—3283页。

众执之,至毗伽牙下后,更是"拔佩刀东向呼曰:'有唐烈士受辱贼廷邪?天地日月,临鉴吾志。'即割左耳,誓不屈"。太宗崩时,更是"欲以身殉"[1]。

唐诗中也出现了关于蕃人将领的诗歌记载:"蕃面将军著鼠裘,酣歌冲雪在边州。猎过黑山犹走马,寒雕射落不回头。"[2]"长杨杀气连云飞,汉主秋畋正掩围。重门日晏红尘出,数骑胡人猎兽归。"[3]这些蕃人将领已汉化,走马射雕、酣歌塞外的举动与当时的边塞游侠并无不同。

史料中有明确记载的胡人武将不在少数,不难想见活跃于民间的胡人数量究竟有多少。胡人本身便是尚武民族,格外适应唐代民间的任侠风气,史书在评价胡人武将时也常用"侠义"等字词。[4]这说明胡人游侠的出现符合当时的时代背景。唐代对外来文化采取兼容并蓄的态度,对待胡人也没有自诩天朝上国。咏侠诗中关于胡人游侠的描写并不会存在种族歧视或社会偏见。

都说眼睛是心灵的窗户,胡人让中原人士印象最为深刻的就是眼睛。

---

[1] (宋)欧阳修、宋祁等撰:《新唐书》卷一百一十《诸夷蕃将传》,中华书局,2000,第3284页。

[2] (唐)马戴:《射雕骑》,《全唐诗(增订本)》卷五百五十六,中华书局,1999,第6507页。

[3] (唐)钱起:《校猎曲》,《全唐诗(增订本)》卷二百三十九,中华书局,1999,第2681页。

[4] 《新唐书·诸夷蕃将传》中,何力自称"以义许国",冯子猷"以豪侠闻",欧阳修在评价这些胡人将领时也用了"知义所在"等字句。刘昫在《旧唐书》中盛赞这批胡人将领:"冯盎智勇守节,社尔廉慎知足,苏尼失恩惠,史忠清谨。凡用兵破吐蕃、谷浑,勇也;心如铁石,忠也;不解万均官,恕也;阻延陀之亲,智也;舍高突勃之死,识也。立大功,居显位,夙夜匪懈者,何力有焉。常之以私马恕官兵,与将士均赏赐,古之名将,无以加焉。多祚忘身许国,孝德壮勇立功,皆三军之杰也,岂九夷之陋哉。"

《幽州胡马客歌》中的胡人游侠是"绿眼虎皮冠",《猛虎行》中胡人游侠也是"胡人绿眼吹玉笛"。在唐人的诗歌中,"绿眼"俨然成了胡人的象征。胡人的衣着打扮也自具风格,他们穿戴"虎皮冠"等极具特色的服饰,策马奔驰在幽州等军事重地。贯休的《塞上曲》从另一个角度描绘了胡人的长相:"锦裧胡儿黑如漆。"由于西域的紫外线比中原地区强了许多,当地人肤色都会比中原人士深一些,诗歌在此用了夸张的手法强调了胡人与中原人士的肤色差异。此外,"紫髯""高鼻"等词语也常出现在诗歌当中。咏侠诗里常用这些与中土人士截然不同的外貌特征突出胡人的不同之处。

除外貌与中原人士有差别外,胡人的生活习惯在咏侠诗中也得到了展现。"幽州胡马客,绿眼虎皮冠。笑拂两只箭,万人不可干。弯弓若转月,白雁落云端。双双掉鞭行,游猎向楼兰。出门不顾后,报国死何难。天骄五单于,狼戾好凶残。牛马散北海,割鲜若虎餐。虽居燕支山,不道朔雪寒。妇女马上笑,颜如赪玉盘。翻飞射鸟兽,花月醉雕鞍。旄头四光芒,争战若蜂攒。白刃洒赤血,流沙为之丹。名将古谁是,疲兵良可叹。何时天狼灭,父子得闲安。"[1]

诗中的胡人游侠除"绿眼虎皮冠"的外形打扮和"割鲜若虎餐"的饮食习惯与中原游侠不同之外,其他的任侠行为及英雄气概却是一致的。诗中胡马客出现的地点在幽州,幽州地处唐王朝地界的东北处,邻近突厥与高句丽等国家。自古以来便是军事重镇的幽州,隋唐年间显得地位更加特殊,

---

[1] (唐)李白:《幽州胡马客歌》,《全唐诗(增订本)》卷一百六十三,中华书局,1999,第1699页。

两朝在攻打高句丽时，均以幽州为陆军后备基地。而随着唐代东北势力崛起，官方更是在此地设立节度使以控制北方诸族。唐人贾至也说"国之重镇惟幽都，东威九夷北制胡"[1]。可见幽州在军事上的重要性。此诗将胡人游侠的出场点设置在幽州，开篇便点明了幽州胡马客的边塞游侠身份，与后文的"报国死何难"相呼应。从诗文中，读者可以看出这名胡人游侠同样外在具备万人莫敌的高超武艺，内在具备不惧艰险、为国赴难的侠义精神，而游侠甘愿流血沙场的最终目的是"父子得闲安"的天下太平。胡人游侠的侠义也包含了儒家兼济天下、为国为民的理念。

随着胡汉文化的交融，胡人游侠出现的地点不再局限于边塞地区，他们开始畅游中原，甚至融入当地的生活。朱庆馀的《羽林郎》刻画的就是一位汉化的胡人游侠。开篇"紫髯"二字让人一目了然地看出诗中羽林郎的外貌与众不同之处。这位胡人少年武艺高超，虽然刚加入禁军队伍，直阁将军已是自愧不如。征战沙场对于这位胡儿而言无比轻松，就算醉眼惺忪，他也能带兵杀敌，立功无数。这一胡人羽林郎的形象还代表了唐代人对建功立业的渴望，杀敌立功无非是为了"宅将公主同时赐，官与中郎共日除"。因为军功赫赫，他不但被赐宅升官，甚至还能抱得公主归。在当时人们的眼中，这位胡人少年可谓人生赢家了。同时这也更加证明唐代的民族融合的程度之高。胡人不仅能够成为禁军将领，还可以与汉人贵族通婚。

这些咏侠诗与新旧《唐书》中关于胡人将领的史料记载正好相互印证。

---

[1] （唐）贾至：《燕歌行》，《全唐诗（增订本）》卷二百三十五，中华书局，1999，第2590页。

唐代诗人在塑造胡人游侠的时候，只将他们的人物形象由汉向胡做了改变，侠义的理念和呈现并没有因此改变。这除说明唐代的民族融合度高之外，更加证明了"侠"只是一种气质，而不是一种社会阶层，更不是一种固定的形象，无论是燕赵男儿还是胡地壮士，只要具备相应的特征就能成为一名侠客。

胡人游侠除奋战沙场的英雄形象外，同样有轻松休闲的一面。崔颢的《雁门胡人歌》刻画了居住在雁门附近胡人的日常生活：用胡鹰猎鸟，以打猎的方式代替耕田。一旦边塞安宁无战事，他们便会纵情歌酒。这首诗补充了胡人游侠闲暇时的另一面。

唐代重视边功的尚武风气，使得当时不少诗人都有投身边疆的经历。这些诗人利用自己的才思构建出了一条唐诗的"丝绸之路"。这条路上同样有各色游侠的身影。唐代连年征战，在边塞咏侠诗当中也经常会出现胡人形象。胡人形象除上诗中的正面形象之外，更常以敌军的形象出现在诗歌作品当中。贯休的《战城南》中，胡人是邯郸少年辈半夜拖枪去攻打的对象；赵嘏的《昔昔盐》中，胡人是良人远征百战时面对的敌人；刘希夷的《将军行》中，胡人是被攻打得走投无路只能抱鞍哭泣的战败者[1]。万齐融的《仗剑行》中，胡人是"登车一呼风雷动"的游侠的刀下亡魂。李白在送外甥从军时，也写诗祝愿他"当斩胡头衣锦回"。可见在边塞咏侠诗中，胡人经常用来反衬中原游侠的勇武善战。

西域边境也会有自小在当地长大的"边城儿"。酷爱侠风的李白写了不

1_（唐）刘希夷《将军行》：截围一百里，斩首五千级。代马流血死，胡人抱鞍泣。

少与游侠有关的诗篇,其中的《行行游且猎篇》讲述的就是边境男儿的英雄本色。这里的男儿"生年不读一字书,但将游猎夸轻趫"。其行为与儒家传统格格不入,但有一种骨子里的豪迈气概。酒到半酣时去塞上打猎,结果"海边观者皆辟易,猛气英风振沙碛"。诗人将纪实与夸张巧妙结合,突出了边塞游侠的英气震天,甚至感慨"儒生不及游侠人,白首下帷复何益"[1]。诗作的创作背景正是唐王朝开始由盛转衰的时间段,边境外有吐蕃等国家虎视眈眈,内又有安禄山叛变在即,正是国家急需善战之人的时候,也难怪一直有心报效国家的李白生出读书无用的念头。令狐楚的《年少行四首》(其一)同样讲述了在边城成长的游侠的一生。这位游侠少年边州放狂,因为他有"骣骑蕃马射黄羊"的骑射技艺,这样疏狂不羁的游侠年老之后自然不会泯然众人,怀抱一颗报国的拳拳之心,即使筋力锐减,仍是"犹倚营门数雁行"[2]。这些游侠虽然不是真正意义上的胡人,但因生活区域接近胡地,生活习俗与胡人接近,在此便将这些游侠归入"胡人游侠"部分一并讨论。

  唐代的尚武气质与胡汉交融的社会背景让唐人对游侠分外推崇。诗作中常常会歌咏古代游侠,并在这一基础上结合自身经历做出个人化的诠释。这使得历史游侠在唐人的咏侠诗中呈现出比史料更为丰富的饱满形象。这些多变而又统一的历史游侠形象,反映出唐人对侠的认知判断与个人喜好。这些融入了主观情绪的表达,让历史游侠具有了人性的色彩,不

---

[1] (唐)李白:《行行游且猎篇》,《全唐诗(增订本)》卷一百六十二,中华书局,1999,第1685页。

[2] (唐)令狐楚:《年少行四首》(其一),《全唐诗(增订本)》卷三百三十四,中华书局,1999,第3754页。

再只是史书中让人扼腕的悲情英雄。

对边功的追求与自身任侠气质的高涨，让唐代游侠的活动范围极其广阔，由城市到边塞，都可以看到游侠的身影。不同的地域活动让游侠的形象不再单一，活动方式也花样颇多：既有行军作战、射猎斗鹰的热血刺激，也有花前月下、伴香偎玉的香艳温情。这使得唐代咏侠诗除涉及游侠的书写之外，也包含了与游侠有交集的人物。这些人物既有与边塞游侠对垒作战的胡人士兵，也有翘首盼郎归来的深闺思妇，更有一笑值千金的楚馆娇娃。除此之外，唐代咏侠诗中还出现了唐代独有的游侠形象：胡人游侠。各式各样的人物形象与不同类型的游侠串联并存，为后人描绘出一幅幅生动具体、风格各异的游侠生活图。后人在阅读相关诗作时，不但能够对唐代游侠类型一目了然，还能从中了解唐代的生活习俗，更全面地掌握唐代整体的社会风气以及政治局面的变化。

第四节 唐代咏侠诗中的女侠形象

关于女侠的书写，早在先秦便已有之。聂政的姐姐聂嫈便可以看作早期的女侠书写。弟弟为了保全家人不惜牺牲，姐姐为了成就弟弟的后世英名，同样舍得放弃性命。这种轻生取义的行为正是游侠所推崇的侠义精神的反映。但古代女性地位低下，多为男性的附属品，史书中关于女性的书写若非强调贞节贤德，便是与祸乱朝政相关。像荀灌娘这种单骑突围求得援兵的女性形象是凤毛麟角。即便在文学作品中，女子形象亦多为思妇、怨妇、弃妇或是歌女酒姬等形象，甚少有与男性地位较为相等的女性形象出现，直到魏晋南北朝才渐渐有一些关于女侠的诗歌书写,但数量与质量都比较低(少)。

唐代女性地位与前朝相比虽有所提升,但是在真正涉及政治核心话题等范畴,女性仍是被边缘化的存在。女子习武也只是用来强身健体,或是用来卖艺糊口,并不能像游侠少年一样,凭借自身武艺向朝廷换取功名利禄。因而剑器在这些诗歌中,虽也游龙走凤,但缺少昂扬向上的精神面貌,只是一种男性凝视视角下的艺术审美。女性作为侠客文学的重要形象,得从晚唐的传奇小说开始,直至明清话本小说,女侠才逐渐成为侠客文学中的一幅相对重要的群像,虽然仍只是男性侠客的陪衬。

唐代咏侠诗中虽然关于女侠的书写也不多,但仍能找到只言片语。这时的女侠诗承接魏晋,在诗的题材及叙事技巧上都有所发展。唐代与女侠有关的诗作亦多为叙事诗,讲述的是这些女子如何为宗室、为家庭报仇的故事。创作出数十首咏侠诗的李白,笔下便有几首与女性游侠有关的诗作:《东海有勇妇》《秦女休行》等。

《东海有勇妇》一诗塑造了为报夫仇、甘于牺牲的女子形象。诗人一开始便以古代贤妇杞梁妻为引,指出勇妇的贞节形象,为下文的勇妇"捐躯报夫仇,万死不顾生"做了铺垫。勇妇为了替夫报仇,不辞辛苦学习剑术,终能达至"超然若流星"的武学境界。唐代的诗歌技巧已十分成熟,此时的叙事诗与魏晋相比,在细节方面完善、精练了许多。诗人用"十步两躩跃,三呼一交兵。斩首掉国门,蹴踏五藏行"[1]二十字便刻画出勇妇报

---

[1] (唐)李白:《东海有勇妇》,《全唐诗(增订本)》卷一百六十四,中华书局,1999,第1701页。

仇时的飒爽英姿。因为勇妇的侠义，她不但能够免于刑罚，甚至能够名入烈女籍，流芳千古。诗人甚至用豫让、要离等古游侠作为反衬，得出"十子若不肖，不如一女英"的结论。

《秦女休行》乃是在三国左延年的同题诗歌的基础上改编润色而成的作品。诗人为秦女休的夫婿增加了"燕国王"这样的显赫背景，又格外强调她的美貌，借助权势与容貌烘托秦女休的品德。最终，秦女休在临刑之前获得大赦。

魏晋南北朝时，女侠常被归类于"烈女"的范畴。《魏书》中记载庞娥为父报仇的故事即如此。[1]这些史料的写作程序与魏晋女侠诗歌的故事程序几乎是一致的。唐人的咏侠诗是在魏晋诗歌的基础上发展而来，因而很多叙事框架仍带有魏晋诗歌的影子。

李白笔下的女侠诗，其中的故事框架与秦汉叙事诗在本质上并无太大区别，都是女子为了宗室或是家庭甘愿以身犯险，杀人犯事之后终能获得赦免的结局。故事带有朴素的善恶有报的价值观，又带有最原始本真的惩恶扬善的道德观：杀恶人是天道所向，是义举，即便违法，法律在民间道义面前也得让道。所以这些关于侠女的叙事诗本质上可以看作民间故事的文人化表述。

与一般的咏侠诗不一样，女侠诗的故事框架会显得单调许多。这也与

---

[1] 《三国志·魏书十八·庞淯传》："初，淯外祖父赵安为同县李寿所杀，淯舅兄弟三人同时病死，寿家喜。淯母娥自伤父仇不报，乃帏车袖剑，白日刺寿于都亭前，讫，徐诣县，颜色不变，曰：'父仇已报，请受戮。'禄福长尹嘉解印绶纵娥，娥不肯去，遂强载还家。会赦得免，州郡叹贵，刊石表闾。"（《三国志》，中华书局，1999，第409页。）

古代的男女社会角色定位有关。男性角色多能在外闯荡，因而江湖阅历明显丰富许多，文人在进行咏侠诗创作时会有很多的故事模本可以借鉴参考，侠客们可以发挥功能的领域亦广阔许多：边塞、城市、报恩、复仇等。然而传统女性角色多被限制在家庭中，没有过多的机会外出，因而民间及文人对女侠的想象都显得苍白单调。女侠的行侠目的也多局限在家族恩怨中，不会上升到民族、国家等较高层面，而本身的生活局限性也让女侠的行侠目的与酬谢知己的故事类型无缘。直到唐传奇的出现，文学作品中才有了将传统侠客置换成女性的故事框架出现。

诗人在歌颂侠女时，虽然也格外强调这些女子的"义"，但此时的"义"与男性侠客追求的"义"又有本质的区别。男侠们借助"义"成全自己的忠与信，这种忠信侠义的追求是外化的、利他的，牺牲自我的同时也常常牺牲了妻儿：要离为了替公子光争权，须放弃自己的小家。即便是在唐代游侠的眼中，边塞安定、功名利禄、自由不羁才是首要，女性依旧是被忽视的角色。而女性侠客所追求的"义"是内化的，牺牲自我也只是为了宗族、家庭，这里的侠义更近于儒家推崇的孝与妇德。女侠们即便是在行为方面跳出了传统对女性弱质纤纤的定义，内在还是遵循着传统封建道德伦理对女性的要求。

第五章 唐代咏侠诗中的人生价值与生活趣味

从春秋战国时期，侠客踏上历史的舞台起，无论他们的现实生存空间如何，后人对游侠总是抱有景仰的态度，有意或无意地模仿游侠。除却春秋战国，唐代是游侠拥有最舒适生存空间的时代，这与当时的国家政策与需求息息相关。文人对"任侠"行为的欣赏，对"其言必信，其行必果，已诺必诚，不爱其躯，赴士之阨困……不矜其能，羞伐其德"的侠客精神的崇拜，加上唐代自身的时代特点，让唐代的咏侠诗具有自己独特的魅力。在咏侠诗中，唐人歌颂当时的普世价值——"义气"与"忠君"，并将相关的价值取向与游侠形象结合起来，表达自己的功名观念与人生抉择。

第一节 重义轻利：唐代咏侠诗中的价值取向

千古以来，侠客受各阶层喜爱的主要原因之一便是其甘愿因为情谊而替他人承担风险的节烈精神。这便是"义气"二字。侠客的尚义精神自《史记》开始便拥有广大受众，唐代自然也是格外追捧这一点。所以唐代的诗歌中也尤其重视"义气"这一人格精神。[1]咏侠诗更是位置靠前。

初盛唐时，咏侠诗中的游侠形象无论身份贵贱、是否渴求功名，都有相似的行事准则。"然诺心无二"[2]、"共矜然诺心"[3]、"三杯吐然诺"[4]等诗句均描述了侠客一诺千金的仗义形象[5]。可见守信是初盛唐咏侠诗的精神内核之一。

"轻生"与"重义""报恩"等概念在咏侠诗中常常并列出现。"恩酬期必报，岂是辄轻生"[6]、"重义轻生一剑知"[7]、"重义轻生怀一顾"[8]等诗句都是通过概念的并列与对比来凸显游侠对恩义的重视程度。可见轻生是侠客实

---

[1] 《全唐诗》中直接提到"义"的诗歌有500余首，多与巡边、戍边或侠客生活有关。亦有一部分应和、赠别诗作，借助"义"字褒奖对方的高洁品格。虽然这500余首诗歌并不都与侠客有关，但同样可以看出唐人对义的重视以及赞美。

[2] （唐）张昌宗：《少年行》，《全唐诗（增订本）》卷八十，中华书局，1999，第867页。

[3] （唐）虞世南：《结客少年场行》，《全唐诗（增订本）》卷三十六，中华书局，1999，第474页。

[4] （唐）李白：《侠客行》，《全唐诗（增订本）》卷一百六十二，中华书局，1999，第1690页。

[5] "然诺"一词出自《史记》卷把十九《张耳陈馀传》，初盛唐常直接用这一典故作为游侠的形象描述，但有趣的是，到了中晚唐时，这一词语多用于友人的相赠之中。

[6] （南唐）李中：《剑客》，《全唐诗（增订本）》卷七百四十七，中华书局，1999，第8586页。

[7] （唐）沈彬：《结客少年场行》，《全唐诗（增订本）》卷七百四十三，中华书局，1999，第8544页。

[8] （唐）骆宾王：《从军中行路难二首》（其一），《全唐诗（增订本）》卷七十七，中华书局，1999，第833页。

现自己人生目标的手段之一。

儒家思想与侠客精神皆是重恩敬知己[1],尤其儒家也推崇"义"的精神,《论语》一书便有颇多孔子关于"义"的见解[2]。这让文人在接受侠客形象或相关行为时基本没有障碍。不过侠义与仁义的侧重点仍有一定区别。侠虽说只是一种气质,一种精神,但千古以来人们多将它与武相提并论,武侠几乎成了侠的代名词。侠客们利用武力捍卫自己的追求,张扬外放,甚至不惜牺牲自己的性命。而儒家的仁义则以礼教为内涵,话本、小说中的正统书生时常将"非礼勿视、非礼勿听"等字句挂在嘴边,而孔子也强调"克己复礼为仁.一日克己复礼,天下归仁焉"[3]。可见"礼"是儒家达成"仁"的最佳途径。正因为对礼教的尊崇,儒家更希望能以由己及人的内省方式来推行仁义。所以即便在"义""信"等方面,侠与儒都有类似的表达,但是实行的方式有很大的区别。韩非子在《五蠹》中批评侠、儒二家时,便指出了两家行事方式的差异:同样是将扫除天下不公作为己任,侠以激烈的武力扫荡天下不平事,儒则用温文的礼教改变世间的不公。唐代咏侠诗和同期其他诗作的对比正好可以体现出侠义与仁义的区别。

---

[1] 周昙在咏史诗中提道:"仁义不思垂教化,背恩亡德岂儒为。"可见在唐人的眼中,背恩忘德之人是没有资格谈儒的,这反过来也说明了儒家思想对恩义的重视程度。

[2] "君子喻于义,小人喻于利。""信近于义,言可复也。恭近于礼,远耻辱也。"从这些言论,可以看出孔子对义的理解。而后代儒家不论学派如何,对"仁义"的态度及理解始终未变。唐代诗歌中多次提到仁义的重要性:"君子抱仁义,不惧天地倾。"(王建《赠王侍御》)"君王俭德先简易,赡国肥家在仁义。"(刘商《金井歌》)可见仁义思想在唐代文人的信念中仍居数一数二的地位。

[3] 《论语·颜渊》,《论语译注》,中华书局,1980,第123页。

唐人自身好武重义的精神使他们的行事常带有"任侠"的姿态，在遇见世间不平之事时，唐人常常会有侠客式的感慨："野夫怒见不平处，磨损胸中万古刀。"[1] "今日把示君，谁为不平事？"[2] "神剑冲霄去，谁为平不平？"[3] 诗作将世间不平与武器联系在一起，似乎只要具有了武力就能够解决世间的不公。这正是传统侠客的想法。值得注意的是，上述诗歌的作者身份地位都不高，无法利用自身的势力去调解相关的问题。文人在无力解决所见的不公之时，也会像民间百姓一般希望身负绝技的侠客能从天而降，戏剧性般地将所有问题解决掉。诗人向旁人展示的不仅是诗中剑客，更是自己面对不公时的愤慨与正义，武器在此成了侠义与正气的象征符号。

在抒发侠气的同时，文人也将自身的儒学气息融入咏侠诗当中。唐代君主致力于拓扩国家版图，因此武力显得极其重要，当时文人也踊跃参与到边疆战事中。这时的咏侠诗侧重体现侠客如何利用武力实现自我价值，其中的儒家思想更多体现在边塞游侠"忠君爱国"这一方面。其他游侠的形象刻画则保留了更多先秦游侠的行为特点。诗人除了将重点放在游侠的放荡不羁，同时也有游侠为了知己轻生重义的相关描写："杀人不回头，轻生如

---

[1] （唐）刘叉：《偶书》，《全唐诗（增订本）》卷三百九十五，中华书局，1999，第4461页。

[2] （唐）贾岛：《剑客》，《全唐诗（增订本）》卷五百七十一，中华书局，1999，第6675页。

[3] （南唐）李中：《剑客》，《全唐诗（增订本）》卷七百四十七，中华书局，1999，第8586页。

暂别。"[1] "重义轻生一剑知，白虹贯日报仇归。"[2] "轻生殉知己，非是为身谋。"[3]

报仇、轻生、殉节等行为的本质都是利他主义的，可游侠利他的手段却是违法乱禁。在游侠眼中，所谓"义气"就是竭尽自己所能为他人付出。在他们的世界中，私刑可以代替法律，自己就是正义的化身。这便使游侠的"义气"行为带有了两面性：为人排忧解难的同时又破坏了法治的基础。这也是咏侠诗中经常强调游侠"死难在横行"的原因之一。所以这类游侠一般只作为文人的精神寄托，存在于文学作品之中，其现实中的生存空间并不大。

儒家的仁义精神同样有杀身成仁、舍生取义的成分，利他的同时也将正义置于至高无上的地位。但是儒家的仁义更强调对公而非对私，即如何为天下苍生求福祉，而非仅为个人恩怨牺牲。唐代具有仁义思想的诗歌当中，不时会有"苍生""天下"等字眼出现，譬如心怀天下的杜甫便曾写道："安得广厦千万间，大庇天下寒士俱欢颜！……吾庐独破受冻死亦足！"[4] 储光羲也曾有过类似的表达："翰林有客卿，独负苍生忧。中夜起踯躅，思欲献厥谋。"[5]

---

[1]（唐）孟郊：《游侠行》，《全唐诗（增订本）》卷三百七十二，中华书局，1999，第4199页。

[2]（唐）沈彬：《结客少年场行》，《全唐诗（增订本）》卷七百四十三，中华书局，1999，第8544页。

[3]（唐）虞世南：《结客少年场行》，《全唐诗（增订本）》卷三十六，中华书局，1999，第474页。

[4]（唐）杜甫：《茅屋为秋风所破歌》，《全唐诗（增订本）》卷二百一十九，中华书局，1999，第2313页。

[5]（唐）储光羲：《效古二首》（其二），《全唐诗（增订本）》卷一百三十六，中华书局，1999，第1380页。

相比儒家的仁义，游侠的侠义精神格局相对较小，够不上大义的层次，也不太需要智力的参与，勇气与武力已足以撑起侠义的全部。但对于普通百姓而言，这种无须顾全大局的睚眦必报的恩仇观念，更加能够帮助他们解决眼前的问题。

笔者认为，游侠的侠义是下层对下层或是下层对上层，自下而上的义气体现，儒家的仁义则是上层关怀下层的自上而下的义气体现。唐代咏侠诗中的游侠报恩对象一是君主，再是知己，诗中基本不会涉及苍生，即便有，也是置于"报君"的层面之下。侠义与仁义的融合，让唐代咏侠诗呈现出别样的精神内涵。

第二节 唐代咏侠诗中的爱国热忱

初盛唐时，国家正处于扩张发展阶段，足够的武力支持显得至为关键。所以游侠自身不爱其躯、不矜其能、赴士之困的侠客精神是开国阶段君主非常欣赏的，只是在君主眼中，侠义精神中原本的"士"被置换成国家。侠客尽忠的对象由知己变成了君王。

一般而言，政权刚确立时，国家政策多会以休养生息为主，而唐代初年却反其道而为之。这与当时天下割据严重、政权林立的局势颇有关联。李渊在大业十三年（617）起兵，同年西秦霸王薛举、河西大凉王李轨分别于天水、武威建元，窦建德亦于河间乐寿自称长乐王，李密杀了翟让获得瓦岗军的实际领导权。突厥扶持的定杨可汗刘武周称帝，成为当时北方最大的势力。公元618年，萧铣拥兵四十万，于岳阳称帝。此外还有徐圆朗、高开道、梁师都、林士弘、李子通等人，拥兵自立，称霸一方。在长安举事的唐政权并不安稳，稍有不慎便会被其他割据势力吞并。

长安处于纷争局面中心的位置，容易受到其他政权的攻击。无论是求自保还是主动进取，唐政权在当时的局势之下都很难休养生息，即便到了贞观年间，唐王朝与这些地方势力的战争还在进行。[1]

当时的割据势力为了发展自身势力，发展的套路与唐王朝相差无几。各方势力为了稳固自己的内部统治，吸引更多能人，自然需要推出让世人接受的社会政策。除此之外，兵将在前线英勇作战的基础是有充足的粮草供应，只有推出温和宽仁的政策，才能让百姓愿意居住于此，发展农耕以辅助军事。[2]

仁政的体现之一便是宽松的刑罚。唐人意识到严苛法律对百姓及政权稳固造成的危害，因而初唐以来便改变隋时的严苛法律，刑罚尽量宽简，借此收复了不少民心及声望。[3]太宗即位后，又在高祖颁行天下的法律基

---

[1] 贞观二年（628），梁师都为柴绍、薛万均、刘兰成等人击败，同年四月，被堂弟梁洛仁所杀。《旧唐书》卷三十八《地理一》在介绍隋洛交县时也提及："贞观二年，平梁师都，罢都督府，移州治上县。"

[2] 瓦岗军首领李密在向翟让进谏时曾说过："今兵众既多，粮无所出，若旷日持久，则人马困弊，大敌一临，死亡无日矣！未若直取荥阳，休兵馆谷，待士勇马肥，然后与人争利。"（《旧唐书》卷五十三《李密传》）

[3] 《旧唐书》卷五十《刑法志》："比及晚年，渐亦滋虐。炀帝忌刻，法令尤峻，人不堪命，遂至于亡。高祖初起义师于太原，即布宽大之令。百姓苦隋苛政，竞来归附。旬月之间，遂成帝业。""惟制杀人、劫盗、背军、叛逆者死，余并蠲除之……因开皇律令而损益之，尽削大业所用烦峻之法。又制五十三条格，务在宽简，取便于时。"

础上加以厘改，让法律更加宽平仁慈。[1]初唐的执政者制定刑罚时多是"斟酌今古，除烦去弊，甚为宽简，便于人者"。高宗同样遵循贞观旧制，以宽恤为主。即便是严于用刑的武则天，也能听取臣子的意见，以改变当时"海内慑惧，道路以目"的局面。[2]

虽说在当时拓扩疆土、平定内乱的形势下，很难达成真正意义上的休养生息，不过宽仁的法律制度，亦能够让百姓的生活稍加轻松安乐。于政权统治而言，宽松的刑罚环境，有利于国家的稳定繁荣。正如陈子昂的奏疏所言："观三代夏、殷兴亡，已下至秦、汉、魏、晋理乱，莫不皆以毒刑而致败坏也。"[3]仁政并不会导致社会秩序的混乱，反而会让社会更加安稳。《旧唐书》中记载，太宗废除恶法，推行仁策之后，"其后虽存宽典，而犯者渐少"[4]。以隋末唐初时同样称帝的王世充作反例，由于郑国刑律严苛，百

---

[1] 《旧唐书》卷五十《刑法志》："于是议绞刑之属五十条，免死罪，断其右趾。应死者多蒙全活。太宗寻又愍其受刑之苦……乃与八座定议奏闻，于是又除断趾法，改为加役流三千里，居作二年。""太宗尝录囚徒，悯其将死，为之动容，顾谓侍臣曰：'刑典仍用，盖风化未洽之咎。愚人何罪，而肆重刑乎？更彰朕之不德也。用刑之道，当审事理之轻重，然后加之以刑罚。何有不察其本而一概加诛，非所以恤刑重人命也。然则反逆有二：一为兴师动众，一为恶言犯法。轻重有差，而连坐皆死，岂朕情之所安哉？'更令百僚详议。……自是比古死刑，殆除其半。"

[2] 《旧唐书》卷五十《刑法志》："然则天严于用刑，属徐敬业作乱，及豫、博兵起之后，恐人心动摇，欲以威制天下，渐引酷吏，务令深文，以案刑狱。……监察御史魏靖上言曰：……疏奏，则令录来俊臣、丘神勣等所推鞫人身死籍没者，令三司重推勘，有冤滥者，并皆雪免。"

[3] (后晋)刘昫：《旧唐书》卷五十《刑法志》，中华书局，2000，第1448页。

[4] 同上书，第1444页。

姓四散逃亡以求自保，百姓的离去反过来又让王的政权更加岌岌可危。[1]

在当时群雄纷争的时局下，除唐王朝之外势力较大的割据政权同样在纷乱之中以推行仁政来吸纳百姓。本身喜侠节的窦建德，因为自身对将士子民多加爱护，战胜之后不滥杀城中无辜官员百姓，因此颇受尊重，在势力高峰期也能拥兵十万，雄踞一方。[2]即便最终兵败被斩于长安，时人及后世对他的评价并不低。[3]

刑罚宽松从社会规范的角度减少了对子民的限制，赋税制度的宽松则是从经济角度减轻百姓的压力。与前朝相比，唐代的税收条例分明，无含混不清之处；税赋与汉代、南北朝时期相比都要轻松许多。宽松的税收政策配合当时计口授田的均田制，避免土地严重兼并的同时，又能让百姓安

---

[1]《旧唐书》卷五十四《王世充传》："世充见众心日离，乃严刑峻制，家一人逃者，无少长皆坐为戮，父子、兄弟、夫妻许其相告而免之。又令五家相保，有全家叛去而邻人不觉者，诛及四邻。杀人相继，其逃亡益甚。至于樵采之人，出入皆有限数，公私窘急，皆不聊生。又以宫城为大狱，意有所忌，即收系其人及家属于宫中。又每使诸将出外，亦收其亲属质于宫内。囚者相次，不减万口，既艰食，馁死者日数十人。"

[2]《旧唐书》卷五十四《王世充传》："建德每平城破阵，所得资财，并散赏诸将，一无所取。又不啖肉，常食唯有菜蔬、脱粟之饭。其妻曹氏不衣纨绮，所使婢妾才十数人。至此，得宫人以千数，并有容色，应时放散。得隋文武官及骁果尚且一万，亦放散，听其所去。"

[3]《旧唐书》卷五十四《王世充传》："史臣曰：……建德义伏乡间，盗据河朔，抚驭士卒，招集贤良。中绝世充，终斩化及，不杀徐盖，生还神通，沉机英断，靡有初。及宋正本、王伏宝被谗见害，凌敬、曹氏陈谋不行，遂至亡灭，鲜克有终矣。然天命有归，人谋不及。"

心务农。[1]在以农耕为基础的封建时代，轻徭薄赋的举措有助于促进有丁有田的农业家庭经济的发展。此外，初唐政府沿用了西魏的府兵制，兵农合一的做法可以在战争时较好地平衡军事与农耕的关系，同时又能避免将领拥兵自重、统治集团内部分裂的现象。[2]

这些政策的施行，平衡了因军事扩张而不得不征调青壮年上前线的举

---

[1]《大唐六典》卷三《尚书户部》："凡赋役之制有四：一曰租，二曰调，三曰役，四曰杂徭。（开元二十三年，敕以为天下无事，百姓徭役务从减省，遂减诸司色役一十二万二百九十四。）课户每丁租粟二石；其调随乡土所产绫、绢、絁各二丈，布加五分之一，输绫、绢、絁者绵三两，输布者麻三斤，皆书印焉。（若当户不成匹、端、屯、綟者，皆随近合成。其调麻每年支料有余，折一斤纳粟一斗。）凡丁岁役二旬，（有闰之年加二日。）无事则收其庸，每日三尺；（布加五分之一。）有事而加役者，旬有五日免其调，三旬则租、调俱免。（通正役并不得过五十日。）凡庸、调之物，仲秋而敛之，季秋发于州。租则准州土收获早晚，量事而敛之，仲冬起输，孟春而纳毕；（江南诸州从水路运送之处，若冬月水浅上埭难者，四月已后运送。）本州纳者，季冬而毕。凡诸国蕃胡内附者，亦定为九等，四等已上为上户，七等已上为次户，八等已下为下户；上户丁税银钱十文，次户五文，下户免之。附贯经二年已上者，上户丁输羊二口，次户一口，下户三户共一口。（无羊之处，准白羊估折纳轻货。苦有征行，令自备鞍马，过三十日已上者，免当年输羊。凡内附后所生子，即同百姓，不得为蕃户也。）凡岭南诸州税米者，上户一石二斗，次户八斗，下户六斗；若夷、獠之户，皆从半输。轻税诸州、高丽、百济应差征镇者，并令免课、役。凡天下诸州税钱各有准常，三年一大税，其率一百五十万贯；每年一小税，共率四十万贯，以供军国传驿及邮递之用。每年又别税八十万贯，以供外官之月料及公廨之用。凡水、旱、虫、霜为灾害，则有分数：十分损四已上，免租；损六已上，免租、调；损七已上，课、役俱免。若桑、麻损尽者，各免调。若已役、已输者，听免其来年。凡丁新附于籍帐者，春附则课、役并征，夏附则免课从役，秋附则课、役俱免。（其诈冒、隐避以免课、役，不限附之早晚，皆征之。）凡丁户皆有优复蠲免之制。（诸皇宗籍属宗正者及诸亲，五品已上父祖、兄弟、子孙，及诸色杂有职掌人。）若孝子、顺孙、义夫、节妇志行闻于乡闾者，州县申省奏闻，表其门闾，同籍悉免课役；有精诚致应者，则加优赏焉。"

[2] 府兵制的实质是"兵农合一"还是"兵农分离"，学界说法不一。在此以唐宋时文人的观点为论述依据。

措，使当时社会经济在兵戈扰攘的氛围之下还能有所发展。在相关社会政策的影响之下，当时的文学创作也会对此有所反映。

经济的发展以及军事力量的强大，让初盛唐涌现出大量的边塞诗作，这些诗作充满了慷慨激昂的情绪，当时大量任侠人士，包括部分具有侠气的文人，拥向边塞，使边塞诗中出现了大量拥有爱国之心的游侠形象。文人也依照亲身所见或亲耳所闻记录下种种积极奋战的勇士形象。

喜好任侠的唐人常借助边塞游侠形象热切地向君主表达不惜一切报效国家的愿望："不求生入塞，唯当死报君。"[1] "报君黄金台上意，提携玉龙为君死。"[2] "丈夫期报主，万里独辞家。"[3] "持来报主不辞劳，宿昔立功非重利。"[4] "吾身许报主，何暇避锋镝。"[5] "当须徇忠义，身死报国恩。"[6] 孟郊笔下的英雄是"壮士心是剑，为君射斗牛。朝思除国仇，暮思除国仇"[7]。这

---

[1] （唐）骆宾王：《从军行》，《全唐诗（增订本）》卷七十八，中华书局，1999，第840页。

[2] （唐）李贺：《雁门太守行》，《全唐诗（增订本）》卷三百九十，中华书局，1999，第4408页。

[3] （唐）郑愔：《塞外三首》（其一），《全唐诗（增订本）》卷一百零六，中华书局，1999，第1106页。

[4] （唐）乔知之：《赢骏篇》，《全唐诗（增订本）》卷八十一，中华书局，1999，第875页。

[5] 武元衡：《塞下曲》，《全唐诗（增订本）》卷三百一十六，中华书局，1999，第3544页。

[6] （唐）李希仲：《蓟北行二首》（其二），《全唐诗（增订本）》卷一百五十八，中华书局，1999，第1620页。

[7] （唐）孟郊：《百忧》，《全唐诗（增订本）》卷三百七十三，中华书局，1999，第4204页。

样的英雄每天所思所想都是为国家付出，踏出建功立业的第一步。正是这样的信念让他们有了"未收天子河湟地，不拟回头望故乡"的决绝之心。所以他们怀剑辞乡之后，一直抱着"恩重恒思报，劳心屡损年。微功一可立，身轻不自怜"[1]的信念。在他们的信念中，微小的功勋原比自己的性命重要。王翰也曾提到，"长安少年无远图，一生惟羡执金吾。麒麟前殿拜天子，走马西击长城胡。"[2]少年游侠走马边疆的实质也是为了实现成为"执金吾"的梦想，可见游侠们对功名的重视程度了。

"少年金紫就光辉，直指边城虎翼飞。一卷旌收千骑虏，万全身出百重围。黄云断塞寻鹰去，白草连天射雁归。白首汉廷刀笔吏，丈夫功业本相依。"[3]在唐代少年的观念中，功业与边塞战争有了逻辑关联，参军在当时是获取功名利禄的最佳方式。诗作用白发苍苍的刀笔吏作对比，更是凸显了边塞儿郎少年得志的踌躇满志。

功名是诱惑游侠前往边塞的绝佳动力。在这样的观念影响下，原本在都市中放飞自我的少年游侠们，纷纷奔赴边塞企图成就一番事业。"讵驰游侠窟，非结少年场。一旦承嘉惠，轻命重恩光。"[4]诗歌中的游侠同样将功名放置在自己的性命之前。正是因为功名成了游侠眼中的"嘉惠"，游

---

[1] （唐）王贞白：《拟塞外征行》，《全唐诗（增订本）》卷七百零一，中华书局，1999，第8133页。

[2] （唐）王翰：《饮马长城窟行》，《全唐诗（增订本）》卷一百五十六，中华书局，1999，第1607页。

[3] （唐）张祜：《从军行》，《全唐诗（增订本）》卷十九，中华书局，1999，第229页。

[4] （唐）李益：《从军有苦乐行》，《全唐诗（增订本）》卷二百八十二，中华书局，1999，第3197页。

侠们才能忍受"边地多阴风，草木自凄凉。断绝海云去，出没胡沙长"的艰苦环境[1]，才会有"孰知不向边庭苦，纵死犹闻侠骨香"[2]的豪言壮志。王维的《陇头吟》中，游侠也是从都城长安到边疆驻边、身经百战战功无数的少年。与其他边塞游侠一样，他们亦是以积极建功的形象存在于诗作之中。为了"侯服见光辉"[3]的人生追求，即便吃再多的苦，他们也甘之如饴。

诗作中的游侠忘死辞家虽有自己渴求建功的私心，但无法否认这一私心是建立在为国效力、解决国家边境难题的基础上，建功立业的私心背后，实际就是唐人的爱国热情。爱国情怀能否实现，直接影响唐人的人生抉择。

第三节　出世与入世：唐代咏侠诗中的人生抉择

李唐王朝将道教定为唐代国教。同时，唐代的君主们颇为重视对佛教的利用以及整顿。在唐代思想开放的背景下，各大宗教以及儒家思想之间的关系并非此消彼长，而是互相渗透、相互融合，形成了中国古代士人独特的思想风貌。

在这样的文化风气之下，文人作品中也常常呈现出不同思想的交融与

---

[1]（唐）李益：《从军有苦乐行》，《全唐诗（增订本）》卷二百八十二，中华书局，1999，第3197页。

[2]（唐）王维：《少年行四首》（其三），《全唐诗（增订本）》卷二十四，中华书局，1999，第324页。

[3]（唐）虞世南：《从军行二首》（其二），《全唐诗（增订本）》卷三十六，中华书局，1999，第473页。

碰撞。积极与消极、洒脱与严肃这些看似矛盾的关系在唐代咏侠诗中得到有机的统一，使得唐代咏侠诗在呈现游侠浪漫豪情的同时，也展示了唐代士人文化的独特之处。

一、唐代咏侠诗中的"入世"之心

有唐一代，各式各样的思想在文学作品中都得到体现。当时的文学作品中的侠客形象常常集道家、佛家的特点于一身。譬如《聂隐娘》中的乞食尼明明是佛家子弟，却能够教授隐娘道家法术，可见当时的思想融合程度非常高。在咏侠诗中，诗人常利用儒生文弱的形象来衬托侠士的英勇，诗中公然嘲笑只会读书的腐儒年岁已长却成就零丁，借此凸显武艺对加官晋爵的重要性。但也会有"早知今日读书是，悔作从前任侠非"的弃侠从儒式的选择。在文武并行、文化多样的唐王朝，各类思想文化常有融合的迹象，武士的"侠"与文士的"儒"也常常交融在一起。任侠的社会风气与儒家的济世情怀在诗作中更多时候融合得天衣无缝。

广为流传的唐代边塞咏侠诗也是儒家思想对边塞游侠产生影响的体现。这时，为自己寻求功名与为国家作贡献得到完美统一，杜甫笔下的大丈夫形象是"丈夫誓许国，愤惋复何有。功名图麒麟，战骨当速朽"[1]。唐人眼中的游侠并非仅有蛮力的一介武夫，常常是能兼怀天下的豪杰英雄。聂夷中笔下的侠客"徇大义""不沽名"，虽不爱读书，但同样希望为天子

1_（唐）杜甫：《前出塞九首》（其三），《全唐诗（增订本）》卷二百一十八，中华书局，1999，第2295页。

扫除边塞危机，即使再无发挥自身作用的战场，落个"悠哉典属国，驱羊老一生"的结局，侠客也是甘之如饴。这种将自身利益放置在国家利益之后的无私精神不正是儒家所倡导的吗？《庄子·渔父》中对儒家思想的评价是："性服忠信，身行仁义，饰礼乐，选人伦。上以忠于世主，下以化于齐民，将以利天下。"[1]忠君、齐民都是为了天下苍生的利益着想，仁义与侠义在这方面不谋而合。

由盛唐起，侠客形象不再是单独出现的英雄形象或者恶少形象，而是常常与儒者形象互为参照对比。早年颇有侠气的李颀在《缓歌行》中感慨道："早知今日读书是，悔作从前任侠非。"[2]随着儒家文化与侠文化的融合，诗人们开始觉得"任侠"是一件胡作非为、不太光彩的事情，韦应物在《逢杨开府》一诗中概述了自己的前半生，同样认为早年的放荡是无赖顽痴的表现，痛改前非之后的他同样选择读书作诗这一条道路。

即便是欣赏侠客行径的诗人，也常利用读书人的形象衬托侠者的英气。"有才不肯学干谒，何用年年空读书。"[3]"安知憔悴读书者，暮宿虚台私自怜。"[4]利用读书无用的儒生形象，与奋勇杀敌立功边陲的侠客形象作对比，更突出侠客的勇武与功高。中唐的李贺虽说是唐室宗亲，可是家道

---

[1] 孙通海译注：《庄子》，中华书局，2007，第359页。

[2]（唐）李颀：《缓歌行》，《全唐诗（增订本）》卷一百三十三，中华书局，1999，第1349页。

[3]（唐）高适：《行路难二首》（其二），《全唐诗（增订本）》卷二百一十三，中华书局，1999，第2216页。

[4] 同上。

中落已久，仕途方面又因避家讳，不得应进士举，终生落魄不得志，悲愤之余，不免觉得读书无用。李商隐更是告诫孩子："儿慎勿学爷，读书求甲乙……当为万户侯，勿守一经帙。"[1]以"憔悴欲四十，无肉畏蚤虱"的自身经历告诉自己的后代：若要为国，应该前往西北参军剿灭羌戎。这番告诫除与晚唐藩镇割据、政局飘摇有关之外，也与诗人本身的生活经历有关。生活在晚唐的李商隐，虽说满身学问，又有治国之心，却卷进了牛李党争之中，在政治上备受打压，以致仕途不顺。自身经历让他产生了读书无用的感受，时局的动荡更让他觉得武功救国的重要性。

在诗人的世界中，不论是称赞儒者还是称赞侠客，本质上都是称赞能够凭借自身能力获得功名的能人志士。无论是对侠客意气风发的歌颂还是对儒者功名无成的嘲笑，都是在表达自己渴求建功立业的入世心态。

王维有诗道："夫婿轻薄儿，斗鸡事齐主。黄金买歌笑，用钱不复数。许史相经过，高门盈四牡。客舍有儒生，昂藏出邹鲁。读书三十年，腰间无尺组。被服圣人教，一生自穷苦。"[2]唐代童谣也唱道："生儿不用识文字，斗鸡走马胜读书。"[3]白居易对此也曾感叹："悲哉为儒者，力学不知疲。……纵有宦达者，两鬓已成丝。"[4]只懂得声色犬马的贵族子弟却可以"二十袭

---

[1] （唐）李商隐：《骄儿诗》，《全唐诗（增订本）》卷五百四十一，中华书局，1999，第6299页。

[2] （唐）王维：《偶然作六首》(其五)，《全唐诗（增订本）》卷一百二十五，中华书局，1999，第1254页。

[3] 《神鸡童谣》，《全唐诗（增订本）》八百七十八，中华书局，1999，第10017页。

[4] （唐）白居易：《悲哉行》，《全唐诗（增订本）》卷四百二十四，中华书局，1999，第4676页。

封爵，门承勋戚资。春来日日出，服御何轻肥。朝从博徒饮，暮有倡楼期"[1]。他们凭借自己的家世便能身居高位，普通人家的孩子即便满腹经纶也是一生穷苦，出头无路。在这类诗歌中，出身名门的五陵子弟以纨绔形象出现，不曾具有远赴边关的英雄气概，属于上文分析的五陵游侠的第一种，"斗鸡走马"等常见的游侠行为在这里也不再是游侠放荡不羁、不重视金钱的表现，而是社会阶级固化的一种象征。

戴叔伦在《行路难》中，用只懂得杀猪买酒的屠沽儿与阮籍、扬雄等名儒作对比，得出了"颠倒英雄古来有"的结论，底层侠客在这首诗中最终得到封侯的机会，身前身后多人追捧，而公认博学的扬雄只落得个"门前碧草春离离"[2]的凄凉下场。在这首诗中，屠沽儿受封、名儒被冷落形成鲜明对比，诗人借此讽刺当权者用人不明，"屠沽儿"在此不是"仗义每多屠狗辈"的形象，而是胸无点墨的粗人。

在唐人的诗歌中，儒与侠并不是简单的对立矛盾关系，有时侠与儒甚至能呈现出一种融合的状态。"读书复骑射，带剑游淮阴。"[3]"负户愁读书，剑光忿冲斗。"[4]读书与任侠、拜谒与壮游并不矛盾。"读书破万卷，何事来

---

[1] （唐）白居易：《悲哉行》，《全唐诗（增订本）》卷四百二十四，中华书局，1999，第4676页。

[2] （唐）戴叔伦：《行路难》，《全唐诗（增订本）》卷二百七十三，中华书局，1999，第3066页。

[3] （唐）王维：《送从弟蕃游淮南》，《全唐诗（增订本）》卷一百二十五，中华书局，1999，第1243页。

[4] （唐）储光羲：《狱中贻姚张薛李郑柳诸公》，《全唐诗（增订本）》卷一百三十八，中华书局，1999，第1401页。

从戎。"[1]随军征战多年的岑参在军营空闲时分选择"读书复弹棋"[2]的方式娱乐。

侠与儒也是可以互相转化的,王维曾以"少年曾任侠,晚节更为儒"[3]的诗句称赞崔录事大丈夫的品性。韦应物赠诗畅当时,更指出了畅当由文向武转化的形象:"出身文翰场,高步不可攀。青袍未及解,白羽插腰间。……丈夫当为国,破敌如摧山。"[4]从这些诗作可以看出,在重视武功的同时又推行科举制度的唐王朝,士人在求取功名、为国尽忠时,文武转化颇为自如。这也说明当时士人的身上,儒与侠的气质并非独立存在,而是融合为一体。

唐代能文能武的读书人数量并不少。因而在咏侠诗创作的过程中常常自觉或不自觉地将二者进行比较,借此抒发自己的感慨。儒家的"仁义""乐群""忠君"等思想逐渐渗透到咏侠诗中,使得诗中的侠客或者诗中对侠客的评价沾染上了儒家的思想。而诗歌不论是褒扬儒者还是欣赏侠者,本质上并无差别。李颀的"早知今日读书是"是建立在闭门苦读十

---

[1] (唐)岑参:《北庭贻宗学士道别》,《全唐诗(增订本)》卷一百九十八,中华书局,1999,第2039页。

[2] (唐)岑参:《冬宵家会饯李郎司兵赴同州》,《全唐诗(增订本)》卷一百九十八,中华书局,1999,第2041页。

[3] (唐)王维:《济上四贤咏》(崔录事),《全唐诗(增订本)》卷一百二十五,中华书局,1999,第1252页。

[4] (唐)韦应物:《寄畅当》,《全唐诗(增订本)》卷一百八十八,中华书局,1999,第1925页。

年后能够"业就功成见明主"的基础上[1]。韦应物的"读书事已晚"是发生在"武皇升仙去,憔悴被人欺"的背景下[2],他的笔下也会出现"丈夫当为国,破敌如摧山。何必事州府,坐使鬓毛斑"[3]等扬武抑儒的字句。可见当时文人心态的矛盾之处:骨子里的侠气与儒思的碰撞,左右着诗歌中侠与儒的地位高低。

文人欣赏甚至效仿侠者的行为,也是因为"侠义"与"仁义"的融合,甚至在儒家文化对侠文化的渗透中,侠客原本"忠知己"的追求,被置换成为"忠国君"的思想。即便是尊侠贬儒的诗歌,也只是读书人无法凭借自身才能获得赏识的负气话而已。因此在唐代的诗歌当中,不论推崇儒家的方式还是侠者的方式,本质上都是推崇儒家"忠君为国"、追求自身成就的积极入世思想的表达。

二、唐代咏侠诗中的"出世"之心

有学者认为侠客阶层脱胎于"墨侠",而墨家学说与道家思想又有着种种关联,甚至被认为是道家的分支之一。加上由南北朝开始,儒、释、道三教在文学作品中逐渐融合,文人们得意时高呼儒家的入世精神,失意时又转投佛道思想,以精神或肉体的方式归隐。

1_(唐)李颀:《缓歌行》,《全唐诗(增订本)》卷一百三十三,中华书局,1999,第1349页。

2_(唐)韦应物:《逢杨开府》,《全唐诗(增订本)》卷一百九十,中华书局,1999,第1961页。

3_(唐)韦应物:《寄畅当》,《全唐诗(增订本)》卷一百八十八,中华书局,1999,第1925页。

唐代承袭了隋代的科举制度，并在这一基础上增设科目，大批文人苦读诗书，离家远游拜谒高官，希望获得入朝为官施展抱负的机会。因李为国姓，遂将道教定为国教，而唐代皇帝们又颇信奉佛家思想，因此道观佛寺香火鼎盛，在这样的文化背景之下，文人作品中自然会有多种思想交融。自身受佛禅影响深远的王维给李颀写诗时就曾提到，"闻君饵丹砂，甚有好颜色。不知从今去，几时生羽翼。"[1]虽是信奉佛教，但他仍对道教的丹药感到好奇。崔颢亦为当时的名僧作诗一首，表达对法师清净如黄金的赞美。可见当时的文人热衷于问佛求道，禅与道等思想难免会在诗歌当中流露出来，咏侠诗也不例外。在唐代的咏侠诗中，常有一批游侠最终选择归隐荒野。上文所举的《济上四贤咏·崔录事》一诗中的崔录事少年为侠、晚年为儒，过的却是"遁迹东山下，因家沧海隅"的隐居生活。这也体现了当时儒、道、释三教合一的文化趋向。

《白马篇》中的游侠"发愤去函谷，从军向临洮。叱咤万战场，匈奴尽波涛。归来使酒气，未肯拜萧曹。羞入原宪室，荒径隐蓬蒿"[2]，在边塞叱咤风云的同时，内心对安贫乐道的隐士原宪同样心存敬佩，向往那种隐居山野粗茶淡饭的生活。在儒家思想之中，出世及入世是相依相傍的，在入世兼济天下时，难免会遇到挫折，心生倦念的时候，自然会向往归隐。《孟子》中的"穷则独善其身，达则兼善天下"[3]便是儒家出世与入世的表现

1_（唐）王维：《赠李颀》，《全唐诗（增订本）》卷一百二十五，中华书局，1999，第1238页。
2_（唐）李白：《白马篇》，《全唐诗（增订本）》卷二十四，中华书局，1999，第317页。
3_《孟子·尽心上》，《孟子》，中华书局，2006，第291—292页。

方式。出世在读书人的眼中，正是平静心灵精神避难的唯一方式。士人笔下的侠客，正是他们内在精神世界在诗歌中的投射：渴望出世的同时，却又在仕途上屡屡碰壁，无法获得自己追求的功名；若是真正出世，又无法放下对功名利禄的追逐。士人在出世与入世之间摇摆不定，笔下的人物自然也具备了这种矛盾的色彩。而道家的清静无为、崇尚自然与佛家的修心戒性能够完美地让读书人在阅读与沉思时完成"出世"的想象。

在追求功名的过程中，文人们难免产生疲倦心理，认为名声、钱财皆如过眼烟云。薛逢以马侍中、韦太尉二位名震一时的英雄为例："一朝冥漠归下泉，功业声名两憔悴。……人生倏忽一梦中，何必深深固权位！"[1] 苦苦追求的功名利禄生不带来死不带去，也无法永荫子孙，"当时带砺在何处，今日子孙无地耕"。整首诗虽以英雄为例，但并不是歌颂他们的勇武，一笔带过的勇武只是用来与死后的萧索作对比，证明追求功名是件徒劳的事情，颇有佛家看破红尘的意味。

受佛教思想影响颇深的王维在畅想从弟王蕃"归来见天子，拜爵赐黄金"的场景之后，笔意突然转向"忽思鲈鱼鲙，复有沧洲心"[2]，借用晋人张翰等典故表达功成身退的归隐情怀。李白在《留别广陵诸公》一诗中写到自己年少时过着"结交赵与燕"的游侠式生活，年纪大了之后却是"晚节

---

[1] （唐）薛逢：《君不见》，《全唐诗（增订本）》卷五百四十八，中华书局，1999，第6373页。

[2] （唐）王维：《送从弟蕃游淮南》，《全唐诗（增订本）》卷一百二十五，中华书局，1999，第1243页。

觉此疏,猎精草太玄。空名束壮士,薄俗弃高贤"[1]。《太玄经》是汉儒扬雄阐释道家概念"玄"的著作。李白在诗中反思了自己年少时的放荡不羁,认为道家研究玄理、不理世俗的行为才是最完美的。借此表达了自己不愿意被空名、薄俗束缚的理想。

但是李白对道家思想的欣赏与王维推崇佛教不一样,李白主要是借助"道"来展示"我独异于人"的飘逸不羁和及时行乐的态度,虽然也会有"明朝散发弄扁舟"的无力倦怠,但向往归隐生活只是他表达政途失意的方式,并不是他真正的选择。邺中王大劝他一起入石门山幽居时,李白并没有随之入山。他将自己比作飘飘不得意的壮士,抒发了自己渴求功名的心情,并对不理世事的琅琊人做出批评:"投躯寄天下,长啸寻豪英。耻学琅琊人,龙蟠事躬耕。富贵吾自取,建功及春荣。"[2]可以看出李白的内心仍向往建功扬名,并非真正看破红尘。

盛唐咏侠诗展示出来的精神面貌整体而言仍是积极向上的,诗人即便归隐,也或是功成名就之后的另一种选择,或是以浪漫主义的方式抒发自己内心对功名不遂的悲慨。

出身于隐士家庭的戴叔伦虽因家计问题不得不走上仕途,但到中晚年对仕途颇为厌倦,上表辞官做道士去了。在《行路难》中,他一开始便感叹道:"出门行路难,富贵安可期。"认为人们所追求的东西并不是自己想

---

[1] (唐)李白:《留别广陵诸公》,《全唐诗(增订本)》卷一百七十四,中华书局,1999,第1787页。

[2] (唐)李白:《邺中赠王大》,《全唐诗(增订本)》卷一百六十八,中华书局,1999,第1740页。

得到就能得到的，与其苦苦追求，"不如拂衣且归去，世上浮名徒尔为"[1]。

对比盛唐与中晚唐的诗歌，会发现同样是受到佛老思想的影响，但是表达出来的精神内涵有很大差异。盛唐时期，王朝各方面处于上升趋势，文人的政治追求整体还是积极向上的，像王维这种因在官场上受过打击而萌生退意的人仅是少数。即便萌生退意，他们在描述"侠气"时，仍带有歌颂赞美的态度。

而到了国力衰退的中晚唐，归隐变成了读书人掩饰自己无法把握自身和国家命运的不安的途径，是逃避现实的一种选择。这时咏侠诗中的消极态度明显，失意的游侠形象也越来越多。"当今四海无烟尘，胸襟被压不得伸。冻枭残蚕我不取，污我匣里青蛇鳞。"[2]壮士武艺不得施展的抑郁与愤慨表露无遗。韦应物笔下的游侠不再热血冲动、急人所急，反倒以有仇报不得的郁结形象出现："壮士有仇未得报，拔剑欲去愤已平，夜寒酒多愁邅明。"[3]中唐诗人许棠在从弟海上从戎回来获任告成尉时，写诗与他送别，字里行间对从弟入仕似乎没有太大的触动，诗末还语重心长地告诉他："唯应寻隐者，闲寺讲仙书。"[4]皮日休笔下的壮士更是弃言世事，选择

---

[1]（唐）戴叔伦：《行路难》，《全唐诗（增订本）》卷二百七十三，中华书局，1999，第3066页。

[2]（唐）施肩吾：《壮士行》，《全唐诗（增订本）》卷四百九十四，中华书局，1999，第5628页。

[3]（唐）韦应物：《五弦行》，《全唐诗（增订本）》卷一百九十五，中华书局，1999，第2009页。

[4]（唐）许棠：《送从弟筹任告成尉》，《全唐诗（增订本）》卷六百零四，中华书局，1999，第7044页。

泛舟溪上避世。[1]诗人将自身的情绪投射在诗中的游侠身上，避世也就成了文人笔下的侠客化解自己人生失意的方式之一。

原本具有任侠气质的唐人将从戎参军当作抒展抱负、寻求功名的手段，可在经历了"干戈未定失壮士，使我叹恨伤精魂"[2]的动乱后，他们对征战已持悲观厌倦的态度，加上现实中人生理想难以实现，种种因素造成咏侠诗浪漫积极的色彩逐渐消散。这时的游侠除进一步纵情声色之外，人生态度也开始出现消极避世的一面。此外，晚唐文人找到了传奇这种更具灵活度的写作形式，游侠们开始在唐传奇中展示自己的行侠人生，盛极一时的唐代咏侠诗从此走向没落。

第四节 唐人生活审美在唐代咏侠诗中的体现

历代的诗歌均有描绘时下百姓生活状态的内容。现实主义代表诗人白居易便曾在诗歌中描绘过中唐女子流行的装扮："时世高梳髻，风流澹作妆。戴花红石竹，帔晕紫槟榔。鬓动悬蝉翼，钗垂小凤行。"[3]为后世学者研究唐人生活提供了论据素材。不同时期的诗作可以反映人们的生活质量以及审美的变化。

---

[1] （唐）皮日休：《题潼关兰若》，《全唐诗（增订本）》卷六百一十三，中华书局，1999，第7116页。

[2] （唐）杜甫：《苦战行》，《全唐诗（增订本）》卷二百一十九，中华书局，1999，第2315页。

[3] （唐）白居易：《江南喜逢萧九彻因话长安旧游戏赠五十韵》，《全唐诗（增订本）》卷四百六十二，中华书局，1999，第5282页。

唐代的咏侠诗向后人展示了唐代的多种游侠形象：功成名就志得意满的少年游侠、愿为知己不惜牺牲的历史游侠、斗鸡走马花天酒地的地痞游侠、功名无成意志消沉的失意游侠。后人从这些诗作中全方位了解了唐代的游侠风貌。唐人在按照自己的审美趣味创作咏侠诗时，也把生活审美以及文人风气带入诗中，唐代的娱乐生活及生活趣味在咏侠诗中也得到彰显。

在书写游侠恣意潇洒的都市生活时，诗人们也着力勾勒游侠积极追求人生目标的慷慨激昂的一面。此外，唐人也将自己的政治理想投射在游侠身上，借助诗中游侠形象表达自己的功名之心。褒贬之间，将唐人的风骨气质体现得淋漓尽致。

周培聚在《生活·审美·哲理》一书中将美分为自然美和社会美两方面。人对自然或物质的欣赏与抉择就是自身趣味审美的表现。所谓的审美，常常是结合社会的经济条件、审美者的文化修养，对某类事物做出自己的鉴赏分析，这类分析往往是精神感悟性质的，是非功利的。

唐代社会经济发展迅速，与周边国家通商贸易频繁，在生活审美方面已不再是单纯的汉人审美。譬如唐代流行的女性妆容之一，便有吐蕃的色彩。在宣泄游侠无尽精力、展示自身侠气的侠客世界里，相关的生活、器物的描写也必然带有侠客浪荡不羁的色彩，通过对相关活动、器物的分析，后人可知唐代游侠的生活审美究竟如何。

一、唐人的审美情趣

生活离不开娱乐，更离不开交通。各朝经济发达与否的判断标准亦与这两样脱不了关系。娱乐生活的多样与否，成为判断地方、时代经济条件如何的依据之一；交通的便捷促进了经济的发展，经济的发展又反过来让装饰交通工具成为可能。

唐王朝国力空前强大，与外界的经贸往来亦十分频繁。强大的经济力量，让唐代的娱乐生活颇为丰富。自身便喜好纵情狂欢的游侠在娱乐与出行方面，颇有自己的心得。对游侠生活进行描摹时，必然会涉及游侠们的娱乐生活。通过这些描写，后人可以了解到唐人玩乐的概念，以及对生活中的"美"有何理解。

1. 对生活小物的审美评价

无论是出征边塞还是寄情都市，宝剑都是游侠随身携带的首选，是彰显游侠武艺、身份的重要道具。通过咏侠诗，后人完全能看出游侠们对宝剑的喜爱程度。气不平的刘生"抱剑欲专征"[1]，"抱"字强调了这把宝剑对刘生的重要性。不仅如此，剑鞘上还用珍贵的翠羽装饰，进一步暗示这把宝剑的珍贵程度。为国征战的游侠"虎髥拔剑欲成梦，日压贼营如血鲜"[2]。拔剑的姿势正好彰显边塞游侠杀敌时的勇武。"横行俱足封侯者，谁斩楼兰献未央。"[3] 长剑是游侠获取功名的武器之一。"歇鞍珠作汗，试剑玉

---

[1] （唐）卢照邻:《刘生》，《全唐诗（增订本）》卷十八，中华书局，1999，第198页。

[2] （唐）温庭筠:《湖阴词》《全唐诗（增订本）》卷五百七十五，中华书局，1999，第6754页。

[3] （唐）翁绶:《陇头吟》，《全唐诗（增订本）》卷十八，中华书局，1999，第181页。

如泥。"¹宝剑又成了游侠恣意玩乐的工具。剑是游侠行侠仗义、为国为民的勇武象征,因而游侠对宝剑的喜爱超越了其他武器。

不单游侠,身具侠气、喜好任侠的唐人在出行时也常随身佩剑。《全唐诗》中有高达1500首诗歌涉及了"剑"的书写,剑似乎成了唐人生活的重要佩饰。儒家文化与侠文化逐渐融合的过程中,唐代许多读书人身上也具备游侠性格,而文人在进行游侠书写时,背后亦有儒家的精神支撑。宝剑作为勇武的象征,常常与儒家的思想结合起来。书生意气与报国情怀通过对边塞的向往融合到了一起,宝剑往往是这一融合过程中的重要意象。

"丈夫得宝剑,束发曾书绅。嗟吁一朝遇,愿言千载邻。心许留家树,辞直断佞臣。焉能为绕指,拂拭试时人。"²诗中的剑客兼具书生的身份,或者说剑主人是一位有任侠风气的读书人。所以诗中的宝剑并非用来杀敌戍边,而是成为书生内省的对照意象。侠客的刚正与儒家的仁义融为一体。剑在这里成为正直不阿的化身,是奸佞小人的对立面。而窦群借宝剑表达了自己愿为天子扫除佞臣的忠君思想。

白居易有诗《李都尉古剑》:"古剑寒黯黯,铸来几千秋。白光纳日月,紫气排斗牛。有客借一观,爱之不敢求。湛然玉匣中,秋水澄不流。至宝有本性,精刚无与俦。可使寸寸折,不能绕指柔。愿快直士心,将断佞臣

1_(唐)李益:《紫骝马》,《全唐诗(增订本)》卷二百八十三,中华书局,1999,第3213页。

2_(唐)窦群:《题剑》,《全唐诗(增订本)》卷二百七十一,中华书局,1999,第3032页。

头。不愿报小怨,夜半刺私仇。劝君慎所用,无作神兵羞。"[1]同样用剑比喻书生宁可身死、决不求全的气节。宝剑的作用已经和古时游侠的佩剑功能不同。诗人在诗中认为用剑报私怨会让神兵蒙羞,并不可取。能够让神兵发挥功用的唯一途径是为天子斩除奸佞。诗歌将思想提升到了为国为民的层面,并否定了古代游侠那种"士为知己者死"的早期侠义观。

韩愈的《利剑》也表达了相似的观点:"利剑光耿耿,佩之使我无邪心。故人念我寡徒侣,持用赠我比知音。我心如冰剑如雪,不能刺谗夫,使我心腐剑锋折。决云中断开青天。"[2]剑本是侠客行侠施恩的武器,可是到了中唐诗人的笔下,剑的意象由外在的笔直内化成正直无邪的精神象征,成为"君子比德"的一种对象,这是儒家思想对侠义的一种同化。"勿轻直折剑,犹胜曲全钩"同样用剑与钩的外在形态象征君子与小人的内在品德。剑的意象由南北朝时的杀敌报仇的武器变成了"清君侧"的利器,虽然都是忠君爱国的化身,但唐代的武器意象明显染上了更多儒家色彩。

儒家的"乐群"理念同样在唐代的咏侠诗中得到了体现。文人希望自己能够冰洁似雪正直如剑,并期许自己的知交也是如此。出于对知交的美好想象,剑成为友人之间互相寄意的重要凭证,可以"持用赠我比知音"[3],

---

[1] (唐)白居易:《李都尉古剑》,《全唐诗(增订本)》卷四百二十四,中华书局,1999,第4669页。

[2] (唐)韩愈:《利剑》,《全唐诗(增订本)》卷三百三十七,中华书局,1999,第3789页。

[3] (唐)韩愈:《利剑》,《全唐诗(增订本)》卷三百三十七,中华书局,1999,第3789页。

可以"临行泻赠君,勿薄细碎仇"[1],更能够"感君三尺铁,挥攉鬼神惊"[2]。剑的功能已经不单是杀戮,更兼具友人之间的纽带功能。诗人向友人赠物的同时,传达了自己对友人品行的期望;友人收到剑时,也能有所感念。可见剑这类武器在意象表达方面也逐渐带有文人气息,武的色彩逐渐退化。这一意象的演变过程可以看作儒家思想在诗歌中的侵浸过程:仗义寻仇等武侠因素逐渐被淡化,忠君爱国等儒家伦常变成了咏侠诗的核心。

唐代咏侠诗的思想内涵得以发生巨大变化,也和唐代政府大力发展儒学思想有密切关联。唐代早期科举开设了"明经"及"进士"两类。而这两类科举类别都与儒家教育有关。"明经"的本意就是希望考生能够通晓儒家经典,自隋炀帝起的明经内容便涉及"三礼"、"三传"、《诗经》等儒家经典;进士科又考诗、赋、时务策五道等。与魏晋南北朝的九品中正制相比,隋唐科举制度与儒家要求结合得更紧密。由于考试制度的要求,唐代的年轻人只要是存有入朝为官的心思,就必须饱读儒家经典,学子的思想难免会受到影响。因此他们笔下的咏侠诗中也难免流露出书生意气。"事了拂衣去,深藏身与名"的游侠形象在咏侠诗中并不多见,活跃在唐诗之中的反而是深受儒家思想影响的朝廷之侠,甚至读书人在"侠"与"儒"之间取舍艰难,最终有了"早知今日读书是,悔作从前任侠非"这样的认识。

唐代道教盛行,诗作中的侠客有时也会染上道教的色彩。吕岩诗歌中

---

[1] (唐)刘叉:《姚秀才爱予小剑因赠》,《全唐诗(增订本)》卷三百九十五,中华书局,1999,第4461页。

[2] (唐)牟融:《谢惠剑》,《全唐诗(增订本)》卷四百六十七,中华书局,1999,第5348页。

塑造的游侠就是所谓的"道侠"。在道侠的眼中，宝剑可以行侠仗义，也具有审美功能。"东山东畔忽相逢，握手丁宁语似钟。剑术已成君把去，有蛟龙处斩蛟龙。""朝泛苍梧暮却还，洞中日月我为天。匣中宝剑时时吼，不遇同人誓不传。""先生先生貌狞恶，拔剑当空气云错。连喝三回急急去，欻然空里人头落。""剑起星奔万里诛，风雷时逐雨声粗。人头携处非人在，何事高吟过五湖。"[1] 这里的宝剑不仅具有审美的功能，更是道术与游侠精神代代相传的重要意象。

随着胡汉通商，西域宝刀也逐渐进入汉人视野中。相传大食的宝刀精致锋利。杜甫曾盛赞大食宝刀："白帝寒城驻锦袍，玄冬示我胡国刀。壮士短衣头虎毛，凭轩拔鞘天为高。翻风转日木怒号，冰翼雪澹伤哀猱。镌错碧罂鸊鹈膏，钽锷已莹虚秋涛，鬼物撇捩辞坑壕。苍水使者扪赤绦。龙伯国人罢钓鳌，芮公回首颜色劳。"[2] 诗人用中国典故为大食宝刀营造"神器"的来历。西域宝刀的锋利与中华文化结合，以神兵的特别突出赵公的地位与威武。

出于喜爱，唐人不但将西域的宝刀作为自己的配饰，更将宝刀图案设计成日常装饰的一部分。李颀借《崔五六图屏风各赋一物得乌孙佩刀》一诗细致地说明屏风中的佩刀与众不同之处：铁鞘金环，锦带缚之；单看刀的外形描述似乎与一般武器无甚区别，然而这佩刀的磨刀石是阴山玉，洗

---

1 （唐）吕岩：《绝句》，《全唐诗（增订本）》卷八百五十八，中华书局，1999，第9757页。

2 （唐）杜甫：《荆南兵马使太常卿赵公大食刀歌》，《全唐诗（增订本）》卷二百二十二，中华书局，1999，第2366页。

刀水是独流泉。借世间罕有的宝玉和清泉突出宝刀的贵重与不俗。不需着墨于刀客，读者便可想象出一位英雄的形象。人们不禁会思考：使魍魉不敢上前的究竟是宝刀本身，还是刀客身上的凛冽气息？即便佩刀只是被画于屏风之上，但只是看上一眼便让人热血澎湃、"心在江湖上"，宝刀意象中的英勇气息可想而知。

由于对侠气的重视与推崇，盛唐的器物描写也沾染了豪迈的特点，这时的诗人常常借助对宝刀、宝剑的歌咏，或是抒发自己的豪情壮志，或是表达对他人的欣赏，这些对器物的歌咏不单刻画出器物拥有者的任侠姿态，更展示出唐人当时的内心。

唐代整体经济富庶，尤其是长安、洛阳等大城市。城市的繁华与否，与这座城市的娱乐生活水平成正相关关系。当时都城之中的家庭已经不再只满足于温饱，开始追求一些娱乐生活。当时青楼酒馆、旗亭市坊数量繁多，方便各阶层市民闲暇之时打发时间。唐人的娱乐项目也多到让人眼花缭乱，春天的踏青赏花，夜间的拥掷饮酒，青楼教坊中的歌舞管弦[1]，等等。文雅的人可以吟诗作画，喜好运动的人可以打球射猎，甚至可以欣赏异国

---

[1] 唐诗中关于技艺表演者的记录颇多，名称亦是种类繁多，立部伎、西凉伎、辟邪伎等。而民间百姓也热衷于欣赏相关的技艺表演。以唐代的大酺为例，张祜有诗云："车驾东来值太平，大酺三日洛阳城。小儿一伎竿头绝，天下传呼万岁声。""紫陌酺归日欲斜，红尘开路薛王家。双鬟笑说楼前鼓，两伏争轮好落花。"（《大酺乐》）记载的便是民间做节时的欢乐场面。大酺在唐代是全国性的盛大活动，因而这一狂欢的场面并不是洛阳独有，而是全国范围的。（"毗陵震泽九州通，士女欢娱万国同。"——《大酺乐》，杜审言）

他乡的杂技歌舞,等等[1]。不吝金钱、追求不羁生活的都市游侠在这样的环境之中,自然更是如鱼得水,尽情狂欢了。都市游侠虽说在忠君为国、彰显正义方面远逊色于边塞游侠,更能让后人了解到游侠的日常娱乐及相关喜好。

唐代的咏侠诗多番强调游侠好武轻文不喜读书,因而游侠的娱乐生活多是动态的,能够消耗他们旺盛精力的活动是他们的挚爱,打球、骑射等活动在游侠的生活中时常出现。通过咏侠诗对相关活动的细致刻画,后人便可以了解到当时游侠的娱乐生活。

家世显赫的张祜对贵族生活颇为了解,其笔下的《少年乐》是贵族游侠每日娱乐生活的总介:"二十便封侯,名居第一流。绿鬟深小院,清管下高楼。醉把金船掷,闲敲玉镫游。带盘红鼹鼠,袍砑紫犀牛。锦袋归调箭,罗鞋起拨球。眼前长贵盛,那信世间愁。"[2]诗作对贵族少年如何获得爵位并无介绍,但根据中晚唐的社会状况,这位贵族子弟多半是靠祖上荫庇,所以无法相信人间仍有疾苦,心安理得地过着挥霍无度的生活。绿鬟清管的美色歌舞,金船玉镫的冶游销金,箭袋、球鞋均由绸锦制成,可见贵族游侠娱乐方式的多元化以及对娱乐物品的精致追求。无独有偶,李廓的《长安少年行》所介绍的贵族游侠的娱乐生活与张祜叙述的基本一致。

除上文提到的《少年乐》之外,唐诗中亦有不少游侠打球的描写。[3]打

---

[1] 贺朝也曾因为酒馆中胡姬的美妙歌舞作诗相赠(《赠酒店胡姬》)。
[2] (唐)张祜:《少年乐》,《全唐诗(增订本)》卷二十四,中华书局,1999,第323页。
[3] 如李白的《少年行》、李廓的《长安少年行》、秦韬玉的《贵公子行》等。

球是唐代贵族最喜爱的运动之一。[1]打马球既刺激，又具有危险性[2]，能够满足贵族游侠追求不平凡的猎奇心态。

若说张祜的《少年乐》是全面记录贵族游侠的日常娱乐方式，那么蔡孚的《打球篇》便是集中笔墨刻画他们打马球时的场景："德阳宫北苑东头，云作高台月作楼。金锤玉莹千金地，宝杖雕文七宝球。……红鬣锦鬃风骤骦，黄络青丝电紫骝。奔星乱下花场里，初月飞来画杖头。自有长鸣须决胜，能驰迅走满先筹。薄暮汉宫愉乐罢，还归尧室晓垂旒。"[3]对比《资治通鉴》对这项运动的描述："凡击球，立球门于球场，设赏格。……各立马于球场之两偏以俟命。神策军吏读赏格讫，都教练使放球于场中，诸将皆骤马趋之，以先得球而击过球门者为胜。先胜者得第一筹，其余诸将再入场击球，其胜者得第二筹焉。"[4]可见蔡诗的记录相当真实。其中贵族游侠使用的球杖雕纹画花，所用的马球镶嵌七宝，球具的精致程度让人惊讶。精致的球具与激烈的赛程，让这批游侠欲罢不能，由薄暮玩到初晓才不舍地离开。

蔡孚的《打球篇》通过对打球场面的刻画，突出竞争的激烈，而李廓的"长拢出猎马，数换打球衣"则从更换球衣的次数来说明赛况的刺激程

---

1. 唐代与打球有关的诗歌多数与应制诗、宫词或者贵族生活描写有关。同时唐代还有与打球类似的"步打球"的运动，不过唐代咏侠诗中并无相关记载。
2. （唐）封演：《封氏闻见记·打球》："开元、天宝中，玄宗数御楼观打球为事。能者左萦右拂，盘旋宛转，殊可观。然马或奔逸，时致伤毙。"
3. （唐）蔡孚：《打球篇》，《全唐诗（增订本）》卷七十五，中华书局，1999，第817页。
4. （宋）司马光：《资治通鉴·唐纪六十九》"僖宗广明元年"条胡三省注，中华书局，2011，第8343页。

度。这些少年在运动中消耗巨大,汗流浃背,不得不中途屡次更换衣物。比赛的激烈程度可想而知。

由于马球所需空间较为广阔,一般地点都设在宫殿、广场之前。[1]军营虽说没有这么好的条件,但军中的边塞游侠也会进行类似的蹴鞠活动。[2]可以看出游侠们多喜欢活动量较大的、带有竞争意味的娱乐活动,这与他们好武尚斗的群体性格有莫大的关联。

不过马球多为贵族喜爱,一般的游侠未必有机会接触。但是唐代亦有一些适宜大众的休闲活动。游侠们也常常聚众拥掷射猎、赏春踏青。

李廓的十首《长安少年行》便从不同的角度记录贵族游侠们春季踏青玩乐的狂欢。诗歌甫一开篇先介绍了少年的身份背景,紧接着就叙述了少年浪荡不羁的娱乐生活:"追逐轻薄伴,闲游不著绯。长拢出猎马,数换打球衣。晓日寻花去,春风带酒归。"[3]绯色在唐代是四五品官服的颜色,点明少年游侠的官阶。一大清早便出门踏青赏花,"垂鞭踏青草,来去杏园芳"。哪里的花开得最盛,这群游侠便到哪边冶游,还得带上一壶美酒。美酒加美景,自有一种别样的雅趣。

"轻薄"一词从汉代开始便带有轻佻浮薄的贬义色彩,《汉书》说到蓟

---

[1] (唐)张籍《寒食内宴二首》(其一):"朝光瑞气满宫楼,彩纛鱼龙四面稠。廊下御厨分冷食,殿前香骑逐飞球。"

[2] (唐)韦应物:《寒食后北楼作》,《全唐诗(增订本)》卷一百九十二,中华书局,1999,第1977页。

[3] (唐)李廓:《长安少年行》(其二),《全唐诗(增订本)》卷四百七十九,中华书局,1999,第5493页。

这个地方时就用"其俗愚悍少虑,轻薄无威"[1],指出燕地民风的特征。到唐代,这一意思并没有太大的改变,刘知幾在以汉史为例、总结记录史料方法时写道:"由斯而言,则成帝鱼服嫚游,乌集无度,虽外饰威重,而内肆轻薄,人君之望,不其阙如。"[2]可是在咏侠诗中,"轻薄"一词却被众人坦然接受,大家并不认为轻佻是不合礼仪的举动。正是因为观念的变化,因而咏侠诗中的游侠虽然行为举止放荡不已,但是放荡之中却又有一种积极向上的蓬勃生命力。他们的射猎狂饮正是生命力的体现。

古人对美酒的喜爱似乎超出了其他一切事物,单《全唐诗》中涉及"酒"的诗歌便有近4500首。人们得意时以酒助兴,失意时借酒浇愁,怀古思远时更能凭酒寄情。酒于唐代咏侠诗中的游侠而言,除边塞游侠偶见的因功名未成的愁绪纾解工具之外,更多的是狂欢时激情宣泄的道具之一。游侠的许多娱乐活动中都可以看见酒的身影。所谓"秦城游侠客,相得半酣时"[3]、"夜阑须尽饮,莫负百年心"[4],在酒精的作用之下,游侠的欢乐与愁苦都被放大许多。

饮酒的时候,游侠们也会到秦楼楚馆娱乐。对于唐人而言,有了美人乐舞的相伴,酒的滋味似乎也迷人许多。在倡楼里可以"乐奏曾无歇,杯

---

[1] (汉)班固:《汉书·地理志下》,中华书局,2000,第1321页。

[2] (唐)刘知幾撰,黄寿成校点:《史通·杂说上第七》,辽宁教育出版社,1997,第137页。

[3] (唐)孟浩然:《醉后赠马四》,《全唐诗(增订本)》卷一百六十,中华书局,1999,第1668页。

[4] (唐)王昌龄:《少年行二首》(其二),《全唐诗(增订本)》卷一百四十,中华书局,1999,第1421页。

巡不暂休""歌人踏日起,语燕卷帘飞"。乐舞和美酒相得益彰,让本来就热衷饮酒的游侠更是无法停杯。酒到酣时,游侠们"不乐还逃席,多狂惯裰衣"。[1]不受酒席礼仪的束缚,脱去外衣,只剩贴身小件继续狂欢,尽显不羁。"惯"字更是说明了这种疏狂状态并不是偶然,其他人对此也早就习以为常。刘禹锡诗中"酣歌高楼上,袒裼大道傍"的武夫与这批游侠如出一辙。[2]在兴头上的游侠甚至会自歌自舞,在得到他人赞叹的同时亦颇为自得。

倡楼算是游侠最爱的娱乐场所,这除了唐王朝的青楼文化、可以通宵达旦无醉不归的行业特点之外,可以携妓外游也是让游侠们乐在其中的原因之一。

"遨游携艳妓,装束似男儿。杯酒逢花住,笙歌簇马吹。"[3]"游市慵骑马,随姬入坐车。楼边听歌吹,帘外市插花。乐眼从人闹,归心畏日斜。苍头来去报,饮伴到倡家。"[4]"少年游侠好经过,浑身装束皆绮罗。蕙兰相随喧妓女,风光去处满笙歌。"[5]这些诗歌皆有携妓外游的内容。妓女作为

---

[1] (唐)李廓:《长安少年行》十首,《全唐诗(增订本)》卷四百七十九,中华书局,1999,第5493页。

[2] (唐)刘禹锡:《武夫词》,《全唐诗(增订本)》卷三百五十五,中华书局,1999,第4003页。

[3] (唐)李廓:《长安少年行》(其五),《全唐诗(增订本)》卷四百七十九,中华书局,1999,第5493页。

[4] (唐)李廓:《长安少年行》(其九),《全唐诗(增订本)》卷四百七十九,中华书局,1999,第5493页。

[5] (唐)李白:《少年行三首》(其三),《全唐诗(增订本)》卷二十四,中华书局,1999,第324页。

出卖美色与技艺的群体，常常走在时代流行的前端，说得更具体些，她们的装束多能体现当时男性的审美。后人从中还可以看出当时的衣着打扮以男子打扮为时尚。《旧唐书·舆服志》记载，唐代的宫女"或有著丈夫衣服靴衫，而尊卑内外，斯一贯矣"[1]。现今出土的壁画、图册等也都显示唐代的女子好着男装。

当时女子尚男服的原因主要有二：一是社会意识的开放。在政治经济繁荣发展、对外商贸文化频繁交流的环境下，唐代的女性地位可以说是历朝之中最高的，甚至政坛上也有女子活跃的身影。服饰作为文化的载体，恰恰反映了当时女性地位的提升与意识的开放。二是男性审美的变化。虽说唐代的女性有很高的自由度，但亦无法否认社会的话语权仍牢牢掌握在男性手中，女性的自我表达还是在男性许可的范围之内。女性在唐代服饰方面的大胆与前卫程度，仍与当时男性审美的变化趋势有关。通过诗歌中女性形象的变化，后人便可以了解唐人审美潮流的变化。

唐代咏侠诗借诗中游戏的行事方式，向后人勾勒出唐人日常的休闲生活。在娱乐的同时，突出唐人喜爱的随身对象，借此豁显唐人不羁浪漫的任侠风气，指出唐人生活审美的与众不同之处。

2. 对出行工具的审美评价

在涉及游侠的作品中，他们的坐骑或行车都是耀眼的存在之一。游侠们无论是出征沙场还是游戏人生，均少不了出行工具的帮助。车、马与周围环境的呼应，让后人不但能体会到游侠当时的心境，而且更能全面理解

---

[1] （后晋）刘昫：《旧唐书》卷四十五《舆服志》，中华书局，2000，第1331页。

唐人对生活工具的审美要求。

唐诗中涉及马的描写颇多，相关的诗歌更有近4500首，其中的诗句更是不胜枚举。单是与游侠生活有关的诗题便有《紫骝马》《白马篇》《骢马》《白鼻騧》等，足以看出马与游侠生活的相关性。诗中的游侠常用"银鞍""金鞍""玉鞍""珠勒"等名贵马具装饰宝马，在彰显游侠财富的同时，也说明了游侠对宝马的重视程度。

骏马在咏侠诗中与其他意象的搭配组合往往如下：骏马加美女、好酒。这类组合基本出现于都市游侠的生活描写之中。譬如："银鞍白鼻騧，绿地障泥锦。细雨春风花落时，挥鞭且就胡姬饮。"[1]"相逢意气为君饮，系马高楼垂柳边。"[2]"暧暧风烟晚，路长归骑远。日斜青琐第，尘飞金谷苑。"[3]"红缨不重白马骄，垂柳金丝香拂水。"[4]这类诗歌刻画出城市游侠生活写意自得的一面。骏马是游侠姿态轻快怡然的外在意象的表达，对骏马的描写并不涉及力量与速度，而是尽量使马融入周围环境，形成明快的风景结构。因为轻松自由，所以游侠可以随心所欲地尽情享乐。"陆郎倚醉牵罗袂，夺得宝钗金翡翠。"[5]"玉剑浮云骑，金鞍明月弓。斗鸡过渭北，走

---

[1]（唐）李白：《白鼻騧》，《全唐诗（增订本）》卷一百六十五，中华书局，1999，第1711页。

[2]（唐）王维：《少年行四首》（其一），《全唐诗（增订本）》卷二十四，中华书局，1999，第324页。

[3]（唐）虞世南：《门有车马客》，《全唐诗（增订本）》卷三十六，中华书局，1999，第475页。

[4]（唐）李贺：《少年乐》，《全唐诗（增订本）》卷二十四，中华书局，1999，第323页。

[5] 同上

马向关东。"[1]相关描写将游侠的不羁写意与市井的烟火气息融合在一起。

马作为出行工具，其便捷性在城市游侠的骑射游猎中体现得淋漓尽致。"青云年少子，挟弹章台左。鞍马四边开，突如流星过。"[2]"驰道春风起，陪游出建章。"[3]"尘生马影灭，箭落雁行稀。"[4]这些诗句中的骏马飞驰如同流星划过天际，人们只能看见驰骋之后的尘土。骏马的俊逸身姿和游侠少年的昂扬激情交相辉映，进一步衬托出游侠的率性自由。

另一类宝马加边塞苦寒地的组合多出现于边塞游侠的生活之中。这类咏侠诗强调侠客的勇武果决，除用苦寒环境衬托游侠的坚忍不拔之外，宝马在其中亦有强化侠客勇武的审美功能："偏坐金鞍调白羽，纷纷射杀五单于。"[5]"宝马雕玉鞍，一朝从万骑。"[6]"结发早驱驰，辛苦事旌麾。马冻重

---

[1] （唐）卢照邻：《结客少年场行》，《全唐诗（增订本）》卷二十四，中华书局，1999，第322页。

[2] （唐）李白：《少年子》，《全唐诗（增订本）》卷一百六十五，中华书局，1999，第1710页。

[3] （唐）李嶷：《少年行三首》（其一），《全唐诗（增订本）》卷二十四，中华书局，1999，第325页。

[4] 同上。

[5] （唐）王维：《少年行四首》（其四），《全唐诗（增订本）》卷二十四，中华书局，1999，第324页。

[6] （唐）鲍溶：《羽林行》，《全唐诗（增订本）》卷四百八十七，中华书局，1999，第5575页。

关冷，轮摧九折危。"[1] "轻骑犹衔勒，疑兵尚解鞍。"[2] "山西多勇气，塞北有游魂。扬桴上陇坂，勒骑下平原。"[3]这类诗歌将马置于战场、边关或者通往边关的路上，马在此是游侠奋勇杀敌的同行者，是游侠心系天下远赴边关的追随者，是忍受边塞苦辛的陪伴者。马是参与者，体验着边塞的艰辛与战争的激烈，也是不露声色的旁观者，见证着游侠勇武坚毅的成长过程，更是边塞游侠诗中壮美意境的重要组成部分。

古代的交通工具除骏马之外，还有牛、驴等动物，以及相关动物拖行的车辆。在游侠的世界中，牛与驴这类稳重但稍显笨拙的工具不受欢迎，在交通工具的性能上，游侠更侧重于快捷与潇洒。除骏马外，马车也是游侠比较青睐的交通工具，香车与宝马常以并列的姿态出现在古侠客作品之中。

偏向浪漫的属性使咏侠诗的书写与现实主义诗歌截然不同。浪漫的一面在出行工具上也得到体现。除对车辆马匹的装饰进行细致描绘外，咏侠诗也常常把这些精心收拾过的车马放在景色宜人的都市之中，以游侠的视角记录城市的繁华昌荣。"财雄重交结，戚里擅豪华。曲台临上路，高门抵狭斜。赭汗千金马，绣毂五香车。"[4]开篇两句诗用"重交结""擅豪华"

1_（唐）虞世南：《从军行二首》（其一），《全唐诗（增订本）》卷三十六，中华书局，1999，第473页。

2_（唐）虞世南：《拟饮马长城窟》，《全唐诗（增订本）》卷三十六，中华书局，1999，第474页。

3_（唐）虞世南：《出塞》，《全唐诗（增订本）》卷三十六，中华书局，1999，第474页。

4_（唐）虞世南：《门有车马客》，《全唐诗（增订本）》卷三十六，中华书局，1999，第475页。（"财雄""戚里"又分别作"陈遵""田蚡"。）

点出了城市贵族游侠的身份。这群游侠的出行工具是价值连城的汗血宝马，是锦绣绫罗的精致车辆。少有机会接触到社会底层的他们，眼中的世界是繁华的、贵族的世界："白鹤随飞盖，朱鹭入鸣笳。夏莲开剑水，春桃发露花。轻裾染回雪，浮蚁泛流霞。"[1]卢照邻的《长安古意》也有类似描写："长安大道连狭斜，青牛白马七香车。玉辇纵横过主第，金鞭络绎向侯家。"[2]品相俱佳、价值不菲的出行工具才能与繁荣的环境融为一体，不显突兀。也正是因为眼中所见的景象繁华至此，难怪城市中的游侠可以有"挟弹飞鹰杜陵北，探丸借客渭桥西。俱邀侠客芙蓉剑，共宿娼家桃李蹊"[3]的恣意放浪。车马装饰的金碧辉煌更能豁显游侠不羁浪漫的一面。

陈子良在《游侠篇》中写道："洛阳丽春色，游侠骋轻肥。水逐车轮转，尘随马足飞。"[4]同样是将车马与游侠的不羁生活联系在一起，诗歌情绪明丽轻快。而杨炯的"帝畿平若水，官路直如弦。夜玉妆车轴，秋金铸马鞭"除强调游侠身份的不凡与帝都的繁华之外，更是点明了长安侠少在欢乐背后的坦然："风霜但自保，穷达任皇天。"[5]似乎侠少的放荡背后是听天由命

---

[1] （唐）虞世南：《门有车马客》，《全唐诗（增订本）》卷三十六，中华书局，1999，第475页。

[2] （唐）卢照邻：《长安古意》,《全唐诗（增订本）》卷四十一，中华书局，1999，第522页。

[3] （唐）卢照邻：《长安古意》,《全唐诗（增订本）》卷四十一，中华书局，1999，第522页。

[4] （唐）陈子良：《游侠篇》,《全唐诗（增订本）》卷三十九，中华书局，1999，第501页。

[5] （唐）杨炯：《骢马》,《全唐诗（增订本）》卷五十，中华书局，1999，第615页。

及时行乐的思想在做支撑。

车舆在古代交通界的重要地位，使得它的身影频繁地出现在诗作当中。即便是偶尔巡边的皇帝在赠诗大臣时，也常运用车舆这一意象肯定臣子的贡献，或是抒发自己的雄心。[1]而在边塞的军旅生活中，车舆，尤其是战车的地位更是超然。诗人在塑造渴望由边塞获得军功的游侠形象时，也经常使用战车衬托游侠的勇武身姿。"虎竹救边急，戎车森已行。明主不安席，按剑心飞扬。推毂出猛将，连旗登战场。兵威冲绝幕，杀气凌穹苍"[2]中刻画的便是边塞游侠斗志昂扬的杀敌场面，因为边塞游侠的勇武决断，才能有"挥刃斩楼兰，弯弓射贤王。单于一平荡，种落自奔亡。收功报天子，行歌归咸阳"的胜利场面。在诗歌中井然有序的战车是前去救边急的将士的化身，是征战获胜的重要工具，战车一出便意味着猛将登场。漫天的杀气使得战车自带森然凌厉的气息。"登车一呼风雷动，遥震阴山撼巍巍"[3]一诗同样以车作为游侠振臂高呼抒发豪情的道具之一。可见在边塞咏侠诗中，车

---

[1] 车马作为出行工具在唐代诗歌中频繁出现。君王的诗作中也常常有相关的描写，唐太宗在重幸武功时用"垂衣天下治，端拱车书同"抒发了自己的从政理想；玄宗在为王晙巡边饯行时，以"分阃仍推毂，援桴且训车。风扬旌旆远，雨洗甲兵初"描绘了边塞的军旅生活，并对大臣的远行寄予了厚望；德宗用"报国尔所向，恤人予是资。欢宴不尽怀，车马当还期"表达了对张建封的肯定，也曾以"欢心畅遐迩，殊俗同车书。至化自敦睦，佳辰宜宴胥"等诗句表示君臣同乐的心情。可见车马在古代诗歌中的功能并不单一。

[2] （唐）李白：《出自蓟北门行》，《全唐诗（增订本）》卷一百六十四，中华书局，1999，第1706页。

[3] （唐）万齐融：《仗剑行》，《全唐诗（增订本）》卷一百一十七，中华书局，1999，第1183页。

与马是力量美的外在展示工具。

马车的便捷舒适程度备受古人喜爱，帷幕的设计，让不爱抛头露面的大家闺秀也多选择马车出行。在一些都市诗歌中，游侠与贵族女子在街头相遇，车马成了浪漫相遇时营造气氛、点明身份的重要道具。

李白的《相逢行》刻画了游侠与女子一见倾心的场景。"秀色谁家子，云车珠箔开。金鞭遥指点，玉勒近迟回"[1]四句诗便刻画了春风得意的城市游侠在繁华街道上看见梦寐以求的女子时的表现。女子出行的车辆不单是身份的象征，还是映衬女子美貌的意象。这里的车与寻常咏侠诗中游侠乘坐的马车完全不同，车帘上装饰的珠宝金箔，让马车少了恣意阳刚的姿态，反而带有女性的柔美。在唐诗中，美人与珠箔常常成双出现："当时我醉美人家，美人颜色娇如花。今日美人弃我去，青楼珠箔天之涯。"[2] "美人一笑褰珠箔，遥指红楼是妾家。"[3] "凤城连夜九门通，帝女皇妃出汉宫。千乘宝莲珠箔卷，万条银烛碧纱笼。"[4]珠箔具有增添风采的功用，是爱美女子不可或缺的装饰小物。诗中的"云""珠箔"等意象也让两人的初次相逢带上了如梦似幻的浪漫色彩。此情此景中，也难怪游侠策马徘徊不前了。

---

[1] （唐）李白：《相逢行》，《全唐诗（增订本）》卷一百六十五，中华书局，1999，第1709页。

[2] 卢仝：《有所思》，《全唐诗（增订本）》卷三百八十八，中华书局，1999，第4391页。

[3] （唐）李白：《陌上赠美人》，《全唐诗（增订本）》卷一百八十四，中华书局，1999，第1886页。

[4] （唐）袁不约：《长安夜游》，《全唐诗（增订本）》卷五百零八，中华书局，1999，第5814页。

二、唐人的生活追求

经济的发展必然带来生活质量的提高,体现在温饱问题的解决、娱乐方式的增加,更体现在对生活情调的追求。城市的持续繁荣让居民的审美能力不断提高,同时又有足够的财力物力将审美反映在生活之中。唐代城市居民便是绝佳的例子。

前文已经提到,唐代的城市建设不但注重市坊曲巷的功能性规划,而且注重市容市貌的设计。红花绿树、园林流水都为城市增添了别样的颜色。这也让居民赏春踏青时有了方便的去处[1]。而居民同样注重自己的家宅布置,城中妇女常常以奇花香草装点自己的宅院,这甚至成为女子生活中相互比拼的一项重点。除注重自身的装束打扮之外[2],唐人更将关注点扩展至奢侈的生活用品等细节上。

熏香在中国有着悠久的历史传统。春秋战国时,人们便以沐浴香汤、佩戴香囊,甚至熏炙香草等方式让自己的身体或衣物染上香气。熏香并不只有女性独享,男士对此也热衷不已。南北朝的范晔在《和香方》中也记

---

[1] 王建诗云:"牡丹相次发,城里又须忙。"杨巨源也曾写道:"芜葱树色分仙阁,缥缈花香泛御沟。"唐诗中春游赏花的描写颇多,可以看出唐人对赏花的热情程度有多高涨。而城市的相关规划也为居民的闲暇生活增添了一丝乐趣。王涯的《游春曲》可以让后人稍微窥探当时的城市规划:"万树江边杏,新开一夜风。满园深浅色,照在绿波中。"

[2] 唐代女子对自身的衣物妆容要求颇高,甚至会学习西域的风格技巧,形成新的时尚。而唐代男性因为对射猎、马球的喜爱,也会重视缠臂、球衣的质量及美感。唐诗中相关描写并不少。如:"缠臂绣纶巾,貂裘窄称身。"(司空曙《观猎骑》)

录了不少熏香的配方。[1]唐人在熏香方面也有自己的创新，譬如万向型的随身球形香炉，工艺至今仍让人赞叹。在发展相关工艺的同时，人们对熏香本身的要求自然也不低。莎草在古代是一种常见的观赏性香草，东汉的马融曾写过"树以蒲柳，被以绿莎"[2]。秦韬玉的《贵公子行》中便提到，"阶前莎球绿不卷，银龟喷香挽不断。"[3]证明具有淡淡香气及一定医药功能的莎草在古代民间颇受欢迎，同时也说明人们在选择住宅植物时，除注重观赏性外，香气也在考虑范围内。韦应物在描绘长安盛景时，也有"下有锦铺翠被之粲烂，博山吐香五云散"等描写[4]，可以看出当时的贵族阶层对熏香的重视程度。

当时的贵族以衣物熏香为时尚，驸马退朝归宅是以"数里衣香遥扑人，长衢雨歇无纤尘"[5]的姿态出现在长安的繁华街道上。在这样的大环境下，唐代的贵族游侠对熏香自然也有别样的追求。出行时的马车是"五香

---

[1] 《和香方》一书现已散佚，仅存序文。不过只从序文"麝本多忌，过分必害；沉实易和，盈斤无伤；零藿虚燥，詹唐黏湿。甘松、苏合、安息、郁金、棕多、和罗之属，并被珍于国外，无取于中土"等描述中便可以看出，在南北朝，人们对熏香已经有较深刻的认识了。

[2] （汉）马融：《广成颂》，引自《后汉书·马融传》，中华书局，1999，第1327页。

[3] （唐）秦韬玉：《贵公子行》，《全唐诗（增订本）》卷六百七十，中华书局，1999，第7724页。

[4] （唐）韦应物：《长安道》，《全唐诗（增订本）》卷一百九十四，中华书局，1999，第2002页。

[5] （唐）戎昱：《赠别张驸马》，《全唐诗（增订本）》卷二百七十，中华书局，1999，第3002页。

车""七香车",品种优良的宝马是"蘅垂桂袅香氛氲,长鸣汗血尽浮云"[1]、"赤汗微生白雪毛,银鞍却覆香罗帕"[2]。就连他们的衣着也要沾染香气:"日晚春风里,衣香满路飘。"[3]"划戴扬州帽,重薰异国香。"[4]从这些诗歌中,后人可以看出当时的熏香偏好,"重薰"二字在说明贵族游侠经济实力优渥之外,也说明了当时以浓香为时尚,这样才有衣香满路的嗅觉效果。

除熏香,唐代咏侠诗也涉及不少器物的描写。通过相关诗句,后人可以了解当时的流行风尚。

唐代游侠颇爱饮酒作乐,在微醺或是烂醉的状态下,游侠可以强化欢愉或是忘却忧愁,以此达成现实世界与理想世界的统一。帝王或主上的赐酒更是游侠备受赏识的依据。因而在咏侠诗中,常常可以看到酒的身影。喝酒就需要有相关的酒器承载,咏侠诗中,除"酒"字常常出现之外,酒器也成了咏侠诗中常出现的道具。

唐人盛赞李嶷的三首《少年行》:"词虽不多,翩翩然侠气在目也。"[5]诗作中的游侠除年少有为、器宇轩昂之外,行为举止也与常人不同:"玉

---

[1] (唐)薛曜:《舞马篇》,《全唐诗(增订本)》卷八十,中华书局,1999,第868页。

[2] (唐)杜甫:《骢马行》,《全唐诗(增订本)》卷二百一十六,中华书局,1999,第2265页。

[3] (唐)刘长卿:《少年行》,《全唐诗(增订本)》卷一百四十八,中华书局,1999,第1517页。

[4] (唐)李廓:《长安少年行》(其一),《全唐诗(增订本)》卷四百七十九,中华书局,1999,第5492页。

[5] 殷璠:《河岳英灵集》,商务印书馆缩印,秀水沈氏藏明翻宋本,第43—44页。

剑膝边横，金杯马上倾。"[1]少年直接在马上喝酒正是他不拘小节的体现。马的俊逸与酒的醇厚结合在一起，让这位少年游侠的形象即刻鲜明了起来。少年游侠爱好自由放荡，就连喝酒也不受环境的制约。俊朗不羁的游侠所用酒器自然也不是普通的陶器小碟，而是奢华的"金杯"，这一器物的材质，除呼应前两首诗歌对这位游侠高贵的身份背景的描述之外，也具有利用"金玉"等名贵事物比喻游侠品格高洁不俗的传统咏侠诗的写作特点。相似的游侠书写在令狐楚的《年少行》中也曾出现："霜满中庭月满楼，金樽玉柱对清秋。当年称意须行乐，不到天明不肯休。"[2]诗歌中同样是用"金樽""玉柱"等奢华对象来凸显游侠的不羁。"霜满中庭月满楼"说明了游侠寻欢作乐的时间是在皓月当空、夜霜凝结的深夜，寻常人家这时早已进入了梦乡，而游侠此时却是玩得正开心的时候。因兴致高涨便不顾时间尽情玩到天亮，正体现了游侠不拘小节、不愿被社会观念束缚的人生信念。

两首同名诗作虽出现在不同时期，然而诗中对游侠的欣赏却是一致的，甚至写作手法也颇为相近：利用游侠与众不同的行为凸显游侠的精神气质、利用名贵器物衬托游侠的身份品格。诗作中游侠重享乐而不重礼节、好奢靡而不尚节俭的行为，在诗人眼中是值得赞赏的。这一赞赏角度也从侧面反映了唐人重享乐的生活态度。

---

1 （唐）李巅：《少年行三首》（其三），《全唐诗（增订本）》卷二十四，中华书局，1999，第325页。

2 （唐）令狐楚：《年少行四首》（其四），《全唐诗（增订本）》卷三百三十四，中华书局，1999，第3754页。

美源自生活，生活也缺少不了美。唐代咏侠诗或以游侠为书写对象，或以游侠视角环顾世界，借此书写具有侠气的唐人如何面对自己的生活；如何将自身的审美趣味与生活追求融为一体，诠释时代对美的理解？

第五节 唐人风骨在唐代咏侠诗中的体现

初盛唐时的国力强盛与经济发展让唐人的整体心态积极向上，在文学表达方面，文人试图扭转源自六朝的柔媚婉约的诗歌风气，提倡学习建安时期的"梗概多气""志深笔长"，强调诗歌的社会功用。"初唐四杰"与陈子昂等人的大力革新，为诗坛"盛唐气象"的出现奠定了基础。而安史之乱打破了唐人对国家、对前途理想化的诠释，诗歌中哀婉悲凉的色彩日趋明显，初盛唐文人追求的苍健风骨逐渐消散。本身便追求骨力、壮美的咏侠诗在这样的背景之下也发生了由豪迈到萎靡的变化。

一、唐人对建安风骨的崇拜与继承

自从刘勰提出"风骨"的概念后，"风骨"一词便由品鉴人物的用语逐渐变成文学评论的术语。后世的诗学评价中的"骨气""风力""气力"等词语都承接了刘勰对"风骨"的解释。这类评价均涉及诗歌的精神气质与义理逻辑。严羽的《沧浪诗话·诗评》更是明确提出"建安风骨"一词："黄初之后，惟阮籍《咏怀》之作，极为高古，有建安风骨。"[1]并对建安文学给

---

[1]《沧浪诗话·诗评》，引自（清）何文焕：《历代诗话》，1970，第100页。

予了"全在气象,不可寻枝摘叶"的高度评价[1]。

东汉末年,天下动荡,英雄辈起,依附各自的君主成就自己及君主的霸业。当时的文人亦不甘于文士的身份,纷纷投身军中效力。他们的政治热情反映在诗作中,形成"梗概多气""雅好慷慨"的时代特点。同时也在当时形成文学兴盛的局面。[2]而题材方面,建安诗歌多是抒发对建立功业的积极渴望、战争之下的百姓离乱之苦以及对人生苦短的慨叹。此外,建安文人的文学创作有极高的创新意识,他们并不肯效仿前贤或同辈,这使得当时的诗人在诗歌风格及体裁运用上都有十分鲜明的个人特色。[3]鲁迅在《魏晋风度及文章与药及酒之关系》中认为建安时期是一个"文学的自觉时代",并以"清峻、通脱、华丽、壮大"概括建安文学的风格特点。刘勰在《文心雕龙·明诗》中将建安文学题材分成"伤羁戍"与"述酣宴"两大类,并对后者有较详细的描述:"并怜风月,狎池苑,述恩荣,叙酣宴。"可见建安文学除雅好慷慨之外,也有清绮婉丽的一面。后一点直接影响了南北朝的诗歌风气。唐代诗人在汲取情兼雅怨的艺术风格的同时,更是强调了建安文学中明朗刚健、慷慨悲壮的风格特色。这与唐代的历史背景颇有关联。

---

[1] 《沧浪诗话·诗评》,引自(清)何文焕:《历代诗话》,1970,第101页。

[2] (南朝梁)钟嵘《诗品·序》:"降及建安,曹公父子,笃好斯文;平原兄弟,郁为文栋;刘桢、王粲,为其羽翼。次有攀龙托凤,自致于属车者,盖将百计。彬彬之盛,大备于时矣。"

[3] 曹氏父子及建安七子是当时的文坛翘楚,钟嵘的《诗品》对他们的诗歌风格做出评价:"曹公古直,甚有悲凉之句。"曹植"骨气奇高,词采华茂",刘桢"真骨凌霜,高风跨俗",等等。除曹丕因政治原因被忽视文采外,《诗品》对其余几位的评价相对公允,可见他们的诗歌都个性鲜明。体裁方面,曹操承继乐府四言诗并发扬光大,曹丕开拓发展了七言歌行,而曹植、王粲等人则致力于五言诗的创作。

唐代的文人同样渴望在战争频仍的时代凭借自身才能获得功业，因此在表达个人意志的同时流露出对生命的喟叹。高涨的政治热情促使文人积极投身边塞，这为唐代的边塞诗打开一片天地。除了关心边塞战局，文人们也积极投身当时的政治运动，骆宾王曾以《为徐敬业讨武曌檄》名闻天下，杜甫诗作常有政治理念的表达，即便是浪漫如李白，也常有愿意为国献策的表达。寄情山水的孟浩然也曾有志立世，归隐修身只是仕途困顿后的选择。政治热情方面的高度一致，是唐人格外认同建安风骨的原因之一。

唐代文人和建安时期的文人除在诗歌理念方面十分接近之外，在任侠气质上也是颇为相似。建安诗人代表曹氏父子，本身就任侠不羁，这些气质反映在诗作中，便呈现出诗歌慷慨的特色，现存最早的边塞咏侠诗《白马篇》便是出自曹植之手。同好任侠的唐人也继承了建安诗歌的特点，诗作中常以"慷慨"之类的词语彰显自身或亲朋的昂扬气质。

魏徵在出关之时自述心志："纵横计不就，慷慨志犹存。"更以季布、侯嬴等古游侠证明自己"岂不惮艰险，深怀国士恩""人生感意气，功名谁复论"[1]的追求；王维咏古抒怀时写有"非但慷慨献良谋，意气兼将身命酬"[2]；多写闺情主题的刘希夷也有过"平生怀仗剑，慷慨即投笔。……丈夫清万里，谁能扫一室"[3]这类的雄壮情怀。在这样充满豪情的诗歌氛围下，

---

1. （唐）魏徵：《述怀》，《全唐诗（增订本）》卷三十一，中华书局，1999，第441页。
2. （唐）王维：《夷门歌》，《全唐诗（增订本）》卷一百二十五，中华书局，1999，第1256页。
3. （唐）刘希夷：《从军行》，《全唐诗（增订本）》卷八十二，中华书局，1999，第878页。

咏侠诗很容易立足并成长壮大。

建安时期，诗人看到战乱的萧瑟场景，难免产生悲壮苍凉的情绪，此时诗人是以自己的视角观察战争，体会着当时大多数平民百姓的挣扎，通过诗作呈现共情。正如《文心雕龙》所说："良由世积乱离，风衰俗怨，并志深而笔长，故梗概而多气也。"诗人"念之绝人肠"是因为看到"铠甲生虮虱，万姓以死亡。白骨露于野，千里无鸡鸣"的战后荒芜场面；《白马篇》中"捐躯赴国难，视死忽如归"的英雄情怀也是建立在乱离的社会现实之上。初盛唐的边塞咏侠诗在建安诗歌的基础上变慷慨悲壮为慷慨雄浑，这与唐人整体面对战争的态度有关。没有真正前赴边疆参加战争的文人们，凭借自身的热情以诗中征人或边塞游侠为视角想象边塞的景象，并有意或无意地忽略战争的负面影响，这些都使得诗歌风格变得积极昂扬。

积极进取的唐代游侠保留古游侠利他主义的精神，同时又追求自己向往的名利，诗作的情感常内聚到游侠自身，因此诗歌情绪常是个人化的悲喜体现："报恩为豪侠，死难在横行"[1]是游侠气不平的直接反应，"夜阑须尽饮，莫负百年心"[2]是游侠对恩情的期待。无论是报"私恩"还是"君恩"，都是游侠的自主选择。此外，游侠可以因功成名就而雀跃，也会因前途渺

---

[1] （唐）卢照邻：《刘生》，《全唐诗（增订本）》卷十八，中华书局，1999，第198页。
[2] （唐）王昌龄：《少年行二首》（其二），《全唐诗（增订本）》卷一百四十，中华书局，1999，第1421页。

茫而消沉，相关的场景描写也常常用来衬托游侠当时的心境。[1]内聚式的个人情绪表达，正是诗人关注生命内核的结果。这类对生命意识的关注，同样是对建安文学的继承。

唐代咏侠诗全面继承了建安文学的慷慨多气、功业思想与英雄主义的精神。同时，诗人又学习了建安文学对生命内核的关怀，在宴飨醉酒的觥筹交错之间，抒发生命的激情并思考人生的意义，悲壮之余又发展出雄浑激昂的时代风格，形成了独特的诗歌风貌。

二、由魏晋时期的幽愤到盛唐时期的豪迈

建安时期虽说诗风慷慨，文士也有侠行，但是甚少有关于游侠的诗歌作品传世。直到魏晋六朝，因边塞题材的拓展，边塞游侠才逐渐出现在诗歌中。魏晋门阀制度森严，所谓"上品无寒门，下品无势族"，即便下层文人才华出众，也没有出人头地的机会。曾以《三都赋》轰动全国，造成洛阳纸贵的左思，虽文辞优美，但仍因出身卑微而位居下僚。门阀问题使魏晋六朝的诗歌出现两个极端：士族诗人缺少生活经历，写出来的诗歌内容空洞徒有技巧；下层文人求上位而不得，诗歌常有愤懑之言。这让上下层文人所写的咏侠诗出现了截然不同的风格。

---

[1] "凤皇楼上吹急管，落日装回肠先断"的悲凉是因为游侠"杀身为君君不闻"（王宏《从军行》）；杀人都市中的游侠"笑尽一杯酒"的豪迈是因为有"由来万夫勇，挟此生雄风"的勇武。可见他们的悲喜都源于自身，受外在因素的影响不大。因而咏侠诗中较少有悲悯生民的主题出现。

魏晋的边塞咏侠诗有两个常见的主题：忠君护国以及功名未成。传统游侠的恩义关系多涉及私人情感，豫让、聂政等人行刺的原因是为酬知己的浓厚情谊，即便荆轲等身负国家政治目的的游侠，本质也是因为感恩太子丹对自己的礼待。可见古游侠的恩义观比较原始淳朴，多由自身的情感出发。与后期文学作品中的游侠形象相比，他们的表达方式更激进震撼。从陈思王的《白马篇》开始，传统游侠的私人情感被提升到家国层面，知己之间的恩义观念变成了"捐躯赴国难"式的国民情怀。魏晋六朝咏侠诗承继了《白马篇》的观念，不过此时游侠"身死为国殇"的原因是"投躯报明主"，诗歌将君与国对等起来，使家国情怀进一步转化成忠君爱国思想。

有多年军旅生活经历的鲍照，诗歌中便常出现边塞游侠的形象。《代东武吟》中的边塞游侠一开始就表达了"仆本寒乡士，出身蒙汉恩"的感恩之情，感激朝廷能够给出身卑微的他一个参军报国的机会。通过对比，我们可以看出游侠地位的变化。春秋战国时期的游侠与君主之间多是相互选择的关系，游侠可以自主决定是否协助君主，君主只能重金厚礼地优待侠客，希望能够收其为己用。魏晋六朝时，游侠地位已大不如前，朝廷对他们的重视程度也是大幅下降。此时的底层游侠只能通过参军立功改变命运，对他们而言，能够参军已是一项恩典。可见南北朝咏侠诗中家国情怀的转向，不单是文人将自身观点融入咏侠诗的结果，也是地位卑微的游侠自发的选择。

同处南朝的江淹，其诗作中也偶见游侠形象，《鲍参军昭戎行》中的游侠由于"豪士枉尺璧，宵人重恩光。徇义非为利，执羁轻去乡"等原因而选择"倚剑临八荒"[1]，这里的恩义完全没有了私人情感色彩，而是展现了游侠对护国的追求。"恩光"也不再是传统游侠受人礼待之恩，甚至整首诗中都没有提及恩从何来，读者只能结合诗歌的卫国情怀判断这虚无缥缈的恩义应是"国恩"。不得不说，忠君爱国的思想似乎是南北朝边塞咏侠诗的标配。"为君意气重，无功终不归"（吴均《战城南》），"君恩未得报，何论身命倾"（吴均《入关》）中的英勇更是对君主忠诚的外在表现。[2]

魏晋六朝时并非所有出身寒门的文人都能像江淹一般位及王侯，也并非所有渴求改变命运的游侠都能够得偿所愿。鲍照笔下的游侠"少壮辞家去，穷老还入门"，即便如此，他心中依然幻想有朝一日能得到明主垂顾。[3]《结客少年场行》中去乡三十年的游侠回到故土的心情是"今我独何为，坎壈怀百忧"[4]。《赠别新林诗》中的幽并儿"抱剑事边陲"的结局是"天子既无赏，公卿竟不知"。[5]游侠的前景迷茫与文人的怀才不遇结合在一起，造就了当时边塞咏侠诗幽愤郁结的诗歌风格。

唐人在学习魏晋六朝诗歌长处的同时，结合当时的时代特色发展出豪

1_（南朝梁）江淹：《鲍参军昭戎行》，《先秦汉魏晋南北朝诗》，中华书局，1983，第1580页。

2_吴均刚健的诗风，在南朝颇为特别。他的笔下有许多关于边塞游侠的书写，而相关书写常常围绕"不惜为君捐躯"的思想展开。《边城将》《战城南》等均是如此。

3_（南朝宋）鲍照《代东武吟》："弃席思君幄，疲马恋君轩。愿垂晋主惠，不愧田子魂。"

4_（南朝宋）鲍照：《代结客少年场行》，《乐府诗集》，中华书局，1979，第948页。

5_（南朝梁）吴均：《赠别新林诗》，《先秦汉魏晋南北朝诗》，中华书局，1983，第1735页。

迈雄浑的风格。风格的转变在相似诗题的比较下会更加明显。唐代单"结客少年场行"一题，便有六首诗作流传至今。诗歌中的游侠大多是"轻生殉知己，非是为身谋"[1]、"若使三边定，当封万户侯"[2]、"笑尽一杯酒，杀人都市中"[3]的恣意昂扬，对未来他们同样有封侯拜相的美好憧憬。虽然也有"归来谢天子，何如马上翁"这类对年华逝去的悲叹，但在悲叹人生苦短的同时也会有"不受千金爵，谁论万里功"等对功名的坦率追求。唐人在功名追求方面的自我表达意识极为强烈，与忠君爱国的观念对等，甚至地位更高。而魏晋六朝时，这方面的追求仍居于家国观念的背后。刘孝威笔下的六郡儿郎是"近发连双兔，高弯落九乌"的形象，与曹植的幽并游侠相差无几；庾信的同题诗作则弥漫着齐梁的柔媚诗风，诗中游侠与边塞家国情怀毫无关联；鲍照对这一诗题的拟作则在满目繁华的景象中隐隐流露出怀才不遇的伤感。这些情绪与初盛唐的自信进取完全不同。

不同的时代气息对文人的思想也有所影响。对于战乱，魏晋的边塞游侠所思所想是："时危见臣节，世乱识忠良。"[4]"徒倾七尺命，酬恩终自寡。"[5]

---

[1]（唐）虞世南：《结客少年场行》，《全唐诗（增订本）》卷三十六，中华书局，1999，第474页。

[2]（隋）孔绍安：《结客少年场行》，《全唐诗（增订本）》卷三十八，中华书局，1999，第494页。

[3]（唐）李白：《结客少年场行》，《全唐诗（增订本）》卷二十四，中华书局，1999，第322页。

[4]（南朝宋）鲍照：《代出自蓟北门行》，《先秦汉魏晋南北朝诗》，中华书局，1983，第1262页。

[5]（南朝梁）吴均：《边城将诗四首》（其二），《先秦汉魏晋南北朝诗》，中华书局，1983，第1738页。

希望借此让君主认识到自己的忠良气节。即便有对功名的渴望，表达也是十分含蓄："岁晏坐论功，自有思臣者。"[1]这与唐人直接的表达差别甚远。唐人在"不求生入塞，唯当死报君"的基础上更强调自身功名的取得："家本清河住五城，须凭弓箭得功名。"[2]"百战得功名，天兵意气生。"[3]"报国期努力，功名良见收。"[4]"功名"一词在唐诗中出现频率颇高，而且唐人直接将功名与报国、与自身能力及作战激情联系在一起。对功名的渴望及对自身能力的自信，让唐代咏侠诗中的游侠具有独特的慷慨豪迈。

三、由盛唐时期的豪迈到中晚唐时期的式微

盛唐咏侠诗充满了积极向上的斗志，这与盛唐的社会政治颇有牵连。强盛的国力让文人对未来充满期望，对人生充满自信，这使得盛唐诗歌充满积极向上的朝气，整体风格慷慨豪迈。

安史之乱后，唐代国力逐渐衰退，各方势力割据，周边政权又对大唐国土虎视眈眈，在这样的环境之下，天子连皇都都维系不住，多番弃城逃难，又怎可能有足够的能力进行反击？外敌的入侵与连年的内战，让繁华

---

[1] （南朝梁）吴均：《边城将诗四首》（其三），《先秦汉魏晋南北朝诗》，中华书局，1983，第1738页。

[2] （唐）令狐楚：《年少行四首》（其二），《全唐诗（增订本）》卷三百三十四，中华书局，1999，第3754页。

[3] 佚名：《战胜乐》，《全唐诗（增订本）》卷二十七，中华书局，1999，第386页。

[4] （唐）戴叔伦：《从军行》，《全唐诗（增订本）》卷二百七十三，中华书局，1999，第3062页。

的城市变成荒凉的焦土。[1]宦官专权除禁锢了皇权，也让有志之士情绪低迷。所以诗歌中常常充满消极颓废的情绪，盛唐刚健朝气的精神到晚唐基本已消磨殆尽。虽然也会有"蝮蛇一螫手，壮士即解腕"[2]、"宝剑黯如水，微红湿余血"[3]等正面昂扬的侠士形象出现，但是数量与盛唐差距颇大，诗歌体现的多为气数将尽的颓然。

唐王朝的气息由积极转向颓败的变化在战争这一方面表现得最为明显。初盛唐文人建功立业之心在边塞诗中得到充分的体现，无论是亲自参军所见或是对边塞的渴望及想象，文士创造了一批急赴边塞英勇杀敌的游侠形象。诗作中对游侠重然诺、轻死生、擅武艺、求功名的群像特征细致描绘。黄沙与鲜血在咏侠诗中成为讴歌游侠勇武的浓墨重彩。中唐也仍有一部分积极向上的诗作，"闽人擢第第一人"欧阳詹的《塞上行》中投笔从戎的文士自诩骁雄，写下"骁雄已许将军用，边塞无劳天子忧"[4]的诗句。诗作仍有盛唐的余韵。

晚唐时，大部分边塞将士开始消极厌战，在边塞将士的身上已经看不

---

[1] 与盛唐相比，中晚唐的城市书写蒙上一层黯淡淡的色彩。朱放在乱后过扬州时，看到满是愁情的荒村；即便是繁华都城洛阳，因为战争关系也长久屯兵，原本安宁平静的城市也带上了紧张感（韦庄《赠戎兵》）；逢年过节时，唐人亦会用对盛唐荣耀的美好回忆与现今环境作对比，喟叹世态的变迁。

[2] （唐）陆龟蒙：《别离》，《全唐诗（增订本）》卷六百一十九，中华书局，1999，第7181-7182页。

[3] （唐）温庭筠：《侠客行》，《全唐诗（增订本）》卷五百七十七，中华书局，1999，第6766页。

[4] （唐）欧阳詹：《塞上行》，《全唐诗（增订本）》卷三百四十九，中华书局，1999，第3924页。

出游侠的特征，他们对自己的前程命运感到悲观，不再认为战争是获得功名改变命运的途径，反而认为努力杀敌是为他人作嫁衣裳。[1]这类失去侠气的诗歌已经不再属于咏侠诗的范畴，因此晚唐的边塞诗中甚少游侠，而思乡的征人形象比例大大提升。边塞游侠形象的缺失，直接导致了晚唐咏侠诗的式微。

晚唐咏侠诗中的都市游侠气质也发生了变化。盛唐的都市游侠在恣意狂欢的同时仍心系国家、重视友人、渴求成名，为达成个人追求拼搏进取。高适笔下的邯郸游侠子，虽是千场纵博、寄情声色，但仍有替人报仇的侠行。王维笔下喝着斗十千美酒的少年，不仅"一身能擘两雕弧"，还能射杀敌军将领，凭借战场上的勇武获得侯印。

中唐虽还保留部分与盛唐咏侠诗相同或相似的书写，但也开始出现对游侠的嘲讽。王建诗中的游侠已染上江湖恶习，有劫杀商人的行为，但因还有前往边塞杀敌的行为，最终也能获得赦免，甚至获得嘉赏。这与士族势力的稳固有一定的关系。中唐时期，士族大家已经站稳了脚跟，自家子弟无须努力便有家族的荫庇，功名唾手可得。中唐的咏侠诗已开始对这类不公现象进行讽刺，张籍的《少年行》便是其中代表。

社会发展到一定阶段，都会出现阶层固化的问题，唐代也不例外。因为对战争激情的减退，贵族少年们旺盛的精力只能于城市之间释放，加上

1_ "杀成边将名，名著生灵灭。"[于濆（一作李咸用）《陇头行》]"凌烟阁上人，未必皆忠烈。"（于濆《戍卒伤春》）这些诗句都表达了怀疑投身边塞的功用、质疑获得功名的将领的情绪。

经济物质富足与身份地位高贵，所谓"眼前长贵盛，那信世间愁"[1]。这些贵族子弟凭借家族的荫庇就能不费吹灰之力获得其他人渴求的一切。轻而易举得来的地位、荣耀不会被珍惜，这批贵族子弟身上便只剩下城市游侠的纨绔一面。

对比盛唐与晚唐的少年游侠书写模式，盛唐的城市游侠虽然也有玩乐的行为，但诗歌侧重点是放在他们不拘于世俗的一面，诗作有相当篇幅描写游侠为友、为国征战的情景。王维的《少年行》四首中，有一半是游侠赴边的描写，剩下的两首城市欢乐场景又有一首是君王宴赏的场面。诗歌充满对成功的渴望与进取，获得功名后的雀跃之情。而晚唐游侠如何获取功名，在诗作中常常被一笔带过，甚至不做任何书写。此时功名只是游侠寻欢作乐的本钱，诗歌的重点已经转移至他们铺张奢靡的生活上，似乎重新回到宫体诗人的写作模式。

这一转变与游侠精力释放方式的转变不无关联，甚至从中唐开始，这些游侠将无处释放的精力发泄在欺负弱小百姓上。游侠的性质发生了变化，由杀敌护国有功的正面形象变成了不学无术、惹是生非的负面形象。贯休的《少年行》、聂夷中的《公子行》中塑造的城市贵族少年已是地方恶霸。这类形象的转变也是咏侠诗式微的体现之一。

---

[1]（唐）张祜：《少年乐》，《全唐诗（增订本）》卷二十四，中华书局，1999，第323页。

因为恩仇关系，游侠在中晚唐咏侠诗中相对较少出现[1]，游侠的武艺逐渐失去保家卫国、除恶扬善的功能，退化为装点身份的意象之一。刀、剑在诗作中也只是游侠随身携带的装饰品，不再具备行侠的功能。包括在对将士形象的刻画描写上，晚唐也不再侧重他们的侠义精神或是武力描写，而是着重刻画他们的游乐场景："年少好风情，垂鞭眈眈行。带金狮子小，裘锦麒麟狞。拣匠装银镫，堆钱买钿筝。李陵虽效死，时论亦轻生。"[2]边塞将士的英武姿态已被年少风流所取代。虽说年少风流也是游侠气质的展现方式之一，但从精神面貌角度而言，风流放荡始终不如英勇杀敌来得正面积极。[3]

边塞咏侠诗数量的锐减，城市游侠风貌的变化，以及恩仇行为的改变，这几点都让中晚唐咏侠诗风骨消退，逐渐走向没落。

---

[1] 这时的诗作虽然也有"夜渡浊河津，衣中剑满身"的勇武形象，但游侠已经不再毫无顾忌地去做自己想做的事情，他们开始会为身边人思考。有了顾忌之后的游侠，行事方式必然不再是随心所欲了。另外这时咏侠诗中的恩仇关系又有了新的变向：想要报恩报仇行侠仗义，却找不到途径。诗歌情绪不再是恩仇的快意，而是无能的感伤。

[2] （唐）张祜：《赠淮南将》，《全唐诗（增订本）》卷五百一十，中华书局，1999，第5861页。

[3] 开元年间的李嶷曾写过《少年行》三首，诗歌描述了贵族游侠承恩游乐的场景，唐人殷璠在《河岳英灵集》中对这三首诗赞叹不已，并给予了"词虽不多，翩翩然侠气在目也"的高度评价。可见在唐人的眼中，游乐也是侠气的体现方式之一。

第六章 唐代咏侠诗的艺术特色

　　传统的诗歌分析侧重于诗歌流派、作家风格等层面，即便是西方语系中的诗歌研究也常常偏向于意象特征等。或许是因为诗歌篇幅较短，抒情性偏强，中西方叙事研究的重点多是小说、剧本，近年来逐渐拓展至电影、音乐等领域，关于诗歌叙事模式的探讨仍然少之又少。

　　无论是抒情诗还是叙事诗，诗歌整体仍是以"叙"为主。非具象的情感只有依附在具象的事物上才有可能让他人清晰地感知到。这反映在文学表达手段上便是借景抒情、托物言志等艺术手法。所以说，艺术手法与叙事模式是相辅相成的关系。

　　作为歌咏侠客侠义行为的诗歌形式，咏侠诗主要以叙事诗为主，辅以对侠义精神的歌咏。不过在短短的绝句形式中要展示侠客行为仍然有些难度，因而唐代的咏侠诗较多以歌行体或律诗形式出现，介绍游侠的生平经历及旁人对他的评价。绝句则是常截取游侠生活中的某一小片段，在这个基础上作关于游侠的概括总结。为了突破绝句的体裁限制，诗人们也会采用组诗形式，将几首绝句串联起来，从不同的层面介绍游侠的风貌。而不同的咏侠诗则会有不同的叙事模式，利用不同的表现手法，产生不同的美学风格。

第一节 唐代咏侠诗的叙事模式

从19世纪末开始，西方文学界开始尝试由叙述者的角度分析文学作品，通过对叙述者角度的分析，研究作者、叙述者以及文学作品中虚拟世界之间的关联。不同学派之间对文学的叙事模式有不同的分类方式，甚至心理学者也尝试从心理学的角度分析叙事的类型。捷克的结构主义学者多莱泽尔将叙事模式分成六类。[1]法国文学批评家热奈特、托多罗夫等人又从其他角度对文学的叙事模式进行阐释。[2]陈平原也在众多学者的基础上从叙事时间、叙事角度以及叙事结构这三方面探讨中国小说。[3]不过相关分析多以小说或西方文学作品为对象，并没有涉及中国古典诗歌。即便对中国诗歌进行分析，也多以作者作为分析归类的依据，较少涉及诗歌题材

---

[1] 在《捷克文学的叙事模式》（多伦多，1973）中，多莱泽尔按照他的理论将叙事模式分为以下六种：第三人称客观叙事模式、第三人称评述叙事模式、第三人称主观叙事模式、第一人称客观叙事模式、第一人称评述叙事模式、第一人称主观叙事模式。

[2] 热奈特在《叙事话语》中提出次序、延续、频率、心境及语态这五方面的叙事分析角度，托多罗夫则在《叙事作为话语》中将叙述分析分为叙事时间、叙事语态及叙事语式三个门类。

[3] 陈平原：《中国小说叙事模式的转变》，北京大学出版社，2003，第4页。

的分析，更遑论咏侠诗这一新兴研究对象了。

大多数咏侠诗是出于英雄崇拜情结，对英雄复制、模仿的文学作品。[1]诗歌对侠客精神的崇拜或讽刺均建立在对游侠行为的描摹之上。如何将相关模仿呈现在读者面前，便是诗人用到的叙事模式。时代的变迁也导致侠客类型的更替，新旧交接的过程中，诗人对当时的侠客类型在心理层面是否接受，也会影响作品的叙事表达。在叙事主体的研究方面，现代主义者与后现代主义者也会有不同的意见。[2]下文关于唐代咏侠诗的叙事模式分析将分别从主、客观的角度入手，尝试分析相关叙事模式对诗歌表达的影响。

一、主观性叙述模式

主观性叙述模式是指叙述者站在主观的立场，从自身感受出发，进行文本的叙述。在相关的叙述中，叙述者的情感对叙事的表达起关键性作用。所以在主观性叙述模式的分析中，笔者将尝试由叙事者的人称、文本的视角呈现以及叙事者的情感表达入手，分析相关叙述模式的叙述功能。

1. 第一人称的主观性陈述

以第一人称作为叙述角度的小说或剧本多为限制视角（辅以部分全知视角）的叙述方式。由于体裁的区别，在诗歌中，第一人称的叙述常常是

---

[1] 晚唐时期，游侠精神发生变化，这时开始出现讽刺游侠的诗歌。

[2] 文本的陈述内容在作品中便是作品所呈现出的"真相"，而这真相究竟是主观还是客观的，现代主义与后现代主义各持己见，现代主义者认为真相即真相，是不会因外界干扰而改变的，而后现代主义者则认为真相的呈现受表述的限制与影响。本书的分析会以后现代主义的理论作为基础。

以全限制的形式出现，在叙述者参与诗歌内容的同时，常常结合叙述者的身份对相关事件或经历进行评价议论。

唐代咏侠诗中，第一人称的叙事方式常常出现在边塞咏侠诗里。因为当时的文人常有从军或巡边的经历，即便一生从未参军，他们也常常幻想边塞征战的场景。这让诗人在抒情的时候很容易将自己代入诗歌中，抒发自己的豪情壮志。

"笔吐猛锐之气……果僧中之一豪也"[1]，"诗僧"贯休诗风刚健，在晚唐仍写下了不少具有侠风的诗歌。他的《古出塞曲》三首称赞的便是奋勇杀敌的边塞男儿。诗歌以参与战争的一位游侠为叙事视角，观察整场战斗的形势变化。"扫尽狂胡迹，回头望故关。"[2]"功高宁在我，阵没与招魂。"[3]这些诗句都强调了游侠征战边塞舍生忘死的壮志豪情。

新文化运动期间，小说家们在比较中西小说的写作技巧时，便发现了第一人称小说叙事的弊端：容易陷入自身的感伤或迸发激情。这点对于小说而言可能会破坏故事主题的表达，但对于抒情性较强的诗歌而言，这却是加强情感表达的手段之一，通过自身情绪的递进、迸发，引起读者的共鸣。为了加强第一人称叙事的情绪感染，诗人常由主观的角度着手，加强读者的代入感以及诗歌的煽情性。

---

[1] （元）辛文房：《唐才子传》卷十，黑龙江人民出版社，1986，第210页。

[2] （唐）贯休：《古出塞曲三首》（其一），《全唐诗（增订本）》卷八百三十，中华书局，1999，第9445页。

[3] （唐）贯休：《古出塞曲三首》（其二），《全唐诗（增订本）》卷八百三十，中华书局，1999，第9445页。

诗歌从"我"的角度抒情，诗歌的情感就是游侠内心世界的表达。游侠在主观的表达中完成自我的审视，在自身追求与现实生活的矛盾中寻找平衡，读者则在阅读的同时尝试进入侠客的内心，在他们自我的个性展示与超我的道德意识中，探求他们本我的精神世界。元稹为了突出笔下游侠的性格，借用了游侠的口吻："事成不肯藏姓名，我非窃贼谁夜行。"[1]要让天下人知道自己的功绩，这便是游侠追求功名的个性展现，同时读者又能从中感受到游侠的极度自信以及昂扬向上的精神气息。

李益的《轻薄篇》同样采用第一人称的主观叙述："安知我有不平色，白日欲落红尘昏。"[2]整首诗基本都是游侠猎鹰走马浪荡行迹的客观叙事，这句主观性陈述才是游侠真正的内心世界。这一限制角度的补充，让读者更能明白游侠外在的洒脱只是一种掩饰，他表现得有多洒脱，内心就有多不得意。疏狂与愁绪通过这一主观陈述结合成一个整体。

"有时误入千人丛，自觉一身横突兀。当今四海无烟尘，胸襟被压不得伸"[3]是游侠自觉无法融入世俗，在太平之际寻找不到自身价值的直观表达；《燕歌行》[4]里，"我"吟的燕歌便是这位游侠的一生，以及对自己难以封侯的慨叹。

---

[1]（唐）元稹：《侠客行》，《全唐诗（增订本）》卷四百一十八，中华书局，1999，第4619页。

[2]（唐）李益：《轻薄篇》，《全唐诗（增订本）》卷二十五，中华书局，1999，第331页。

[3]（唐）施肩吾：《壮士行》，《全唐诗（增订本）》卷四百九十四，中华书局，1999，第5628页。

[4]（唐）陶翰：《燕歌行》，《全唐诗（增订本）》卷一百四十六，中华书局，1999，第1476页。

在第一人称的主观陈述中，当叙述者与被叙述者是同一对象时，叙述者便能借助这一身份的矛盾与重合进行自我审视与自我消解。受体裁、篇幅的限制，诗歌常常以碎片化的结构进行叙事。碎片化的自我陈述真实反映了游侠在进取与退让之间的徘徊不定。这一叙事模式南北朝时便已经出现，鲍照笔下的边塞游侠便常在渴求功名与立功无路的情绪中迷惘沉沦。唐代的边塞游侠在经历了早期的热血激昂之后，咏侠诗的叙事便有了两种结构：抒发心愿达成的狂喜放纵和表达功名未遂的自我怀疑。

当叙述者与被叙述者是不同人物时，叙述者便成为文本中的旁观者与互动者。这时，第一人称自带的强烈主观性在诗歌中会被弱化许多，因为在有限的篇幅中，诗人无法在诗歌中展开相关的限制性心理描写或情景描写，"我"这一身份的主观因素便无法得到施展，主观性陈述功能的弱化，使得诗歌的叙事模式呈现出来的效果更接近于第三人称的叙述效果。贯休的《义士行》便是如此。"我"在诗歌中是一位与游侠"先生"有交集的人物。先生的神秘莫测、爱平不平等性格特征，眉斗竖起的凶悍面貌虽都是"我"的视角所见，可去掉"我"的身份，换成其他人物或人称进行叙述，整个叙事结构并不会改变。

在这种叙事模式的诗歌中，诗歌的叙事重点不在于叙述者的情感表达，而是叙事文本的结构本身，诗歌的叙述内容如何展开与叙述者并无直接关联。或者说是内容本身选择并推动叙述者进行相关陈述，而非叙述者主动选择叙述这一动作。叙述者在这一模式中，更像是见证者。可见叙述者在诗歌中的角色功能变化同样会影响诗歌的叙事重点的呈现。

2. 第三人称限制视角的主观性陈述

影视作品中，有一种镜头通过他者的表达描述去记录主角的生活经历来完成叙事表达，观众所见所闻所感均是他者的所见所闻所感。这种方式既能让观众与主角保持一定距离，不至于全知全能，既有自己思想的发挥空间，同时又能较大程度地参与到故事中，了解事情的来龙去脉。这一种叙事方式如用文字呈现出来，便是所谓的第三人称限制视角的主观性陈述。

中国传统的讲故事方式多是上帝视角，介绍人物必详细介绍家世背景，故事情节、人物心理等也是全方位和盘托出。即便宋代话本的说书人也是近乎全能的存在。这与当时受众的需求有直接关联。平常人家到馆子里休闲娱乐，听个故事，自然追求故事的离奇性，对于讲故事的方式并无太多关注。直到明清——中国古典小说的顶峰时期——才逐渐多了限制视角的写作手法。而在诗歌中，人称与视角的运用变化，早在《诗经》中便能看到痕迹。在唐代诗歌中，也能够找到由"他者"视角对游侠生活进行主观性陈述这一叙事方式。

和侠客有关的"他者"最常见的莫过于他们的妻子。诗中的女性角色常抒发自己对远在边塞的丈夫的思念之情："提笼忘采叶，昨夜梦渔阳。"[1] "不得辽阳信，春心何以安。"[2] "良人何处事功名，十载相思不相

---

[1] （唐）张仲素：《春闺思》，《全唐诗（增订本）》卷三百六十七，中华书局，1999，第4150页。

[2] （南唐）李中：《春闺辞二首》（其二），《全唐诗（增订本）》卷七百四十八，中华书局，1999，第8598页。

见。"[1] "自怨愁容长照镜,悔教征戍觅封侯。"[2]传统诗歌分类多将这类诗歌划入"征人"或"闺怨"类别,但这一分类方式并没有顾及将士对战争的主观选择。要知道在唐代重武好功的社会环境之下,即便文士,也有积极投边的热情,更何况自觉勇武的游侠呢?李白的《春怨》写道:"白马金羁辽海东,罗帷绣被卧春风。"[3]其中的"白马金羁"在唐诗中多用来指富有朝气的少年游侠。《代赠远》中女子思念的狂夫是"渴饮易水波,由来多感激"的侠士形象。[4]因此本书在进行作品分析时会将主观上愿意参与战争的边塞将士归入游侠范畴,而他们妻子视角中的丈夫形象便是另一角度的游侠形象了。

《代春闺》一诗中的妇女因为丈夫久驻边疆不归,没人到自己的住处,自己也无心外游,导致闺房都长满了青苔。"青楼明镜昼无光,红帐罗衣徒自香"二句颇有《诗经》"岂无膏沐?谁适为容"的味道。让这位妇女产生如此愁绪甚至懒于照镜梳妆的原因便是"妾恨十年长独守,君情万里在渔阳"[5]。这首诗关于游侠的描写只有短短两句,聚焦对象是闺中女子,实

---

[1] (唐)程长文:《春闺怨》,《全唐诗(增订本)》卷七百九十九,中华书局,1999,第9092页。

[2] (唐)李频:《春闺怨》,《全唐诗(增订本)》卷五百八十七,中华书局,1999,第6866页。

[3] (唐)李白:《春怨》,《全唐诗(增订本)》卷一百八十四,中华书局,1999,第1886页。

[4] (唐)李白:《代赠远》,《全唐诗(增订本)》卷一百八十三,中华书局,1999,第1886页。

[5] (唐)崔液:《代春闺》,《全唐诗(增订本)》卷五十四,中华书局,1999,第668页。

际上并不算咏侠诗，但游侠形象却是整首诗的情绪归依。这一游侠是思妇主观情感凝聚而成的游侠，寂寞之中，思妇因丈夫不归家而生出的愁闷情绪被无限放大，游侠在此成了一位寄心边塞、不念家庭的丈夫。游侠在边塞生活如何，这首诗歌并未向读者呈现。

雍陶的《明月照高楼》一诗同样是由思妇视角出发观察游侠的诗作。游侠在这类思妇诗中退居幕后，成为主导诗歌情绪那至关重要的身影。"君若无定云，妾若不动山。云行出山易，山逐云去难。愿为边塞尘，因风委君颜。"[1]思妇那"愿为边塞尘"的心声正说明了游侠行踪缥缈不定的原因是托身边塞。在思妇的主观限制视角中，她能看到想到的只是游侠的"无定"与自己的"不动"。游侠不定的背后有哪些精神信念的支撑，不定时又在做些什么，便是女子的限制视角无法看到的一面了。

这类非真正意义咏侠诗的诗歌，只是从另一角度补充了游侠的生活面貌。现存第一首咏侠诗《白马篇》里的游侠豪情四溢地表达："弃身锋刃端，性命安可怀？父母且不顾，何言子与妻？"[2]确立了边塞游侠的甘于为国献身的立场。之后的咏侠诗叙述基本承继了这一写作方向。游侠的勇武与爱国情怀结为一体，尽力扭转游侠以武犯禁的形象。对于功名的渴望，让游侠更有奔赴边塞的急切心情。喜好任侠的李白在别内赴征时也有"归时倘

---

[1]（唐）雍陶：《明月照高楼》，《全唐诗（增订本）》卷五百一十八，中华书局，1999，第5951页。

[2]（三国魏）曹植：《白马篇》，《先秦汉魏晋南北朝诗》，中华书局，1983，第432页。

佩黄金印"[1]的憧憬。即便不是出征边疆,"一朝若遇有心人,出门便与妻儿别"[2]同样是将妻儿放置在知己之后。游侠为国家、为知己勇武舍身的背后需要牺牲什么？离乡十余载对家人有何影响？这些与豪情无关的书写在咏侠诗中处于二线地位,甚至被彻底忽略。闺情视角的相关限制书写,恰好补充了咏侠诗未曾提及的另一面。让读者在因游侠的英勇热血沸腾的同时,也能体会到他们背后的付出与牺牲。

以女性的角度书写男性这一手法古已有之,曹丕的《燕歌行》甚至还由思妇的角度揣测了游子的心理。通过这些思妇视角的诗歌,后人可以了解"游子"离家原因的变化,也可以看到唐人主动投身边塞的积极性。唐代的这些"思妇视角"对游侠的侧面书写进一步证明了唐游侠极为重视功名的群像特征。

二、客观性叙述模式

客观性叙述指叙述者采用了置身事外的方式去陈述某样事物的发展。相对主观性叙述的煽情,客观性叙述就显得冷静许多。在这种叙事模式中,情绪隐藏在叙事的背后,需要读者自己剥丝抽茧。也正是因为这份冷静,读者不至于被诗歌情绪牵制,在阅读过程中具有了主动的一面。西方文论里强调的"阐释权在读者"的这一观点,在客观性叙事模式里得到充分的表达。

---

[1] (唐)李白:《别内赴征三首》(其二),《全唐诗(增订本)》卷一百八十四,中华书局,1999,第1889页。

[2] (唐)崔涯:《侠士诗》,《全唐诗(增订本)》卷五百零五,中华书局,1999,第5782页。

这一种叙述模式中，叙述者常常是隐藏不见的。无论叙述者是否参与文本之中，亦或是全知全能地凌驾于文本之上，都无法左右文本的叙述进程及相关架构。

全知全能的"上帝视角"是中国古典文学中最常采用的叙述视角。话本文学中的"说书人"角色，也是站在全知角度去进行文本的陈述。客观全知的叙述视角好处在于，读者可以进入作品的任意时空，了解任一人物的心理、情绪等。对作者而言，这种模式可以更好地向读者介绍故事内容。因此在这种叙事模式下，叙事情节处于关键地位，结构及技巧等则在次要的位置。

咏侠诗中有一部分中长篇叙事诗，已经有人物、情节、叙事顺序等要素，颇有故事性。而这些咏侠诗的叙事模式也与中国古典小说颇为类似。中国传统文化强调宗亲、地缘等关系，古典小说中常在人物甫一出场便详细介绍这人的姓名、身份、家族甚至亲友关系等。干宝的《搜神记》在介绍古代的神仙时也采用了同样的叙事技巧："偓佺者，槐山采药父也。好食松实。形体生毛，长七寸。两目更方。"[1] "彭祖者，殷时大夫也。姓钱，名铿。帝颛顼之孙，陆终氏之中子。历夏而至商末，号七百岁。常食桂芝。"[2] "琴高，赵人也。能鼓琴。为宋康王舍人。"[3] 唐代的游侠叙事诗中也留有这一叙事技巧的痕迹。即便写作风格具有鲜明个性的李白，笔下的

---

[1] （晋）干宝：《搜神记》卷一，中华书局，1979，第2页。
[2] 同上书，第3页。
[3] 同上书，第5页。

《侠客行》也不能脱离这一叙事模式:"赵客缦胡缨,吴钩霜雪明。"[1]开宗便是介绍侠客的宗籍及装扮。《秦女休行》中同样开篇就介绍了秦女休的居住地和姓氏:"西门秦氏女,秀色如琼花。"[2]这类全知视角的诗歌开场,让读者一下子就能对游侠的身份背景有大致把握,在后续的诗歌叙事中,诗人并不会评价抒情。直到所有的叙事完成之后,诗人才会在诗歌末尾加上自己对这一叙事内容的评价:"谁能书阁下?白首太玄经。"[3]"何惭聂政姊,万古共惊嗟。"[4]这样在保证叙事模式客观全面的情况下,又能有叙事者情感的抒发。

客观性叙事模式在律诗中也能找到踪影。"骢马铁连钱,长安侠少年。……风霜但自保,穷达任皇天。"[5]"侠客重周游,金鞭控紫骝。……匈奴今未灭,画地取封侯。"[6]"青骊八尺高,侠客倚雄豪。……岂独连钱贵,酬恩更代劳。"[7]同样是开篇介绍游侠的籍贯、特征,再以总结性评价作收

---

[1] (唐)李白:《侠客行》,《全唐诗(增订本)》卷一百六十二,中华书局,1999,第1690页。

[2] (唐)李白:《秦女休行》,《全唐诗(增订本)》卷一百六十四,中华书局,1999,第1705页。

[3] (唐)李白:《侠客行》,《全唐诗(增订本)》卷一百六十二,中华书局,1999,第1690页。

[4] (唐)李白:《秦女休行》,《全唐诗(增订本)》卷一百六十四,中华书局,1999,第1705页。

[5] (唐)杨炯:《骢马》,《全唐诗(增订本)》卷五十,中华书局,1999,第615页。

[6] (唐)杨炯:《紫骝马》,《全唐诗(增订本)》卷五十,中华书局,1999,第616页。

[7] (唐)霍总:《骢马》,《全唐诗(增订本)》卷五百九十七,中华书局,1999,第6966页。

尾。可见这一客观性叙事模式的通用程度。

叙事时序方面，和之前的叙事诗一样，唐代咏侠诗多采用时间顺叙的叙事方式。前文举例的两首李白的诗作是如此，即便是组诗形式的咏侠诗也是如此。王维的《少年行四首》其一介绍游侠未投身边塞时的城市生活如何逍遥快乐，其二介绍将军宴饮之后带队出征，其三介绍初踏沙场的少年游侠的豪情壮志，其四是作战告捷的完美结局。组诗截取四个片段，以少年游侠人生经历作为诗歌顺序，将一位边塞游侠的成长过程呈现在读者面前。

组诗结构相对破碎，因此在叙事模式上可以有更多变化：除能以时间作为叙事顺序之外，还能够将游侠的生活片段连缀起来，由不同的角度呈现游侠的生活及精神世界。唐人常将少年的朝气与游侠的昂扬结合在一起，以"少年"为主题的咏侠诗数量颇多。令狐楚也曾以《年少行四首》建构游侠的精神面貌。不过这一组诗的叙事模式与王维的《少年行四首》差别颇大。令狐诗采用环状时间叙事模式，先是介绍年事渐高但雄心未老的游侠仍是立身边塞，犹倚营门数雁行，再将叙事时间回溯到游侠年轻时候，传统叙事里的宗籍介绍在这时才出现，最后一首"当年"二字说明了诗歌追忆的本质，游侠在年老时分回忆起少年时称意为乐的狂欢场面。整组诗的叙事以回忆为主，说明了在游侠心目中，少年时期的恣意游侠生活才是一生之中最值得怀念和回味的。

在主客观叙述的运用方面，组诗能做到主客观综合运用的效果，相对于独立、短小的绝句而言，在叙事方面灵活了许多。令狐楚的《年少行四首》，前两首是对游侠生活的客观性描述，涉及游侠的行动背景，后两首又转成了从游侠视角出发的主观性叙述模式,除外在行动的介绍之外,又添加了"未收天子河湟地,不拟回头望故乡""当年称意须行乐,不到天明不肯休"[1]等内心活动的叙述。

主客观的结合,使诗歌的叙事技巧变得更复杂高明,也使读者在阅读时,可以随着诗歌的视角变化,体会不同的诗歌情绪。限制加全知的叙事视角,除了让读者把握诗歌的整体,更能让读者深入了解诗歌的细节呈现。

第二节 唐代咏侠诗的色彩表现

黄永武对古典诗歌的色彩运用有自己的心得:"把色彩巧妙地应用在诗中,如果色彩的调合与色彩的秩序,能符合色彩学的原则,那么所引起的色彩感觉一定格外灵动,所造成的气氛就非常美。所以诗中的色彩字,对意象的视觉效果,有着强烈的显示功能……至于诗人对色彩的偏爱,以及诗人生活的时代环境等,都影响到诗中明丽或暗淡的色泽,这就从色彩字中自然流露出个人的性情与时代的风尚。"[2]诗人雁翼认为诗人的创作基础与其说是"积累生活",不如说是"积累感受"[3]。这些积累下来的感受除

1_(唐)令狐楚:《年少行四首》,《全唐诗(增订本)》卷三百三十四,中华书局,1999,第3754页。

2_ 黄永武:《诗与美》,洪范书店,1984,第21页。

3_ 雁翼:《珍惜感受吧,那是诗人唯一的财富》,《诗与美随笔》,浙江人民出版社,1985,第12页。

利用意象的排列组合或炽热或隐晦地传递给读者外，也会利用色彩的力量让读者展开联想，从而激发共鸣。在长期的联想过程里，人们将自然感情与社会感情均融入对色彩的感悟当中，让色彩在不同地域、不同时代均有不同的象征意义。色彩与意象的和谐统一在进一步丰富诗歌的表现力之余，也透露了各个时代文人不同的审美特征。

西方著名的美术理论家约翰内斯·伊顿（Johannes ltten）在《色彩艺术》一书中通过种种色调的明暗、冷暖、面积等方面的调和对比入手，从印象、表现和空间三大方面分析色彩的运用及效果。这三方面与诗歌创作追求的画面感、情感表达及叙事结构有着异曲同工之妙。清代诗论家叶燮在点评汉魏至宋代诗歌时曾经说过："汉魏之诗，如画家之落墨于太虚中，初见形象。一幅绢素，度其长短、阔狭，先定规模；而远近浓淡，层次脱卸，俱未分明。六朝之诗，始知烘染设色，微分浓淡；而远近层次，尚在形似意想间，犹未显然分明也。盛唐之诗，浓淡远近层次，方一一分明，能事大备。宋诗则能事益精，诸法变化，非浓淡、远近、层次所得而该，刻画掉换，无所不极。"[1] 同样是由色彩、构图、形意等视觉联想甚至视觉象征的理念入手。

唐代咏侠诗在色彩运用方面也与伊顿的理念颇为一致。"胡马秋肥宜白草，骑来蹑影何矜骄。金鞭拂云挥鸣鞘，半酣呼鹰出远郊"[2]中，直接出现的颜色词语便有"白"与"金"。白色作为明亮度十分高的颜色，在画作中常常

1_（清）叶燮：《原诗·外篇下》，《昭代丛书》，清道光吴江沈氏世楷堂刻，第59页。
2_（唐）李白：《行行游且猎篇》，《全唐诗（增订本）》卷一百六十二，中华书局，1999，第1685页。

用来提亮或者营造空间感。诗中的胡马驰骋于边塞广阔的草原上，秋天的草原不再是翠绿色的，而是浅到近乎白色。白草的"白"字使草原地平线与天际的交界更显模糊，视野也就显得更加辽阔。茫茫白草中，胡儿的金鞭格外醒目。金色本身给人的感受便是灿烂辉煌，黄金的奢华象征又让人直接联想到边塞游侠装饰的华丽与奢靡，正好呼应了前句提到的"矜骄"二字。黄金的那种金属光泽感与白草营造出的明亮感及空间感在这首诗中和谐地融合在一起，色彩美学在诗作中制造的画面感及相关联想效果可见一斑。

在塑造积极向上或者游戏人生的游侠形象时，咏侠诗中多用到亮色系的色彩，如白色、红色、金色等。这些色彩在诗歌中的运用也与色彩的象征意义有关。在古代诗画创作中，白色除用来营造明亮度、空间感之外，更常有品格高远纯洁的象征意义。从曹植《白马篇》开始，诗人便常利用白色隐喻游侠愿为国家牺牲一切的高洁品格。唐代咏侠诗在塑造都市游侠形象时，也常用白色这种清淡的颜色去营造闲适的氛围，耀眼的金色多用来表现富贵奢华。咏侠诗则在这一基础上进一步引申，将华丽的金色也变成游侠美好品格的象征之一。在中国传统文化中，白与金在色彩意义上有时会具有相似的表达。在"五行说"中，白色正是金的代表色。意义的相近与亮度的相似，让白与金成为中国古典诗歌中经常成对出现的颜色组合之一，唐代游侠诗中也有这样的呈现。初盛唐咏侠诗中的少年游侠常常以白马金羁、银鞍金翠羽的形象出现："玉剑浮云骑，金鞍明月弓。"[1] "白

1_（唐）卢照邻:《结客少年场行》，《全唐诗（增订本）》卷二十四，中华书局，1999，第322页。

马金鞍从武皇,旌旗十万宿长杨。"[1]"白马紫连钱,嘶鸣丹阙前。闻珂自踯躅,不要下金鞭。"[2]"偏坐金鞍调白羽,纷纷射杀五单于。"[3]这些华丽的外形描写更好地展示了游侠少年风华正茂、意气风发的精神气质。这两种亮度极高的色彩碰撞互补,使读者在阅读过程中不由自主地产生昂扬积极的感受。

抢眼系数极高的红色在中国传统文化中,除象征吉祥和喜庆之外,还有张扬自信、激情进取的意义。这与游侠的性格极为相似。在唐代赞美侠气的诗作中,红色出现的频率也不低。在古人推崇的"阴阳"系统中,白、金与红均属于"阳"的范畴,亦切合了游侠的阳刚气质。孟浩然与储光羲同游洛阳时写下了"珠弹繁华子,金羁游侠人。酒酣白日暮,走马入红尘"。[4]红尘的"红"虽是虚指,但也让读者凭借自身对颜色的联想,与城市的繁华做出联系。金、白、红这三种明丽的色彩在虚实交接的同时,提高了洛阳城的艳度,游侠的不羁与城市的繁华跃然纸上。

咏侠诗也常常利用色调的明暗对比来增强诗歌的画面感。"欲出鸿都

---

[1] (唐)王昌龄:《青楼曲》(其一),《全唐诗(增订本)》卷一百四十三,中华书局,1999,第1446页。

[2] (唐)贾至:《白马》,《全唐诗(增订本)》卷二百三十五,中华书局,1999,第2592页。

[3] (唐)王维:《少年行四首》(其四),《全唐诗(增订本)》卷二十四,中华书局,1999,第324页。

[4] (唐)孟浩然:《同储十二洛阳道中作》,《全唐诗(增订本)》卷一百六十,中华书局,1999,第1670页。

门，阴云蔽城阙。宝剑黯如水，微红湿余血。白马夜频嘶，三更霸陵雪。"[1]温庭筠的《侠客行》开篇便用蔽天的阴云为三更半夜游侠的行刺杀人铺设了沉重惊险的色调。下一联中的宝剑仍是黯淡的色彩，与之有些许对比的是剑上血迹。与血迹相关的红色还可以象征杀戮与战争。大面积的阴沉背景以多衬少地强调了剑上的些许血迹，进一步强化"杀人"的这一联想。这一抹微红非但没有提亮画面，反倒强化了画面沉郁的基调。"湿"字又巧妙地将视觉与感觉联系在一起，形成通感的表达效果。画面中最亮眼的便是侠客胯下的白马与霸陵皑皑的白雪。阴云、微红与明亮的白色形成强烈对比，从视觉想象的角度而言，读者在自己营造出的诗歌画面中，很容易将重点集中在白马与马上侠客的身上。明与暗的强烈对比进一步加强了侠客行刺杀人这一行为的刺激性与惊险度。马与雪虽同属白色，但在质感、亮度方面仍有区别。哑光与荧光、略微的灰白与极致的纯白，不同纯度的对比又呈现了不同的层次感。章孝标《少年行》也是利用同色调深浅的不同为少年游侠的生活画面制造层次："手抬白马嘶春雪，臂竦青骹入暮云。"[2]白马与春雪、苍鹰与暮云，这两组意象在各自营造层次的同时，也互成明暗对比。崔颢笔下的"错落金锁甲，蒙茸貂鼠衣"[3]也有异曲同工之妙。貂鼠多为黑色或棕色，深色的皮草与金灿灿的锁甲在视觉方面对比强

---

[1] （唐）温庭筠:《侠客行》，《全唐诗（增订本）》卷五百七十七，中华书局，1999，第6766页。

[2] （唐）章孝标:《少年行》，《全唐诗（增订本）》卷五百零六，中华书局，1999，第5798页。

[3] （唐）崔颢:《古游侠呈军中诸将》，《全唐诗（增订本）》卷一百三十，中华书局，1999，第1321页。

烈,这种阴阳冷暖属性的对抗,在内敛与奔放之间建构出巧妙的平衡。

高适赠诗给四十学剑的耿都尉时,除赞扬了耿都尉"感激投知音""兴酣倾百金"等任侠气质外,同样利用了明暗色彩的对比凸显耿都尉的英武身姿。从曹植的《白马篇》开始,白马逐渐成为游侠的象征。唐人众多的咏侠诗中均有白马的身影出现,翩翩白马似乎是展现游侠倜傥潇洒的最佳工具。《别耿都尉》同样也利用白马烘托耿都尉的任侠气质:"翩翩白马来,二月青草深。"[1] 这时的草色并非遥看近却无,而是深厚浓郁富有生命质感的翠色。色彩明暗对比的运用让诗作描述对象主次分明的同时,也充满了蓬勃的激情,青草的生命力与白马的活力动感进一步凸显了耿都尉的任侠气质。

关于色彩拼合对比的表现张力,早在先秦就引起了人们的注意。"青与白相次也,赤与黑相次也,玄与黄相次也。青与赤谓之文,赤与白谓之章,白与黑谓之黼,青与黑谓之黻"[2] 便是先人关于六色相称对比的朴素总结。后人在将视觉美学运用到文学创作时又发展出通感、象征等色彩运用技巧。与唐代其他类型的诗作相比,咏侠诗的色彩运用相对比较格式化,但通过相关色彩意义的分析,后人不但能够更深入地理解唐代咏侠诗在叙事之外的意象结构,更能从另一个角度解读唐人对侠客的认知与印象。

---

[1] (唐)高适:《别耿都尉》,《全唐诗(增订本)》卷二百十一,中华书局,1999,第2201页。

[2]《周礼·冬官·考工记》,崔高维校点:《周礼·仪礼》,辽宁教育出版社,1997,第82页。

第三节 唐代咏侠诗的美学风格

游侠勇武率性的气质,使得咏侠诗天生自带豪迈雄壮的气息。而唐代文人在创作咏侠诗时,融合了南朝宫廷文学的风格与北朝文学粗犷豪迈的特色,加上自身的时代文化背景,让唐代的咏侠诗呈现出豪迈为主、柔美为辅的刚柔并济的美学色彩。

边塞咏侠诗中,除游侠骁勇善战之外,由宫廷深闺到边塞大漠的环境变化也让咏侠诗染上了边塞雄浑悲壮的色彩。从叙事学角度而言,这便是叙事环境的作用。南北朝由于诗歌环境的局限性,让当时诗坛整体呈现出柔媚的风格。而唐代诗人对诗歌题材的锐意拓展,在保留了南北朝诗人对格律的追求的同时,诗歌的内容也丰富了许多。诗歌描绘的对象也多元化了起来,从深闺女性的衣着容貌,拓阔至世间万物。武器和边塞景色结合在一起,营造出边塞咏侠诗独有的苍凉雄浑。"剑寒花不落,弓晓月逾明。"[1] "陆离横宝剑,出没鹜征骑。"[2]这些诗句中,游侠的弓与剑和边塞的月色、旌旗交相辉映,形成与城市风光截然不同的风景。边塞咏侠诗中很容易就会出现这般场面:"歕野山川动,嚣天旌旆扬。吴钩明似月,楚剑利如霜。电断冲胡塞,风飞出洛阳。"[3]侠客昂扬的斗志在边塞之中可以震

---

[1] (唐)虞世南:《从军行二首》(其一),《全唐诗(增订本)》卷三十六,中华书局,1999,第473页。

[2] (唐)虞羽客:《结客少年场行》,《全唐诗(增订本)》卷七百七十四,中华书局,1999,第8865页。

[3] (唐)张柬之:《出塞》,《全唐诗(增订本)》卷九十九,中华书局,1999,第1062页。

动天地山川，行军的速度又如电似风，武器明亮锋利，这使得诗歌无论在气势还是在景观、人物的描写上，都有了雄浑的色彩。

热奈特在《叙事话语》一文中指出叙事的心境同样会影响叙事的表达。唐代咏侠诗中渴求建功、尽情玩乐的人生态度自然让诗歌风格雄壮了起来。在这类诗歌中，诗人为了营造刚健有力的风骨，便格外强调游侠轻生死、重义气等刚烈的性格特征，横行霸道的嚣张行径也成了值得称赞的行为，"死难在横行""横行徇知己""横行戴斗乡"，诸如此类的诗句在唐代咏侠诗中并不少见，对武力的崇拜使诗歌充满刚健的气息，刚健的诗歌风格反过来又加强了诗歌中关于武力的相关表达。

唐代咏侠诗在自身开拓出刚健豪迈的特色的同时，也继承了南北朝咏侠诗软媚的一面。南北朝的贵族阶层常借由自己的生活环境与经历，来想象游侠的生活。譬如陈后主《洛阳道五首》中的其四、其五："百尺瞰金埒，九衢通玉堂。柳花尘里暗，槐色露中光。游侠幽并客，当垆京兆妆。向夕风烟晚，金羁满洛阳。"[1]"青槐夹驰道，御水映铜沟。远望凌霄阙，遥看井干楼。黄金弹侠少，朱轮盛彻侯。桃花杂渡马，纷披聚陌头。"[2]游侠的不羁生活已经成为呈现城市繁华面貌的方式之一，游侠的勇武与否已不重要，重要的是诗人如何通过游侠这一当时人眼中比较另类的群体，展示城市的繁荣及安适。

---

[1] （南朝陈）陈叔宝：《洛阳道五首》（其四），《先秦汉魏晋南北朝诗》，中华书局，1983，第2507页。

[2] （南朝陈）陈叔宝：《洛阳道五首》（其五），《先秦汉魏晋南北朝诗》，中华书局，1983，第2507页。

南北朝的名士常追求特立独行、与众不同的行为，借此彰显自己的清高与脱俗。齐梁诗风之下的文人在创作了大量宫廷深院的闺人与器物诗之后，开始将目光转向游走在社会秩序边缘的游侠身上。他们一边模仿游侠的放荡不羁，一边将这样的生活模式记录下来。可是贵族效仿出来的游侠，只得其皮毛不得根本，空有形而不具神，与最早混迹于下层社会的游侠天差地别。贵族眼中没有民间疾苦，只有安逸的享乐。他们只能根据自己的生活习性，想象出游侠的生活及行事方式。[1]因而南北朝时期，除却几位有边塞参军背景的诗人外，其余诗人所创作出来的咏侠诗带有浓厚的齐梁诗体的痕迹。最直接的体现便是诗中对游侠及游侠妻子衣着打扮的相关描写。这让当时的咏侠诗风格带有宫体诗的柔媚感。

唐代有大量的城市游侠，他们又多来自家境优渥的官僚地主阶层，因此拥有良好的经济基础。韦陟"每食视庖中所弃，其直（值）犹不减万钱，宴公侯家，虽极水陆，曾不下箸"[2]。郭英乂"恃富而骄，于京城创起甲第，穷极奢靡"[3]。《开元天宝遗事》卷四记载："杨国忠子弟，恃后族之贵，极于奢侈，每春游之际，以大车结彩帛为楼，载女乐数十人，自私第声乐前引，

---

[1] 因为没有实际到过边塞，南北朝贵族的边塞诗多是通过自己的想象而完成的作品。即便诗人极力试图展示出边塞的场景，但常常在地理、风俗方面出错。周振甫在《诗词例话》中点评萧子晖的《陇头水》时，便指出了他边塞诗中的地理谬误问题。

[2] （宋）欧阳修、宋祁等撰：《新唐书》卷一百二十二《韦陟传》，中华书局，2000，第3442页。

[3] （后晋）刘昫：《旧唐书》卷一百一十七《郭英乂》，中华书局，2000，第2306页。

出游园苑中，长安豪民贵族皆效之。"[1]"宁王骄贵，极于奢侈，每与宾客议论，先含嚼沉麝，方启口发谈，香气喷于席上。"[2]卷上又载："申王亦务奢侈，盖时使之然。每夜宫中与诸王贵戚聚宴，以龙檀木雕成独发童子，衣以绿衣袍，系之束带，使执画烛，列立于宴席之侧，目为'烛奴'。诸宫贵戚之家皆效之。"[3]豪奢的社会风气让游侠大肆挥金更理所当然。

唐代城市游侠挥金如土，重视享乐，周围环境的繁华优美进一步衬托出游侠玩乐时的骄奢。诗人李贺的《少年乐》写道："芳草落花如锦地，二十长游醉乡里。红缨不动白马骄，垂柳金丝香拂水。吴娥未笑花不开，绿鬓耸堕兰云起。陆郎倚醉牵罗袂，夺得宝钗金翡翠。"诗歌借助少年游侠的视线，描绘出当时城市面貌的同时，又写出了城市游侠的逍遥自在。周围芳草落花如锦地、垂柳金丝香拂水的平静安逸，使诗歌不同于边塞咏侠诗的粗犷，而具有闲适惬意的氛围。这些环境、人物的描写，让咏侠诗在放浪不羁的同时又有了别样的柔情。杜牧笔下关于羽林儿的描写也与《少年行》相近："连环羁玉声光碎，绿锦蔽泥虹卷高。春风细雨走马去，珠落璀璀白罽袍。"[4]诗歌同样淡化了游侠的勇武与刚烈，反而强调了游侠

---

[1] （五代）王仁裕：《开元天宝遗事·楼车载乐》，《开元天宝遗事十种》，上海古籍出版社，1985，第100页。

[2] （五代）王仁裕：《开元天宝遗事·嚼麝之谈》，《开元天宝遗事十种》，上海古籍出版社，1985，第104页。

[3] （五代）王仁裕：《开元天宝遗事·烛奴》，《开元天宝遗事十种》，上海古籍出版社，1985，第76页。

[4] （唐）杜牧：《少年行》，《全唐诗（增订本）》卷五百二十三，中华书局，1999，第6000页。

雨中走马的恬适，呈现出游侠离开战场之后的淡然写意。

《少年乐》中关于女性容貌的刻画描写，正与齐梁诗风一脉相承。诗中将女子与花作对比之余，又详细描绘了女子的装扮，绿鬓、罗袜等书写让诗歌在有着游侠不拘风格的同时，又带有了女性的柔美。唐代其他的城市咏侠诗与李贺的《少年乐》风格相似，常将书写的重点放在游侠的放浪之上，同时也有不少的女性书写。"五陵年少金市东，银鞍白马度春风。落花踏尽游何处，笑入胡姬酒肆中。"[1]"少年游侠好经过，浑身装束皆绮罗。兰蕙相随喧妓女，风光去处满笙歌。"[2]"绿鬓深小院，清管下高楼。"[3]虽说这些女性书写本质上是为了说明游侠寻欢作乐的方式与程度，但在某种程度上改变了咏侠诗的风格，让咏侠诗增添了柔情的色彩。

城市游侠不像边塞游侠那般粗犷豪迈，而是出现了柔媚与豪情有机统一的和谐一面。这也是唐代咏侠诗在南北朝咏侠诗基础上发展出来的自身特色。唐王朝的独特历史文化背景，让社会产生了大批的游侠，这群游侠或是在城中畅游，或是在边塞奋战。城市游侠与边塞游侠的并存、南北文化的融合，让唐代的咏侠诗呈现出优美与壮美并存的美学风格。

---

[1] （唐）李白：《少年行二首》（其二），《全唐诗（增订本）》卷一百六十五，中华书局，1999，第1710页。

[2] （唐）李白：《少年行三首》（其三），《全唐诗（增订本）》卷二十四，中华书局，1999，第324页。

[3] （唐）张祜：《少年乐》，《全唐诗（增订本）》卷二十四，中华书局，1999，第323页。

第七章 唐代咏侠诗的价值与影响

　　作为中国侠客文学中的重要一环，唐代咏侠诗在吸收继承前朝艺术表现手法的同时，促进了咏侠诗的定型，为后世的咏侠诗提供了写作模板，也影响了中晚唐豪侠小说的叙事模式发展。唐代民众自身好任侠的气质在文学作品中得到了较好的保留。唐代咏侠诗中的游侠保留了不同阶层的游侠行为，也包含了对古代游侠的追思与崇拜，向后人多方位地展示了唐代游侠的精神和气质。唐代游侠精神的确立在咏侠诗中便已完成，豪侠小说在咏侠诗对"侠"理解的基础上，结合文人游心寓目的审美需求，进一步丰富了唐代侠客文学的表现力。

　　每一年代的国民气质都会有自身的特殊时代印记，两《唐书》中常以"任侠""豪爽"等词语形容唐代名人的性格气质。贵族阶层也多以任侠为乐。咏侠诗中的相关描写，让史书中的凝练表述有了具象化的展示，史料的概括性话语又是对咏侠诗中侠客精神面貌的明了总结。通过对作品的研读，后人不但可以了解文学层面上的艺术流变，而且可以了解历史，印证历史。虽说诗歌的描述对象及歌咏范围相对狭窄，但不可否认唐代的咏侠诗同样具备相关的历史价值。唐代游侠的娱乐方式又带有当时的民俗色彩，若将唐代咏侠诗与史料传记放一起作相应的比对印证，后人便能更全面地了解唐代的任侠风气以及游侠生活。

第一节　唐代咏侠诗的历史价值

唐代咏侠诗中侠客精神面貌的变化，与历史格局的变化息息相关。初盛唐时，朝廷锐意拓展边界，与周边少数民族也常有商贸往来。互相通商，在促进文化交流的同时也掀起了一阵民族交融的"移民"热潮。这些历史因素在初盛唐的咏侠诗中均有所反映。

张柬之《出塞》虽说带有浓厚的齐梁风格，但开头的"侠客重恩光，骢马饰金装。瞽闻传羽檄，驰突救边荒"[1]也能反映唐代因边塞战争频繁，朝廷屡屡征人参军的社会现象。"羽檄南渡河，边庭用兵早。汉家爱征战，宿将今已老。"[2]"闻道羽书急，单于寇井陉。气高轻赴难，谁顾燕山铭。"[3]这些诗句除了说明游侠勇于"捐躯赴国难"，也侧面说明了当时下达羽书

---

[1]（唐）张柬之：《出塞》，《全唐诗（增订本）》卷九十九，中华书局，1999，第1062页。

[2]（唐）李希仲：《蓟门行二首》（其一），《全唐诗（增订本）》卷一百五十八，中华书局，1999，第1620页。

[3]（唐）王昌龄：《少年行二首》（其一），《全唐诗（增订本）》卷一百四十，中华书局，1999，第1421页。

的急切程度，如此焦急地下达羽书，主要仍是为了与"匈奴"等有边境纷争的国家进行战斗。[1]这些边塞咏侠诗在热情讴歌游侠勇武善战的同时，也隐约地透露了边塞咏侠诗能够盛行的时代背景以及当时的政府取态。

在对外形势一片大好的情况之下，朝廷在征人用武方面心态颇佳。玄宗在《平胡》中写道："杂虏忽猖狂，无何敢乱常。羽书朝继入，烽火夜相望。将出凶门勇，兵因死地强。蒙轮皆突骑，按剑尽鹰扬。"表达了对边塞战事的乐观态度以及自家军队必胜的强烈信心。初盛唐的君主们也常常亲赴边塞，君王的态度自上而下地感染了朝中大臣及天下百姓。所以当时不但尚武人士积极参军，文人墨客也自带任侠气质、向往边塞生活。"男儿本自重横行，天子非常赐颜色。"[2]"幽州多骑射，结发重横行。一朝事将军，出入有声名。"[3]"若使三边定，当封万户侯。"[4]这些咏侠诗都是对当时渴望在边塞立功的游侠的心境描写，是当年游侠边塞生活的记录。

城市咏侠诗则向后人展示了唐代经济的繁荣程度，从文学的角度印证了当时的经济发展及民间的娱乐项目。李廓的十首《长安少年行》从不同的角度介绍了当时长安少年的休闲娱乐方式。后人从中可以看出，赌马、

---

[1] 匈奴在汉末亦是分崩离析，不再是一个具有实势的政权，不过唐人有"以汉喻唐"的诗歌传统，常常以汉皇指代唐朝国君，以匈奴指代边境国家。

[2] （唐）高适:《燕歌行》,《全唐诗（增订本）》卷二百一十三，中华书局，1999，第2217页。

[3] （唐）高适:《蓟门行五首》(其五),《全唐诗（增订本）》卷二百一十一，中华书局，1999，第2190页。

[4] （隋）孔绍安:《结客少年场行》,《全唐诗（增订本）》卷三十八，中华书局，1999，第494页。

狎妓、打球、踏青等都是当时好任侠之人的娱乐活动,也可以得知当时的贵族少年对熏香的喜好程度。这些活动在不同的咏侠诗中均有出现:"君不见淮南少年游侠客,白日球猎夜拥掷。呼卢百万终不惜,报仇千里如咫尺。少年游侠好经过,浑身装束皆绮罗。兰蕙相随喧妓女,风光去处满笙歌。"[1] "日日斗鸡都市里……平明还在倡楼醉。"[2] 这些诗句除了说明当时游侠的放荡程度,也反映了城市为居民提供的娱乐种类的丰富多样。不仅如此,这些咏侠诗还透露了当时的城建情况。

曲江,这一地理名词在唐诗中屡次出现,杜甫、李商隐更有直接以该地名为诗题的诗作存世。唐人对此的描述是:"曲江池,本秦时隑洲。开元中疏凿,遂为胜境。其南有紫云楼、芙蓉苑。其西有杏园、慈恩寺。"[3] 皇家在此建立园林、佛寺,更在曲江两岸种植大量桃花[4],曲江也成了休闲娱乐的绝佳选择。[5] 广受世人喜爱的曲江在咏侠诗中也有存在感。"长安道上春可怜,摇风荡日曲江边。……贵里豪家白马骄,五陵年少不相饶。双双挟弹来金市,

---

[1] (唐)李白:《少年行三首》(其三),《全唐诗(增订本)》卷二十四,中华书局,1999,第324页。

[2] (唐)张籍:《少年行》,《全唐诗(增订本)》卷二十四,中华书局,1999,第325页。

[3] (唐)康骈:《剧谈录》卷下,古典文学出版社,1958,第57页。

[4] 杜甫在《曲江对酒》一诗中写道:"苑外江头坐不归,水精春殿转霏微。桃花细逐杨花落,黄鸟时兼白鸟飞。"其中提到的正是当年长安曲江周围的美景。

[5] 唐文宗曾言:"都城胜赏之地,惟有曲江。"(《听诸司营造曲江亭馆敕》)杜甫也曾描述过三月初三时游人聚集在曲江周围赏花的盛况:"三月三日天气新,长安水边多丽人。"鲍防如此回忆长安:"忆长安,二月时,玄鸟初至禖祠。百啭宫莺绣羽,千条御柳黄丝。更有曲江胜地,此来寒食佳期。"[《忆长安》(二月)] 杨巨源亦对曲江美景赞叹不已:"日暖云山当广陌,天清丝管在高楼。芰葱树色分仙阁,缥缈花香泛御沟。"(《长安春游》)说明在唐代,不论君民,对曲江的美丽风光都赞叹不已。

两两鸣鞭上渭桥。渭城桥头酒新熟，金鞍白马谁家宿。"[1]"倒插银鱼袋，行随金犊车。还携新市酒，远醉曲江花。"[2]可见游侠在休闲娱乐之时，也会和普通的长安居民做出同样的选择，或者说游侠也是普通长安居民中的一员。

放荡不羁的游侠向来走在娱乐时尚的前沿，从他们的活动选择可以看出唐时流行的娱乐。在政府的扶持下，狎妓文化在唐代颇为盛行。官员在府中宴客时多会邀请官妓以歌舞助兴。游侠们也对这项娱乐活动颇为热衷。城市游侠的休闲描写中，便有很多关于妓女的描写。后人从诗句中不仅能看出唐代女性的衣着流行风尚，也可得知当时除可以邀请妓女到府上表演之外，还能够携妓出游，装点门面。诗歌中大量关于绿鬓清倌、浓妆艳妓的样貌描绘，携妓出游的行为书写，从侧面反映了唐人对狎妓行为的接受与喜爱程度。

赌博文化自先秦起就盛行于民间。《庄子》逸篇记载："羊沟之鸡，三岁为株，相者视之则非良鸡也。然而数以胜人者，以狸膏涂其头。"[3]证明在战国时便有斗鸡活动的出现。汉代法例虽明文禁止赌博，因赌博获罪的官员也不少[4]，但当时古籍中仍有大量关于王公士族好赌的记录："鲁恭王

---

[1]（唐）崔颢：《渭城少年行》，《全唐诗（增订本）》卷一百三十，中华书局，1999，第1324页。

[2]（唐）李廓：《长安少年行》（其三），《全唐诗（增订本）》卷四百七十九，中华书局，1999，第5493页。

[3]（唐）欧阳询：《艺文类聚》卷九十一，上海古籍出版社，1965，第1583页。

[4]《汉书·食货志》中记载："世家子弟富人，或斗鸡走狗马、弋猎、博戏乱齐民。乃征诸犯，令相自变量千人，名曰株，送徒。"《汉书·公卿表》更记录了因赌博而失去爵位的官员人数："以博捔失侯者十余人。"

好斗鸡鸭及鹅雁，养孔雀、鸂鶒，奉谷一年费二千石。"[1] "孝宣皇帝，武帝曾孙，戾太子孙也……受诗于东海澓中翁，高材好学，然亦喜游侠，斗鸡走马，具知闾里奸邪，吏治得失。"[2] "成帝好蹴鞠，群臣以蹴鞠为劳体，非至尊所宜。帝曰：'朕好之，可择似而不劳者奏之。'家君作弹棋以献。帝大悦，赐青羔裘，紫丝履，服以朝觐。"[3]

从汉代史料可以看出，当时斗戏、弹棋等文化的盛行，即便有法规的限制，仍是屡禁不止，加上贵族阶层的追捧，赌博文化更是流传了下来。汉代史料也反映了自汉代起，游侠文化与赌博文化已有所关联。同样的社会现象在唐代亦同样存在，并且唐代皇帝几乎都好赌，李世民与刘文静在太原起事之际，利用赌博拉拢裴寂；武则天、唐玄宗等人在内廷也常以赌博为娱乐。[4]这一风气自上而下影响了有唐一代。唐人好任侠的风气，又强化了唐代好赌的习俗。"争场看斗鸡，白鼻紫骝嘶。"[5] "斗鸡事万乘，轩盖一何高。"[6]唐代的咏侠诗中记载的游侠行径正是对唐人好赌的社会现象的绝佳说明。

到了中晚唐，虽说国家实力已大不如前，但为了守住自己的江山社稷，

---

[1] （晋）葛洪：《西京杂记》卷二《鲁恭王禽斗》，中华书局，1985，第15页。

[2] （汉）班固：《汉书·宣帝纪》，中华书局，1999，第165—166页。

[3] （晋）葛洪：《西京杂记》卷二《弹棋代蹴鞠》，中华书局，1985，第14页。

[4] 《旧唐书》卷一百九十九上《东夷》："天授中，则天尝内出金银实物，令宰相及南北衙文武官内择善射者五人共赌之。"《新唐书》卷三十四《五行一》："玄宗好斗鸡，贵臣、外戚皆尚之，贫者或弄木鸡。"王勃甚至因为作文戏说诸王斗鸡，引得高宗大怒："是时，诸王斗鸡，勃戏为文檄英王鸡，高宗怒曰：'是且交构。'斥出府。"

[5] （唐）李益：《紫骝马》，《全唐诗（增订本）》卷二百八十三，中华书局，1999，第3213页。

[6] （唐）李白：《白马篇》，《全唐诗（增订本）》卷二十四，中华书局，1999，第317页。

即便民间开始不断出现反对穷兵黩武的声音，唐王朝也不得不尽全力招兵买马。与此同时，拥兵自重的藩镇势力为了巩固、强化自己的实权，同样也不断地征人参军。这时，征人不再像初盛唐游侠般主动介入边塞战争，而是被迫入伍。诗歌中开始出现"报国剑已折，归乡身幸全"[1]这类消极厌战的情绪。歌颂忠君爱国思想的咏侠诗在此时逐渐衰疲，刺客形象反而在唐传奇中重新兴起。边塞游侠的衰落、游侠性质的变化与刺客形象的重新出现，正是唐王朝势力由盛转衰的表现。这一转变过程正是皇家势力旁落到藩镇、各家藩镇争权夺利的现象在文学上的反映。

唐代咏侠诗的主题及个中细节，向后人展示了唐人的气质及生活态度，游侠气质的变化、咏侠诗的荣衰也应和着唐王朝的兴亡。通过对唐代咏侠诗的分析，后人不但可以了解到唐人的价值取向、审美态度，而且能借此了解唐代的历史民俗，进一步全面了解唐代文化。

第二节 唐代咏侠诗的艺术价值

作为唐诗中的一大类别，咏侠诗几乎有唐诗的所有优点，朗朗上口、爽朗别致等特点在咏侠诗中并不少见。同时对游侠的歌咏描述、对齐梁诗风的继承发展，刚与柔这看似矛盾的结合，让咏侠诗又呈现出与其他主题的唐诗不一样的艺术风貌。民俗、民风的展示，不仅让咏侠诗充盈着生活

---

[1]（唐）刘长卿：《从军行六首》（其六），《全唐诗（增订本）》卷十九，中华书局，1999，第228页。

的气息，还让咏侠诗具备了历史文化研究的意义与价值。本节将从豪迈与柔情的交融，文学艺术与烟火气息的融合入手，探讨唐代咏侠诗独特的艺术价值。

一、豪迈与柔情的交融

唐代独特的时代背景，让唐人向后人展示出他们朝气向上的一面，好武的民众特色在史书记载中展现得淋漓尽致。独特的历史文化氛围，为豪迈诗风的发展壮大孕育了空间。两《唐书》概述诗人生平时常常提到与"任侠"有关的行为：陈子昂"以富家子，任侠尚气弋博"[1]，王翰"少豪荡，恃才不羁，喜纵酒，枥多名马，家蓄妓乐"[2]，李白"喜纵横，击剑为任侠，轻财好施"[3]，王之涣"少有侠气，所从游皆五陵少年，击剑悲歌，从禽纵酒"[4]，刘叉"少尚义行侠，傍观切齿，因被酒杀人亡命，会赦乃出"[5]，落魄有不羁才的李山甫同样是"生平憎俗子，尚豪侠"[6]。有任侠行为的诗人，作品中常有侠客的踪影。自称"脱身白刃里"的李白，笔下的游侠恣意任性，杀戮成了勇武的象征。刘叉的生平与自己的诗作颇为契合，曾经仗义杀人亡命的他，写下了"野夫怒见不平处，磨损胸中万古刀"这样怒发冲

---

[1] （元）辛文房：《唐才子传》卷一，黑龙江人民出版社，1986，第12页。
[2] 同上书，第14页。
[3] （元）辛文房：《唐才子传》卷二，黑龙江人民出版社，1986，第35页。
[4] （元）辛文房：《唐才子传》卷三，黑龙江人民出版社，1986，第44页。
[5] （元）辛文房：《唐才子传》卷五，黑龙江人民出版社，1986，第87页。
[6] （元）辛文房：《唐才子传》卷八，黑龙江人民出版社，1986，第163页。

冠的诗句。杀气与豪情的结合强化了咏侠诗刚健爽朗的气质。

受到齐梁诗风的影响，唐代咏侠诗也常呈现出刚柔并济的面貌。施肩吾的《金吾词》表面上描绘的是"行拥朱轮锦幨儿，望仙门外叱金羁"这般威风凛凛的金吾卫[1]，可是诗作并不像寻常咏侠诗歌咏金吾的勇武身姿或寻欢姿态，而是将话锋转向儿女情长。诗人所选取的片段也颇为特别："染须偷嫩无人觉，唯有平康小妇知。"金吾卫颇为在意自己的外表，为了"装嫩"还特意染了胡须，而这一细节只有平康小妇才知道，而平康正是唐代妓院聚集之所。[2]诗歌看似简单叙述，细品之下却又能察觉金吾卫与平康小妇之间暗涌的情感：金吾卫担心小妇嫌弃自己的外貌，悄悄染须，而小妇心系金吾，才能观察入微，发现旁人不能察觉的变化，二人关系的密切程度可想而知。诗歌含蓄地描述了一桩风流韵事，主人公虽为常负"侠少"之名的金吾卫，取材却与南朝艳诗相差无几，从香艳柔媚的角度记录了游侠生活的另一面，游侠寻欢时的不羁姿态也暗藏在对平康小妇的柔情之中。

崔颢的《渭城少年行》也有类似的表达："秦川寒食盛繁华，游子春来不见家。斗鸡下杜尘初合，走马章台日半斜。章台帝城称贵里，青楼日晚

---

[1] 汉代设执金吾一职于天子出行时开道："舆服导从，光满道路，群僚之中，期楼壮矣。"（《后汉书·百官志四》注引《汉官》）《东观汉记·光烈阴皇后》记载："上（光武）微时，……见执金吾车骑甚盛，因叹曰：'仕宦当作执金吾，娶妻当得阴丽华。'"（《后汉书》亦有相近记载）足以看出执金吾的气势及威风程度。《东观汉记》中记录："九卿、执金吾、河南尹秩皆中二千石。"可见执金吾在汉代的地位。唐时亦设有左右金吾卫，正三品官职。（《通典·职官二十二》）

[2] 《北里志》记载："平康里入北门，东回三曲，即诸妓所居之聚也。"《长安志图》更具体地指出平康的位置："平康为朱雀街东第三街之第八坊。"

歌钟起。贵里豪家白马骄，五陵年少不相饶。双双挟弹来金市，两两鸣鞭上渭桥。渭城桥头酒新熟，金鞍白马谁家宿。可怜锦瑟筝琵琶，玉壶清酒就倡家。"[1]渭城中贵族游侠在完成斗鸡走马、挟弹赏花的休闲娱乐之后，就会到渭城桥头喝酒。浪荡的游侠生活在一天的嬉戏娱乐之后，最终还是回归到留宿倡家的这一环节。诗歌的描述对象也由五陵少年转向娇媚可人的倡家小妇，"小妇春来不解羞，娇歌一曲杨柳花"[2]二句除再次点明诗作中的季节之外，还描摹了小妇的神情举止。"不解羞"看似与"娇歌"矛盾，却准确地刻画出小妇欲拒还迎的诱人姿态。

可见唐代咏侠诗风并非一味地刚健豪迈，游侠斗鸡走马的恣意和温柔乡中的无边春情形成了刚与柔和谐融合的效果。这也是唐人追求的"文质彬彬，尽善尽美"这种融合南北二朝风格的审美表达。

二、雅与俗的结合

唐诗作为中国古典诗歌的巅峰，其中的文学性不言而喻。向民歌学习技巧、取材民间文学、描绘民间生活等特点在说明唐代诗歌包容性的同时，也指出了其通俗的一面。唐代游侠无论出身，多偏爱民间生活，即便是贵族游侠也常流连市井，以此表达自己异于旁人的游侠气质。在唐诗的诸多分类中，咏侠诗是最能体现文学修辞与民间烟火气息融合的诗作类型之一。

---

[1]（唐）崔颢：《渭城少年行》，《全唐诗（增订本）》卷一百三十，中华书局，1999，第1324页。

[2] 同上。

咏侠诗除有诗人对时下游侠的描摹外，也有一部分源自民间文学题材。譬如咏侠诗中常见主题之一"刘生"，郭茂倩在《乐府解题》中对这一咏侠诗主题的来源做了分析："刘生不知何代人，齐梁已来为'刘生'辞者，皆称其任侠豪放，周游五陵三秦之地。或云抱剑专征，为符节官所未详也。"按《古今乐录》曰："梁鼓角横吹曲，有《东平刘生歌》，疑即此'刘生'也。"[1]

刘航先生在《刘生、王昌考》中对刘生做了详细的考据，认为刘生的原型之一极有可能是西汉宗亲之一，又因封地在东平，因而出现《东平刘生歌》。文章中还列举了几位东平王，并推测这些王侯很有可能就是东平刘生的形象来源。[2]但即便刘航做出如此详细的考证，他也无法否认，刘生的形象是世代累加而成的结果。无论历史上是不是真有刘生此人（刘生极有可能不是真实存在的人物），后人均无法否认六朝之前的刘生是民间文学创造出来的人物形象，因而他的生活年代、生平经历皆无人知晓，只有好任侠的性格特征流传了下来。在文人尚未接触这一诗歌母题时，"刘生"这一题材是民间文学的智慧结晶。在六朝及唐代的咏侠诗中，经过文人们的不断修饰、美化，最终形成刘生相对固定的游侠形象。

文人在对刘生这一形象进行文学上的塑造时，既保留了原本任侠豪放的游侠气质，又为其增添了诗人所处环境的审美表达。六朝重奢靡华丽，诗作中的刘生形象也充满富贵气息："刘生绝名价，豪侠恣游陪。金门四

---

[1] （宋）郭茂倩：《乐府诗集》，中华书局，1979，第359页。
[2] 刘航：《刘生、王昌考》，《北京大学学报（哲学社会科学版）》，2006年05期，第147-148页。

姓聚，绣縠五香来。"[1] "唯当重意气，何处有骄奢。"[2] 在六朝时期，人们对容貌十分重视，《世说新语》常出现"美姿容"等对魏晋名士的外貌评价。倜傥身姿也成为六朝游侠的形象特点之一。这一特点也反映在"刘生"身上。"刘生殊倜傥"[3]、"干戈倜傥用"[4] 等诗句便是六朝诗人对刘生的想象。此时的刘生成为好奢靡、美姿容的贵族游侠代表之一。

唐时的刘生脱去六朝气息，摇身变成为国征战的好儿郎。"卿家本六郡，年长入三秦。白璧酬知己，黄金谢主人。"[5] "刘生气不平，抱剑欲专征。……但令一顾重，不吝百身轻。"[6]《平齐行》中的刘生是征战沙场的将士[7]，耿沨诗中同样借助刘生典故为军旅渲染任侠气息[8]。这与唐人酷爱边功、渴望勋爵的心态有关。

刘生的形象在由民间文学到文人创作的过程中逐步定型，民间游侠恣意放肆的姿态与文人所追求的功业风骨在这一过程中结合成一体。不单"刘生"如此，其他的游侠诗题材也如此。

唐代的咏侠诗中，城市游侠除保留六朝时期流连秦楼楚馆的爱好之

---

[1] （南朝陈）张正见：《刘生》，《先秦汉魏晋南北朝诗》，中华书局，1983，第2480页。
[2] （南朝陈）江晖：《刘生》，《乐府诗集》卷二十四，中华书局，1979，第360页。
[3] （南朝陈）徐陵：《刘生》，《乐府诗集》卷二十四，中华书局，1979，第361页。
[4] （南朝陈）江总：《刘生》，《乐府诗集》卷二十四，中华书局，1979，第361页。
[5] （唐）杨炯：《刘生》，《全唐诗（增订本）》卷五十，中华书局，1999，第615页。
[6] （唐）卢照邻：《刘生》，《全唐诗（增订本）》卷十八，中华书局，1999，第198页。
[7] （唐）刘禹锡《平齐行二首》（其一）：牙门大将有刘生，夜半射落欃枪星。帐中膏血流满地，门外三军舞连臂。
[8] （唐）耿沨《酬张少尹秋日凤翔西郊见寄》：鼎气孕河汾，英英济旧勋。刘生曾任侠，张率自能文。官佐征西府，名齐将上军。

外，还结合时代特色，沉浸于斗鸡走马等带有赌博性质的娱乐活动中。自秦汉开始，官府明文禁止涉赌行为。然而在唐代咏侠诗中，法律所禁止的行为被美化成潇洒不羁的象征。唐诗中的城市游侠几乎个个都是赌博的好手。这时的游侠除功业、道德等形而上的追求之外，还具有世俗的一面。在游侠的身上，雅与俗不再是对立的关系，而是互补的关系。

唐代游侠形象不单是自由浪荡的草根俗人，更是寄托了文人的艺术想象。在游侠形象的改造过程中，文人阶层接受了浪荡放肆等儒家眼中不入流的游侠行为，但同时又赋予他们正统社会所认可追求的品格特征。游侠形象通过六朝、隋唐诗人的努力，完成了雅与俗的融合。

从诗歌的写作角度而言，唐代咏侠诗有不少古乐府题材的诗作，如常见的《结客少年场行》，同时又有自拟的乐府诗题出现。在宋人编撰的《乐府诗集》中，唐代咏侠诗多被归在"杂曲歌辞"和"横吹曲辞"中，分别代表了具有民歌特色的咏侠诗及边塞咏侠诗。可见唐代咏侠诗与民歌颇有关联，由此亦可看出唐人热衷学习乐府民歌的诗歌创作态度。唐代游侠诗中也留有自汉以来句型字数错落有致、用韵格律不拘形式的民歌特点。"边城儿，生年不读一字书，但将游猎夸轻趫。"[1]"侠客不怕死，怕在事不成，事成不肯藏姓名。我非窃贼谁夜行，白日堂堂杀袁盎。"[2]如此句式不等的诗歌在唐代咏侠诗中并非个例。

---

[1] （唐）李白：《行行游且猎篇》，《全唐诗（增订本）》卷一百六十二，中华书局，1999，第1685页。

[2] （唐）元稹：《侠客行》，《全唐诗（增订本）》卷四百一十八，中华书局，1999，第4619页。

唐代还将南朝民歌的特色融入了咏侠诗之中。本属"横吹曲辞"的《白鼻䯄》多用来歌咏战马的姿态，也常用来歌咏游侠策马奔腾于边塞或城市中的英姿。而张祜笔下的《白鼻䯄》则呈现出与南朝民歌相同的浪漫爱情的色彩。"为底胡姬酒，长来白鼻䯄。摘莲抛水上，郎意在浮花。"[1]诗歌虽因诗题被归在"横吹曲辞"的范畴，可诗作的内容及写作风格其实更偏向"清商曲辞"。常用于咏侠诗的诗题在此成了浪漫爱情的表达，这也可以看出唐代咏侠诗对民歌的学习。文人学习民歌的过程亦是雅俗融合的过程。

游侠本源自民间，后来在文人的记录、加工下，成了中国古典文学中广受欢迎的人物群像类型之一。而唐人创作咏侠诗时，在改编、化用民间文学中的游侠故事，呈现出唐代民俗风貌的同时，也学习了民歌的句式和写作技巧，让咏侠诗呈现出与前朝不同的韵味，甚至会以咏侠诗题"旧瓶装新酒"，讲述民间男女暧昧不明的浪漫情思。这些学习和改编，让咏侠诗在文人化的同时又具有民间歌谣的色彩，借用经典的同时又有自身时代的特色。这说明了俗与雅在咏侠诗中也得到了完美融合。

第三节　唐代咏侠诗对唐代侠客文学的影响

唐代除在咏侠诗题材方面有较大的拓展之外，小说方面也有了全新的开拓。这时短篇文言小说在南北朝志人与志怪小说的基础上，记载了世间

---

[1] （唐）张祜：《白鼻䯄》，《全唐诗（增订本）》卷五百一十一，中华书局，1999，第5872页。

百态，也记录了鬼怪神灵，保留"制幻设奇"的同时，开始有了细节的描述。[1]唐传奇是中国小说史上重要的一环。在记录世间百态的过程中，作者们也将唐代尚任侠、喜言侠的特点融入了传奇小说中。武侠小说在这一时期开始崭露头角。[2]侠客文学至此有了进一步发展。这时的侠客文学不再是咏侠诗独霸天下，新兴的文体唐传奇开始与咏侠诗争奇斗艳，各显神通。

唐代武侠小说的兴起除与唐人好武、任侠的社会风气有关之外，咏侠诗中关于侠义的定义及描写也对唐代武侠小说的兴起有着推动作用。

唐代咏侠诗在叙事结构上多是先叙述侠客的侠义事迹，然后是诗人对相关事件进行评论。李白在《东海有勇妇》中，便先记录了这位妇人为夫报仇的事迹，再以古代游侠为衬托，赞赏了东海妇的节义："豫让斩空衣，有心竟无成。要离杀庆忌，壮夫所素轻。妻子亦何辜，焚之买虚声。岂如东海妇，事立独扬名。"[3]这种模式同样能在唐代的豪侠小说中找到。李公佐在《谢小娥》的篇末便说明了自己的写作目的："君子曰：誓志不舍，复父夫之仇，节也；佣保杂处，不知女人，贞也。女子之行，唯贞与节，能终始全之而已，如小娥，足以儆天下逆道乱常之心，足以观天下贞夫孝妇

---

[1] 南北朝的志怪志人小说，多篇幅短小，基本只是陈述故事的梗概，并无具体的细节描述。这与魏晋六朝文人忽视小说的地位，将小说当作记录野史逸事的体裁有关。而唐代文人在科举之前常以"温卷"方式将自己的作品投献名流，以增加中举的机会。"传奇"也是当时用来行卷的文体之一。而唐传奇在保留志人志怪相关等题材的基础上，增添了许多写作技巧，补充了故事的对话、细节，使文言短篇小说进入了成熟的阶段。

[2] 南北朝的志怪小说中也有《眉间尺》之类的侠客题材，但因数量不多故而规模不大，因此在本书中，笔者认为武侠小说真正的发展是在唐代。

[3]（唐）李白：《东海有勇妇》，《全唐诗（增订本）》卷一百六十四，中华书局，1999，第1701页。

之节。余备详前事，发明隐文，暗与冥会，符于人心。知善不录，非《春秋》之义也，故作传以旌美之。"[1]《柳氏传》中，许尧佐同样在篇末发表评价："然即柳氏志防闲而不克者，许俊慕感激而不达者也。向使柳氏以色选，则当熊、辞辇之诚可继；许俊以才举，则曹柯渑池之功可建。夫事由迹彰，功待事立。惜郁堙不偶，义勇徒激，皆不入于正。斯岂变之正乎？盖所遇然也。"[2]这些故事的结构与长篇咏侠诗颇为接近。

唐代咏侠诗有一个明显的主题——报恩。"报恩为豪侠，死难在横行。"[3]"少年但饮莫相问，此中报仇亦报恩。"[4]"心知报恩处，对酒歌易水。"[5]这类诗句在唐诗中并不少见。唐诗中直接出现"报恩"二字的诗歌就有73首，更不用说以报恩作为主题的诗歌了。而报恩主题的盛行与唐代的社会背景也有一定的关系。僧一行"幼时家贫，邻有王姥，前后济之数十万。……常思报之"[6]。报恩这一行为在初盛唐社会是常见现象。而中唐逐渐发展起来的豪侠小说在差不多同时期的咏侠诗的影响之下，也有了相同的题材。

明代的《剑侠传》中收录了唐代康骈创作的《潘将军》，其中的故事也

---

[1] （唐）李公佐：《谢小娥传》，《太平广记》卷四百九十一，中华书局，1961，第4032页。

[2] 许尧佐：《柳氏传》，《太平广记》卷四百八十五，中华书局，1961，第3997页。

[3] （唐）卢照邻：《刘生》，《全唐诗（增订本）》卷十八，中华书局，1999，第198页。

[4] （唐）李益：《轻薄篇》，《全唐诗（增订本）》卷二十五，中华书局，1999，第331页。

[5] （唐）鲍溶：《壮士行》，《全唐诗（增订本）》卷四百八十五，中华书局，1999，第5543页。

[6] （唐）段成式：《酉阳杂俎·天咫》，中华书局，1981，第9页。

与"报恩"有一定的关系。潘将军因尽心檀施，乞食僧归去时，便赠予一串"宝之不但通财，他后亦有官禄"的玉念珠。[1]三鬟女子因王超的青眼相待，便"每感重恩，恨无所答。若力可施，必能赴蹈汤火"，最终送还潘将军的玉念珠。整个传奇故事的架构本质就是"报恩"二字。而女侠"勿以财帛为意"的做派也与咏侠诗中重义轻财的游侠品质一脉相承。

唐代咏侠诗的另一主题是"忠诚"，为报答知遇之恩而忠于主上的主题在唐代的豪侠小说中同样能够找到。唐传奇中的《昆仑奴》与《红线》便是忠于主上的代表作品。昆仑奴身怀绝技却委身崔生家为家仆，见崔生心仪官僚家妓红绡，便施展绝技助二人相会，成其燕好。又能在大官发现后冲出箭雨，飞出高墙离去。红线女虽为薛嵩家青衣，但在薛嵩危难之际，能够报答知遇之恩，"所以当夜漏三时，往返七百里"[2]，潜入魏博，从田承嗣枕边盗得金盒，化解了魏博与潞州之间的战争。这两则故事中，磨勒与红线虽身份低微，但在主人需要时，均能挺身而出，利用自己的武艺与异术为主人排忧解难。这一主题也是对唐代咏侠诗的继承与发展。

与唐代咏侠诗相比，由于篇幅的增长，豪侠小说在细节描述方面有了很大的进步。咏侠诗更重视情绪的渲染，杀戮在诗中多是为了衬托游侠的勇武。为何杀、怎么杀、杀了谁等问题常退居情绪之后，诗中并没有给出相关的答案。即便是叙事诗，也是较多地把焦点放在如何阐述完整的故事上，中间报仇报恩的行侠过程常常简略带过。李白在《秦女休行》中只用

---

[1] 康骈：《潘将军》，《太平广记》卷一百九十六，中华书局，1961，第1470页。
[2] 袁郊：《红线》，《太平广记》卷一百九十五，中华书局，1961，第1461页。

了"手挥白杨刀，清昼杀仇家。罗袖洒赤血，英气凌紫霞"[1]四句诗描述了秦女休的复仇过程，中间还夹杂了一句对秦女休英勇的赞赏。《东海有勇妇》也是寥寥数语概括复仇过程："十步两踯跃，三呼一交兵。斩首掉国门，蹴踏五藏行。"[2]

到了豪侠小说时期，作者对游侠的行侠过程开始增添了很多细节化的想象，让阅读的趣味性大大增加。譬如《昆仑奴》中磨勒如何帮助崔生与红绡成就姻缘，便有较为详细的言谈行动的描写："磨勒请先为姬负其囊橐妆奁，如此三复焉。然后曰：'恐迟明。'遂负生与姬，而飞出峻垣十余重。一品家之守御，无有警者，遂归学院而匿之。及旦，一品家方觉。又见犬已毙，一品大骇曰：'我家门垣，从来邃密，扃锁甚严，势似飞腾，寂无形迹，此必侠士而挈之。无更声闻，徒为患祸耳。'"[3]细节化的描写是豪侠小说对同主题咏侠诗的发展。

侠客出行常常利用武器彰显自己的侠气。咏侠诗如此，豪侠小说也如此。不过在咏侠诗中，游侠们常为获功名远赴边塞，随身携带的武器多为弓、长剑等，方便远程进击和近身攻防。豪侠小说中的武器则更侧重贴身近搏的功能，这与中晚唐各路藩镇私豢刺客以铲除异己的背景有关。刺客在刺杀过程中为能近距离一击成功，多使用短刀、匕首等轻巧的武器。譬

---

[1] （唐）李白：《秦女休行》，《全唐诗（增订本）》卷一百六十四，中华书局，1999，第1705页。

[2] （唐）李白：《东海有勇妇》，《全唐诗（增订本）》卷一百六十四，中华书局，1999，第1701页。

[3] （唐）裴铏：《昆仑奴》，《太平广记》卷一百九十四，中华书局，1961，第1453页。

如聂隐娘用的是羊角匕首，女扮男装的谢小娥腰间别的是小刀，《义侠》中的刺客同样是"持匕首出立"[1]。从武器的使用上，可以看出游侠生活环境及行侠手段的变化，也能看出咏侠诗与豪侠小说的差异。

晚唐豪侠小说中的游侠并没有初盛唐咏侠诗中刻画的功利心。功利心在故事中消隐不见，豪侠小说中几乎没有游侠功成名就飞黄腾达的描写，更多的是游侠事成之后退隐江湖的潇洒结局。《义侠》中的剑客"辞诀，不知所之"[2]。《贾人妻》中的妇人大仇得报、杀子断情之后"终莫知其音问也"[3]。故事情节与《贾人妻》大体相似的《崔慎思》中的妾室"喂儿已毕，便永去矣"[4]。《荆十三娘》中十三娘为赵同报仇后，"复与赵同入浙中，不知所止"[5]。《昆仑奴》中的磨勒也是"顷刻之间，不知所向"[6]。他们的报恩与报仇均是依循本心，并没有功利方面的考虑。这些游侠是道德层面上被进一步美化的人物形象。

道与侠的融合在唐代咏侠诗中已有痕迹可寻。全真教祖师爷吕岩在《绝句》组诗中就塑造了一位面目狰狞却仙风侠骨的道侠："先生先生貌狞恶，拔剑当空气云错。连喝三回急急去，欻然空里人头落。""剑起星奔万里诛，风雷时逐雨声粗。人头携处非人在，何事高吟过五湖。""粗眉卓竖

---

[1] （唐）皇甫氏：《义侠》，《太平广记》卷一百九十五，中华书局，1961，第1466页。
[2] 同上。
[3] 周育顺编，（清）任渭长绘：《卅三剑客图》，天津古籍出版社，2010，第54页。
[4] （唐）皇甫氏：《崔慎思》，《太平广记》卷一百九十四，中华书局，1961，第1456页。
[5] （五代宋初）孙光宪：《荆十三娘》，《太平广记》卷一百九十六，中华书局，1961，第1472页。
[6] （唐）裴铏：《昆仑奴》，《太平广记》卷一百九十四，中华书局，1961，第1454页。

语如雷,闻说不平便放杯。仗剑当空千里去,一更别我二更回。""先生先生莫外求,道要人传剑要收。今日相逢江海畔,一杯村酒劝君休。""庞眉斗竖恶精神,万里腾空一踊身。背上匣中三尺剑,为天且示不平人。"[1]这几首绝句中的剑客懂得御剑而行,可见其道术造诣颇为深厚。这几首绝句连在一起便是一个短小的豪侠故事,讲述了一位面容凶狠、声如洪钟的剑客如何利用自身的武艺与法术替天行道。诸如此类的故事在晚唐豪侠小说中并不少见。如聂隐娘懂得控制纸人,能日行千里、开脑藏刀,《虬髯客》中懂得"望气之术"的道士颇得虬髯客的信任,《贾人妻》与《崔慎思》中的女侠身上又有道家断情绝欲的宗教色彩。豪侠小说中"俗人仙化"的游侠身上具有道家追求的升仙意味。在侠道融合这方面,唐代咏侠诗也为豪侠小说提供了写作思路。

由于女性在唐代的地位相对较高,有许多抛头露面的机会,唐代的咏侠诗中便有了一定的女性侠客形象的书写,不过数量相对有限。到了中晚唐,豪侠小说中的女侠形象在数量及艺术性方面与咏侠诗相比都有了更进一步的发展。

唐代咏侠诗中的女侠诗只有寥寥数首,主题也颇为一致——为家庭复仇。豪侠小说中的女侠故事也保留了复仇这一主题,但又有了诸多的延伸。《贾人妻》与《谢小娥》的故事主题与女性咏侠诗的主题一脉相承,但在人物性格方面又有了各自的表达诠释。唐代的女侠诗多侧重女侠的孝义,因

---

[1] (唐)吕岩:《绝句》,《全唐诗(增订本)》卷八百五十八,中华书局,1999,第9757—9758页。

而作品的结尾处常会有诗人对她们行为的赞赏，最终的无罪释放、名入列女籍等结局都是对她们孝义的嘉奖。诗中女侠行侠的本质仍是为了家庭，诗中几乎没有她们作为女性自我意识的流露。而豪侠小说中的女侠们则有了自己选择结局的可能，《贾人妻》中的妇人在继续相夫教子与决绝离去中选择了后者，相比起贾人妻，谢小娥的选择显然更有从父从夫的影子。然而不论是"为夫妇侠，为子母酷"的贾人妻[1]，还是"唯贞与节，能终始全之"的谢小娥[2]，她们的结局都是自己深思熟虑后的结果，而不是受命运或他人摆布。可见在女性意识呈现方面，豪侠小说比咏侠诗有了更进一步的发展。

这里并不是说唐代的咏侠诗就没有女性意识的呈现，唐代咏侠诗中的女性意识多呈现在游侠妻子对游侠的思念及抱怨之中，其中的女性意识更具有普遍性，并不单存在于咏侠诗中。而豪侠小说中的女性意识则在保留人物性别意识的同时，又与人物的身份特殊性有了较多的关联。"风尘三侠"之一的红拂，除有咏侠诗中女性主动追求自己想要的幸福的意识之外，还具备了慧眼识英雄、洞察人心的能力；红线女在行侠的过程中更是有如同男子一般愿以一己之力化解两地征战的决心；聂隐娘在行刺刘昌裔的过程中，能够依从自己的内心判断善恶。这些女性意识的多样化呈现，也是唐代豪侠小说不同于后世侠客文学的特点之一。

---

[1]（唐）薛用弱：《贾人妻》，《太平广记》卷一百九十六，中华书局，1986，第1472页。

[2]（唐）李公佐：《谢小娥传》，《太平广记》卷四百九十一，中华书局，1986，第4032页。

唐代的咏侠诗也会从豪侠小说中汲取养分，拓宽咏侠诗的表现范围。司空图的《冯燕歌》便是对豪侠小说《冯燕传》的再创作。诗作不但化用了小说的故事内容，还学习了唐传奇好对故事内容做出道德评判的写作模式，将相关评论融入故事的讲述："婴归醉卧非仇汝，岂知负过人怀惧。燕依户扇欲潜逃，巾在枕傍指令取。谁言狼戾心能忍，待我情深情不隐。回身本谓取巾难，倒柄方知授霜刃。冯君抚剑即迟疑，自顾平生心不欺。尔能负彼必相负，假手他人复在谁？窗间红艳犹可掬，熟视花钿情不足。唯将大义断胸襟，粉颈初回如切玉。"[1]形成了夹叙夹议、义理交融的全新表达。

唐代咏侠诗影响了晚唐豪侠小说的发展，豪侠小说反过来又促进了咏侠诗的创新。在这种相辅相成的状态下，咏侠诗与豪侠小说共同构建出唐代豪情万丈的侠义空间。

第四节 唐代咏侠诗对后世侠客文学的影响

自有侠客起，侠义的主题便在史学与文学作品中扎根流传，各个朝代都有自己对"侠义"二字的理解和传颂。盛唐将忠君爱国的侠义理念与自身理想化色彩结合在一起，构建出浪漫豪迈的侠客世界；中晚唐的游侠诗在侠气渐散的同时，又将道家的法术剑诀融进了诗歌创作。这些写作手法不仅影响了唐代的豪侠小说，对后世的侠客文学也起了正面积极的作用。

---

[1] （唐）司空图：《冯燕歌》，《全唐诗（增订本）》卷六百三十四，中华书局，1999，第7335页。

宋代诗词也有侠义这一主题，可惜在数量和质量上与唐代已无法相提并论。宋代"以理入诗"的创作风气让诗歌更进一步文人化，而文人的理性本身便与侠客的自由风格有矛盾。加上宋代政策的重文轻武，进一步削弱了游侠在现实及想象世界中的生存空间。因此，唐代咏侠诗的雄浑豪迈虽然影响了后世的豪放派诗词，但后世咏侠诗词的内容基本是延续了唐代咏侠诗的忠君爱国、轻生疏财等主题，并没有什么突破或创新之处。反而宋元之后的小说在侠义主题的呈现上有了自己的独特之处。

宋代城市经济繁荣，民众的娱乐活动在唐人的规模上又有所提升。当时除日常的吃喝玩乐之外，民众对听故事的热情度颇为高涨，据说曾有说书人连讲四个时辰话本故事的记录。由于说书人面对的受众多为普通百姓，因而所讲的话本故事也多贴近日常生活，或者以能满足民众的美好幻想为创作核心。在这样的需求下，侠义再次成了话本文学创作的主题之一。

唐代咏侠诗中的"忠"有两个层面的呈现："忠主"与"忠君"。"忠主"的忠义观念在唐代豪侠小说中已有所呈现，但在唐末五代的传奇小说中似乎较少看到忠于君主的侠义作品。这与当时国力衰微、皇室地位风雨飘摇不无关系。因而"忠君"基本是在宋元时期才出现在小说中。这时的话本开始将公案、讲史等题材和侠义结合在一起，在突出忠君爱国主题的同时，又能最大程度地满足听众的口味需求。

宋元话本现多存于明清收录的文册之中，几乎没有元刻本存世，无法了解到宋元话本最原始最真实的面目，因此本节中对宋元话本的部分不做详细讨论，而是把重点放在唐代咏侠诗对明清章回小说及白话小说的影响方面。

四大古典名著中的《水浒传》与《三国演义》在讲史的背景下，虚构出群雄并立的乱世中豪杰们的生平经历。这些英雄无论在朝还是在野，均本着"忠义"二字行事做人。故事所传达的侠义概念与唐代咏侠诗相差无几。

首先在侠客形象的塑造方面，明清小说基本保留了唐代咏侠诗中主角不羁、好酒、嗜杀的特点。唐代咏侠诗中的城市游侠常流连青楼楚馆，其中常常以微醺甚至烂醉的形象出现在诗中："绿鬓深小院，清管下高楼。醉把金船掷，闲敲玉镫游。"[1]"翠楼春酒虾蟆陵，长安少年皆共矜。纷纷半醉绿槐道，蹙踏花骢骄不胜。"[2]"醉骑白马走空衢，恶少皆称电不如。五凤街头闲勒辔，半垂衫袖揖金吾。"[3]"五陵豪客多，买酒黄金贱。醉下酒家楼，美人双翠幰。"[4]从初唐到晚唐期间的咏侠诗均由病酒买醉的角度突出游侠的不羁与狂欢。在酒精的影响下，似乎不论游侠做出什么行为都是可以接受的。明清小说中的义士们同样保留了嗜酒的特点，"吃酒"的行为在《三侠五义》《水浒传》等作品中随处可见。酒精成了将英雄放肆行为合理化的道具，在喝了酒之后，侠客的任何行为都成了可能。武松打虎发生在喝了"三碗不过冈"的美酒之后，打蒋门神时也是在醉酒的状态下；鲁智深拳打镇关西之前，在酒馆中胡乱吃过些酒[5]；艾虎在教育喽啰之前同样"左

---

[1] （唐）张祜：《少年乐》，《全唐诗（增订本）》卷二十四，中华书局，1999，第323页。

[2] （唐）皎然：《长安少年行》，《全唐诗（增订本）》卷八百二十一，中华书局，1999，第9350页。

[3] （唐）施肩吾：《少年行》，《全唐诗（增订本）》卷二十四，中华书局，1999，第327页。

[4] （唐）韦庄：《少年行》，《全唐诗（增订本）》卷二十四，中华书局，1999，第327页。

[5] 见《水浒传》第三、二十三、二十九回。

一碗,右一碗饮了几杯"[1]。与唐代咏侠诗相比,明清章回小说在借助酒气点明侠客不拘小节的同时,更侧重于彰显游侠赈人危难、急人所急的性格特征。

游侠行为的极端化表现便是漠视法纪,好武嗜杀。本是备受争议甚至饱受批评的行为,到了唐代却成了极具个性的侠义表达。"义士频报仇,杀人不曾缺"[2]是手握铜匕首的刺客,"杀人不回头,轻生如暂别"[3]是性格刚决的壮士,"杀人莫敢前,须如猬毛磔"[4]是事长征的幽燕客。在这些诗句中,杀人和轻生、勇武、重情义等游侠性格结合在一起,好杀是唐诗中游侠对外展示自身游侠习性的方式之一。明清的章回白话小说也继承了唐代咏侠诗的这一写作特色。侠客们在替弱者或为自己解决强权时,同样常采用极端的暴力行为。武松因助施恩夺回快活林,遭到蒋门神和张团练等人的报复,满腔愤怒的他连灭了张团练、张都监两家及奴仆的数十条性命后离去。

即便是这类伤及无辜的报复方式,在受众之中也常常受到好评。并不是说这类以暴制暴的行为在现实生活中真的吃得开,而是小说的受众们在阅读的过程中会将自己代入角色,自己在现实生活中所受的欺压申诉无门,

---

[1] 见《三侠五义》第九十二回。

[2] (唐)王昌龄:《杂兴》,《全唐诗(增订本)》卷一百四十一,中华书局,1999,第1430页。

[3] (唐)孟郊:《游侠行》,《全唐诗(增订本)》卷三百七十二,中华书局,1999,第4199页。

[4] (唐)李颀:《古意》,《全唐诗(增订本)》卷一百三十三,中华书局,1999,第1355页。

正好借助故事角色抒发自己的怨气，自己在现实中不如意的苦恼可以在侠客对恶霸的拳打脚踢中烟消云散。通过这些幻想，换取忧愁的排解，以达精神胜利的酣畅淋漓。

明清的章回白话小说是宋元话本书人化的结果，故事的内核也常有话本平民化的影子，其中常有"弱者即是真理"的逻辑，以满足普通民众的阅读心理需求。在明清小说中，弱小与善良、强权与反派经常结伴出现。这便是底层百姓朴素的是非观在故事文本中的体现。

传奇是文人闲时消遣或诌媚权贵的产物，作品中带有许多文人创作的痕迹。在诗歌盛行的唐代，文人闲暇自娱时也常常把诗歌融入传奇中。而"文以载道"的文学追求，又让传奇具有了散文思辨议论的特点。这些特点在明清小说中又被进一步发扬光大。结合话本的开场白与结语，明清小说常用诗歌作为故事的开场白与结语，中间涉及人物或情节点评时也常常会以诗歌的形式进行。《说岳全传》中，为引出宝剑的来历及展开后续故事，章回一开始便以"三尺龙泉一纸书，赠君他日好为之。英雄自古难遭遇，管取功成四海知"的诗句，将英雄、功名和武器结合在一起，突出岳飞的忠勇[1]。被丁氏双侠评价"为人阴险狠毒，却好行侠作义"的白玉堂，进入忠烈祠时也大笔一挥，写下"忠烈保君王，哀哉杖下亡。芳名垂不朽，博得一炉香"这般忠肝义胆的诗句。[2]因为明清的小说比起唐代的咏侠诗更强调"忠君"的主题，无论游侠们最终的选择是归顺朝廷还是归隐山林，

---

[1] （清）钱彩：《说岳全传》第十一回，华夏出版社，1997，第54页。
[2] （清）石玉昆：《三侠五义》第四十一回，上海古籍出版社，1980，第191页。

愿为国家、百姓谋福祉的信念却是始终不变。

　　除忠君爱国的信念之外，明清小说中还保留了游侠不计小节、轻财重义、好抱不平的一面。唐代咏侠诗常以"重义""轻生""平不平"等词语勾勒游侠的精神面貌，明清小说同样注重从这些角度描摹游侠形象：邵文元虽被知县寻事打了一顿，但因知县清廉，仍不计前嫌地义助他上京。出行遇见打劫，邵文元立刻帮素昧平生的富翁夺回被抢的钱财。[1]宋太祖在救下京娘之后，担心她的安全，便亲身送她千里回乡。同时拒绝了京娘以身相许的报恩方式："非是俺胶柱鼓瑟，本为义气上千里步行相送，今日若就私情，与那两个响马何异？把从前一片真心化为假意，惹天下豪杰们笑话。"[2]替李勉杀掉房县县令的床下义士"平生专抱不平，要杀天下负心之人"[3]。可见文学作品中的侠义精神自唐代起便无太大转变。

　　明清小说在写作格式上受宋元话本影响颇深，常常在作品中插入一些诗作，较细节化地突出小说中的人物外貌或性格气质。这时的侠义小说也是如此。《水浒传》第二回中，作者便用"力健声雄性粗卤，丈二长枪撒如雨。邺中豪杰霸华阴，陈达人称跳涧虎"[4]、"腰长臂瘦力堪夸，到处刀锋乱

---

[1] （明）凌濛初：《二刻拍案惊奇》卷二十七《伪汉裔夺妾山中，假将军还姝江上》，华夏出版社，1998，第320页。

[2] （明）冯梦龙：《警世通言》第二十一卷《赵太祖千里送京娘》，天津古籍出版社，2004，第207页。

[3] （明）冯梦龙：《醒世恒言》第三十卷《李汧公穷邸遇侠客》，岳麓书社，1989，第414页。

[4] （明）施耐庵：《忠义水浒传》第二回，清文盛堂印本，第2册，第19页。

撒花。鼎立华山真好汉，江湖名播白花蛇"[1]等朗朗上口的诗句介绍了侠客们的姓名、性格、诨号以及擅长的武器等信息。史进与少华山三头目和解后，作者又用"姓名各异死生同，慷慨偏多计较空。只为衣冠无义侠，遂令草泽见奇雄"[2]的诗句赞美四人慷慨重义的游侠气质。在赞美侠义行为的同时又不忘道德礼教的教育。岳飞、牛皋等人激战洪先父子时，作者便插入"劝君莫要结冤仇，结得冤仇似海深。试看洪先三父子，令朝一旦命归阴"[3]的道德讽喻。这些诗作同样突出了侠客勇武有力、性格直爽、重情重义的特质，这些特质也是唐代咏侠诗歌咏的内容。可见，明清侠义小说中包含的诗作同样继承了唐代咏侠诗的理念，可以看成唐代咏侠诗的口语化表达。

唐代以后，文人创作的咏侠诗气势便大不如前，内容和思想均跳不出唐代咏侠诗已有的范畴。不过民间文学的兴起，让咏侠诗找到了另外的生存空间，成为章回白话小说中连接上下文、阐述主题的重要工具。可见唐代的咏侠诗除在侠义主题的界定方面对后世的侠客文学有所影响之外，在体裁方面也能融入新时期的文学形式，呈现出全新的面貌。

---

[1] （明）施耐庵：《忠义水浒传》第二回，清文盛堂印本，第2册，第19页。

[2] （明）施耐庵、罗贯中：《水浒全传》第二回，成都：四川文艺出版社，1986，第35页。

[3] （清）钱彩：《说岳全传》第八回，华夏出版社，1997，第39—40页。

结　语

作为中国古典文学中的常见形象之一，游侠千百年来广受世人喜爱。直至今日，影视及文学作品中也常常出现侠客的身影。游侠由先秦两汉时期真实存在的历史游侠逐渐变成文人骚客构思想象出来的文学形象。在这一过程中，游侠形象与各朝的文化思想不断融合，不断出现在不同的文学形式中，向后人展示了各具特色的艺术美。

作为咏侠诗的巅峰，唐代咏侠诗在吸收前代咏侠诗艺术精华的同时，又为后世侠客文学的发展奠定了基础。

从人物形象角度而言，第一，唐代咏侠诗将先秦两汉游侠的豪迈轻财与唐人的浪漫不羁结合在一起，塑造出活跃于都市之间的都市游侠。这些游侠的生活态度为繁华的都市增添了积极的活力与别样的生机。第二，唐代咏侠诗继承了魏晋六朝的咏侠诗精神，将游侠为知己死的"私人之义"扭转成忠君爱国的家国情怀。虽说家国情怀在游侠的心中仍具有最崇高的地位，但繁华的经济让唐代游侠开始有了物欲的追求，这时的游侠在奉献自我的同时也要求得到相应的勋赏。诗中的边塞游侠驰骋于塞外沙场，抒发忠义之情的同时，个人情感也常常围绕着功名发生变化。因为游侠形象常常寄托了诗人的个人情感，诗作中的游侠也会因应自身遭遇做出出世或入世的人生抉择。与魏晋六朝的边塞游侠相比，唐代的边塞游侠更具有世俗的一面。第三，唐代咏侠诗将史料中的豪暴之侠与魏晋六朝诗中的贵族游侠结合在一起，塑造出不事生产的纨绔游侠形象。这群游侠凭借家族的势力与财力作威作福，虽也有游侠放纵不羁的一面，但缺少了忠义、仁义的精神，是游侠负面形象的表达。此外，游侠们在游走于边塞与都市之间的同时，不可避免地与社会的其他阶层接触。因此唐代咏侠诗中也会出现其他如青楼女子、敌军战士等人物形象，这些人物形象从侧面进一步突出游侠的性格，使游侠形象更具有血肉感，显得真实可信。

从艺术表现手法角度来说，唐代咏侠诗保留了叙事诗的叙事模式，吸收了长篇叙事诗的叙事技巧，既能客观全面地呈现游侠的行侠生活，也能从游侠自身出发进行主观的叙述抒情，让读者更容易产生代入感。内容的刚健与形式的委婉碰撞在一起，形成刚柔并济的审美感受。世俗的享乐主义与精细的审美感悟，追求利禄的个人主义与舍己奉献的利他精神，这些看似矛盾的特征在咏侠诗中有机地融为一体，形成了绮媚与雄浑、放纵与内省并存的独特美学效果。

从人文角度而言，唐代游侠诗反映出唐人好任侠的社会风气。漫游之风让文人开阔了视野、增长了见识，同时也让文人更好地理解游侠游历四方的心情。而当时文人亦有投身边塞建功立业的选择，在追求边功的过程中，文人有了和边塞游侠一致的追求，对他们的悲喜更能感同身受。同时，文人的细腻多情能补足游侠的粗犷不羁，咏侠诗不仅能展示出游侠浪漫豪迈的生活气息，还能重视日常的生活审美，呈现出浪漫放纵又不失细致柔美的诗歌风情。同时，唐代的女性地位相对较高，女性的自主意识也比较强。强烈的自我意识让妻子在丈夫外出游走行侠的同时，喟叹自己的人生，表达对丈夫常年在外的思念及不满。除此之外，全民尚武的社会风气让唐代女子也有了舞枪弄棒的可能，唐诗中常常出现关于女子刀舞或剑舞的相关诗作，在这样的社会基础上，唐人继承了如《秦女休行》等以侠女为歌咏对象的乐府古题，在对侠女进行描述时，又有了更丰富的动作及外貌等细节描写，进一步丰富完善了诗歌的叙事性。这些侠女的形象书写，为唐传奇中大量侠女形象的出现奠定了基础。

初唐文人反对齐梁诗风，开始注重文学功用。这让唐代咏侠诗在继承六朝浪漫多情的同时也注重现实主义的创作。对建安文学的喜爱及对魏晋风骨的推崇，让初唐文人在进行咏侠诗创作时也颇爱使用刚健悲慨的风格。这与唐人渴求边功、积极立业的心态相得益彰。正如前文所说，文人常常将自己的政见与抱负投射在诗中的游侠形象上，通过不同阶段的咏侠诗风格比较，读者可以清晰地感受到唐代不同分期的咏侠诗气质的变化。与唐代的社会政治变化相呼应，咏侠诗在初盛唐时期，由六朝的幽愤转向积极豪迈，而在中晚唐时期，又由蓬勃昂扬转向消极堕落。这些气质变化从某种意义上讲，也是唐代政权兴衰的反映。

附 录

唐代咏侠诗辑录

	作者	诗歌	卷目
1	王维	《陇头吟》	《全唐诗》卷18
2	张易之	《出塞》	《全唐诗》卷18
3	杜甫	《后出塞·其四》	《全唐诗》卷18
4	卢照邻	《刘生》	《全唐诗》卷18
5	韦应物	《长安道》	《全唐诗》卷18
6	薛能	《长安道》	《全唐诗》卷18
7	魏徵	《出关》	《全唐诗》卷18
8	郑渥	《洛阳道》	《全唐诗》卷18
9	李益	《紫骝马》	《全唐诗》卷18
10	秦韬玉	《紫骝马》	《全唐诗》卷18
11	李白	《紫骝马》	《全唐诗》卷18
12	李白	《幽州胡马客歌》	《全唐诗》卷18
13	虞世南	《从军行二首》（其一）	《全唐诗》卷19
14	虞世南	《从军行二首》（其二）	《全唐诗》卷19
15	骆宾王	《从军行》	《全唐诗》卷19
16	刘希夷	《从军行》	《全唐诗》卷19
17	李益	《从军有苦乐行》	《全唐诗》卷19
18	虞世南	《门有车马客行》	《全唐诗》卷20
19	李白	《相逢行二首》（其一）	《全唐诗》卷20
20	李白	《相逢行二首》（其二）	《全唐诗》卷20
21	李白	《东海有勇妇》	《全唐诗》卷22
22	李颀	《缓歌行》	《全唐诗》卷24
23	虞羽客	《结客少年场行》	《全唐诗》卷24
24	卢照邻	《结客少年场行》	《全唐诗》卷24
25	沈彬	《结客少年场行》	《全唐诗》卷24
26	李百药	《少年子》	《全唐诗》卷24
27	李白	《少年子》	《全唐诗》卷24
28	李贺	《少年乐》	《全唐诗》卷24
29	张祜	《少年乐》	《全唐诗》卷24
30	李白	《少年行三首》（其一）	《全唐诗》卷24
31	李白	《少年行三首》（其二）	《全唐诗》卷24
32	李白	《少年行三首》（其三）	《全唐诗》卷24

33	王维	《少年行四首》(其一)	《全唐诗》卷24
34	王维	《少年行四首》(其二)	《全唐诗》卷24
35	王维	《少年行四首》(其三)	《全唐诗》卷24
36	王维	《少年行四首》(其四)	《全唐诗》卷24
37	王昌龄	《少年行四首》(其一)	《全唐诗》卷24
38	王昌龄	《少年行四首》(其二)	《全唐诗》卷24
39	张籍	《少年行》	《全唐诗》卷24
40	李嶷	《少年行三首》(其一)	《全唐诗》卷24
41	李嶷	《少年行三首》(其二)	《全唐诗》卷24
42	李嶷	《少年行三首》(其三)	《全唐诗》卷24
43	刘长卿	《少年行》	《全唐诗》卷24
44	令狐楚	《年少行四首》(其一)	《全唐诗》卷24
45	令狐楚	《年少行四首》(其二)	《全唐诗》卷24
46	令狐楚	《年少行四首》(其三)	《全唐诗》卷24
47	令狐楚	《年少行四首》(其四)	《全唐诗》卷24
48	杜牧	《少年行二首》(其一)	《全唐诗》卷24
49	杜牧	《少年行二首》(其二)	《全唐诗》卷24
50	杜甫	《少年行三首》(其一)	《全唐诗》卷24
51	杜甫	《少年行三首》(其二)	《全唐诗》卷24
52	杜甫	《少年行三首》(其三)	《全唐诗》卷24
53	张祜	《少年行》	《全唐诗》卷24
54	韩翃	《少年行》	《全唐诗》卷24
55	施肩吾	《少年行》	《全唐诗》卷24
56	贯休	《少年行三首》(其一)	《全唐诗》卷24
57	贯休	《少年行三首》(其二)	《全唐诗》卷24
58	韦庄	《少年行》	《全唐诗》卷24
59	李益	《汉宫少年行》	《全唐诗》卷24
60	崔国辅	《长乐少年行》	《全唐诗》卷24
61	李廓	《长安少年行》(其一)	《全唐诗》卷24
62	李廓	《长安少年行》(其二)	《全唐诗》卷24
63	李廓	《长安少年行》(其三)	《全唐诗》卷24
64	李廓	《长安少年行》(其四)	《全唐诗》卷24
65	李廓	《长安少年行》(其五)	《全唐诗》卷24
66	李廓	《长安少年行》(其六)	《全唐诗》卷24
67	李廓	《长安少年行》(其七)	《全唐诗》卷24
68	李廓	《长安少年行》(其八)	《全唐诗》卷24
69	李廓	《长安少年行》(其九)	《全唐诗》卷24
70	李廓	《长安少年行》(其十)	《全唐诗》卷24
71	皎然	《长安少年行》	《全唐诗》卷24
72	崔颢	《渭城少年行》	《全唐诗》卷24
73	高适	《邯郸少年行》	《全唐诗》卷24

74	郑锡	《邯郸少年行》	《全唐诗》卷24
75	王建	《羽林行》	《全唐诗》卷24
76	孟郊	《羽林行》	《全唐诗》卷24
77	鲍溶	《羽林行》	《全唐诗》卷24
78	李白	《白马篇》	《全唐诗》卷24
79	李白	《秦女休行》	《全唐诗》卷24
80	高适	《行路难二首》（其二）	《全唐诗》卷25
81	崔颢	《游侠篇》	《全唐诗》卷25
82	孟郊	《游侠行》	《全唐诗》卷25
83	元稹	《侠客行》	《全唐诗》卷25
84	温庭筠	《侠客行》	《全唐诗》卷25
85	李益	《轻薄篇》	《全唐诗》卷25
86	贾岛	《壮士吟》	《全唐诗》卷25
87	刘禹锡	《壮士行》	《全唐诗》卷25
88	鲍溶	《壮士行》	《全唐诗》卷25
89	施肩吾	《壮士行》	《全唐诗》卷25
90	骆宾王	《从军中行路难二首》（其一）	《全唐诗》卷25
91	骆宾王	《从军中行路难二首》（其二）	《全唐诗》卷25
92	齐己	《轻薄行》	《全唐诗》卷25
93	贯休	《轻薄篇三首》（其一）	《全唐诗》卷25
94	贯休	《轻薄篇三首》（其二）	《全唐诗》卷25
95	陆龟蒙	《别离曲》	《全唐诗》卷26
96	李白	《结袜子》	《全唐诗》卷26
97	李白	《发白马》	《全唐诗》卷26
98	佚名	《醉公子》	《全唐诗》卷27
99	虞世南	《结客少年场行》	《全唐诗》卷36
100	孔绍安	《结客少年场行》	《全唐诗》卷38
101	王宏	《从军行》	《全唐诗》卷38
102	卢照邻	《咏史四首》（其一）	《全唐诗》卷41
103	卢照邻	《咏史四首》（其二）	《全唐诗》卷41
104	卢照邻	《咏史四首》（其三）	《全唐诗》卷41
105	卢照邻	《咏史四首》（其四）	《全唐诗》卷41
106	卢照邻	《刘生》	《全唐诗》卷42
107	李百药	《寄杨公》	《全唐诗》卷43
108	杨炯	《刘生》	《全唐诗》卷50
109	崔液	《上元夜六首》（其四）	《全唐诗》卷54
110	崔液	《上元夜六首》（其五）	《全唐诗》卷54
111	陈嘉言	《晦日宴高氏林亭》	《全唐诗》卷72
112	骆宾王	《夏日游德州赠高四》	《全唐诗》卷77
113	骆宾王	《咏怀古意上裴侍郎》	《全唐诗》卷77
114	骆宾王	《帝京篇》	《全唐诗》卷77

115	骆宾王	《于易水送人》	《全唐诗》卷79
116	张昌宗	《少年行》	《全唐诗》卷80
117	刘希夷	《公子行》	《全唐诗》卷82
118	陈子昂	《感遇诗三十八首》（其三十五）	《全唐诗》卷83
119	陈子昂	《感遇诗三十八首》（其三十六）	《全唐诗》卷83
120	陈子昂	《蓟丘览古赠卢居士藏用七首·燕太子》	《全唐诗》卷83
121	陈子昂	《蓟丘览古赠卢居士藏用七首·田光先生》	《全唐诗》卷83
122	陈子昂	《晦日重宴高氏林亭》	《全唐诗》卷84
123	沈佺期	《长安道》	《全唐诗》卷95
124	沈佺期	《紫骝马》	《全唐诗》卷96
125	郑愔	《少年行》	《全唐诗》卷106
126	郑愔	《夜游曲》	《全唐诗》卷106
127	万齐融	《仗剑行》	《全唐诗》卷117
128	袁瓘	《鸿门行》	《全唐诗》卷120
129	卢象	《杂诗二首》（其一）	《全唐诗》卷122
130	卢象	《杂诗二首》（其二）	《全唐诗》卷122
131	王维	《寓言二首》（其一）	《全唐诗》卷125
132	王维	《寓言二首》（其二）	《全唐诗》卷125
133	王维	《夷门歌》	《全唐诗》卷125
134	王维	《同比部杨员外十五夜游有怀静者季》	《全唐诗》卷125
135	崔颢	《赠王威古》	《全唐诗》卷130
136	李颀	《塞下曲》	《全唐诗》卷132
137	李颀	《别梁锽》	《全唐诗》卷133
138	李颀	《古意》	《全唐诗》卷133
139	李颀	《塞下曲》	《全唐诗》卷134
140	储光羲	《洛阳道五首献吕四郎中》	《全唐诗》卷139
141	王昌龄	《塞下曲四首》（其一）	《全唐诗》卷140
142	王昌龄	《塞下曲四首》（其二）	《全唐诗》卷140
143	王昌龄	《塞下曲四首》（其三）	《全唐诗》卷140
144	王昌龄	《塞下曲四首》（其四）	《全唐诗》卷140
145	王昌龄	《杂兴》	《全唐诗》卷141
146	王昌龄	《城傍曲》	《全唐诗》卷141
147	王昌龄	《答武陵田太守》	《全唐诗》卷143
148	常建	《张公子行》	《全唐诗》卷144
149	陶翰	《燕歌行》	《全唐诗》卷146
150	刘长卿	《杂咏八首上礼部李侍郎·古剑》	《全唐诗》卷148
151	刘长卿	《题冤句宋少府厅留别》	《全唐诗》卷150
152	刘长卿	《送元八游汝南》	《全唐诗》卷150
153	孟云卿	《行行游且猎篇》	《全唐诗》卷157
154	李希仲	《蓟北行二首》（其一）	《全唐诗》卷158
155	李希仲	《蓟北行二首》（其二）	《全唐诗》卷158

156	孟浩然	《高阳池送朱二》	《全唐诗》卷159
157	孟浩然	《送告八从军》	《全唐诗》卷160
158	李白	《行行游且猎篇》	《全唐诗》卷162
159	李白	《侠客行》	《全唐诗》卷162
160	李白	《少年行》	《全唐诗》卷165
161	李白	《白鼻䯄》	《全唐诗》卷165
162	李白	《猛虎行》	《全唐诗》卷165
163	李白	《走笔赠独孤驸马》	《全唐诗》卷168
164	李白	《赠崔侍郎》	《全唐诗》卷168
165	李白	《赠从兄襄阳少府皓》	《全唐诗》卷168
166	李白	《博平郑太守自庐山千里相寻入江夏北市门见访却之武陵立马赠别》	《全唐诗》卷170
167	李白	《赠武十七谔》	《全唐诗》卷170
168	李白	《赠友人三首》(其二)	《全唐诗》卷171
169	李白	《忆旧游寄谯郡元参军》	《全唐诗》卷172
170	李白	《留别于十一兄逖裴十三游塞垣》	《全唐诗》卷174
171	李白	《魏郡别苏明府因北游》	《全唐诗》卷174
172	李白	《送薛九被谗去鲁》	《全唐诗》卷175
173	李白	《送羽林陶将军》	《全唐诗》卷176
174	李白	《鲁郡尧祠送张十四游河北》	《全唐诗》卷176
175	李白	《送侯十一》	《全唐诗》卷176
176	李白	《宣城送刘副使入秦》	《全唐诗》卷177
177	李白	《代赠远》	《全唐诗》卷184
178	李白	《自广平乘醉走马六十里至邯郸登城楼览古书怀》	《全唐诗》卷185
179	李白	《胡无人》	《全唐诗》卷185
180	韦应物	《拟古诗十二首》(其一)	《全唐诗》卷186
181	韦应物	《送崔押衙相州》	《全唐诗》卷189
182	韦应物	《广陵行》	《全唐诗》卷194
183	韦应物	《贵游行》	《全唐诗》卷194
184	张谓	《同孙构免官后登蓟楼》	《全唐诗》卷197
185	岑参	《阻戎泸间群盗》	《全唐诗》卷198
186	岑参	《玉门关盖将军歌》	《全唐诗》卷199
187	岑参	《送人赴安西》	《全唐诗》卷200
188	薛奇童	《塞下曲》	《全唐诗》卷202
189	芮挺章	《少年行》	《全唐诗》卷203
190	高适	《酬裴员外以诗代书》	《全唐诗》卷211
191	高适	《蓟门行五首》(其四)	《全唐诗》卷211
192	高适	《古大梁行》	《全唐诗》卷213
193	高适	《送浑将军出塞》	《全唐诗》卷213
194	高适	《酬河南节度使贺兰大夫见赠之作》	《全唐诗》卷214

195	高适	《东平旅游奉赠薛太守二十四韵》	《全唐诗》卷214
196	高适	《九曲词三首》(其一)	《全唐诗》卷214
197	高适	《九曲词三首》(其二)	《全唐诗》卷214
198	高适	《九曲词三首》(其三)	《全唐诗》卷214
199	杜甫	《后出塞五首》(其四)	《全唐诗》卷218
200	杜甫	《后出塞五首》(其五)	《全唐诗》卷218
201	杜甫	《春日戏题恼郝使君兄》	《全唐诗》卷220
202	杜甫	《七月三日亭午已后较热退晚加小凉稳睡有诗因论壮年乐事戏呈元二十一曹长》	《全唐诗》卷221
203	杜甫	《壮游》	《全唐诗》卷222
204	杜甫	《魏将军歌》	《全唐诗》卷223
205	杜甫	《送蔡希曾都尉还陇右因寄高三十五书记》	《全唐诗》卷224
206	贾至	《白马》	《全唐诗》卷235
207	贾至	《自蜀奉册命往朔方途中呈韦左相文部房尚书门下崔侍郎》	《全唐诗》卷235
208	钱起	《送崔校书从军》	《全唐诗》卷236
209	钱起	《送河南陆少府》	《全唐诗》卷239
210	张继	《春申君祠》	《全唐诗》卷242
211	韩翃	《送别郑明府》	《全唐诗》卷243
212	韩翃	《送客归广平》	《全唐诗》卷244
213	韩翃	《送高别驾归汴州》	《全唐诗》卷245
214	韩翃	《羽林骑》	《全唐诗》卷245
215	韩翃	《送丹阳刘太真》	《全唐诗》卷245
216	皇甫冉	《长安路》	《全唐诗》卷249
217	皇甫冉	《送魏中丞还河北》	《全唐诗》卷250
218	顾况	《赠别崔十三长官》	《全唐诗》卷264
219	顾况	《公子行》	《全唐诗》卷265
220	戎昱	《出军》	《全唐诗》卷270
221	陈润	《阙题》	《全唐诗》卷272
222	戴叔伦	《边城曲》	《全唐诗》卷273
223	卢纶	《浑赞善东斋戏赠陈归》	《全唐诗》卷278
224	李益	《城傍少年》	《全唐诗》卷282
225	李益	《来从窦车骑行》	《全唐诗》卷282
226	李益	《赴邠宁留别》	《全唐诗》卷283
227	李益	《送韩将军还边》	《全唐诗》卷283
228	李端	《送王羽林往秦州》	《全唐诗》卷285
229	李端	《赠郭驸马》	《全唐诗》卷286
230	杨凝	《春情》	《全唐诗》卷290
231	司空曙	《观猎骑》	《全唐诗》卷292
232	王建	《赠王枢密》	《全唐诗》卷300

233	王建	《闲说》	《全唐诗》卷300
234	于鹄	《公子行》	《全唐诗》卷310
235	武元衡	《石州城》	《全唐诗》卷317
236	权德舆	《薄命篇》	《全唐诗》卷328
237	杨巨源	《赠邻家老将》	《全唐诗》卷333
238	杨巨源	《赠浑钜中允》	《全唐诗》卷333
239	韩愈	《刘生诗》	《全唐诗》卷339
240	韩愈	《游城南十六首·嘲少年》	《全唐诗》卷343
241	王涯	《塞上曲二首》(其一)	《全唐诗》卷346
242	王涯	《塞上曲二首》(其二)	《全唐诗》卷346
243	陈羽	《公子行》	《全唐诗》卷348
244	陈羽	《将归旧山留别》	《全唐诗》卷348
245	柳宗元	《韦道安》	《全唐诗》卷352
246	柳宗元	《咏荆轲》	《全唐诗》卷353
247	刘禹锡	《和董庶中古散调词赠尹果毅》	《全唐诗》卷355
248	刘禹锡	《平齐行二首》(其一)	《全唐诗》卷356
249	刘禹锡	《平齐行二首》(其二)	《全唐诗》卷356
250	刘禹锡	《酬太原狄尚书见寄》	《全唐诗》卷361
251	张仲素	《春游曲三首》(其一)	《全唐诗》卷367
252	张仲素	《春游曲三首》(其二)	《全唐诗》卷367
253	张仲素	《春游曲三首》(其三)	《全唐诗》卷367
254	孟郊	《百忧》	《全唐诗》卷373
255	孟郊	《夷门雪赠主人》	《全唐诗》卷373
256	孟郊	《长安早春》	《全唐诗》卷373
257	孟郊	《送卢汀侍御归天德幕》	《全唐诗》卷379
258	张籍	《少年行》	《全唐诗》卷382
259	张籍	《赠赵将军》	《全唐诗》卷385
260	李贺	《南园十三首》(其五)	《全唐诗》卷390
261	李贺	《南园十三首》(其七)	《全唐诗》卷390
262	李贺	《马诗二十三首》(其十三)	《全唐诗》卷391
263	李贺	《马诗二十三首》(其十五)	《全唐诗》卷391
264	李贺	《马诗二十三首》(其十六)	《全唐诗》卷391
265	李贺	《梁公子》	《全唐诗》卷392
266	李贺	《酬答二首》(其一)	《全唐诗》卷392
267	李贺	《酬答二首》(其二)	《全唐诗》卷392
268	李贺	《答赠》	《全唐诗》卷392
269	李贺	《荣华乐》	《全唐诗》卷393
270	李贺	《许公子郑姬歌》	《全唐诗》卷393
271	李贺	《嘲少年》	《全唐诗》卷394
272	刘叉	《姚秀才爱予小剑因赠》	《全唐诗》卷395
273	刘叉	《嘲荆卿》	《全唐诗》卷395

274	刘叉	《烈士咏》	《全唐诗》卷395
275	刘叉	《偶书》	《全唐诗》卷395
276	元稹	《酬独孤二十六送归通州》	《全唐诗》卷403
277	元稹	《寄刘颇二首》(其一)	《全唐诗》卷413
278	白居易	《李都尉古剑》	《全唐诗》卷424
279	白居易	《奉和汴州令狐令公二十二韵》	《全唐诗》卷447
280	牟融	《谢惠剑》	《全唐诗》卷467
281	孟简	《拟古》	《全唐诗》卷473
282	李涉	《与弟渤新罗剑歌》	《全唐诗》卷477
283	李廓	《猛士行》	《全唐诗》卷479
284	李绅	《到宣武三十韵》	《全唐诗》卷482
285	李绅	《赠韦金吾》	《全唐诗》卷483
286	鲍溶	《冬夜答客》	《全唐诗》卷486
287	施肩吾	《赠边将》	《全唐诗》卷494
288	姚合	《送李侍御过夏州》	《全唐诗》卷496
289	姚合	《剑器词三首》(其一)	《全唐诗》卷502
290	姚合	《剑器词三首》(其二)	《全唐诗》卷502
291	姚合	《剑器词三首》(其三)	《全唐诗》卷502
292	崔涯	《侠士诗》	《全唐诗》卷505
293	章孝标	《少年行》	《全唐诗》卷506
294	张祜	《赠淮南将》	《全唐诗》卷510
295	张祜	《公子行》	《全唐诗》卷510
296	张祜	《送魏尚书赴镇州行营》	《全唐诗》卷510
297	张祜	《公子行》	《全唐诗》卷511
298	张祜	《戏颜郎中猎》	《全唐诗》卷511
299	朱庆馀	《公子行》	《全唐诗》卷514
300	朱庆馀	《羽林郎》	《全唐诗》卷514
301	雍陶	《少年行》	《全唐诗》卷518
302	雍陶	《公子行》	《全唐诗》卷518
303	雍陶	《送客二首》(其一)	《全唐诗》卷518
304	李远	《读田光传》	《全唐诗》卷519
305	杜牧	《史将军二首》(其一)	《全唐诗》卷520
306	杜牧	《史将军二首》(其二)	《全唐诗》卷520
307	杜牧	《闻庆州赵纵使君与党项战中箭身死辄书长句》	《全唐诗》卷521
308	杜牧	《贵游》	《全唐诗》卷526
309	许浑	《晨装(一作早发洛中次甘水,一作甘泉)》	《全唐诗》卷528
310	许浑	《征西旧卒》	《全唐诗》卷532
311	许浑	《别刘秀才》	《全唐诗》卷533
312	许浑	《王可封临终》	《全唐诗》卷538
313	李商隐	《少年》	《全唐诗》卷539
314	李商隐	《公子》	《全唐诗》卷539

315	李商隐	《公子》	《全唐诗》卷539
316	李商隐	《偶成转韵七十二句赠四同舍》	《全唐诗》卷541
317	薛逢	《侠少年》	《全唐诗》卷548
318	马戴	《赠别北客》	《全唐诗》卷555
319	马戴	《广陵曲》	《全唐诗》卷555
320	马戴	《寄襄阳王公子》	《全唐诗》卷556
321	马戴	《易水怀古》	《全唐诗》卷556
322	孟迟	《壮士吟》	《全唐诗》卷557
323	韩琮	《公子行》	《全唐诗》卷565
324	贾岛	《剑客》	《全唐诗》卷571
325	贾岛	《易水怀古》	《全唐诗》卷571
326	贾岛	《送李傅侍郎剑南行营》	《全唐诗》卷573
327	温庭筠	《赠少年》	《全唐诗》卷579
328	刘驾	《春台》	《全唐诗》卷585
329	刘驾	《豪家》	《全唐诗》卷585
330	李频	《赠长城庾将军》	《全唐诗》卷587
331	曹邺	《赵城怀古》	《全唐诗》卷593
332	曹邺	《怨歌行》	《全唐诗》卷593
333	司马扎	《猎客》	《全唐诗》卷596
334	霍总	《骢马》	《全唐诗》卷597
335	霍总	《关山月》	《全唐诗》卷597
336	翁绶	《白马》	《全唐诗》卷600
337	汪遵	《易水》	《全唐诗》卷602
338	汪遵	《夷门》	《全唐诗》卷602
339	邵谒	《少年行》	《全唐诗》卷605
340	邵谒	《轻薄行》	《全唐诗》卷605
341	林宽	《少年行》	《全唐诗》卷606
342	皮日休	《洛中寒食二首》（其一）	《全唐诗》卷613
343	陆龟蒙	《杂讽九首》（其八）	《全唐诗》卷619
344	陆龟蒙	《杂讽九首》（其九）	《全唐诗》卷619
345	陆龟蒙	《乐府杂咏六首·金吾子》	《全唐诗》卷627
346	陆龟蒙	《答友人》	《全唐诗》卷629
347	司空图	《冯燕歌》	《全唐诗》卷634
348	周繇	《公子行》	《全唐诗》卷635
349	聂夷中	《公子行二首》（其一）	《全唐诗》卷636
350	聂夷中	《公子行二首》（其二）	《全唐诗》卷636
351	聂夷中	《公子家》	《全唐诗》卷636
352	曹唐	《和周侍御买剑》	《全唐诗》卷640
353	曹唐	《羽林贾中丞》	《全唐诗》卷640
354	李山甫	《游侠》	《全唐诗》卷643
355	李山甫	《公子家二首》（其一）	《全唐诗》卷643

356	李山甫	《公子家二首》(其二)	《全唐诗》卷643
357	李咸用	《剑喻》	《全唐诗》卷644
358	李咸用	《轻薄怨》	《全唐诗》卷644
359	胡曾	《咏史诗》(易水)	《全唐诗》卷647
360	胡曾	《咏史诗》(夷门)	《全唐诗》卷647
361	胡曾	《咏史诗》(豫让桥)	《全唐诗》卷647
362	胡曾	《咏史诗》(博浪沙)	《全唐诗》卷647
363	罗邺	《公子行》	《全唐诗》卷654
364	罗邺	《上东川顾尚书》	《全唐诗》卷654
365	罗邺	《早发宜陵即事》	《全唐诗》卷654
366	罗隐	《韦公子》	《全唐诗》卷664
367	秦韬玉	《贵公子行》	《全唐诗》卷670
368	崔涂	《东晋》	《全唐诗》卷679
369	韩偓	《从猎三首》(其一)	《全唐诗》卷680
370	韩偓	《从猎三首》(其二)	《全唐诗》卷680
371	韩偓	《从猎三首》(其三)	《全唐诗》卷680
372	韩偓	《马上见》	《全唐诗》卷683
373	吴融	《偶题》	《全唐诗》卷684
374	吴融	《豫让》	《全唐诗》卷685
375	韦庄	《贵公子》	《全唐诗》卷695
376	韦庄	《观猎》	《全唐诗》卷695
377	韦庄	《忆昔》	《全唐诗》卷696
378	韦庄	《南邻公子》	《全唐诗》卷700
379	王贞白	《拟塞外征行》	《全唐诗》卷701
380	王贞白	《少年行二首》(其一)	《全唐诗》卷701
381	王贞白	《少年行二首》(其二)	《全唐诗》卷701
382	徐夤	《公子行》	《全唐诗》卷710
383	周昙	《春秋战国门·公子无忌》	《全唐诗》卷728
384	周昙	《春秋战国门·豫让》	《全唐诗》卷728
385	周昙	《春秋战国门·荆轲》	《全唐诗》卷728
386	周昙	《春秋战国门·再吟》(几尺如霜)	《全唐诗》卷728
387	周昙	《春秋战国门·黄歇》	《全唐诗》卷728
388	周昙	《春秋战国门·秦武阳》	《全唐诗》卷728
389	周昙	《春秋战国门·再吟》(赵解重围)	《全唐诗》卷728
390	周昙	《春秋战国门·侯嬴朱亥》	《全唐诗》卷728
391	周昙	《春秋战国门·再吟》(走敌存亡)	《全唐诗》卷728
392	胡宿	《公子》	《全唐诗》卷731
393	黄损	《公子行》	《全唐诗》卷734
394	孟宾于	《公子行》	《全唐诗》卷740
395	陈陶	《赠江南李偕副使》	《全唐诗》卷746
396	李中	《剑客》	《全唐诗》卷747

397	谭用之	《古剑》	《全唐诗》卷764
398	郑鏦	《邯郸侠少年》	《全唐诗》卷769
399	戴休珽	《古意》	《全唐诗》卷771
400	冯待征	《虞姬怨》	《全唐诗》卷773
401	虞羽客	《结客少年场行》	《全唐诗》卷774
402	吴象之	《少年行》	《全唐诗》卷777
403	唐尧客	《大梁行》	《全唐诗》卷777
404	孟郊	《赠剑客李园联句》	《全唐诗》卷791
405	崔萱	《豪家子》	《全唐诗》卷801
406	无可	《寄羽林卢大夫将军》	《全唐诗》卷814
407	子兰	《长安早秋》	《全唐诗》卷824
408	贯休	《塞上曲二首》(其一)	《全唐诗》卷827
409	贯休	《塞上曲二首》(其二)	《全唐诗》卷827
410	贯休	《送越将归会稽》	《全唐诗》卷828
411	贯休	《义士行》	《全唐诗》卷828
412	贯休	《古塞上曲七首》(其一)	《全唐诗》卷830
413	贯休	《古塞曲三首》(其一)	《全唐诗》卷830
414	贯休	《古塞曲三首》(其二)	《全唐诗》卷830
415	贯休	《古塞曲三首》(其三)	《全唐诗》卷830
416	贯休	《古剑池》	《全唐诗》卷837
417	齐己	《剑客》	《全唐诗》卷838
418	慕幽	《剑客》	《全唐诗》卷850
419	吕岩	《得火龙真人剑法》	《全唐诗》卷856
420	吕岩	《七言》	《全唐诗》卷857
421	吕岩	《化江南简寂观道士侯用晦磨剑》	《全唐诗》卷858
422	毛文锡	《接贤宾》	《全唐诗》卷893
423	毛文锡	《甘州遍》	《全唐诗》卷893
424	薛绍蕴	《醉公子》	《全唐诗》卷894
425	顾夐	《醉公子》	《全唐诗》卷894
426	尹鹗	《醉公子》	《全唐诗》卷895
427	李行言	《城南宴》	《补全唐诗》
428	道世	《颂六十二首》(其二十六)	《全唐诗续拾》卷四

参考文献

1. 古籍

[1] （汉）司马迁.史记[M].中华书局，2000.
[2] （汉）班固撰,（唐）颜师古注.汉书[M].中华书局，2000.
[3] （汉）赵晔撰,（元）徐天祜音注.吴越春秋[M].江苏古籍出版社，1999.
[4] （晋）干宝.搜神记[M].中华书局，1979.
[5] （晋）葛洪.西京杂记[M].中华书局，1985.
[6] （晋）陈寿撰,（南朝）裴松之注.三国志[M].中华书局，2000.
[7] （六朝）钟嵘.诗品[M].商务印书馆，1939.
[8] （六朝）沈约.宋书[M].中华书局，1974.
[9] （六朝）刘勰.文心雕龙[M].河南大学出版社，2008.
[10] （唐）殷璠.河岳英灵集[M].商务印书馆，缩印秀水沈氏藏明翻宋本.
[11] （唐）苏鹗.苏氏演义[M].商务印书馆，1956.
[12] （唐）康骈.剧谈录[M].古典文学出版社，1958.
[13] （唐）元结.元次山集[M].中华书局，1960.
[14] （唐）欧阳询.艺文类聚[M].上海古籍出版社，1982.
[15] （唐）魏徵.隋书[M].中华书局，1973.
[16] （唐）刘悚.隋唐嘉话[M].中华书局，1979.
[17] （唐）段成式.酉阳杂俎[M].中华书局，1981.
[18] （唐）李冗.独异志[M].中华书局，1985.
[19] （唐）封演.封氏闻见记[M].中华书局，1985.
[20] （唐）李隆基撰，李林甫注.大唐六典[M].三秦出版社，1991.
[21] （唐）杜佑.通典[M].中华书局，1992.
[22] （唐）刘知幾撰，黄寿成校点.史通[M].辽宁教育出版社，1997.
[23] （唐）李肇.唐国史补[M].上海古籍出版社，1979.
[24] （后晋）刘昫.旧唐书[M].中华书局，2000.
[25] （宋）宋敏求.长安志[M].清光绪十七年思贤讲舍刻本.
[26] （宋）欧阳修、宋祁等撰.新唐书[M].中华书局，1975.
[27] （宋）王溥.唐会要[M].中文出版社，1978.
[28] （宋）王谠.唐语林[M].上海古籍出版社，1978.
[29] （宋）郭茂倩.乐府诗集[M].中华书局，1979.
[30] （宋）范祖禹.唐鉴[M].上海古籍出版社，1984.
[31] （宋）李昉等编.太平广记[M].中华书局，1962.
[32] （宋）司马光.资治通鉴[M].中华书局，2011.
[33] （金）元好问.元好问全集[M].山西人民出版社，1990.
[34] （元）辛文房.唐才子传[M].哈尔滨：黑龙江人民出版社，1986.
[35] （元）骆天骧.类编长安志[M].中华书局，1990.
[36] （明）冯梦龙.醒世恒言[M].岳麓书社，1989.
[37] （明）施耐庵.水浒传[M].上海文艺出版社，1996.
[38] （明）凌濛初.二刻拍案惊奇[M].华夏出版社，1998.
[39] （明）冯梦龙.警世通言[M].天津古籍出版社，2004.
[40] （清）叶燮.原诗（《昭代丛书》本）[M].清道光十三年沈氏世楷堂刻本.

336

[41]（清）龚自珍.龚自珍全集[M].上海人民出版社，1975.
[42]（清）钱泳撰，张伟校点.履园丛话[M].中华书局，1979.
[43]（清）石玉昆.三侠五义[M].上海古籍出版社，1980.
[44]（清）董诰.全唐文[M].中华书局，1983.
[45]（清）王先谦撰.后汉书集解[M].中华书局，1984.
[46]（清）徐松.唐两京城坊考[M].中华书局，1985.
[47]（清）王琦.李太白集注[M].上海古籍出版社，1992.
[48]（清）李瀚章编纂.曾文正公全集[M].长春：吉林人民出版社，1995.
[49]（清）钱彩.说岳全传[M].华夏出版社，1997.
[50]（清）彭定求.全唐诗[M].中华书局，1999.
[51]（清）王先慎撰.韩非子集解[M].中华书局，2003.
[52]（清）段玉裁注，许惟贤整理.说文解字注[M].凤凰出版社，2007.
[53]（清）张潮.幽梦影[M].中华书局，2008.
[54]陈光崇主编.隋唐五代史资料汇编[M].沈阳师范学院历史系中国古代中世史教研室，1957.
[55]张宗祥校.校正三辅黄图[M].古典文学出版社，1958.
[56]郭绍虞.沧浪诗话校译[M].人民文学出版社，1961.
[57]中国人民解放军八三一一〇部队理论组，江苏师范学院学报组注释.吴子兵法注释[M].上海人民出版社，1977.
[58]杨伯峻.论语译注[M].中华书局，1980.
[59]丁如明辑校.开元天宝遗事十种[M].上海古籍出版社，1985.
[60]孙星衍、庄逵吉校订.三辅黄图[M].中华书局，1985.
[61]陈伯君校注.阮籍集校注[M].中华书局，1987.
[62]郭维森等译注.陶渊明集全译[M].贵州人民出版社，1992.
[63]吴毓江撰，孙启治点校.墨子校注[M].中华书局，1993.
[64]张烈点校.两汉纪[M].中华书局，2002.
[65]孙通海译注.庄子[M].中华书局，2007.
[66]万丽华、蓝旭译注.孟子[M].中华书局，2006.
[67]程千帆.《史通》笺记[M].武汉大学出版社，2008.

2.今人专书

[1]（法）热拉尔·热奈特著，王文融译.叙事话语新叙事话语[M].中国社会科学出版社，1990.
[2]黄现璠.唐代社会概略[M].商务印书馆，1936.
[3]陶希圣.辩士与游侠[M].商务印书馆，1933.
[4]萧涤非.汉魏六朝乐府文学史[M].人民文学出版社，1984.
[5]严耕望.唐代交通图考[M]."中央研究院"历史语言研究所，1985.
[6]雁翼.诗与美随笔[M].浙江人民出版社，1985.
[7]林庚.唐诗综论[M].商务印书馆，2011.
[8]逯钦立辑校.先秦汉魏晋南北朝诗[M].中华书局，1988.
[9]刘若愚.中国之侠[M].三联书店，1991.
[10]陈山.中国武侠史[M].三联书店，1992.
[11]陈平原.千古文人侠客梦[M].人民文学出版社，1992.
[12]汪涌豪.中国游侠史[M].复旦大学出版社，2001.
[13]余恕诚.唐诗风貌[M].安徽大学出版社，1997.
[14]崔高维校点.周礼.仪礼[M].辽宁教育出版社，1997.

[15] 彭卫. 古道侠风 [M]. 中国青年出版社，1998.
[16] 周培聚. 生活·审美·哲理 [M]. 河南大学出版社，1998.
[17] 陈国灿. 唐代的经济社会 [M]. 文津出版社有限公司，1999.
[18] 苏珊玉. 唐代边塞诗的审美特质 [M]. 文津出版社有限公司，2000.
[19] 陈寅恪. 金明馆丛稿初编 [M]. 三联书店，2001.
[20] 陈寅恪. 唐代政治史述论稿 [M]. 上海古籍出版社，1997.
[21] 向达. 唐代长安与西域文明 [M]. 石家庄：河北教育出版社，2001.
[22] 屈小强. 侠心剑胆：唐代诗人的文化精神与人生意趣 [M]. 济南：济南出版社，2002.
[23] 谭君强. 叙事理论与审美文化 [M]. 中国社会科学出版社，2002.
[24] 陈平原. 中国小说叙事模式的转变 [M]. 北京大学出版社，2003.
[25] 王立. 文人审美心态与中国文学十大主题 [M]. 辽海出版社，2003.
[26] 闻一多. 唐诗杂论 [M]. 上海古籍出版社，2006.
[27] 荣新江. 隋唐长安：性别、记忆及其他 [M]. 三联书店（香港）有限公司，2009.
[28] 许维遹. 吕氏春秋集释 [M]. 中华书局，2009.
[29] 杨春艳. 唐诗色彩美学研究 [M]. 山西人民出版社，2009.
[30] 张剑光. 唐代社会与经济研究 [M]. 上海交通大学出报社，2013.
[31] 蔡宗齐著，陈婧译. 汉魏晋五言诗的演变——四种诗歌模式与自我呈现 [M]. 北京大学出版社，2015.
[32] 周育顺编，任渭长绘.《卅三剑客图》[M]. 天津古籍出版社，2010.

3. 期刊论文

[1] 钱穆. 释侠 [J]. 学思，1942年，1（03）.
[2] 章继光. 论李白的咏侠诗 [J]. 求索，1994（06）.
[3] 孙明君. 建安诗风的旧说与己见 [J]. 广西社会科学，1995（02）.
[4] 汪聚应. 唐人咏侠诗艺术管窥 [J]. 天水师范学院学报，2000（04）.
[5] 汪聚应. 唐人咏侠诗刍论 [J]. 文学遗产，2001（06）.
[6] 侯长生. 李白咏侠诗述论 [J]. 河北师范大学学报（哲学社会科学版），2003（06）.
[7] 程小林. 试论唐人咏侠诗 [J]. 南京广播电视大学学报，2004（03）.
[8] 汪聚应. 唐代诗人及其咏侠诗创作——兼论唐代的咏侠诗派 [J]. 社会科学评论，2004（03）.
[9] 邱昌员. 论唐代豪侠小说与咏侠诗之互动关系 [J]. 贵州社会科学，2005（05）.
[10] 赵言领. 论武侠小说与侠文化的本质关系 [J]. 天水师范学院学报，2005（01）.
[11] 王立、王惠丹. 梁代文人咏侠诗的审美表现 [J]. 北京工业大学学报（社会科学版），2005（02）.
[12] 冯淑然. 唐代咏侠诗研究综述 [J]. 华北电力大学学报（社会科学版），2006（04）.
[13] 傅振宏. 论李白的咏侠诗 [J]. 哈尔滨学院学报，2006（02）.
[14] 贾立国. 曹植咏侠诗与侠文学的传承 [J]. 北方论丛，2006（02）.
[15] 刘航、刘生、王昌考 [J]. 北京大学学报（哲学社会科学版），2006（05）.
[16] 贾立国. 王维咏侠诗对传统侠义观念的继承与改造 [J]. 北方论丛，2007（03）.
[17] 柳卓霞. 20世纪以来唐前咏侠诗研究的回顾与展望 [J]. 中国诗歌研究动态第二辑，2007.
[18] 霍志军. 论宋代咏侠诗 [J]. 天水师范学院学报，2007（03）.

[19] 陈欢欢.试析曹植、张华和王褒的咏侠诗[J].文学教育（上），2008（03）.
[20] 冯淑然.唐代咏侠诗中的游侠群像[J].太原师范学院学报（社会科学版），2008（02）.
[21] 李世柏.再谈咏侠诗在初盛唐的变化[J].现代语文（文学研究版），2008（03）.
[22] 吴启艳.千载有余情——浅论盛唐咏侠诗[J].绥化学院学报，2008（01）.
[23] 姜永宾.论唐代诗人与咏侠诗[J].阅读与鉴赏：教研，2008（07）.
[24] 宋展云.论"宫体"风尚下梁陈帝王咏侠心态[J].现代语文，2009（01）.
[25] 王今辉.汉魏晋南北朝侠文化寻踪[J].东方论坛，2009（05）.
[26] 王万祥.唐代咏侠诗兴盛的原因[J].安徽文学（下半月），2009（06）.
[27] 贾立国."中国侠文化属于平民文化"说质疑[J].学术交流，2010（01）.
[28] 贾立国.先秦游侠歌谣述论[J].黑龙江史志，2010（16）.
[29] 李小荣.唐豪侠小说的兴盛与中晚唐社会现象[J].安徽理工大学学报（社会科学版），2010（02）.
[30] 童李君.李白咏侠诗述论[J].作家，2010（04）.
[31] 陈淑华.曹植咏侠诗中"侠"的理想化倾向[J].湖北广播电视大学学报，2011（09）.
[32] 党风霞.对唐代咏侠诗繁荣现象的文化学阐释[J].安徽文学（下半月），2011（04）.
[33] 杨鼎.从英雄风骨到文人意境——论唐代咏侠诗的艺术流变[J].中北大学学报（社会科学版），2011（06）.
[34] 贾立国.地域文化视野下的北朝咏侠诗[J].湖北民族学院学报（哲学社会科学版），2012（04）.
[35] 汪聚应.论唐人豪侠小说中的"武"[J].天水师范学院学报，2012（01）.
[36] 陈莹.对"刘生"形象的集体歌咏[J].齐齐哈尔大学学报（哲学社会科学版），2013（06）.
[37] 贾立国.论中晚唐侠风与咏侠诗创作[J].贵州社会科学，2013（04）.
[38] 李小茜.试论中国侠文化对初盛唐诗歌创作的影响[J].社科纵横，2013（04）.
[39] 李晨曦.唐代咏侠诗文献综述[J].科技创新导报，2015（26）.
[40] 霍志军.幽并豪侠气：金代咏侠诗的文化内涵及审美追求[J].晋阳学刊，2019（03）.

4. 硕博论文

[1] 汪聚应.唐代侠风与文学[D].陕西师范大学，2002.
[2] 杨鼎.唐代咏侠诗研究[D].山西大学，2003.
[3] 吴采蓓.魏晋南北朝咏侠诗研究[D].台湾大学，2005.
[4] 柳卓霞.唐前及唐代咏侠诗研究[D].青岛大学，2006.
[5] 郭华.唐代咏侠诗的文化解读[D].湖南师范大学，2009.
[6] 唐安民.盛唐咏侠诗意象研究[D].广西师范大学，2010.
[7] 吕平.论唐代咏侠诗[D].中南民族大学，2011.
[8] 王苗.唐人咏侠诗研究[D].陕西师范大学，2012.
[9] 余镭超.初盛唐侠类诗研究[D].上海师范大学，2014.

5. 报纸文章

[1] 袁行霈.盛唐诗歌与盛唐气象[N].光明日报，1999-03-25（6）.

论唐代咏侠诗

作者 _ 邱蔚

编辑 _ 石祎睿   装帧设计 _ 文薇   主管 _ 王光裕
内文排版 _ 文薇
技术编辑 _ 白咏明   责任印制 _ 刘世乐   出品人 _ 贺彦军

营销团队 _ 毛婷 阮班欢   物料设计 _ 文薇

果麦
www.goldmye.com

以 微 小 的 力 量 推 动 文 明

图书在版编目（CIP）数据

论唐代咏侠诗 / 邱蔚著． -- 沈阳：万卷出版有限责任公司，2025.6. -- ISBN 978-7-5470-6774-1

Ⅰ．I207.227.42

中国国家版本馆CIP数据核字第2025XG2101号

出 品 人：王维良
出版发行：万卷出版有限责任公司
（地址：沈阳市和平区十一纬路29号　邮编：110003）
印 刷 者：嘉业印刷（天津）有限公司
经 销 者：全国新华书店
幅面尺寸：167 mm×230 mm
字　　数：300千字
印　　张：21.75
出版时间：2025年6月第1版
印刷时间：2025年6月第1次印刷
责任编辑：胡　利
责任校对：刘　璠
装帧设计：文　薇
ISBN 978-7-5470-6774-1
定　　价：68.00元
联系电话：024-23284090
传　　真：024-23284448

常年法律顾问：王　伟　版权所有　侵权必究　举报电话：024-23284090
如有印装质量问题，请与印刷厂联系。联系电话：022-29908595